法華経を生きる

石 原 慎 太 郎

幻冬舎文庫

法《ほ》華経《けきょう》を生《い》きる

目次

序章　私《わたし》と法《ほ》華経《けきよう》

私《わたし》がお経《きよう》の話《はなし》をすると、あなたのような人《ひと》がなんでまた、お経《きよう》なんぞに関《かか》わりがあるのかとよく聞《き》かれますが、それは尋《たず》ねる方《ほう》の一方的《いっぽうてき》なイメイジの問題《もんだい》で、私《わたし》という人間《にんげん》がお経《きよう》を話《はな》すに似合《にあ》っているかいないかなどというのはいかにも皮相《ひそう》なことでしかありません。

例《たと》えば法《ほ》華《け》経《きよう》について、それを教養《きようよう》とか知識《ちしき》としての話題《わだい》とするならむしろ坊《ぼう》さんたちにまかせておけばいいことだが、私《わたし》にとってはそれが日々《ひび》の糧《かて》となっているから、といえば私《わたし》がいかにも熱心《ねっしん》な仏法《ぶっぽう》の実践者《じっせんしゃ》のように聞《き》こえようが、そんな意味《いみ》ではなしに、ただ、私《わたし》は私《わたし》なりに懸命《けんめい》に、しかしいかにもジグザグに生《い》きてきた人間《にんげん》として、ある時《じ》期《き》から法《ほ》華《け》経《きよう》が私《わたし》が生《せい》ある者《もの》として存在《そんざい》することを、その根底《こんてい》で支《ささ》えてくれてきたという強《つよ》い実感《じっかん》ゆえのことです。

だから私《わたし》が法《ほ》華《け》経《きよう》についてどう考《かんが》えどう感《かん》じているかは他人《たにん》には百パーセントはわか

りはしまいし、それでこそいいのだと思《おも》っています。

覚《さと》りなどといえば大袈裟《おおげさ》だが、結局人間《けつきよくにんげん》はそれぞれ一人一人《ひとりひとり》で迷《まよ》ったり納得《なつとく》したりしながら人生《じんせい》の軌跡《きせき》を描《えが》いていくので、誰《だれ》が、何《なに》がそれをどう助《たす》けてくれるかということは、人《ひと》の出会《であ》いのようにこの世《よ》の縁《えん》でしかない。もっとも、その縁《えん》が実《じつ》はどうして決《き》まるかということが何《なに》より大切《たいせつ》なのですが、そんな話《はなし》はもっと後《あと》のことにします。


法華経《ほけきよう》に関《かん》して私《わたし》にとって興味《きようみ》ある挿話《そうわ》は、かつて電電公社《でんでんこうしや》や国鉄《こくてつ》の民営化《みんえいか》等《とう》日本《にほん》で唯一行革《ゆいいつぎようかく》に成功《せいこう》した土光臨調《どこうりんちよう》のリーダーだったあの髭《ひげ》ダルマみたいな土光敏夫《どこうとしお》さんが熱《ねつ》心《しん》な法華経《ほけきよう》の信者《しんじや》で、朝夕《あさゆう》いつも仏壇《ぶつだん》にお経《きよう》を上《あ》げる姿《すがた》までがテレビに紹介《しようかい》されていたものだが、ある人《ひと》が法華経《ほけきよう》と彼《かれ》の関《かか》わりについて質《ただ》したら、

「自分《じぶん》はこのお経《きよう》を上《あ》げると自信《じしん》が出てくるのだ。石川島播磨《いしかわじまはりま》の役員時代《やくいんじだい》、組合《くみあい》との激《はげ》しい争議《そうぎ》の交渉《こうしよう》に出《で》かける時《とき》など、厄介《やつかい》な交渉《こうしよう》の前《まえ》にしっかりお経《きよう》を上《あ》げてきた日《ひ》には自信《じしん》が持《も》てたものだ」

と話《はな》していたのがたいそう印象的《いんしようてき》でした。

しかし土光氏《どこうし》の言葉《ことば》は極《きわ》めて安直《あんちよく》な誤解《ごかい》を招《まね》きやすいもので、それは、お経《きよう》を上《あ》げる

ことで仏《ほとけ》さまが自分《じぶん》を守《まも》ってくれるなどという他力本願《たりきほんがん》では決《けっ》してないのです。

世《よ》の中《なか》、人生《じんせい》、決《けっ》してそんなものではないのだ、ということを最後《さいご》にわかってもらえればと思《おも》ってこれを書《か》いていますが、法華経《ほけきょう》が説《と》いていることは、信《しん》じる者《もの》は救《すく》われんなどという安易《あんい》な他力本願《たりきほんがん》などでは決《けっ》してなく、自分《じぶん》が抱《いだ》いている問題《もんだい》、自分《じぶん》をとりまいているもろもろの厄介《やっかい》な（人間《にんげん》は何《なに》か厄介《やっかい》なことに行《い》き当《あ》たらぬ限《かぎ》り困《こま》ったり迷《まよ》ったり、何《なに》かにすがろうなどと思《おも》いはしまい）状況《じょうきょう》がいったい何故《なぜ》もたらされたのか、その仕組《しく》みは実《じつ》はどうなっているのかということ、自分《じぶん》で探《さぐ》り出《だ》し、自分《じぶん》で解決《かいけつ》しなくてはならないのだ、ということなのです。

そしてそれについて自分自身《じぶんじしん》で考《かんが》えるということは当然深《とうぜんふか》い思索《しさく》となり、考《かんが》えれば考《かんが》えるほど自分《じぶん》というもの、自分《じぶん》という存在《そんざい》はいったい何《なん》なのだろうかという、まぎれもない『哲学《てつがく》』になってくるのです。

などといえば、これから哲学《てつがく》なんぞの話《はなし》をされるのかと読《よ》む前《まえ》から辟易《へきえき》されそうだが、哲学《てつがく》というのは私《わたし》たちの身《み》の周《まわ》りのそう遠《とお》い所《ところ》にあるものでは決《けっ》してない。むしろ誰《だれ》もが願《ねが》うだろう金儲《かねもう》けなんぞの方《ほう》が、それぞれにほど遠《とお》い話《はなし》です。

教養《きょうよう》として、ただの読書《どくしょ》としてお経《きょう》を読《よ》むなどというのはよほど酔狂《すいきょう》な話《はなし》で、お経《きょう》などというものとの関《かか》わりはおおよその場合《ばあい》、人生《じんせい》のある過程《かてい》で偶然《ぐうぜん》のように、しかし実は必然の出会《であ》いとしてもたらされるものでしかありません。

私《わたし》の場合《ばあい》はその出会《であ》いのための予兆《よちょう》のようなことがいくつかありました。後《あと》になってそれを思《おも》い出《だ》し、おかげでお経《きょう》が教《おし》えていることが私自身《わたしじしん》の実感《じっかん》としてスムーズに自然《しぜん》に体《からだ》の内《うち》に収《しま》われたのでした。

その一番初《いちばんはじ》めは父《ちち》が死《し》んだ時《とき》のことです。

そして次《つぎ》は、私《わたし》に初《はじ》めて子供《こども》が生《う》まれた時《とき》でした。

そしてさらに、二人《ふたり》だけの兄弟《きょうだい》の片割《かたわ》れの弟《おとうと》の裕次郎《ゆうじろう》が死《し》んだ時《とき》もそうだった。

父《ちち》はかねがね高血圧《こうけつあつ》に悩《なや》まされていたが、とうとうある時会議中《ときかいぎちゅう》に倒《たお》れて死《し》んでいきました。私《わたし》たち家族《かぞく》は覚悟《かくご》はしてはいたが、それでもなお大《おお》きな衝撃《しょうげき》に変《か》わりはなかった。母《はは》と弟《おとうと》はなんとか死《し》に目《め》に間《ま》に合《あ》ったが、私《わたし》は学校《がっこう》からの帰《かえ》りが遅《おく》れて父《ちち》が息《いき》を引《ひ》き取《と》る瞬間《しゅんかん》を目《め》にすることが出来《でき》はしなかった。

私《わたし》は母《はは》の死《し》に目《め》にも間《ま》に合《あ》わなかったが、弟《おとうと》の時《とき》だけは顔《かお》をくっつけるようにして彼《かれ》が息《いき》を引《ひ》き取《と》るのを見届《みとど》け、逆《ぎゃく》に枕元《まくらもと》につめている医師《いし》たちに死《し》の瞬間《しゅんかん》を教《おし》えてやりましたが、負《ま》け惜《お》しみではなしに死《し》に目《め》に間《ま》に合《あ》っても合《あ》わなくとも同《おな》じことだとわかりました。

それがなぜかは、後《あと》の話《はなし》。

父《ちち》は駆《か》けつけた会社《かいしゃ》の広《ひろ》い会議室《かいぎしつ》に、ベッドほどの椅子《いす》がなかったせいか、持《も》ち込《こ》まれ床《ゆか》に敷《し》かれた畳《たたみ》の上《うえ》に寝《ね》かされていました。母《はは》や弟《おとうと》の見守《みまも》る中《なか》で涙《なみだ》して父《ちち》の亡骸《なきがら》にすがり冷《つめ》たくなったその頬《ほお》に触《さわ》った時《とき》、その一日《にち》に伸《の》びた髭《ひげ》の感触《かんしょく》が強《つよ》くあった。そして何故《なぜ》かその瞬間《しゅんかん》、私《わたし》は父《ちち》と自分《じぶん》の繋《つな》がりが絶対《ぜったい》にこれで終《お》わったのではないという、今《いま》思《おも》っても不思議《ふしぎ》なほど強《つよ》い確信《かくしん》を抱《いだ》いていました。

あの確信《かくしん》、というよりしみじみした深《ふか》い感慨《かんがい》は何《なん》だったのだろうと今《いま》でも思《おも》う。

それと対照的《たいしょうてき》といおうか、いや実《じつ》はまったく同《おな》じことなのだが、最初《さいしょ》の子供《こども》が無事《ぶじ》生《う》まれたと報《しら》され家内《かない》のいる病院《びょういん》に飛《と》んでいって、生《う》まれて初《はじ》めての自分《じぶん》の子供《こども》を腕《うで》に抱《だ》いた時《とき》、自分《じぶん》がこれでこれからやってくるたくさんの自分《じぶん》の子孫《しそん》たちと、そしてさらに私《わたし》を生《う》んだ父《ちち》や母《はは》、さらにその前《まえ》の祖父祖母《そふそぼ》、そしてそのもっと前《まえ》の祖先《そせん》たちとも、はっきり、きっちり大《おお》きな輪《わ》の一環《いっかん》として繋《つな》がったなという、これも言葉《ことば》で表《あらわ》しにくいが強《つよ》い、というより確《たし》かな実感《じっかん》を味《あじ》わいました。

そしてそれがいかにも正《ただ》しい感慨《かんがい》であったということを後《のち》に法華経《ほけきょう》が教《おし》えてくれたの

です。そしてそう理解《りかい》することで、以来私《いらいわたし》は私自身《わたしじしん》の人生《じんせい》のためにどれほど多《おお》くの、そして大《おお》きなものを得《え》ることが出来《でき》たことか。

いい換《か》えればそれは、人間《にんげん》の『存在《そんざい》』とは何《なん》なのか。親《おや》から名前《なまえ》をもらい、自分《じぶん》がこんな自分《じぶん》としてこの世《よ》に生《う》まれて在《あ》る、ということの意味《いみ》、その訳《わけ》、について知《し》るということ。それを知《し》るために、親《おや》や子供《こども》を含《ふく》めての肉親《にくしん》との繋《つな》がりに、実《じつ》はどんな意味《いみ》があり、訳《わけ》があるのかを深《ふか》く知《し》ることの、人生《じんせい》にとっての力強《ちからづよ》さといったものです。

ということならば、仏教《ぶっきょう》に限《かぎ》らず他《ほか》のいかなる宗教《しゅうきょう》も大方《おおかた》が同《おな》じ主題《しゅだい》、つまり人間《にんげん》がこうしてこの世《よ》に生《う》まれ出《で》て、今生《いまい》きているということの意味《いみ》や訳《わけ》について教《おし》えようとしているのです。つまりそれだけ多《おお》くの人々《ひとびと》がそれぞれの人生《じんせい》の中《なか》で、自分《じぶん》がこの世《よ》に生《う》まれてかく生《い》きているということについて考《かんが》えている、というよりいろいろの悩《なや》みや、心配《しんぱい》、願《ねが》い、あきらめといった日常《にちじょう》の出来事《できごと》から発《はっ》して、人生《じんせい》という根源的《こんげんてき》な問題《もんだい》について意識《いしき》、無意識《むいしき》に考《かんが》えるとか感《かん》じるとか、ともかくも触《ふ》れ合《あ》っているということでしょう。

大分以前《だいぶいぜん》のことだが、ある大新聞《だいしんぶん》が信仰《しんこう》に関《かん》しての大掛《おおが》かりな世論調査《せろんちょうさ》を行《おこな》った結果《けっか》を読《よ》んで驚《おどろ》かされたことがあります。

最初《さいしょ》の設問《せつもん》は、あなたは何《なん》らかの信仰《しんこう》を持《も》っていますかという問《と》いでしたが、はいと答《こた》えた人《ひと》が全体《ぜんたい》のわずか二十パーセント、無《む》信仰《しんこう》という人《ひと》が八十パーセント弱《じゃく》だった。

そして、これから科学《かがく》はますます進歩《しんぽ》していき、人間《にんげん》のいろいろな悩《なや》み、例《たと》えば癌《がん》であるとかなんだとかが科学《かがく》によって解明《かいめい》され淘汰《とうた》されていくだろうが、あなたは科学《かがく》がますます進《すす》んでいくことと、何《なに》かの信仰《しんこう》を持《も》つこととどちらがあなた自身《じしん》は幸《しあわ》せになれると思《おも》いますかという問《と》いには、無《む》信仰《しんこう》と答《こた》えた人《ひと》の内《うち》の八十五パーセントが、信仰《しんこう》を持《も》つ方《ほう》が人間《にんげん》は幸《しあわ》せになれると思《おも》うと答《こた》えていました。これは私《わたし》にとっては意外《いがい》な、というより驚《おどろ》くべき数字《すうじ》でした。

まず第一《だいいち》に、世《よ》の中《なか》にこれほどいろいろな宗教《しゅうきょう》があってそれぞれ布教《ふきょう》の努力《どりょく》をしているのに、その努力《どりょく》の網《あみ》にかかってこない迷《まよ》える羊《ひつじ》が世《よ》の中《なか》にこんなにたくさんいるのかということ。

そして信仰《しんこう》を未《いま》だ持《も》たないと答《こた》えた人《ひと》にしてなお、その内《うち》の八十パーセントを越《こ》す数《かず》の人々《ひとびと》が、科学《かがく》を信《しん》じないとはいわぬがその限界《げんかい》をちゃんと心得《こころえ》ていて、科学《かがく》の手《て》の及《およ》ばぬ心《こころ》の問題《もんだい》について気《き》づいている、あるいは自分《じぶん》自身《しん》がそれを抱《かか》えているということです。

第一章　誰《だれ》でも哲学《てつがく》せずにいられない

人間《にんげん》だけが『哲学《てつがく》』をする

人間《にんげん》というのは誰《だれ》しも、焦《あせ》りにしろ、憎《にく》しみにしろ、あるいは愛《あい》にしろ、失望《しつぼう》にしろ、自分《じぶん》の身《み》に起《お》きるさまざまな出来事《できごと》にかまけて、必《かなら》ず迷《まよ》い、悩《なや》むものです。またそれが無《な》ければ人生《じんせい》ともいえはしない。人間以外《にんげんいがい》の動物《どうぶつ》は躊躇《ちゅうちょ》することはあっても、我々《われわれ》のように悩《なや》んだり迷《まよ》ったりすることはないと思《おも》います。

何《なに》かで悩《なや》んだこともないという人間《にんげん》はいないだろうし、それは人間《にんげん》が人間《にんげん》としての意《い》識《しき》を持《も》っているからで、その意識《いしき》とは、我々《われわれ》が他人《たにん》を含《ふく》めて身《み》の周《まわ》りのいろいろなものとのしがらみの中《なか》で生《い》きているという、人生《じんせい》の関《かか》わりがもたらすものです。つまり我々《われわれ》がいろいろ悩《なや》むのは我々《われわれ》が生《い》きているという証拠《しょうこ》ともいえる。

何《なん》にしろ悩《なや》みというものは人間《にんげん》が生《い》きているから在《あ》るのであって、死《し》んだ後《あと》にどんな意識《いしき》が持《も》てるのかはわからないが、死《し》んでしまえばまあ悩《なや》みなど在《あ》る訳《わけ》もない。だから大《おお》きな悩《なや》みを抱《かか》えた人間《にんげん》は、それに対処《たいしょ》出来《でき》ぬ場合《ばあい》に往々《おうおう》自殺《じさつ》したりもします。

つまり何《なん》にしろ人間《にんげん》が迷《まよ》ったり悩《なや》んだりするのは、あくまでも自分《じぶん》の生《せい》を受《う》けてのことです。だから、死《し》にたくなるほど悩《なや》むという表現《ひょうげん》も成《な》り立《た》ってくる。

しかしまたほとんどの人間《にんげん》はいろいろ悩《なや》んだり迷《まよ》ったりしても、それですぐ自分《じぶん》で自《じ》分《ぶん》の命《いのち》を絶《た》つということもありはしない。つまり人間《にんげん》というのは、悩《なや》みながら迷《まよ》いながら生《い》きていく動物《どうぶつ》なのです。しかしなお、我々《われわれ》の人生《じんせい》の行《い》き着《つ》く所《ところ》は死以外《しいがい》の何《なに》ものでもありはしない。

ならば、誰《だれ》にとっても必然《ひつぜん》の死《し》とは何《なん》なのか。必至《ひっし》の死《し》を受《う》けての人間《にんげん》の人生《じんせい》とは何《なん》なのだろうか、死《し》を受《う》けながら生《い》きるということ、必《かなら》ず消滅《しょうめつ》に繋《つな》がる生《せい》、つまり存在《そんざい》するというのはどういうことなのだろうか。これはなかなかの大問題《だいもんだい》です。

誰《だれ》も日常《にちじょう》そんなことを考《かんが》えながら生《い》きていはしないが、しかし実《じつ》は誰《だれ》でも一生《いっしょう》かかってその答《こた》えを意識無意識《いしきむいしき》に求《もと》めながら生《い》き、かつ死《し》んでいくのです。

人間《にんげん》はふとした時《とき》自分《じぶん》はなんで生《い》きているのか、自分《じぶん》の人生《じんせい》というのはいったい何《なん》なのかということを考《かんが》えることがあります。特《とく》に重《おも》い病気《びょうき》をしたり、何《なに》かで死《し》ぬか生《い》きるかすれすれの体験《たいけん》をしたりした時《とき》は、誰《だれ》しもそんな気持《きも》ちになるものです。

健康《けんこう》に関《かか》わることに限《かぎ》らず、何《なに》かで失敗《しっぱい》したり、願《ねが》っていたことが結局《けっきょく》うまくいかずにがっかりしたり、悔《くや》しがったり、失恋《しつれん》もそうだが、何《なに》かである不本意《ふほんい》な結果《けっか》が出《で》て、なんでこうなってしまったのだろう、どうして自分《じぶん》はこんなことになってしまったのかと慨嘆《がいたん》したり天《てん》を恨《うら》もうとしながら、人間《にんげん》はしきりに自分《じぶん》にもたらされた不本意《ふほんい》な取決《とりき》めや結果《けっか》の訳《わけ》の訳《わけ》を考《かんが》えるものです。

そしてある場合《ばあい》にはそれからさらに進《すす》んで、いったい自分《じぶん》の人生《じんせい》とは何《なん》なのだろうかとか、さらに、自分《じぶん》が生《い》きているということはいったいどういうことなのかと、自分《じぶん》の人生《じんせい》そのもの全体《ぜんたい》を疑《うたが》ってみたくなるようなことがままあるものです。

人間以外《にんげんいがい》の動物《どうぶつ》はいくら利口《りこう》でもそんなことを考《かんが》えはしないし、そんな悩《なや》みを抱《かか》えることもありはしない。イルカのように旧約聖書《きゅうやくせいしょ》を綴《つづ》ったのとほぼ同数《どうすう》の言葉《ことば》を持《も》っている動物《どうぶつ》だろうとそんなことはないに違《ちが》いない。しかし旧約聖書《きゅうやくせいしょ》以前《いぜん》の時代《じだい》でも人間《にんげん》はそんな悩《なや》みを持《も》ち、そうしたことについて考《かんが》えていたことは間違《まちが》いない。

動物《どうぶつ》とていろいろ自分《じぶん》なりに努力《どりょく》も工夫《くふう》もして生《い》きてはいるのだろうが、例《たと》えばライオンは狩《か》りに失敗《しっぱい》してもその度《たび》にいったいなんで俺《おれ》はこんな失敗《しっぱい》をしたのだろうかと考《かん》えこんでくよくよしたりはしまい。しかし人間《にんげん》は時《とき》としてつくづく考《かん》えこんでしまうし、挙句《あげく》にいったいこの俺《おれ》はどうしてこんなことなんだ、自分《じぶん》の人生《じんせい》とはいったい何《なん》なんだろうとまで考《かん》えてしまうことがあります。

動物《どうぶつ》と人間《にんげん》のそうした違《ちが》いとはいい換《か》えれば、自分自身《じぶんじしん》に関《かか》わるものごとは実《じつ》は他《ほか》のいろいろなものごととの関《かか》わりの中《なか》にあって、それも目《め》に見《み》えるもの見《み》えないもののしがらみの中《なか》でさまざまな規制《きせい》や影響《えいきょう》を受《う》けながら動《うご》かされているのだということが、一応《いちおう》はわかっているということです。だから、いくら自分一人《じぶんひとり》がじたばたしてもままならぬのが当然《とうぜん》だが、それがわかっているようでなかなか納得《なっとく》いかないのが人間《にんげん》の常《つね》です。

自分《じぶん》を律《りつ》している自分以外《じぶんいがい》のものごととの関《かか》わりは往々《おうおう》自分《じぶん》にとっては不本意《ふほんい》、不条理《ふじょうり》な、ある場合《ばあい》には非合理《ひごうり》にさえ感《かん》じられるが、誰《だれ》しもそれらのものとの関《かか》わりから逃《のが》れることは出来《でき》はしない。

そしてそれらのしがらみにがんじがらめになることでこそ、いい意味《いみ》でも悪《わる》い意味《いみ》でも人間《にんげん》が人間《にんげん》たる『自我《じが》』なるものが浮《う》き上《あ》がってくるのです。

他人《たにん》の存在《そんざい》がいかに気《き》にいろうと気《き》にいるまいと、人間《にんげん》は誰《だれ》も自分一人《じぶんひとり》では生《い》きられはしないし、他人《たにん》との関《かか》わりにわずらわされる自分《じぶん》が情《なさ》けなくなったり腹立《はらだ》たしくなっても、それを無視《むし》して生《い》きることなど出来《でき》はしない、ということだけは誰《だれ》しもわかってはいます。そしてそれでも、なんで自分《じぶん》の思《おも》った通《とお》りにならぬのか、なんで自分《じぶん》のいったことが受《う》け入《い》れられないのかという悩《なや》みや、いらだちや、怒《いか》りに苛《さいな》まれることのない人間《にんげん》などいはしない。

つまりそれは人間《にんげん》が人間《にんげん》であるからこそであって、そこにこそ人間《にんげん》の人間《にんげん》たる意味《いみ》があり、デカルトがいったように、それらのごたごたについて『我思《われおも》う。ゆえに、我在《われあ》り』という人間《にんげん》の公理《こうり》が成《な》り立《た》ってくるのです。

いい換《か》えればそれこそが哲学《てつがく》であって、数《かず》ある動物《どうぶつ》の中《なか》で人間《にんげん》だけが哲学《てつがく》をしているのだし、哲学《てつがく》することが出来《でき》るのです。

哲学《てつがく》などというといかにも大袈裟《おおげさ》に聞《き》こえるが、実《じつ》は、なんで自分《じぶん》はこうなのだろうかと自分《じぶん》の人生全体《じんせいぜんたい》について考《かんが》えることが哲学《てつがく》なのです。

つまり哲学《てつがく》とは、人生《じんせい》なるものを背景《はいけい》にしてこの自分《じぶん》について考《かんが》える、あるいは人間《にんげん》について考《かんが》えるということです。

さらにいい換《か》えれば、哲学《てつがく》とは自分《じぶん》がこうして生《い》きているということ、ここにこうして存在《そんざい》しているということについて考《かんが》えること、そしてその人生《じんせい》をひたして流《なが》れていく時間《じかん》というのはいったい何《なん》なのだろうかと考《かんが》えることです。つまり哲学《てつがく》とは『存在《そんざい》』と『時間《じかん》』について考《かんが》えることそのものなのです。その限《かぎ》りでことさら学問《がくもん》の一つというよりも、つまり人間《にんげん》が人間《にんげん》である証拠《しょうこ》のようなものだ。

その証拠《しょうこ》にどんな動物《どうぶつ》でも、自分《じぶん》がいつかは死《し》ぬだろうと考《かんが》えたりはしません。瀕死《ひんし》の象《ぞう》が人《ひと》に知《し》られぬ密林《みつりん》の奥《おく》の象《ぞう》の墓場《はかば》に赴《おもむ》いたり、長《なが》く飼《か》われていた犬《いぬ》が飼《か》い主《ぬし》の目《め》さえ避《さ》けてどこか片隅《かたすみ》でひっそり死《し》んでいくというのは、別《べつ》に死《し》について考《かんが》えた末《すえ》にではなしに、動物《どうぶつ》としてのある本能《ほんのう》のもたらす予感《よかん》によるもので思考《しこう》の結果《けっか》などでありはしない。

人間《にんげん》はどんなに健康頑丈《けんこうがんじょう》な者《もの》でも五十を過《す》ぎると、ある時《とき》ふと自分《じぶん》が死《し》ぬことについて考《かんが》えるようになります。

まして病弱《びょうじゃく》できた人《ひと》や、身《み》の周《まわ》りに大《おお》きな不幸《ふこう》を抱《かか》えたことのある人《ひと》たちは、たとえ年《とし》が若《わか》くともふとしたおりに人間《にんげん》が生《い》きて在《あ》るということとはいったい何《なん》なのだろうかとか、人生《じんせい》という流《なが》れを形《かたち》づくっている時間《じかん》とは何《なん》なのかと思《おも》って首《くび》を傾《かし》げたり、死《し》そのものについて懸命《けんめい》に考《かんが》えたりするものです。

それは人間《にんげん》だけに限《かぎ》られた思考《しこう》であって、他《ほか》の動物《どうぶつ》は決《けっ》してそんなことをしはしない。人間《にんげん》だけが『哲学《てつがく》』するのです。

若死《わかじ》にというのは人間誰《にんげんだれ》しもにとっていかにも不条理《ふじょうり》な出来事《できごと》です。しかしそうはいっても、夭折《ようせつ》する当人自身《とうにんじしん》はどうか知《し》らないが、それを目《め》にする仲間《なかま》たちにとってはいかに意外《いがい》だろうとしょせんは他人《たにん》ごとです。若《わか》い人《ひと》でも人間《にんげん》はいつか必《かなら》ず死《し》ぬとは知《し》っているが、それはあくまで常識《じょうしき》としての心得《こころえ》であって、こと自分自身《じぶんじしん》のこととなれば若《わか》さゆえの自信《じしん》で自分《じぶん》にとっての存在《そんざい》や時間《じかん》は無限《むげん》だとも錯覚《さっかく》しているから、むしろ若《わか》さゆえの、人生《じんせい》についての感傷《かんしょう》はあったとしても、自分《じぶん》にとっての死《し》など最後《さいご》の最後《さいご》の未《み》来《らい》ぐらいにしか思《おも》っておらず、自分《じぶん》だけは当分死《とうぶんし》なないという漠《ばく》たる自信《じしん》さえ抱《いだ》いているものです。それが若《わか》さの良《よ》さでもあるが、しかしいつかは皆同《みなおな》じことについて、つまり死《し》について考《かんが》えざるを得《え》ない。

私《わたし》は今《いま》まで、それがいわば趣味《しゅみ》だから、他人《たにん》が恐《おそ》れたり驚《おどろ》くような乱暴《らんぼう》なことをいろいろしてきました。例《たと》えば荒天下《こうてんか》のヨットレースでは何度《なんど》も死《し》にそうにもなったし、現《げん》にすぐ近《ちか》くで仲間《なかま》の船《ふね》が遭難《そうなん》して沈《しず》み何人《なんにん》もの仲間《なかま》が死《し》んでいった。スクーバダイビングでも、わかっているのに無理《むり》して死《し》にそうな目《め》に何度《なんど》も遭《あ》いもしました。

　しかしそんな時死《ときし》の影《かげ》を見《み》たかなどといえば、小説家《しょうせつか》はよくそんなことを書《か》くが、実《じつ》際《さい》にそんな余裕《よゆう》なぞありはしないし、もし本当《ほんとう》に死《し》の影《かげ》を見《み》たとか死神《しにがみ》の姿《すがた》を見《み》たとしたらその当人《とうにん》は死《し》んでいるに決《き》まっている。小説家《しょうせつか》の私《わたし》がいうのだから間違《まちが》いない。

　ずっと以前《いぜん》、一九七八年《ねん》の沖縄《おきなわ》レースで、那覇《なは》から一応順調《いちおうじゅんちょう》にやってきたレース艇《てい》たちは、いわば最後《さいご》のレグともいえる紀州《きしゅう》の潮岬《しおのみさき》からフィニッシュ・ラインのある三崎《みさき》に向《む》かう途中《とちゅう》の遠州灘《えんしゅうなだ》で酷《ひど》い目《め》に遭《あ》った。その年太平洋沿岸《としたいへいようえんがん》に異常発生《いじょうはっせい》していた巨《おお》きな冷《れい》水塊《すいかい》と、それが作《つく》り出《だ》す前線《ぜんせん》の上《うえ》に数珠繋《じゅずつな》ぎに発生《はっせい》したまま停滞《ていたい》する低気圧《ていきあつ》に強《つよ》い北東《ほくとう》風《ふう》が吹《ふ》きこみ、加《くわ》えて南《みなみ》に姿《すがた》を消《け》してしまった黒潮《くろしお》への強《つよ》い反流《はんりゅう》が立《た》てる三角波《さんかくなみ》に弄《もてあそ》ばれ、全艇《ぜんてい》が丸三日間《まるみっかかん》立《た》ち往生《おうじょう》しへとへとになっていた時《とき》、毎夜《まいよ》十時《じ》のロールコールで、ある船《ふね》のクルー一人《ひとり》が定時通話《ていじつうわ》の始《はじ》まる寸前《すんぜん》に落水事故《らくすいじこ》を起《お》こし、その救急《きゅうきゅう》を件《くだん》の船《ふね》が保安庁《ほあんちょう》に緊急波《きんきゅうは》で連絡《れんらく》するのを全員《ぜんいん》が聞《き》き取《と》った。状況《じょうきょう》からして、今《いま》から保安庁《ほあんちょう》が出動《しゅつどう》してきても落水者《らくすいしゃ》の救助《きゅうじょ》はおよそ不可能《ふかのう》に違《ちが》いなかった。

　それを聞《き》いた瞬間《しゅんかん》、全員《ぜんいん》がグロッキーになって寝《ね》ている狭《せま》いキャビンにどよめきが起《お》こり、そして次《つぎ》の瞬間全員《しゅんかんぜんいん》が妙《みょう》にはしゃいで生《い》き生《い》きしてきたのを眺《なが》めながら、怪訝《けげん》ながらも納得出来《なっとくでき》たのを覚《おぼ》えています。

人間《にんげん》というのはあんな瞬間《しゅんかん》、〝ああ、あいつは死《し》んじまったが、俺《おれ》はまだこうして生《い》きているぞ〟と、逆《ぎゃく》に妙《みょう》な元気《げんき》が出《で》てきたり、それでこちらはピンチを乗《の》り切《き》ったりするものなのだ。つまりいかに過酷《かこく》な同《おな》じ状況下《じょうきょうか》にあろうと、他人《たにん》の死《し》はあくまで他人《たにん》のものであってこちらには本質関係《ほんしつかんけい》ない、としか感《かん》じられはしない。そしてそれを眺《なが》め知《し》ることで、不謹慎《ふきんしん》なようだが逆《ぎゃく》に活力《かつりょく》すら与《あた》えられる。それが人間《にんげん》というものでしょう。

しかしそんな私《わたし》でも五十の半《なか》ばを過《す》ぎた頃《ころ》になるとなんとはなしにふと、本当《ほんとう》になぜかふと、自分《じぶん》はいつ死《し》ぬのかな、どんな風《ふう》に死《し》ぬのかななどと思《おも》うようになりました。と同時《どうじ》に自分《じぶん》の今《いま》までの人生《じんせい》について知《し》らぬ間《ま》に振《ふ》り返《かえ》っている自分《じぶん》に気《き》づきます。

それに気《き》づいた時《とき》、〝ああ俺《おれ》も年《とし》をとったな〟などと慨嘆《がいたん》もしないが、〝なるほどこうやって人生《じんせい》は過《す》ぎていくのか〟とは思《おも》う、というよりそう感《かん》じることがあります。

負《ま》け惜《お》しみではなしにそれはなかなかいいものです。とにかく若《わか》い頃《ころ》にはわからなかった、人生《じんせい》なるものへの本物《ほんもの》の予《よ》感《かん》といっていいのかも知《し》れない。

私《わたし》もメンバーで加《くわ》わっている、ジョージ川口《かわぐち》とか依田輝雄《よだてるお》とかいった往年《おうねん》のジャズの名《めい》プレイアーを中心《ちゅうしん》にしたフォアビート会《かい》という楽《たの》しい集《あつ》まりがありますが、仲間《なかま》の一人《ひとり》でもあったハナ肇《はじめ》が死《し》んだ時《とき》メンバーの一人《ひとり》が、

「こうやって仲間《なかま》が一人《ひとり》また一人《ひとり》と死《し》んでいく人生《じんせい》の季節《きせつ》になると、互《たが》いに話《はな》し合《あ》う会話《かいわ》がいかにも今《いま》までとは違《ちが》ってくるんだよねえ」

と、しみじみいっていたものでした。

彼《かれ》にいわせると互《たが》いに若《わか》かった二十代《だい》にはそれぞれ男《おとこ》の武功《ぶこう》としての女《おんな》の話《はなし》ばかりだったのが、三十代《だい》になればそれぞれ結婚《けっこん》して生《う》まれた子供《こども》の話《はなし》、四十代《だい》になると何《なに》かの健康法《けんこうほう》と漢方薬《かんぽうやく》、さらに五十代《だい》ともなれば病気《びょうき》とどこかの腕《うで》の良《よ》い医者《いしゃ》の話《はなし》、そして還暦《かんれき》を過《す》ぎると仲間《なかま》の訃報《ふほう》ということでした。

生《い》きてきた世界《せかい》がジャズといういかにも派手《はで》で華々《はなばな》しいものだけに、彼等《かれら》のそうした述懐《じゅつかい》というか告白《こくはく》にはいっそう無常観《むじょうかん》も漂《ただよ》っていて、とても印象的《いんしょうてき》だった。

私《わたし》が卒業《そつぎょう》した一橋大学《ひとつばしだいがく》は学生《がくせい》そのものの数《かず》が極《きわ》めて少《すく》ないせいで同窓《どうそう》の意識《いしき》が強《つよ》く、まして同学年《どうがくねん》、同《どう》クラスともなるといっそうのことで年《ねん》に一度《ど》の同窓会《どうそうかい》と、クラスによ

っては年《ねん》に何度《なんど》も会合《かいごう》したりしているが、そんなおりの会話《かいわ》も年《とし》ごとにいかにも変《か》わってきました。

一昨年《おととし》の夫人同伴《ふじんどうはん》の同窓会《どうそうかい》で乾杯《かんぱい》の後会食《あとかいしょく》しながら幹事《かんじ》が指名《しめい》した何人《なんにん》かがそれぞれ短《みじか》いスピーチをする段《だん》になったら、親《した》しい者同士《ものどうし》で囲《かこ》んだ各《かく》テーブルの会話《かいわ》も弾《はず》んでいて壇上《だんじょう》のスピーチに耳《みみ》を傾《かたむ》ける者《もの》が少《すく》なくなるのは当然《とうぜん》のことだったが、その内《うち》ある男《おとこ》が冒頭《ぼうとう》に、

「僕《ぼく》は実《じつ》はこの三年《ねん》の間《あいだ》に癌《がん》と二度《ど》闘《たたか》って手術《しゅじゅつ》をし、なんとか勝《か》ちおおせて今日《きょう》はここにくることが出来《でき》ました。諸君《しょくん》の何《なに》かの参考《さんこう》になればと、そんな体験《たいけん》を少《すこ》し披露《ひろう》したいと思《おも》います」

といって話《はな》し始《はじ》めたらざわついていた会場《かいじょう》がたちまち水《みず》を打《う》ったようにしーんとなって、全員傾聴《ぜんいんけいちょう》していたものです。

年齢《ねんれい》が自然《しぜん》にもたらす死《し》に関《かん》する意識《いしき》は決《けっ》して未練《みれん》などではないし、それまでほとんどの人間《にんげん》が実《じつ》はただ無意識《むいしき》に生《い》きてきたという逆《ぎゃく》の証《あか》しでもあって、人生《じんせい》のなんらかの時期《じき》を捉《とら》えて自分《じぶん》が生《い》きてきたということの意味《いみ》について考《かんが》えるのは誰《だれ》にとっても実《じつ》に大切《たいせつ》なことだと思《おも》う。またそれ無《な》くして人生《じんせい》の完成《かんせい》などありはしません。

釈迦《しゃか》の思索《しさく》の重《おも》さ

死《し》とか時間《じかん》とか、あるいは人生《じんせい》とかいうのはまともに考《かんが》えるにはいかにも大《おお》きな命題《めいだい》に思《おも》えるが、しかし実《じつ》は人間《にんげん》は日常《にちじょう》のいろいろな機会《きかい》に些細《ささい》なきっかけを捉《とら》えて、それについて考《かんが》えているものです。

そして自分《じぶん》にとって不本意《ふほんい》な何《なに》かをもたらした訳《わけ》や原因《げんいん》について、自分《じぶん》なりに考《かんが》え割《わ》り切《き》ったつもりでいるが、それは往々《おうおう》上《うわ》っ面《つら》の理屈《りくつ》であって、実《じつ》はそれがもっともっと『大《おお》きな仕組《しく》み』の中《なか》での結果《けっか》としてもたらされていたのだということがわかると、翻《ほん》然《ぜん》と、〝なるほどそうだったのか〟と納得出来《なっとくでき》て、新《あたら》しい勇気《ゆうき》が出《で》たり心《こころ》から安心出来《あんしんでき》たりするものです。つまりそれが覚《さと》りということだと思《おも》う。しかしそれは決《けっ》して、あきらめなどでありはしません。

そしてそれがそこらの誰《だれ》か他人《たにん》の話《はなし》を聞《き》いてではなしに、何千年《なんぜんねん》も前《まえ》に教《おし》えを説《と》いて今《いま》まで多《おお》くの人間《にんげん》を救《すく》ってきた大《おお》きな宗教《しゅうきょう》を創《つく》り出《だ》した、しかしあくまで我々《われわれ》と同《おな》じ人《にん》間《げん》の言葉《ことば》に依《よ》るならより深《ふか》い納得《なっとく》があるに違《ちが》いない。

信仰《しんこう》というのは人間《にんげん》の大《おお》きな財産《ざいさん》だと私《わたし》は思《おも》うが、しかし、ある人間《にんげん》たちにとってはいかにも他力本願《たりきほんがん》の、つまり自分自身《じぶんじしん》を失《しっ》してしまう作業《さぎょう》のように感《かん》じられるというのもよくわかります。

宮本武蔵《みやもとむさし》は一乗寺下《いちじょうじさが》り松《まつ》での何十人《なんじゅうにん》という吉岡門下《よしおかもんか》を相手《あいて》の決闘《けっとう》に出《で》かける前《まえ》、途中《とちゅう》の神社《じんじゃ》に立《た》ち寄《よ》って勝利《しょうり》を願《ねが》って祈《いの》ろうとしかけ、「神仏《しんぶつ》を崇《あが》めても、神仏《しんぶつ》に頼《たよ》らず」と翻然《ほんぜん》と覚《さと》って踵《きびす》を返《かえ》し敵地《てきち》に赴《おもむ》いたそうだが、その心《こころ》は神《かみ》に頼《たよ》った瞬間心《しゅんかんこころ》に緩《ゆる》みが出《で》来《き》てしまい、完全《かんぜん》に自《みずか》らの力《ちから》を発揮出来《はっきでき》ずに終《お》わりかねないと恐《おそ》れたからでしょう。

その後《ご》彼《かれ》は思《おも》い切《き》った作戦《さくせん》を立《た》て、その仇討《あだう》ちの果《は》たし合《あ》いに、相手《あいて》の総大将《そうだいしょう》として一番奥《いちばんおく》の床几《しょうぎ》に座《すわ》っていた吉岡清十郎《よしおかせいじゅうろう》の幼《おさな》い嫡男《ちゃくなん》に向《む》かってまっしぐらに突《つ》き進《すす》み、これを切《き》り殺《ころ》してしまう。そしてそれを見《み》て動揺《どうよう》する相手《あいて》を次々《つぎつぎ》に全員《ぜんいん》切《き》り倒《たお》す。有名《ゆうめい》な二刀流《にとうりゅう》は、この多勢《たぜい》に無勢《ぶぜい》の戦《たたか》いの中《なか》で自然《しぜん》に編《あ》み出《だ》されたともいう。

余談《よだん》だが武蔵《むさし》はこの奇蹟《きせき》の勝利《しょうり》の後《あと》、敵《てき》の大将《たいしょう》とはいえまだいたいけない子供《こども》を真《ま》っ先《さき》に切《き》ったとして世間《せけん》から咎《とが》められもしたが、しかしその作戦《さくせん》なくしては、多分《たぶん》よってたかって切《き》り刻《きざ》まれていたに違《ちが》いない。まだ前髪《まえがみ》を立《た》てた子供《こども》とはいえ戦《たたか》いの将《しょう》は将《しょう》ではないかという武蔵《むさし》の言《い》い分《ぶん》はやがて認《みと》められ、たった一人《ひとり》に門下総勢《もんかそうぜい》してかかった、それも子供《こども》を前《まえ》に押《お》し出《だ》してきた吉岡道場《よしおかどうじょう》はやがて逆《ぎゃく》に非難《ひなん》されるようになり、武蔵《むさし》の名声《めいせい》は世《よ》に轟《とどろ》くことにもなる。

その結果《けっか》を見《み》れば、武蔵《むさし》が神社《じんじゃ》に詣《もう》でたあの瞬間《しゅんかん》に、神《かみ》を崇《あが》めても神《かみ》には頼《たよ》るまいと決《き》めたことが彼《かれ》の剣豪《けんごう》としての人生《じんせい》を開《ひら》いたということなのだろうが、しかし、ならば彼《かれ》にその一瞬《いっしゅん》の覚《さと》りをもたらしたものは何《なん》なのかということです。

詭弁《きべん》に聞《き》こえるかも知《し》れないが、彼《かれ》にその覚《さと》りを与《あた》えたものこそが実《じつ》は神《かみ》だったのかもしれない。神《かみ》は時《とき》として、人間《にんげん》に神《かみ》を意志的《いしてき》に捨《す》てることをも促《うなが》すことさえある、ということを後々《のちのち》法華経《ほけきょう》の説《と》く方法論《ほうほうろん》について記《しる》す段《だん》で説明《せつめい》します。

信仰《しんこう》が自分自身《じぶんじしん》、つまり人間《にんげん》の主体性《しゅたいせい》を無《な》くさせてしまうものかどうかは実《じつ》に際《きわ》どい問題《もんだい》です。それはその人間《にんげん》が奉《ほう》じている信仰《しんこう》の質《しつ》、内容《ないよう》に関《かか》わることでもあるが、仏教《ぶっきょう》の説《と》く哲学《てつがく》を深《ふか》く理解《りかい》すればそんなことはあり得《え》ない。

しかしキリスト教《きょう》の場合《ばあい》にはどうなるのか、私《わたし》はここで宗教比較論《しゅうきょうひかくろん》をするつもりはないが、例《たと》えばサルトルの有名《ゆうめい》な戯曲《ぎきょく》『悪魔《あくま》と神《かみ》』などを見《み》れば、あの主人公《しゅじんこう》のゲッツの、神《かみ》を捨《す》てる決断《けつだん》をして悪辣《あくらつ》に徹《てっ》することで初《はじ》めて虐《しいた》げられた人々《ひとびと》を救《すく》うという皮肉《ひにく》なシテュエイションを、人々《ひとびと》はどう受《う》け止《と》めることか。サルトルは結局《けっきょく》その煩悶《はんもん》の挙句《あげく》、共《きょう》産主義《さんしゅぎ》に傾斜《けいしゃ》していきました。同《おな》じ実存主義者《じつぞんしゅぎしゃ》のレイモン・アロンやカミュの場合《ばあい》は逆《ぎゃく》に神《かみ》に傾斜《けいしゃ》していきました。

彼等《かれら》がもし釈迦《しゃか》の説《と》いた哲学《てつがく》、というよりその以前《いぜん》のものごとの分析《ぶんせき》のための方法論《ほうほうろん》について知《し》っていたなら、結論《けつろん》はもっと苦労《くろう》なしに、まったく違《ちが》ったものになっていたのではないかと私《わたし》は思《おも》いますが。

ともかくも信仰《しんこう》というものはそれに深《ふか》く関《かか》われば関《かか》わるほど、善《よ》いにつけあるいは悪《わる》いにつけ、その人《ひと》の人生《じんせい》を大《おお》きく左右《さゆう》しかねない。それこそが、人間《にんげん》が人間《にんげん》を越《こ》えたものの存在《そんざい》を意識《いしき》する心《こころ》の作業《さぎょう》の力《ちから》の所以《ゆえん》です。

現《げん》に多《おお》くの伝道者《でんどうしゃ》たちは信仰《しんこう》の極意《ごくい》として人間《にんげん》を越《こ》えたものの存在《そんざい》への心《こころ》の傾斜《けいしゃ》を前《ぜん》提《てい》としての、無私《むし》、無我《むが》などを説《と》いたりします。しかし私《わたし》から見《み》ればそれは実《じつ》は信仰《しんこう》を説《と》く側《がわ》の者《もの》の一種《いっしゅ》の奢《おご》りであって、悩《なや》みを抱《かか》えている者《もの》、つまり自分《じぶん》に関《かん》する出来事《できごと》にがんじがらめになってにっちもさっちもいかなくなっているような相手《あいて》に、自分《じぶん》を捨《す》てろなどといっても通《つう》じる訳《わけ》はない。

私《わたし》はこうして救《すく》われたのだなどと有《あ》りがたげにいう人《ひと》をよく眺《なが》めてみると、こちらから見《み》ればとてもよく救《すく》われているとも思《おも》えない。

要《よう》するに救《すく》いなどというのはあくまで個人個人《こじんこじん》のことであって、そう簡単《かんたん》に自分《じぶん》の体験《たいけん》を他人《たにん》に向《む》かって普遍化出来《ふへんかでき》るものでありはしない。つまり自分《じぶん》は救《すく》われたと当人自身《とうにんじしん》がしみじみ思《おも》わぬ限《かぎ》り、誰《だれ》も救《すく》われてなどいはしないのです。

とにかくこの教《おし》えは有《あ》りがたいのだ正《ただ》しいのだ、だから『我《が》』を捨《す》てて信《しん》じなさい、などといったところでそれがにわかにどんな救《すく》いになるものでもありはしない。

大切《たいせつ》なことは、はたの人間《にんげん》に出来《でき》ることなど、今《いま》ある悩《なや》みを抱《かか》えている人間《にんげん》にその打開《だかい》の方法《ほうほう》を思《おも》いつかせることを、いかに横《よこ》から助《たす》けてやるかということしかないのです。

私《わたし》はこの文章《ぶんしょう》の中《なか》で仏教《ぶっきょう》の教《おし》え、それも法華経《ほけきょう》の教《おし》えについて解説《かいせつ》したり、私《わたし》が法華経《ほけきょう》を読《よ》んでなるほどこれは真理《しんり》だなと感《かん》じたことを伝《つた》えたいなどというつもりはまったくない。ただ私《わたし》は私《わたし》なりにさまざまな体験《たいけん》を重《かさ》ねて自分《じぶん》の人生《じんせい》を生《い》きてきたが、その過程《かてい》にある縁《えん》で行《い》き会《あ》った、釈迦《しゃか》が亡《な》くなる寸前《すんぜん》に説《と》いたという、いわばお釈迦《しゃか》さまという人間《にんげん》の人生《じんせい》の集大成《しゅうたいせい》としての教《おし》えから受《う》けたいろいろな強《つよ》いヒントが、他人《たにん》は知《し》らぬが私《わたし》の人生《じんせい》にとってはどんな効果《こうか》があったかについて記《しる》し、そのある部分《ぶぶん》はある人《ひと》たちにも多分共感《たぶんきょうかん》を持《も》って受《う》け入《い》れられるのではないか、またある人《ひと》には何《なに》かの足《た》しになるのではないかと思《おも》っているだけです。いってみれば法華経《ほけきょう》を読《よ》んだことでの私《わたし》の人生《じんせい》のための効用体験《こうようたいけん》、さらにいえば私《わたし》の人生《じんせい》の中《なか》で被《こうむ》ったおかげ、御利益《ごりやく》についての分析《ぶんせき》です。

その前《まえ》に誰《だれ》もが知《し》っておいた方《ほう》がいいと思《おも》うのは、釈迦《しゃか》は自分自身《じぶんじしん》では教《おし》えとしては一行《ぎょう》の文章《ぶんしょう》も書《か》かなかったということ。キリストもそうだったしマホメットもそうと聞《き》いています。

これは実《じつ》は極《きわ》めて大切《たいせつ》なことです。つまり彼等《かれら》が行《おこな》ったことは教《おし》えを垂《た》れるといった観念《かんねん》の仕事《しごと》では決《けっ》してありはしなかった。釈迦《しゃか》が行《おこな》ったことは結果《けっか》として、人間全体《にんげんぜんたい》を代表《だいひょう》して人間《にんげん》が生《い》きるということ、存在《そんざい》しているということ、そして人生《じんせい》にとっての、人《ひと》によってさまざまに幅《はば》の異《こと》なる生命《せいめい》を洗《あら》って過《す》ぎる『時間《じかん》』とは何《なん》なのかということを懸命《けんめい》に考《かんが》え、考《かんが》え尽《つ》くすことに自分《じぶん》の命《いのち》を張《は》ったということです。

つまり彼《かれ》はただの思想家《しそうか》などではなしに、あくまで哲学《てつがく》を行動《こうどう》した無類《むるい》の行為者《こういしゃ》、探《たん》検家《けんか》だったということです。

だからこそ、その言葉《ことば》には無類《むるい》の重《おも》さがある。

そうした釈迦《しゃか》の言葉《ことば》を、後《あと》になって、行動《こうどう》を共《とも》にしながらじかに教《おし》えを受《う》けた弟子《でし》たちが忘《わす》れぬ内《うち》に書《か》き留《と》めておこうとみんなして集《あつ》まってサンスクリット語《ご》で書《か》き綴《つづ》ったのが仏教《ぶっきょう》の古《こ》典《てん》のお経《きょう》とされています。

そこにはそれを綴《つづ》った弟子《でし》たちの私見《しけん》恣意《しい》が入《はい》っているし、さらに後《あと》にそれを漢字《かんじ》に翻訳《ほんやく》した何人《なんにん》かの有名《ゆうめい》な翻訳者《ほんやくしゃ》のそれも加《くわ》わっていて、教義《きょうぎ》のさまざまな解釈論《かいしゃくろん》の種《たね》にもなっているが、しかしその原点《げんてん》である、人間《にんげん》が生《い》きて存在《そんざい》しているということとは何《なん》なのか、私《わたし》たちにとって時間《じかん》とはいったい何《なん》なのかと考《かんが》えに考《かんが》え哲学《てつがく》を行動《こうどう》した釈迦《しゃか》の根源的《こんげんてき》、基本的《きほんてき》な認識《にんしき》の重《おも》さはどう損《そこ》なわれるものでもありはしません。

むしろそれを文章《ぶんしょう》にまとめようとした弟子《でし》たちが、それぞれ彼等《かれら》なりの人生《じんせい》を反映《はんえい》させて自分《じぶん》が受《う》けた教《おし》えの受《う》け取《と》り方《かた》について恣意《しい》を加《くわ》えたということもまた、釈尊《しゃくそん》が行《い》き着《つ》いて弟子《でし》たちに説《と》いたことがらの絶対性《ぜったいせい》を明《あ》かしているといえるかもしれない。

いい換《か》えると釈迦《しゃか》が説《と》いた、いわば人生《じんせい》に関《かん》する方法論《ほうほうろん》は彼《かれ》が自分《じぶん》の身《み》をすり減《へ》らして体得《たいとく》したものだけに実《じつ》に柔軟《じゅうなん》で、実《じつ》に相対的《そうたいてき》で、いかなる人間《にんげん》にも適応《てきおう》され、いかなる人間《にんげん》にとっても効用《こうよう》のあるものだということです。

例《たと》えば後々《のちのち》記《しる》しますが、釈迦《しゃか》は、有形無形《ゆうけいむけい》今《いま》ある問題《もんだい》の解決《かいけつ》について思《おも》い悩《なや》み、いったいなんでこんなことになったのかと考《かんが》える際《さい》の、原因究明《げんいんきゅうめい》についての糸口《いとぐち》と発想《はっそう》についても教《おし》えていますが、その発想《はっそう》は（発想《はっそう》とはいうがそれは釈迦《しゃか》が苦労苦心《くろうくしん》の末《すえ》にたどりつき発見《はっけん》し自覚《じかく》した一種《いっしゅ》の境地《きょうち》ともいえる）実《じつ》に複合的《ふくごうてき》、かつまた極《きわ》めて合理的《ごうりてき》で我《われ》が自分《じぶん》に適応《てきおう》させて考《かんが》えなおすと、なるほどと思《おも》わず膝《ひざ》を打《う》つほど人間《にんげん》の悩《なや》みの解明《かいめい》解決《かいけつ》のための方法《ほうほう》について、数々《かずかず》の真理《しんり》をいい尽《つ》くしています。

それは、私自身《わたしじしん》が大学生時代《だいがくせいじだい》に影響《えいきょう》を受《う》けた、釈迦《しゃか》とはまったく違《ちが》う方法《ほうほう》で人間《にんげん》を救《すく》おうと努力《どりょく》し、半《なか》ばは成功《せいこう》したかに見《み》えたが結局多《けっきょくおお》くの人間《にんげん》たちにとんでもない回《まわ》り道《みち》を強《し》いたあの毛沢東《もうたくとう》が、若《わか》い頃《ころ》イデオロギー実践《じっせん》のための方法論《ほうほうろん》としてものした『矛盾《むじゅん》論《ろん》』に実《じつ》によく似《に》ていると思《おも》う。

毛沢東《もうたくとう》は混乱《こんらん》しきったシナをまとめるために共産主義《きょうさんしゅぎ》という理念《りねん》をかざして革命《かくめい》に成《せい》功《こう》しました。『矛盾論《むじゅんろん》』はそのための方法論《ほうほうろん》ですが、素人《しろうと》にもわかりやすい簡《かん》にして要《よう》を得《え》たものです。

毛《もう》は人間《にんげん》の周《まわ》りに存在《そんざい》する矛盾《むじゅん》、つまり解決《かいけつ》し改良《かいりょう》しなくてはならぬ出来事《できごと》は大小《だいしょう》いろいろな原因《げんいん》があって出来上《できあ》がっているが、今目《いまめ》の前《まえ》にある出来事《できごと》を芯《しん》から改良《かいりょう》しようと思《おも》うなら、その底《そこ》にある最《もっと》も大《おお》きな原因《げんいん》が何《なに》かを見《み》つけないとものごとの真《しん》の改革《かいかく》や発展《はってん》は出来《でき》はしないのだと説《と》き、世《よ》の中《なか》の矛盾《むじゅん》なるものには「主要矛盾《しゅようむじゅん》」とそれが局地《きょくち》的《てき》に派生《はせい》させる「従属矛盾《じゅうぞくむじゅん》」の二つがあると分析《ぶんせき》しています。

そして従属矛盾《じゅうぞくむじゅん》の解決改良《かいけつかいりょう》のためには、あくまで主要矛盾《しゅようむじゅん》を認識《にんしき》し、その解決《かいけつ》を目指《めざ》さなくてはものごとは決《けっ》して本当《ほんとう》によくなりはしないと説《と》いている。

これはいかにも理《り》にかなったものの考《かんが》え方《かた》です。得《え》てして人間《にんげん》は、何《なに》か困《こま》ったことが起《お》こると困《こま》れば困《こま》るほど目先《めさき》の事態《じたい》に気《き》をとられてなんでこういうことにいたったかと慌《あわ》てたり悩《なや》んだりするあまり、じっくり腰《こし》を据《す》え大局《たいきょく》を眺《なが》めて原因《げんいん》や解決法《かいけつほう》を考《かんが》えることが出来《でき》ない。どうしてもすぐ目《め》の前《まえ》にあることばかりについて考《かんが》えたがります。そういうのを浅知恵《あさぢえ》というのだが、窮《きゅう》すれば窮《きゅう》するほど浅《あさ》い知恵《ちえ》しか出《で》てこないのが人間《にんげん》の常《つね》です。

毛沢東《もうたくとう》がいったように、いや待《ま》てよ、これにはもっと深《ふか》い訳《わけ》があるに違《ちが》いない、それをつきとめないとろくな解決《かいけつ》にはならないぞという基本的《きほんてき》な、大《おお》きく構《かま》えた姿勢《しせい》が肝要《かんよう》なのです。

もっとも毛《もう》は晩年《ばんねん》自分《じぶん》がいったことを逆用《ぎゃくよう》しようとしてか、それとも本当《ほんとう》に頭《あたま》がぼけたのか、文化《ぶんか》大革命《だいかくめい》とか称《しょう》して自分《じぶん》の権力保持《けんりょくほじ》にうつつを抜《ぬ》かして大混乱《だいこんらん》を招《まね》きシナの歴史《れきし》の進歩《しんぽ》を二十年《ねん》は遅《おく》らせてしまった。

それに比《くら》べれば釈迦《しゃか》の説《と》いた方法論《ほうほうろん》ははるかに悠遠《ゆうえん》な生命《せいめい》を持《も》っていて、今《いま》になってもなお生《い》き生《い》きとした効用《こうよう》をこの現代《げんだい》のいかなる社会《しゃかい》のいかなる人間《にんげん》に対《たい》しても与《あた》えてくれます。

釈迦《しゃか》の説《と》いた方法論《ほうほうろん》、つまりものの考《かんが》え方《かた》がなぜ素晴《すば》らしいかといえば、それは釈尊《しゃくそん》が人間《にんげん》が存在《そんざい》するということとはいったいどういうことなのかという、人間《にんげん》にとって最《さい》大《だい》かつ基本的《きほんてき》な問題《もんだい》について明確《めいかく》な解釈《かいしゃく》をほどこし、あくまでまずそれを踏《ふ》まえて自分《じぶん》の抱《かか》えている問題《もんだい》の解決《かいけつ》について進《すす》む具体的《ぐたいてき》な手《て》ほどきを述《の》べているからです。

毛沢東《もうたくとう》の方法論《ほうほうろん》は不満《ふまん》な現況《げんきょう》を改良《かいりょう》するために共産主義《きょうさんしゅぎ》というイデオロギー、いい換《か》えれば価値観《かちかん》、つまり人間《にんげん》の物《もの》への執着《しゅうじゃく》の度合《どあ》いや形《かたち》から発《はっ》しているだけですが、釈尊《しゃくそん》の説《と》いたことは何《なに》がいいとか悪《わる》いとか、これは好《す》きだがあれは嫌《きら》いといったしょせんは個人《こじん》の判断《はんだん》などではなしに、人間《にんげん》が存在《そんざい》する、つまり生《う》まれて生《い》きていくという誰《だれ》にも有無《うむ》いわせぬ基本的《きほんてき》、本質的《ほんしってき》、決定的《けっていてき》なことがらの本当《ほんとう》の仕組《しく》みとその意味《いみ》を踏《ふ》まえてのことだから、少《すこ》しばかり時間《じかん》が過《す》ぎ社会《しゃかい》が変《か》わるとそれにつれてこちらも変《か》わってしまうなどという薄《うす》っぺらなものではまったくなく、あくまで永遠《えいえん》の真理《しんり》としての価値《かち》を持《も》っています。つまり釈迦《しゃか》の方法論《ほうほうろん》の背景《はいけい》には、彼《かれ》が捉《とら》えきった存在論《そんざいろん》と時間論《じかんろん》に支《ささ》えられた悠遠《ゆうえん》な宇宙感覚《うちゅうかんかく》があるのです。

仏教《ぶっきょう》はもちろん釈尊《しゃくそん》の教《おし》えを元《もと》にした信仰《しんこう》だが、それを信《しん》じる信《しん》じないの前《まえ》に、釈迦《しゃか》が説《と》いたことはただものの考《かんが》え方《かた》としても素晴《すば》らしいし我々《われわれ》の実生活《じっせいかつ》にそのまま役《やく》にたってくれる。

それは、信《しん》じる者《もの》は救《すく》われんといった、とにもかくにもその気《き》になってみろというように一種捨《いっしゅす》てばちな、自分《じぶん》はかなり利口《りこう》だと思《おも》っているインテリたちにはいかにも苦手《にがて》な非合理的《ひごうりてき》な姿勢《しせい》を決《けっ》して強《し》いたりはしないし、ただの教養《きょうよう》のために耳《みみ》を傾《かたむ》け目《め》にしてみるだけで、心《こころ》の奥《おく》になるほどなあという共感《きょうかん》を育《そだ》ててくれるはずです。

また毛沢東《もうたくとう》の『矛盾論《むじゅんろん》』を譬《たと》えに引《ひ》けば、我々《われわれ》の身《み》の周《まわ》りにある厄介《やっかい》な問題《もんだい》についての、その実《じつ》は一番《いちばん》の原因《げんいん》である、「主要《しゅよう》なる矛盾《むじゅん》」についてこそ気《き》づかせてくれるから、身《み》の周《まわ》りのあくまで個人的《こじんてき》なことがらのもたらされた訳《わけ》についてそれぞれになるほどなと感《かん》じ入《い》ることが出来《でき》ます。

つまりその限《かぎ》りで、私《わたし》たち自身《じしん》がすべき問題解決《もんだいかいけつ》のために、その基本《きほん》に据《す》えるべき哲《てつ》学《がく》を教《おし》えた上《うえ》での個々《ここ》への強《つよ》い啓示《けいじ》、確《たし》かな手《て》ほどきを与《あた》えてくれるのです。

いずれにせよ仏教《ぶっきょう》、つまり釈尊《しゃくそん》が身《み》をもって自分自身《じぶんじしん》のために体得《たいとく》した教《おし》えは、他《ほか》の宗教《しゅうきょう》には例《れい》を見《み》ない実《じつ》に劃然《かくぜん》とした存在論《そんざいろん》であり認識論《にんしきろん》です。つまり優《すぐ》れた哲学《てつがく》の要《よう》件《けん》を見事《みごと》に備《そな》えている。

その哲学《てつがく》に触《ふ》れてなるほどと思《おも》わず膝《ひざ》を打《う》ち、それから先《さき》にさらに仏教《ぶっきょう》に帰依《きえ》しようがしまいが、それはそれぞれの人《ひと》の次《つぎ》の段階《だんかい》での問題《もんだい》であってあくまで別《べつ》のことです。

大事《だいじ》なことは、それぞれが今抱《いまかか》えている厄介《やっかい》な問題《もんだい》を有効《ゆうこう》に解決《かいけつ》することではないですか。

そのためにこそ誰《だれ》しも事《こと》の折々《おりおり》に漠然《ばくぜん》と感《かん》じ考《かんが》えている、自分《じぶん》が生《い》きて在《あ》るということと人生《じんせい》の中《なか》での時間《じかん》とはいったい何《なん》なんだろうという、問題《もんだい》の一番根底《いちばんこんてい》にある主要《しゅよう》な原因《げんいん》について、一番確《いちばんたし》かに答《こた》えてくれるのが法華経《ほけきょう》だと私《わたし》は思《おも》います。

私《わたし》は坊主《ぼうず》でもどこかの宗教《しゅうきょう》の熱心《ねっしん》な信者《しんじゃ》でもありはしないから、こんなことを書《か》いてそれを枷《かせ》にして誰《だれ》かを特定《とくてい》の信仰《しんこう》に引《ひ》っ張《ぱ》りこむつもりもまったくないが、しかし身近《みぢか》な問題《もんだい》の解決《かいけつ》に仏教《ぶっきょう》を開《ひら》いた釈尊《しゃくそん》のいわれたことが役《やく》にたち、それがきっかけで誰《だれ》かが信仰《しんこう》を持《も》つなり信仰《しんこう》を深《ふか》められればこれまた結構《けっこう》なことだと思《おも》う。

しかしいきなり何《なに》か信仰《しんこう》を持《も》ったらといっても、何《なに》をきっかけに信仰《しんこう》なるものを持《も》ったらいいのかわかるようでわかりはしない。神棚《かみだな》を祭《まつ》り仏壇《ぶつだん》を置《お》いて朝晩《あさばん》それを拝《おが》むというのが本物《ほんもの》の信仰《しんこう》ならこんなに簡単《かんたん》な話《はなし》はないが、そんなことで科学《かがく》の進歩《しんぽ》がもたらす恩恵以上《おんけいいじょう》の幸《しあわ》せが手《て》に入《はい》るはずもない。

大事《だいじ》なことは、何《なに》をきっかけに神《かみ》なり仏《ほとけ》とどう繋《つな》がるかということだが、そんなことを誰《だれ》がどう教《おし》えてくれもしないし、たとえどうこう教《おそ》わってもなるほどというものである訳《わけ》がない。

それはしょせん一人一人《ひとりひとり》が何《なに》に悩《なや》み何《なに》に苦《くる》しんでいるかという、つまりそれぞれの生《い》き方《かた》によって、そしてその解決《かいけつ》の仕方《しかた》によって違《ちが》ってくるのです。

懸命《けんめい》に尽《つ》くしているのに恋愛《れんあい》がうまく進《すす》んでいかない、仕事《しごと》が頭打《あたまう》ちしてうまくいかない、借金《しゃっきん》がただただかさむ、誠意《せいい》をもってしているのに相手《あいて》から信用《しんよう》されないなどなど、人生《じんせい》は多様《たよう》だし、失恋《しつれん》一つにしたってその内容《ないよう》は千差《せんさ》万別《ばんべつ》だ。それを誰《だれ》かが一つの理屈《りくつ》でくくって説明《せつめい》のつくものでありはしません。

結局《けっきょく》それぞれが自分《じぶん》の人生《じんせい》の中《なか》での出来事《できごと》について一人悩《ひとりなや》んだり、恐《おそ》れたり、迷《まよ》ったり、悲《かな》しんだり、怒《おこ》ったりしながら、いったいどうしてこうなったのかと悩《なや》み考《かんが》える中《なか》で進歩《しんぽ》なり進展《しんてん》もあるのだが、もしそこに何《なに》かが、誰《だれ》かが一条《じょう》の強《つよ》い光《ひかり》を投《な》げこんでくれ、それであああそうかと覚《さと》る、とまでいかなくとも何《なに》かにはっと気《き》づく、その原因《げんいん》や訳《わけ》について覚《さと》ることがあればそれが救《すく》いにもなるし、進歩《しんぽ》にも繋《つな》がるし、また新《あたら》しい自信《じしん》にも繋《つな》がっていくはずです。

まず大切《たいせつ》なことは、人間《にんげん》が良《よ》き信仰者《しんこうしゃ》になるということなどでは決《けっ》してない。信仰《しんこう》の意味《いみ》とか価値《かち》とは、個人《こじん》としての人間《にんげん》が信仰《しんこう》が教《おし》える哲学《てつがく》によって人生《じんせい》について納得《なっとく》し、納得《なっとく》することでさらに自信《じしん》を持《も》ち、より確《たし》かに生《い》きていくということだと思《おも》う。

それなくして、一日《にち》千回《かい》お経《きょう》を上《あ》げたって何《なん》になるものでもない。お経《きょう》を上《あ》げるとか祈《いの》るということにそうするに足《た》る納得《なっとく》と期待《きたい》が無《な》くしては、そんなことをしたところで生活《せいかつ》の中《なか》の大切《たいせつ》な作業《さぎょう》として人生《じんせい》を通《つう》じて続《つづ》くものでありはしない。

ならばどうやったら自分《じぶん》の悩《なや》みや迷《まよ》いの訳《わけ》について、もう少《すこ》し深《ふか》く納得出来《なっとくでき》るのか。

しつこくいうようだがそれぞれにとって大事《だいじ》なことは、今抱《いまかか》えている厄介《やっかい》な問題《もんだい》がなんでこうなったのかというその訳《わけ》が、もう少《すこ》し深《ふか》く大《おお》きくいかにも納得《なっとく》いく形《かたち》でわかれば少《すこ》しは救《すく》われるし、打開《だかい》や発展《はってん》のきっかけもつかめようということです。

第二章　『十如是《じゅうにょぜ》』とは何《なに》か

出来事《できごと》の正《ただ》しい解明《かいめい》のために

法華経《ほけきょう》は全体《ぜんたい》が二十八章《しょう》で構成《こうせい》されているがその第《だい》二番目《ばんめ》に「方便品《ほうべんぼん》」というのがあります。打《う》ち明《あ》けていうとこれは二十八もある章《しょう》の中《なか》でも最《もっと》も大切《たいせつ》な五つの章《しょう》の一つとされていますが、ここではものごとがなんで今《いま》のような形《かたち》に成《な》りきたって、それを具体《ぐたい》的《てき》にどう捉《とら》えることで最《もっと》も適切《てきせつ》な方法《ほうほう》を講《こう》じることが出来《でき》るかという手引《てび》きが教《おし》えられています。

それは、また毛沢東《もうたくとう》の『矛盾論《むじゅんろん》』を引《ひ》き合《あ》いにすると、まず彼《かれ》のいった「従属矛盾《じゅうぞくむじゅん》」の捉《とら》え方《かた》について教《おし》えているのです。

曰《いわ》くに、「いわゆる諸法《しょほう》の如是《にょぜ》相《そう》、如是性《にょぜしょう》、如是《にょぜ》体《たい》、如是《にょぜ》力《りき》、如是《にょぜ》作《さ》、如是《にょぜ》因《いん》、如是《にょぜ》縁《えん》、如是《にょぜ》果《か》、如是《にょぜ》報《ほう》、如是《にょぜ》本末究竟等《ほんまつくきょうとう》」があるのだといっている。

如是《によぜ》というのは、「何々《なになに》のようなこと」とでもいう意味《いみ》で、ものごとの意味《いみ》とか実体《じったい》にはこういういくつかの本質《ほんしつ》があるということです。有形無形《ゆうけいむけい》、身《み》の周《まわ》りに在《あ》るものごとを順序《じゅんじょ》だてて分析《ぶんせき》すればこういうことになる、という説明《せつめい》です。

しかしこれはただの説明《せつめい》ではなしに、後々《のちのち》になって思《おも》うと、これそのものの中《なか》に深遠《しんえん》な哲学《てつがく》の余韻《よいん》がすでに響《ひび》いてきているのです。しかしまあそれは後《あと》のことでいい。

これらは『十如是《じゅうにょぜ》』といわれて、すべてのものごとを正確《せいかく》にどう捉《とら》えるかという具体《ぐたい》的《てき》な方法論《ほうほうろん》の手引《てび》きとして法華経《ほけきょう》の中《なか》で最《もっと》も大切《たいせつ》なくだりだが、一見《いっけん》、七面倒臭《しちめんどうくさ》そうでも実《じつ》は簡単《かんたん》に口語《こうご》に翻訳《ほんやく》することの出来《でき》る、いかにも現実的《げんじつてき》な解説《かいせつ》です。つまり確固《かっこ》とした哲学《てつがく》たる法華経《ほけきょう》の認識論《にんしきろん》のとば口《くち》として、読《よ》む者《もの》の気持《きも》ちを引《ひ》き心《こころ》を捉《とら》える実《じつ》に冷《れい》静《せい》、実《じつ》に合理的《ごうりてき》な手引《てび》きといえる。

このくだりは世《よ》に『略法華《りゃくほつけ》』、つまりお経全体《きょうぜんたい》の集約《しゅうやく》とまでいわれているくらい重要《じゅうよう》な意味《いみ》を持《も》つ部分《ぶぶん》ですが、わかってみるとこうした的確《てきかく》で具《ぐ》体的《たいてき》な分析《ぶんせき》がお経《きょう》の神髄《しんずい》といわれる限《かぎ》り、法華経《ほけきょう》というのは少《すく》なくとも、神《かみ》がかりな教《おし》えでもなければいたずらに観念的《かんねんてき》な理想《りそう》を説《と》いたものでもないというのが逆《ぎゃく》によくわかります。

そして法華経《ほけきょう》は人生《じんせい》の中《なか》での出来事《できごと》、誰《だれ》でも一番気《いちばんき》になるのは人生《じんせい》につきもののいろいろな厄介事《やっかいごと》ですが、それがどういう訳《わけ》で自分《じぶん》の前《まえ》に持《も》ち上《あ》がってきているのかを知《し》るための手《て》だてを、他《ほか》に比類《ひるい》のない方法論《ほうほうろん》として説《と》き明《あ》かしているのです。

つまり、気《き》になるものごとがなんでこうなったのかという正《ただ》しい分析《ぶんせき》と理解《りかい》のための方法論《ほうほうろん》、その手《て》だてについてですが、ならばそれらの十の、「このものごとの本質《ほんしつ》、実《じっ》体《たい》は、何々《なになに》のようなものだ」というのは、そもいったい何《なに》と何《なに》なのか。それは仏教《ぶっきょう》の本《ほん》髄《ずい》のさらに本髄《ほんずい》ともいいうる究極《きゅうきょく》の真理《しんり》『実相《じっそう》』をパラフレイズした、世《よ》の中《なか》の現象《げんしょう》についての認識《にんしき》の分析《ぶんせき》の仕方《しかた》についての解明《かいめい》です。

本来《ほんらい》なら、さらにならば、その『実相《じっそう》』とは何《なに》かということですがそんな話《はなし》を最初《さいしょ》からすれば多分《たぶん》読《よ》む気《き》の人《ひと》も読《よ》む気《き》がしなくなるだろうから、ここではごく無機的《むきてき》に、つまりものの考《かんが》え方《かた》（方法論《ほうほうろん》）の技術用語《ぎじゅつようご》ほどのつもりで読《よ》み取《と》ってもらえばいい。

法華経《ほけきょう》についてのこういう話《はなし》の進《すす》め方《かた》は、多分《たぶん》、世《よ》の中《なか》のいわゆる偉《えら》い坊《ぼう》さんたちには気《き》にいらないに違《ちが》いない。なにしろ彼等《かれら》はお経《きょう》が有《あ》りがたいと覚《さと》った人《ひと》たちだから、お経《きょう》についての大方《おおかた》の専門家《せんもんか》が手慣《てな》れた手引《てび》きの順《じゅん》というものが自《おの》ずとあって、それを無視《むし》したような説明《せつめい》とか解説《かいせつ》は、彼等《かれら》には不愉快《ふゆかい》なものに違《ちが》いない。

しかし私《わたし》は仏教《ぶっきょう》の伝道者《でんどうしゃ》ではないし、年《ねん》がら年中《ねんじゅう》お経《きょう》のことを考《かんが》え、考《かんが》える度《たび》有《あ》りがたいと随喜《ずいき》している人間《にんげん》でもないから、僭越《せんえつ》ないい方《かた》だが、私《わたし》にとっての法華経《ほけきょう》が何《なん》であるかを、せめて誰《だれ》かの役《やく》にたてばいいと思《おも》って記《しる》しているだけで、私《わたし》は法華経《ほけきょう》の信者《しんじゃ》といえば信者《しんじゃ》だが、この上誰《うえだれ》かを弟子《でし》に持《も》とうとも思《おも》っていないし、仏法《ぶっぽう》に関《かん》してのお前《まえ》の考《かんが》え方《かた》は異端《いたん》だといわれても一向《いっこう》にかまわない。

法華経《ほけきょう》に関《かん》してもお前《まえ》の宗派《しゅうは》はいったい何《なん》だと問《と》われれば、石原教《いしはらきょう》とでもしかいいようないが、俺《おれ》は俺《おれ》の教祖《きょうそ》だと自惚《うぬぼ》れてみても私《わたし》の信者《しんじゃ》も私《わたし》しかいはしない。しかし私《わたし》には仏法《ぶっぽう》に関《かん》してこちらが勝手《かって》に師《し》と仰《あお》いだ人《ひと》は何人《なんにん》かいます。その人《ひと》たちは今私《いまわたし》がこんなものを書《か》いても許《ゆる》してくれるだろうし、お釈迦《しゃか》さまも多分許《たぶんゆる》してくれると思《おも》う。だから私《わたし》としてはあくまで我流《がりゅう》の法華経論《ほけきょうろん》を記《しる》すしかない。

しからばそんなに大切《たいせつ》な釈迦《しゃか》の教《おし》えの中《なか》の、よろずものごとへの認識《にんしき》の手引《てび》きのとば口《くち》とは何《なん》なのか。

如是《にょぜ》というのは前述《ぜんじゅつ》のように、「何々《なになに》のような」ということで、第《だい》一の如是《にょぜ》、つまりこのような『相《そう》』とは何《なん》のことかというと、いってみれば何《なん》であれ、そこに在《あ》るものの生来《せいらい》の姿《すがた》のことです。

つまり桜《さくら》の花《はな》には『桜《さくら》』になる花《はな》としての生来《せいらい》の姿《すがた》がある。染井《そめい》吉野《よしの》とか山桜《やまざくら》とか、まあ寒《かん》の間《あいだ》に咲《さ》くような桜《さくら》はあっても、大方《おおかた》の桜《さくら》は春《はる》を知《し》らせてぱっと咲《さ》き、人々《ひとびと》はそれを眺《なが》め「ああ春《はる》が来《き》たなあ」と喜《よろこ》びます。しかし寒《かん》に咲《さ》いてもやはり桜《さくら》は桜《さくら》で他《ほか》の花《はな》とはやはり違《ちが》う。他《ほか》の花《はな》とはっきり違《ちが》って、眺《なが》めて日本人《にほんじん》にはともかくぴったりくるものがあります。

第二《だい》の如是《にょぜ》の『性《しょう》』とは、桜《さくら》に限《かぎ》らず何《なん》にでもそうした姿《すがた》（相《そう》）を現《あらわ》す生来《せいらい》の性質《せいしつ》がある。桜《さくら》に共通《きょうつう》した花《はな》の形《かたち》や、主《おも》に春《はる》に咲《さ》くということも、そしていかにも潔《いさぎよ》く散《ち》っていくという桜《さくら》の『桜《さくら》』たる原因《げんいん》としての際《きわ》だった性格《せいかく》です。

第三《だい》の『体《たい》』とは、性質《せいしつ》というのはその本体《ほんたい》から生《う》まれてくるもので、本体《ほんたい》といっても桜《さくら》なら桜《さくら》の奥《おく》の奥《おく》にあって桜《さくら》を桜《さくら》たらしめている、遺伝学的《いでんがくてき》にいえば花《はな》としての遺伝子《いでんし》のようなものです。本来《ほんらい》はそれほど深《ふか》い所《ところ》にあるものだが、この際《さい》はまあ、どうもいつもなんとなく陰気《いんき》で暗《くら》い奴《やつ》だと思《おも》っていたら両親《りょうしん》に早《はや》く死《し》なれてその後《ご》いろいろ苦労《くろう》してきたらしい、などといった個人歴《こじんれき》のようなものと考《かんが》えておいてもいい。後《のち》に記《しる》すが、お経《きょう》の名解説者《めいかいせつしゃ》の松原泰道師《まつばらたいどうし》はこれらの如是《にょぜ》を、自分《じぶん》という人間《にんげん》はと置《お》き換《か》えてみたら一番《いちばん》よくわかるといってもいいます。

第《だい》四の『力《りき》』とは桜《さくら》が桜《さくら》として春《はる》になれば満開《まんかい》に花《はな》を咲《さ》かせ、花《はな》が散《ち》れば葉《は》を茂《しげ》らせるという当《あた》り前《まえ》のようでも目《め》には見《み》えない確《たし》かな力《ちから》です。

譬《たと》えは悪《わる》いが、人《ひと》に知《し》られたくないような暗《くら》い過去《かこ》を持《も》つ人間《にんげん》が、得《え》てして陰《かげ》で人《ひと》に意地悪《いじわる》をするとか、犯罪行為《はんざいこうい》をしがちだなどということにもなぞらえられる。

第《だい》五の『作《さ》』は、そうした力《ちから》がもたらす作用《さよう》といえる。

桜《さくら》の種《たね》にこもった力《ちから》はやがて春《はる》を感《かん》じとって蕾《つぼみ》を育《そだ》てやがて花《はな》も咲《さ》かせる。風《かぜ》にも耐《た》えて花《はな》を持《も》ち続《つづ》け、葉《は》も茂《しげ》らせ梢《こずえ》ものばす。といっても、桜一人《さくらひとり》で満開《まんかい》の美《うつく》しい花《はな》を咲《さ》かせられるのではなしに、実《じつ》は四季《しき》の巡《めぐ》り巡《めぐ》りの効用《こうよう》、夏《なつ》の暑《あつ》い陽射《ひざ》し、冬《ふゆ》の冷《つめ》たく厳《きび》しい雨《あめ》とて桜《さくら》を今年《ことし》はいつになく素晴《すば》らしい桜《さくら》として在《あ》らせるためのもので、そうした周囲《しゅうい》のもろもろの力《ちから》が働《はたら》いての見事《みごと》な開花《かいか》という結果《けっか》となることを忘《わす》れてはならない。

第六《だい》の『因《いん》』とはすべての現象《げんしょう》、ものごとにはそれがそうなるためにいろいろな原因《げんいん》があるということ。原因《げんいん》なしに、現《あらわ》れ出《で》てくるものごとなど決《けっ》してありはしません。

第七《だい》の『縁《えん》』とは、今年《ことし》の桜《さくら》はことのほか美《うつく》しいな、という陰《かげ》にあるその年《とし》の気象《きしょう》とかその桜《さくら》の木《き》の辺《あた》りにいつもと違《ちが》った養分《ようぶん》の水《みず》が流《なが》れこんだとか、あるいは誰《だれ》かが昨年《さくねん》の花《はな》の出来《でき》にあきたらずにことさら手《て》を加《くわ》えたとか、いろいろな条件《じょうけん》が重《かさ》なったり偶然《ぐうぜん》も含《ふく》めてのさまざまな機会《きかい》が訪《おとず》れたとかいうこと。

しかし後々記《のちのちしる》しますが、人間《にんげん》が浅《あさ》い知恵《ちえ》のままに、これはなんという偶然《ぐうぜん》だろうかなどと思《おも》っているだけで、実《じつ》はこの世《よ》にはたして本当《ほんとう》の偶然《ぐうぜん》などということがあるのかということが大《おお》きな命題《めいだい》の一つなのです。

第八《だい》の『果《か》』は、事《こと》の結果《けっか》です。今年《ことし》の桜《さくら》はいつになく綺麗《きれい》に咲《さ》いたという花《はな》の姿《すがた》、花《はな》の状態《じょうたい》。そしてその陰《かげ》にはいくつかの原《げん》『因《いん》』がありそれがさらに『縁《えん》』に出会《であ》って結《むす》ばれ花《はな》なら花《はな》の咲《さ》き具合《ぐあい》という結果《けっか》になって表《あらわ》れる。

余談《よだん》だが私《わたし》は北海道《ほっかいどう》の小樽《おたる》から支店長《してんちょう》をしていた父《ちち》の本社《ほんしゃ》への転勤《てんきん》で神奈川県《かながわけん》の逗子《ずし》に引《ひ》っ越《こ》してき、北海道《ほっかいどう》の厳《きび》しい風土《ふうど》に比《くら》べて湘南《しょうなん》の風物《ふうぶつ》の優《やさ》しさ美《うつく》しさに子供心《こどもごころ》にも感心《かんしん》したものでした。当時《とうじ》の湘南《しょうなん》には中学校《ちゅうがっこう》の国語《こくご》の教科書《きょうかしょ》にも載《の》っていた徳富蘆花《とくとみろか》の『自然《しぜん》と人生《じんせい》』に描《えが》かれた風物《ふうぶつ》がたくさん残《のこ》っていました。

初《はじ》めて湘南《しょうなん》を目《め》にした子供《こども》の私《わたし》にとりわけ印象的《いんしょうてき》だったのは、小学校《しょうがっこう》の遠足《えんそく》で連《つ》れて行《い》かれた隣町《となりまち》の鎌倉《かまくら》の妙本寺《みょうほんじ》という名刹《めいさつ》の前庭《ぜんてい》に、おりからの季節《きせつ》に満開《まんかい》に咲《さ》き誇《ほこ》っていた見事《みごと》な海棠《かいどう》の大木《たいぼく》でした。北海道《ほっかいどう》では見《み》ることのない鮮《あざ》やかな花《はな》をたわわに咲《さ》かせて、木全体《きぜんたい》が何《なに》か初《はじ》めて見《み》る特別《とくべつ》の生《い》き物《もの》のようにさえ感《かん》じられ、子供《こども》の私《わたし》はただ圧倒《あっとう》されて眺《なが》めいったものです。

そして翌年《よくねん》になって、何故《なぜ》かまたもう一度《いちど》あの花《はな》を眺《なが》めてみたいなあと思《おも》っていたら、偶然《ぐうぜん》にある人《ひと》から、あの海棠《かいどう》の大木《たいぼく》は昨年《さくねん》いつになく見事《みごと》に花《はな》を咲《さ》かせたと思《おも》ったらそれを最後《さいご》に突然枯《とつぜんか》れてしまったと聞《き》かされ、何故《なぜ》かショックを受《う》けたのを覚《おぼ》えています。そう聞《き》かされて、昨年《さくねん》あそこであの花《はな》の最後《さいご》を眺《なが》められて良《よ》かったなと密《ひそ》かにつくづく思《おも》ったものでした。

実《じつ》はこの思《おも》い出《で》には後《のち》に知《し》っていかにも思《おも》いがけなく印象的《いんしょうてき》な別《べつ》の挿話《そうわ》がからんでい

ました。

さらに長《ちょう》じて高校生時代《こうこうせいじだい》から大学《だいがく》にかけて私《わたし》はサンボリスムの詩《し》に魅《ひ》かれて、フランスのランボオやヴェルレーヌ、ボードレール、マラルメといった詩人《しじん》たちの作品《さくひん》だけではなしに、日本《にほん》の富永太郎《とみながたろう》、萩原朔太郎《はぎわらさくたろう》といった詩人《しじん》たちの詩《し》を愛読《あいどく》するようになったが、その中《なか》で一番強《いちばんつよ》い印象《いんしょう》を受《う》けたのはあの奔放《ほんぽう》な詩《し》を書《か》き残《のこ》して夭折《ようせつ》した天才詩人《てんさいしじん》の中原中也《なかはらちゅうや》でした。

その中也《ちゅうや》が若《わか》い日《ひ》、後《のち》に日本《にほん》の近代批評《きんだいひひょう》を確立《かくりつ》した小林秀雄《こばやしひでお》と愛人《あいじん》を取《と》り合《あ》いして、最後《さいご》に三人《にん》して会《あ》って話《はな》し合《あ》い、彼女《かのじょ》が中也《ちゅうや》を捨《す》てて小林《こばやし》の元《もと》に走《はし》ったその場所《ばしょ》が妙本寺《みょうほんじ》のあの海棠《かいどう》の木《き》の下《した》だったそうな。おりしも木《き》はいつになく見事《みごと》な花《はな》を満開《まんかい》に咲《さ》かせてい、そして次《つぎ》の年《とし》を待《ま》たずに木《き》は花《はな》を散《ち》らした後突然《あととつぜん》枯《か》れて死《し》んでしまったという。

小林《こばやし》だったか中也《ちゅうや》だったかの書《か》いたものの中《なか》にそう記《しる》されていました。私自身《わたしじしん》が初《はじ》めて眺《なが》めたあの満開《まんかい》の海棠《かいどう》の花《はな》の木《き》の下《した》で、日《ひ》は分《わ》けても同《おな》じ春《はる》に小林秀雄《こばやしひでお》、中原中也《なかはらちゅうや》という二人《ふたり》の天才《てんさい》が一人《ひとり》の女性《じょせい》を巡《めぐ》って火花《ひばな》を散《ち》らし、それに敗《やぶ》れた中也《ちゅうや》は傷心《しょうしん》のままにやがて死《し》んでいった。

あの花《はな》を咲《さ》かせたあの名木《めいぼく》が次《つぎ》の年《とし》にはあえなく枯《か》れて死《し》んでいったと聞《き》いて、私《わたし》が子供心《こどもごころ》に感《かん》じた一期一会《いちごいちえ》のはかなさというか、強《つよ》い味《あじ》わいの陰《かげ》に実《じつ》はそんな挿話《そうわ》がからんで秘《ひ》められていたことにあらためて感無量《かんむりょう》なものがありました。

あるいは、あの木《き》が突然死《とつぜんし》んでしまったのは中原《なかはら》という稀有《けう》なる天才《てんさい》の失恋《しつれん》の口惜《くや》しさの怨念《おんねん》がからんでのことだったのかも知《し》れない。それもまた目《め》に見《み》えぬ、そして実際《じっさい》に自分《じぶん》の目《め》であの花《はな》の最後《さいご》の満開《まんかい》を眺《なが》めて感動《かんどう》させられた私《わたし》にしか感《かん》じられぬ、あの花《はな》の死《し》に関《かん》する『因《いん》』なり『縁《えん》』の一つだったのかも知《し》れません。

と思《おも》うのは多分《たぶん》この世《よ》で私一人《わたしひとり》だけだろうが、それもまた私《わたし》にとって強《つよ》く感《かん》じられる実相《じっそう》の一つではあるのです。

第《だい》九の『報《ほう》』とは現《あらわ》れた結果《けっか》たる『果《か》』はそれにとどまらず、それを見《み》たり聞《き》いたり知《し》ったりする者《もの》たちに必《かなら》ず何《なに》かを残《のこ》すということ。咲《さ》いた桜《さくら》を仰《あお》いでの人々《ひとびと》の感動《かんどう》も人《ひと》によってさまざまだろうが、それはすべて桜《さくら》を仰《あお》いでの心《こころ》の報《むく》いといえます。

あの最後《さいご》の花盛《はなざか》りだった海棠《かいどう》の大木《たいぼく》の下《した》で恋人《こいびと》の取《と》り合《あ》いをしながら、小林《こばやし》、中原《なかはら》という二人《ふたり》の天才《てんさい》がそれぞれ仰《あお》いで眺《なが》めた満開《まんかい》の花《はな》は必《かなら》ず二人《ふたり》の胸《むね》の内《うち》にそれぞれ違《ちが》った強《つよ》い感慨《かんがい》を残《のこ》したろうし、後《のち》に二人《ふたり》の作品《さくひん》に傾倒《けいとう》するようになった私《わたし》という人格《じんかく》にとっても、あの花《はな》にまつわる二人《ふたり》の青春《せいしゅん》の出来事《できごと》の印象《いんしょう》がからんで、ある意味《いみ》で比類《ひるい》ない『報《ほう》』を残《のこ》してくれたともいえます。

そして最後《さいご》の第《だい》十の『本末究竟等《ほんまつくきょうとう》』とは、今《いま》まで述《の》べた現象《げんしょう》に関《かん》する九つの要因《よういん》はそれぞれ複合的《ふくごうてき》にからみ合《あ》っていて、その按配《あんばい》というものは簡単《かんたん》にわかるものではありはしない。がしかしこの宇宙《うちゅう》や人間社会《にんげんしゃかい》の出来事《できごと》はすべて等《ひと》しくこれら九つの要因《よういん》を互《たが》いにからみ合《あ》わせる、宇宙《うちゅう》のある法則《ほうそく》によって仕切《しき》られ按配《あんばい》されて出来上《できあ》がっているのだということです。

『本《ほん》』と『末《まつ》』というのは今《いま》まで挙《あ》げてきた九つの要因《よういん》、つまり『相《そう》』から最後《さいご》の『報《ほう》』までということで、『究竟《くきょう》』すれば、つまり『要《よう》するに』どんな出来事《できごと》どんな現《げん》象《しょう》も宇宙《うちゅう》のある法則《ほうそく》がそれらの要因《よういん》を按配《あんばい》し出来上《できあ》がらせている、ということではすべて本質的《ほんしつてき》に『等《ひと》』しいということです。

ならばその宇宙《うちゅう》の現象《げんしょう》をすべて支配《しはい》している『法則《ほうそく》』とは何《なん》なのか。

しかしこれは最後《さいご》の最後《さいご》にくる命題《めいだい》で、それにたどりつくために誰《だれ》しも苦労《くろう》するのです。中《なか》でも一番苦労《いちばんくろう》したのは、その真理《しんり》に突《つ》き当《あ》たるまで体《からだ》を張《は》って生《い》きぬいた釈尊自《しゃくそんじ》身《しん》でしょう。

ともかくこの分析論《ぶんせきろん》を踏《ふ》まえて、すべての人間《にんげん》すべての現象《げんしょう》を形《かたち》づくり動《うご》かしている宇宙《うちゅう》の真理《しんり》を発見《はっけん》し覚《さと》ろうという哲学《てつがく》が仏教《ぶっきょう》といっていい。だから日本《にほん》の社会《しゃかい》でよくいう縁起《えんぎ》がいいとか悪《わる》いとか、それは何《なに》かの因縁《いんねん》だとか、あるいは何《なに》かについての因縁所《いんねんしょ》生《しょう》などとよくいわれる言葉《ことば》の意味《いみ》はすべて仏教《ぶっきょう》からきているので、知《し》らずに使《つか》ってはいても、実《じつ》は我々《われわれ》は無意識《むいしき》に釈迦《しゃか》の説《と》いた教《おし》えのとば口《くち》にはいるということになります。

つまり縁起《えんぎ》がいいということは、その出来事《できごと》をもたらした『因《いん》』と『縁《えん》』があってのことであり、あることの『因縁所生《いんねんしょしょう》』なる意味《いみ》とは、その現象《げんしょう》なり出来事《できごと》はあくまで何《なに》か『因《いん》』と『縁《えん》』が繋《つな》がりからみ合《あ》って『生《しょう》』じた『所《ところ》』のものだということです。

だから他人《たにん》ごとでもいいから、誰《だれ》かがこれは縁起《えんぎ》が悪《わる》いとか、いい因縁《いんねん》に違《ちが》いないなどといっているおりには、聞《き》き逃《のが》さずに耳《みみ》をたてよく聞《き》いて眺《なが》め考《かんが》えなおすと、むしろ他人《たにん》ごとの方《ほう》が例《れい》の十の要因《よういん》に当《あ》てはめてみてなるほどと納得《なっとく》されることが多《おお》い。むしろ他人《たにん》ごとを眺《なが》めることでの方《ほう》が、仏教《ぶっきょう》の説《と》く人生《じんせい》の真理《しんり》に触《ふ》れやすく啓発《けいはつ》されやすいともいえます。

法華経《ほけきょう》の説《と》く現象《げんしょう》の分析《ぶんせき》へのとば口《くち》、我《わ》が身《み》が抱《かか》えている悩《なや》みなり迷《まよ》いなり気《き》になる出来事《できごと》の解明《かいめい》のための方法論《ほうほうろん》は、サンスクリットから漢語《かんご》を経《へ》ずに直接日本語《ちょくせつにほんご》に翻訳《ほんやく》された経典《きょうてん》では、平《ひら》たくいえば今《いま》まで記《しる》した十の要因《よういん》では繁雑《はんざつ》で多過《おおす》ぎるということでか、対象《たいしょう》となるそれらのものごと、出来事《できごと》の要因分析《よういんぶんせき》は五つに絞《しぼ》られてもいます。

それは、

『何《なん》であるのか』

『どのようなものか』

『いかなるものに似《に》ているか』

『どのような特徴《とくちょう》があるか』

『どのような本質《ほんしつ》を持《も》つのか』

の五つです。

松原泰道師《まつばらたいどうし》はこの上《うえ》にそれぞれ、『自分《じぶん》とは』をつけて、『自分《じぶん》とはどのようなものか』『自分《じぶん》とはいかなるものに似《に》ているか』、といった風《ふう》に考《かんが》えればいいと説《と》いています。ですが私《わたし》には原典通《げんてんどお》りの十の要因《よういん》の方《ほう》が五つに絞《しぼ》った問《と》いかけよりもはるかに分析的《ぶんせきてき》で、事《こと》を打開《だかい》するためのものを考《かんが》える際《さい》には有効《ゆうこう》な気《き》がします。

しかし五つの要約《ようやく》を踏《ふ》まえて、道元禅師《どうげんぜんじ》が仏教《ぶっきょう》を習《なら》うのは自分自身《じぶんじしん》について習《なら》うことだと説《と》いているのはいかにもうなずける。

しょせん誰《だれ》しも自分《じぶん》を救《すく》うために苦労《くろう》し考《かんが》えているのだし、誰《だれ》にしても他人《たにん》のために、わかりやすいとはいえ、こんな七面倒《しちめんどう》なことを考《かんが》える気《き》になるものではない。

しかしその気《き》になって、自分《じぶん》に関《かか》わるものごとについて、その仏教《ぶっきょう》の説《と》く、ものごとの分析理解《ぶんせきりかい》のための方法論《ほうほうろん》を当《あ》てはめてみると、驚《おどろ》くほどいろいろなことが見《み》えてわかってきます。

第三章　わが身《み》の周《まわ》りに起《お》こったことの理《ことわり》

『因縁所生《いんねんしょしょう》』ということ

最近私《さいきんわたし》の親《した》しい友人《ゆうじん》の身《み》の上《うえ》に痛《いた》ましい事故《じこ》が起《お》こりました。Dという建築《けんちく》デザイナーで湘南地方《しょうなんちほう》を中心《ちゅうしん》に主《おも》に住宅《じゅうたく》や店舗《てんぽ》などを手掛《てが》けて活躍《かつやく》しているなかなか洒落《しゃれ》た感覚《かんかく》の持《も》ち主《ぬし》で、私《わたし》も古《ふる》くなった逗子《ずし》の家《いえ》のリニューアルに知恵《ちえ》を借《か》りたり、最近《さいきん》も庭《にわ》を改《かい》修《しゅう》したついでに彼《かれ》にいわれて庭《にわ》の隅《すみ》に彼《かれ》の設計《せっけい》で瀟洒《しょうしゃ》な小《ちい》さなお堂《どう》を建《た》てたりしましたが、その男《おとこ》がお堂《どう》の落慶式《らっけいしき》の前々日《ぜんぜんじつ》の夜《よる》に駅《えき》の階段《かいだん》で転《ころ》んで首《くび》の骨《ほね》を大《おお》きく損傷《そんしょう》して入《にゅう》院《いん》してしまったのです。

なんでもその夜《よ》横浜《よこはま》で、これも私《わたし》と彼《かれ》の共通《きょうつう》の友人《ゆうじん》と新《あたら》しい仕事《しごと》の打《う》ち合《あ》わせをした後酒《あとさけ》を飲《の》んで、日頃《ひごろ》はあまり深酒《ふかざけ》しないのにその夜《よ》は珍《めずら》しく酩酊《めいてい》して、横浜《よこはま》で飲《の》んだ時《とき》はいつもタクシーで帰宅《きたく》するのにその時《とき》だけなぜか電車《でんしゃ》に乗《の》って帰《かえ》ったそうな。そして駅《えき》の階段《かいだん》での奇禍《きか》に遭《あ》った。時間《じかん》も遅《おそ》くラッシュは外《はず》れてい、といって終電《しゅうでん》に近《ちか》くタクシーを拾《ひろ》うために急《いそ》いで走《はし》ったということでもないらしい。雨《あめ》も降《ふ》っておらず、駅《えき》から歩《ある》いてもわずかな距離《きょり》ですからそんなつもりもなかったようだ。それでもともかく階段《かいだん》から転《ころ》げ落《お》ちて大怪我《おおけが》をしてしまった。

酩酊《めいてい》といっても泥酔《でいすい》していた訳《わけ》ではなく、当人《とうにん》は後《うし》ろから押《お》されて転《ころ》んだという記憶《きおく》もないといっているが、とにかくその瞬間《しゅんかん》の記憶《きおく》が蘇《よみがえ》ってこない。転倒《てんとう》はかなり激《はげ》しかったようで、階段《かいだん》で転《ころ》んで頭《あたま》から下《した》へ落《お》ちた様子《ようす》で、鼻《はな》と額《ひたい》と胸《むね》にも打撲《だぼく》と擦過《さっか》の傷《きず》がありました。当人《とうにん》は起《お》き上《あ》がった時《とき》はともかくも冷静《れいせい》で、両腕《りょううで》が利《き》かないのを知《し》って周《まわ》りの人《ひと》に救急車《きゅうきゅうしゃ》を呼《よ》んで欲《ほ》しいと頼《たの》んでもいます。

しかしともかくも重傷《じゅうしょう》で、鎌倉《かまくら》の病院《びょういん》から横浜《よこはま》の病院《びょういん》に移《うつ》されさらに精密《せいみつ》に調《しら》べたら、頸椎《けいつい》の四番《ばん》、五番《ばん》とかが損傷《そんしょう》していて両腕《りょううで》が動《うご》かない。しかし医者《いしゃ》にいわせるともしこれがもう少《すこ》し上《うえ》の二番《ばん》、三番《ばん》などという部分《ぶぶん》だったら呼吸困難《こきゅうこんなん》になって死亡《しぼう》していたかも知《し》れぬというほどの事故《じこ》でした。

翌日《よくじつ》たまたまDが前夜《ぜんや》一緒《いっしょ》にいた共通《きょうつう》の友人《ゆうじん》と所用《しょよう》で面談《めんだん》したおりに質《ただ》したら、その夜《よ》Dはひどく上機嫌《じょうきげん》でいつもと違《ちが》ってたいそう賑《にぎ》やかな飲《の》みっぷりで、今夜《こんや》はめずらしいなと相手《あいて》の方《ほう》も思《おも》って眺《なが》めていたそうな。そしていつになく今夜《こんや》は電車《でんしゃ》にするといって桜木町《さくらぎちょう》まで相手《あいて》に車《くるま》で送《おく》らせそこから電車《でんしゃ》で帰《かえ》っていったという。

「本当《ほんとう》に、なんであいつあの夜《よ》だけ電車《でんしゃ》なんかに乗《の》ったんだろう。それにしても、こっちにまで責任《せきにん》があるみたいでなんとなく嫌《いや》な気分《きぶん》だなあ」

件《くだん》の相手《あいて》はいっていましたが、仲間《なかま》としての心情《しんじょう》はわかるが、彼《かれ》が同道《どうどう》していて同《おな》じ階段《かいだん》で足《あし》がもつれてDの体《からだ》を押《お》した訳《わけ》でもないのだから責任《せきにん》を問《と》われる所以《ゆえん》もありようない。

といえば実《じつ》は、Dの身《み》に起《お》こった事故《じこ》は私自身《わたしじしん》にもある関《かか》わりがあったのです。Dがその夜《よ》横浜《よこはま》で会《あ》って話《はな》し合《あ》いをしその後《ご》一緒《いっしょ》に食事《しょくじ》し酒《さけ》を飲《の》んだ相手《あいて》のIという男《おとこ》に、彼《かれ》が企画《きかく》している仕事《しごと》のために私《わたし》はその夜《よ》、台湾《たいわん》から来《き》ている私《わたし》の親《した》しい要人《ようじん》を紹介《しょうかい》し話《はな》し合《あ》いをする手《て》筈《はず》でしたが、私《わたし》と相手《あいて》の都合《つごう》が折《お》り合《あ》わず、土壇場《どたんば》でIに通告《つうこく》して面会《めん》を翌日《よくじつ》の夜《よる》に延《の》ばしました。つまり予定通《よていどお》りあの夜《よ》Iと台湾《たいわん》の要人《ようじん》を引《ひ》き合《あ》わせていたら、IとDは行《い》き馴《な》れた横浜《よこはま》で会《あ》うことにはならなかったということです。そのことに私《わたし》までが責任《せきにん》を感《かん》じる必要《ひつよう》はなかろうが、私《わたし》や私《わたし》の外国《がいこく》の友人《ゆうじん》の都合《つごう》がDの奇禍《きか》に間接的《かんせってき》にからんでいたということはいえるでしょう。ということは私自身《わたしじしん》にとってもさまざまに暗示的《あんじてき》なことだった。

そして結果《けっか》としてDは私《わたし》のために自《みずか》ら設計《せっけい》してくれた、我《わ》が家《や》の瀟洒《しょうしゃ》なお堂《どう》の落慶式《らっけいしき》には残念《ざんねん》ながら出席《しゅっせき》することは出来《でき》なかった。

同《おな》じ逗子《ずし》に住《す》むDとも親《した》しい作詞家《さくしか》のなかにし礼《れい》に出来事《できごと》について教《おし》えたら、眉《まゆ》を顰《ひそ》め、

「そりゃあ、きっと魔《ま》がさしたんだなあ。そうとしかいいようないよね」

といいました。

そういわれて私《わたし》はうなずく代《か》わりに、『魔《ま》がさす』というのはいったいどういうことなのかなと、ふと思《おも》った。

『魔《ま》がさす』というのはいかにも深《ふか》い日本語《にほんご》感覚《かんかく》を帯《お》びた、聞《き》く者《もの》にも幅《はば》のある余韻《よいん》を残《のこ》す言葉《ことば》です。つまりあくまで自己《じこ》責任《せきにん》においての『悪《あ》しき偶然《ぐうぜん》』という、人間《にんげん》にとってのもろもろの不条理《ふじょうり》を表《あらわ》していい得《え》ているが、しかし仏法《ぶっぽう》を少《すこ》しかじった人間《にんげん》からすると、つまり前《まえ》に述《の》べた釈迦《しゃか》が説《と》かれたものごとの原因究明《げんいんきゅうめい》の方法論《ほうほうろん》たる『十如是《じゅうにょぜ》』を構《かま》えて想《おも》えば、どんなに不本意《ふほんい》な、どんなに青天《せいてん》の霹靂《へきれき》のごとき出来事《できごと》でも、いやそれ

がそうなればなるほど偶然《ぐうぜん》の出来事《できごと》などとはとてもいえそうにない。

そして、それをただ悪《あ》しき偶然《ぐうぜん》として捉《とら》えてあきらめたり悔《く》いたりするよりも、いったいなんでこんなことになってしまったのかと自分《じぶん》で考《かんが》えてみればみるほど、事《こと》に応《おう》じてあらためての覚悟《かくご》が出来《でき》、出来事《できごと》への対処《たいしょ》もスムーズにいくし、被害《ひがい》も最小限《さいしょうげん》に食《く》い止《と》めることが出来《でき》るに違《ちが》いないのです。


その事故以前《じこいぜん》にDは、まだそこを知《し》らぬ奥《おく》さんを連《つ》れて仕事柄詳《しごとがらくわ》しいイタリアに長《なが》い旅行《りょこう》に出《で》かけるつもりでいたのに、突然《とつぜん》その前日《ぜんじつ》ぎっくり腰《ごし》になってしまって旅行《りょこう》をあきらめていました。あの時《とき》イタリアに出発《しゅっぱつ》していたらこんなことにはならなかったのにと当人《とうにん》も周《まわ》りもいっていたが、まさしくイタリアに出発出来《しゅっぱつでき》なかったがゆえにあんな奇《き》禍《か》に遭《あ》ってしまったのであり、しかしまたあのままイタリアに出《で》かけていたら、向《む》こうで何《なに》が起《お》こったかということも誰《だれ》にもわかりはしまい。

そうした人生《じんせい》における、良《よ》しと願《ねが》ったこととそれを妨《さまた》げる悪《あ》しきことどものからみ合《あ》いの原理《げんり》は、ある出来事《できごと》が起《お》こった後《あと》、前後左右《ぜんごさゆう》をさまざまにじっくり考《かんが》えなおしてみると、それが決《けっ》してただの偶然《ぐうぜん》ということでは片《かた》づけられぬものだ、ということは、しょせんその当人《とうにん》にしかわからぬ、あるいは漠然《ばくぜん》とは感《かん》じられることだろうが、必《かなら》ずある納得《なっとく》をもたらしてくれることが多《おお》い。

親《した》しい友人《ゆうじん》ゆえに私《わたし》としてもDの身《み》の上《うえ》になんでそんな奇禍《きか》が襲《おそ》いかかったのかその訳《わけ》を知《し》りたいが、しかしそれはしょせん彼自身《かれじしん》の心《こころ》の内《うち》での大切《たいせつ》な作業《さぎょう》であって、周《まわ》りの誰《だれ》も、こんなことをしていたからこんなことになったのだなどといえるものでは決《けっ》してありはしません。つまりそれは彼《かれ》のプライバシーの最《もっと》も深《ふか》い所《ところ》にあるさまざまな原因《げんいん》によるのだとしかいいようない。せいぜい他人《たにん》には、それがいくつもいくつも重《かさ》なり合《あ》って人間《にんげん》の人生《じんせい》が出来《でき》上《あ》がっているのだとしかいいようない。

そして特段《とくだん》の信仰《しんこう》なり信念《しんねん》を持《も》っているとも見《み》えぬDにとっては、こんな機会《きかい》に誰《だれ》かに説《と》かれぬ限《かぎ》り、自分《じぶん》の人生《じんせい》の中《なか》でなんでこんなことが起《お》こってしまったかを、今《いま》までのいつよりも少《すこ》しは深《ふか》く考《かんが》えなおす機会《きかい》も無《な》いに違《ちが》いない、と思《おも》います。

恐《おそ》らく彼《かれ》がベッドの上《うえ》にある間本気《あいだほんき》でじっくり考《かんが》えてみれば、その奇禍《きか》に関《かん》しての、釈迦《しゃか》の説《と》いた現象《げんしょう》の分析《ぶんせき》のための方法論《ほうほうろん》にかなう一から十までのいずれかの如是《にょぜ》、つまり目《め》には見《み》えにくくとも彼《かれ》だけにはわかってくるはずのさまざまな要因《よういん》が理解出来《りかいでき》るに違《ちが》いない。

いずれにせよDの身《み》の上《うえ》に起《お》こったことはいかにも縁起《えんぎ》の悪《わる》い出来事《できごと》としかいいようない。ならばその出来事《できごと》の『因縁所生《いんねんしょしょう》』とはいったい何《なに》と何《なに》なのかを、一番知《いちばんし》りたい、また知《し》るべきなのはD自身《じしん》でしょう。そしてそれを知《し》れば彼《かれ》のこれからの人生《じんせい》はある大《おお》きなヒント、啓示《けいじ》を受《う》けて質的《しってき》にも変化《へんか》していくと思《おも》いますが、それもしょせん彼自身《かれじしん》の心《こころ》がけ、というよりそれ以前《いぜん》に自分自身《じぶんじしん》への興味《きょうみ》の持《も》ちようとしかいいようない。

親《した》しいDを引《ひ》き合《あ》いに出《だ》してもうこれ以上《いじょう》のことを記《しる》すと、友情《ゆうじょう》をかざしてのお節介《せっかい》になりかねないから止《や》めますが、実《じつ》は彼《かれ》の身《み》に起《お》こったことを眺《なが》めて私自身《わたしじしん》が自分自身《じぶんじしん》のことどもについて、もう少《すこ》し本気《ほんき》で考《かんが》えなおさなくてはならないなという感慨《かんがい》に打《う》たれたために、親《した》しい友人《ゆうじん》の奇禍《きか》を敢《あ》えて引《ひ》き合《あ》いに出《だ》したのです。

私自身《わたしじしん》が今何《いまなに》か他《ほか》の種《しゅ》の深刻《しんこく》な問題《もんだい》を抱《かか》えているという訳《わけ》ではないが、この原稿《げんこう》を書《か》いている過程《かてい》でDの身《み》に起《お》こったことがらを眺《なが》め合《あ》わせ考《かんが》えると、過去《かこ》のことではあっても今《いま》になってあらためていっそう身《み》にひきつめて考《かんが》えさせられ、なるほどとうなずくことの出来《でき》る私自身《わたしじしん》の体験《たいけん》がいくつもあります。

それは、私《わたし》がいったいなんで政治家《せいじか》なんぞになったのかということ。そしてそれにからんで、この私《わたし》がまたなんで仏教《ぶっきょう》に関心《かんしん》を持《も》ち、私自身《わたしじしん》の人生《じんせい》に仏法《ぶっぽう》が深《ふか》くか浅《あさ》くかはまだ私《わたし》にもわかりはしないが、とにかく幅《はば》は広《ひろ》く入《はい》りこんできたのかということと如実《にょじつ》に関《かか》わりがあります。つまり私《わたし》が政治家《せいじか》になった、政治家《せいじか》になるという選択《せんたく》の経緯《けいい》の中《なか》で私《わたし》が仏法《ぶっぽう》と深《ふか》く関《かか》わるようになった、というのは、いわば十如是中《じゅうにょぜちゅう》の『本末究竟《ほんまつくきょう》』です。

今《いま》から三十一年前《ねんまえ》、ベトナム戦争《せんそう》の最中《さいちゅう》に私《わたし》は読売新聞《よみうりしんぶん》の委嘱《いしょく》を受《う》けて現地《げんち》に赴《おもむ》き銃《じゅう》弾《だん》の飛《と》び交《か》う最前線《さいぜんせん》まで出《で》かけて取材《しゅざい》しましたが、不潔《ふけつ》きわまりない社会環境《しゃかいかんきょう》の中《なか》での、さらなる恐怖《きょうふ》と疲労《ひろう》のストレスで知《し》らぬ間《ま》に急性肝炎《きゅうせいかんえん》に感染《かんせん》してしまい、潜伏期《せんぷくき》間《かん》を経《へ》て日本《にほん》に戻《もど》ってそれが発病《はつびょう》し、生《う》まれて初《はじ》めて瀕死《ひんし》の重病人《じゅうびょうにん》として半年近《はんとしちか》くベッドの上《うえ》にいました。

その間《あいだ》に悶々《もんもん》としていろいろなことを考《かんが》えました。とにかく頑健《がんけん》そのものできた自分《じぶん》が予断《よだん》を許《ゆる》さぬ病魔《びょうま》に囚《とら》われ、しかもなお当時《とうじ》の私《わたし》は日本一《にほんいち》、二《に》の流行作家《りゅうこうさっか》でしたから、何本《なんぼん》も引《ひ》き受《う》けていた連載小説《れんさいしょうせつ》を一週間《しゅうかん》だけは休載《きゅうさい》したが、その後《ご》は病軀《びょうく》をベッドに起《お》き上《あ》がらせ背《せ》もたれをして膝《ひざ》に構《かま》えた板《いた》の上《うえ》で、しょせん金《かね》のためでしかない週刊誌《しゅうかんし》のための娯楽小説《ごらくしょうせつ》を書《か》き続《つづ》けました。それが自分《じぶん》の健康《けんこう》にいかに有害《ゆうがい》なことかは熟知《じゅくち》していながら、それをしない訳《わけ》にはいかなかった。

変《へん》な告白《こくはく》ですが、病気《びょうき》で疲《つか》れはてていて何本《なんぼん》もある連載小説《れんさいしょうせつ》を病床《びょうしょう》の上《うえ》で喘《あえ》ぎながら書《か》きまくっていると、私《わたし》も混乱《こんらん》してきて小説《しょうせつ》の登場人物《とうじょうじんぶつ》の名前《なまえ》をつい取《と》り違《ちが》えてしまう。しかし編集部《へんしゅうぶ》の方《かた》がよく心得《こころえ》ていて、他《ほか》の雑誌《ざっし》の主人公《しゅじんこう》の名前《なまえ》と自分《じぶん》の雑誌《ざっし》のそれとをちゃんと取《と》り替《か》えて校正《こうせい》して届《とど》けてくれ、こちらも恐縮《きょうしゅく》したものでした。

そんな経緯《けいい》の中《なか》で私《わたし》としては、〝俺《おれ》はなんとくだらぬ仕事《しごと》のために、この段《だん》になってもまだ命《いのち》をすり減《へ》らしているのだろうか〟としみじみ思《おも》いました。

それが『十如是《じゅうにょぜ》』の内《うち》のどれにあたるかは後《あと》のことにしても、その時点《じてん》で私《わたし》は病気《びょうき》への恐怖《きょうふ》を構《かま》えて、初《はじ》めて自分《じぶん》の今《いま》ある姿《すがた》への反省《はんせい》のよすがをつかんだといえます。

〝ああ俺《おれ》は、家族《かぞく》を養《やしな》うためと思《おも》いこんで、今《いま》までまさしく金《かね》のためにずいぶんつまらぬ小説《しょうせつ》を書《か》いてきたが、それでこの体《からだ》をふいにしてしまったらなんの意味《いみ》もありはしまいに。俺自身《おれじしん》これからやりたい仕事《しごと》はこんなこと以外《いがい》にたくさんあるはずだ〟

と、まず思《おも》った。それは『十如是《じゅうにょぜ》』の中《なか》の六番目《ばんめ》の『因《いん》』ともいうべきことへの自覚《じかく》ともいえます。

世《よ》の中《なか》に出《で》てからおよそ十年目《ねんめ》での、自《みずか》らの人生《じんせい》に対《たい》するいわば本気《ほんき》な最初《さいしょ》の反省《はんせい》でした。

そんな頃病床《ころびょうしょう》の私《わたし》に、敬愛《けいあい》していた三島由紀夫《みしまゆきお》氏《し》から実《じつ》に懇篤《こんとく》な手紙《てがみ》が届《とど》きました。

手紙《てがみ》には、自分《じぶん》も『潮騒《しおさい》』の取材《しゅざい》のために伊良湖《いらご》水道《すいどう》の神島《かみしま》に行《い》き長《なが》い逗留《とうりゅう》の間《あいだ》に疲《ひ》労《ろう》に重《かさ》ねて肝炎《かんえん》にかかり往生《おうじょう》した。いかにもいやらしい病《やま》いの経験者《けいけんしゃ》として同情《どうじょう》に堪《た》えないが、かくなれば今《いま》まで人一倍忙《ひといちばいいそが》しかった君《きみ》のことだからこそ、ここでいっそうの覚《かく》悟《ご》を決《き》めて達観《たっかん》し、これを絶好《ぜっこう》の機会《きかい》と心得《こころえ》て世《よ》の中《なか》を睥睨《へいげい》し、自分自身《じぶんじしん》について見《み》つめなおし次《つぎ》の飛躍《ひやく》に備《そな》えて欲《ほ》しい、ということでした。

生《う》まれて初《はじ》めての大病《たいびょう》の不安極《ふあんきわ》まりない病床《びょうしょう》の中《なか》で、敬愛《けいあい》する先輩《せんぱい》からの心《こころ》こもった手紙《てがみ》を読《よ》んで私《わたし》は強《つよ》く感動《かんどう》しました。

あの手紙《てがみ》もまた私《わたし》にとっての『十如是《じゅうにょぜ》』のどれか一つになっていることに間違《まちが》いない。『十如是《じゅうにょぜ》』の第《だい》四第《だい》五の『力《りき》』と『作《さ》』ともいえそうだ。

そしてその手紙《てがみ》のおかげで私《わたし》はようやく自分《じぶん》の今《いま》ある立場《たちば》を甘《あま》んじて受《う》け入《い》れ、身《み》の周《まわ》りのすべての状況《じょうきょう》について達観《たっかん》し、執筆以外《しっぴついがい》の時間《じかん》には瞑目《めいもく》しながら心《こころ》いくまで世《よ》の中《なか》を一人《ひとり》で睥睨《へいげい》し、自分《じぶん》がベトナムでの体験《たいけん》の末《すえ》に抱《いだ》くにいたった日本《にほん》という祖国《そこく》への危機感《ききかん》についても考《かんが》えなおし収斂《しゅうれん》もして、結果《けっか》、ただ考《かんが》えているだけではすまぬという決心《けっしん》にいたり、次《つぎ》の参議院選全国区《さんぎいんせんぜんこくく》への立候補《りっこうほ》を決心《けっしん》したのでした。

ということなどなどを考《かんが》え合《あ》わせれば、当時《とうじ》は日本一《にほんいち》、二《に》の流行作家《りゅうこうさっか》だった私《わたし》が、はたからみれば気狂《きちが》い沙汰《ざた》の、それも自民党《じみんとう》からの立候補《りっこうほ》を決《き》めたということの裏《うら》には、実《じつ》はいろいろな『十如是《じゅうにょぜ》』がからみ合《あ》って在《あ》ったといえます。などということは、私以外《わたしいがい》の他人《たにん》には、たとえ家内《かない》だろうと知《し》る限《かぎ》りでありはしまい。

この今《いま》になってよく他人《たにん》から、なんであなたのような人《ひと》が政治家《せいじか》になんぞなったのか、そしてなんであんなに突然政治家《とつぜんせいじか》を辞《や》めてしまったのかと聞《き》かれることがあるが、一人《ひとり》の男《おとこ》の人生《じんせい》を左右《さゆう》する決断《けつだん》の所以《ゆえん》について、そう簡単《かんたん》に他人《たにん》に説明出来《せつめいでき》るものでもないし、その気《き》もない。

また、説明《せつめい》し尽《つ》くしても他《ほか》の誰《だれ》に、この私以上《わたしいじょう》にそんな命題《めいだい》についての理解《りかい》をとりつけられるものでもないでしょう。しょせん人間《にんげん》は一人一人《ひとりひとり》なのであって、だからこそ釈《しゃ》迦《か》は人《ひと》を見《み》て法《ほう》、つまり教《おし》えを説《と》けといっているし、釈迦《しゃか》の教《おし》え、つまり自分《じぶん》とは何《なん》なのかを考《かんが》え覚《さと》るための方法論《ほうほうろん》は、千変万化《せんぺんばんか》の可能性《かのうせい》を埋蔵《まいぞう》した、実《じつ》に柔軟《じゅうなん》、実《じつ》に合理的《ごうりてき》なものになっているのです。

小《ちい》さなことかも知《し》れぬが私《わたし》が特派員《とくはいん》としてベトナムに赴《おもむ》いたことの訳《わけ》は、もちろん当《とう》時《じ》のトップ・トピックスだったベトナム戦争《せんそう》に作家《さっか》としてこよなき好奇心《こうきしん》を抱《いだ》いてもいたが、実《じつ》はその年《とし》の末近《すえちか》く私《わたし》は今《いま》までになく肉体的《にくたいてき》な疲労《ひろう》を感《かん》じていたのでした。今《いま》でも何故《なぜ》かはっきりと覚《おぼ》えていますが、世《よ》の中《なか》に出《で》て以来《いらい》飛《と》んだり跳《は》ねたり、ともかくもずっと流行作家《りゅうこうさっか》できていた私《わたし》は、その年《とし》の秋遅《あきおそ》く年末《ねんまつ》を控《ひか》えてなんとなく自分《じぶん》が肉体的《にくたいてき》に疲《つか》れているなという実感《じっかん》を折節《おりふし》に抱《いだ》いていました。だからめずらしくも暮《く》れ近《ちか》くになって、今年《ことし》の暮《く》れと正月《しょうがつ》は家族全員《かぞくぜんいん》でどこか温泉《おんせん》にでも行《い》ってのんびり過《す》ごそうかなどとしきりに考《かんが》えていたのでした。それとてそれまでの私《わたし》にしては異変《いへん》ともいえる心境《しんきょう》だった。

とにかくその年《とし》のシーズンにも、徹夜《てつや》のヨットレースでほとんど私《わたし》は自分一人《じぶんひとり》で船《ふね》の舵《かじ》を引《ひ》いて通《とお》し、朝方《あさがた》ホームポートの油壺《あぶらつぼ》に戻《もど》ると船《ふね》の整理《せいり》はクルーたちにまかせて帰《き》宅《たく》し、昼前《ひるまえ》まで仮眠《かみん》をとった後迎《あとむか》えにきた仲間《なかま》の車《くるま》で横浜《よこはま》に出《で》かけ予定《よてい》されていた横浜《よこはま》の外人《がいじん》クラブとのサッカー試合《しあい》に出《で》て自分《じぶん》でもワンゴールを上《あ》げて、その帰《かえ》り道《みち》には当《とう》時出来《じでき》たばかりのバッティング・センターに行《い》って初体験《はつたいけん》が面白《おもしろ》く夢中《むちゅう》になって一時間《じかん》もボールを打《う》った挙句《あげく》、逗子《ずし》の家《いえ》に帰《かえ》ってからはヨットのクルーたちを相手《あいて》に夜中《よなか》までマージャンをやって連中《れんちゅう》の金《かね》を巻《ま》き上《あ》げたりしたものだった。

十歳年下《さいとしした》のクルーたちが、目《め》をむいて、「石原《いしはら》さんていったい何《なん》なんだ」というのをまんざらでもなく聞《き》き捨《す》てていたものでしたが、その年《とし》の暮《く》れには、自分《じぶん》でもふと首《くび》を傾《かし》げるような心境《しんきょう》が兆《きざ》していた、ということを私以外《わたしいがい》の誰《だれ》も知《し》りはしなかったろう。それはいわば第《だい》七番目《ばんめ》の要因《よういん》『縁《えん》』といえるかも知《し》れません。

そんなおり読売新聞社《よみうりしんぶんしゃ》から、その年初《としはじ》めて行《おこな》われるクリスマス休戦《トルース》、つまりクリスマスにはアメリカ側《がわ》もベトコン側《がわ》もクリスマスを祝《いわ》って暫時停戦《ざんじていせん》しようという、戦争《せんそう》にしては隠微《いんび》で奇妙《きみょう》な約束《やくそく》が成《な》り立《た》ってしまったので、その取材《しゅざい》をという依頼《いらい》を受《う》けた。しかし、物書《ものか》きの好奇心《こうきしん》はとてもそれでは収《おさ》まらず、依頼《いらい》した読売《よみうり》は私《わたし》が読売《よみうり》の雑誌《ざっし》に連《れん》載中《さいちゅう》ということもあって、取材《しゅざい》で前線《ぜんせん》に赴《おもむ》くことは控《ひか》えてくれとはいっていたが、そのまま無断《むだん》で最前線《さいぜんせん》に行《い》って雨中《うちゅう》の待《ま》ち伏《ぶ》せ作戦《さくせん》にまで同行《どうこう》し、いろいろ恐《おそ》ろしい、しかし興味深《きょうみぶか》い体験《たいけん》にまみえることが出来《でき》ました。

しかしなお、そんな申《もう》し出《で》を引《ひ》き受《う》けた最初《さいしょ》の理由《りゆう》は、なんとなく肉体的疲労《にくたいてきひろう》を感《かん》じていたその年《とし》の暮《く》れに、当時《とうじ》最大《さいだい》のトピックスとはいえ、なんといっても日本《にほん》よりはるかに南《みなみ》の国《くに》での戦争《せんそう》を野次馬《やじうま》として観戦《かんせん》に赴《おもむ》くことで日本《にほん》ではもう出来《でき》ずにいる海水浴《かいすいよく》もどこかで出来《でき》るだろう、どこかで体《からだ》を陽《ひ》に焼《や》きながらのんびり出来《でき》るだろうという、赴《おもむ》く先《さき》が戦場《せんじょう》なのに実《じつ》はごく軽薄《けいはく》で冒瀆的《ぼうとくてき》な動機《どうき》でしかなかった。

ところが出《で》かけていってみたベトナムはおりからの冬《ふゆ》と雨季《うき》でどこへ行《い》ってもうそ寒《さむ》く、とても海水浴《かいすいよく》どころでありはしない。そして従軍《じゅうぐん》した軍隊《ぐんたい》の戦闘《せんとう》を見守《みまも》る、というより私自身《わたしじしん》も完全《かんぜん》に巻《ま》きこまれた状況《じょうきょう》の中《なか》での恐怖《きょうふ》の連続《れんぞく》。そんなことの堆積《たいせき》で感染《かんせん》していた伝染病《でんせんびょう》が帰国《きこく》して発病《はつびょう》し、結局《けっきょく》その末《すえ》の末《すえ》に私《わたし》は政治《せいじ》への参加《さんか》を決心《けっしん》してしまったのだった。

今《いま》になって思《おも》い返《かえ》すと、私《わたし》の政治参加《せいじさんか》という、いわば人生《じんせい》の中《なか》で初《はじ》めて清水《きよみず》の舞台《ぶたい》から飛《と》び下《お》りるに似《に》た行為《こうい》のためには、大小実《だいしょうじつ》にさまざまな要因《よういん》が重《かさ》なり合《あ》ってあの結果《けっか》となったのでした。

さらに加《くわ》えれば、当時《とうじ》の日本《にほん》の社会状況《しゃかいじょうきょう》、政治状況《せいじじょうきょう》、日本《にほん》の進歩的《しんぽてき》と称《しょう》する文化人《ぶんかじん》どもの軽薄軽率《けいはくけいそつ》なアジテイションに右往左往《うおうさおう》する国民《こくみん》の危《あや》うさ、そして私自身《わたしじしん》のベトナムでの体験《たいけん》、さらにその後《ご》の生《う》まれて初《はじ》めての厄介《やっかい》な病気《びょうき》。

それらが例《れい》の『十如是《じゅうにょぜ》』の何《なに》と何《なに》になるのか――。

それにしてもあの病床《びょうしょう》の中《なか》で受《う》け取《と》った三島氏《みしまし》からの手紙《てがみ》は、それまでの氏《し》からの多《おお》くの手紙《てがみ》とは際《きわ》だって異《こと》なる人生的《じんせいてき》な意味《いみ》を持《も》っていたと思《おも》います。あの手紙《てがみ》がなかったなら、私《わたし》は思《おも》わぬ病《やま》いに動揺《どうよう》し不安《ふあん》に取《と》り乱《みだ》したまま、自分《じぶん》の病気《びょうき》に対《たい》する自分《じぶん》の姿勢《しせい》すら持《も》ち合《あ》わすことが出来《でき》ずにいたかもしれない。

それが出来《でき》たからこそ私《わたし》は他《ほか》のことを忘《わす》れて、今《いま》までになくこの国《くに》について真剣《しんけん》に考《かんが》え、ついに政治《せいじ》への参加《さんか》の決心《けっしん》をした、というよりしてしまったのです。

あの手紙《てがみ》の与《あた》えたものは、病《やま》いに伏《ふ》している人間《にんげん》にとっての一つの解脱《げだつ》ともいえたでしょう。この床《とこ》から立《た》ち上《あ》がったら必《かなら》ずそれをしよう、という心《こころ》の準備《じゅんび》が整《ととの》ったからこそ病《やま》いも早《はや》く克服出来《こくふくでき》たと思《おも》う。

私《わたし》の政治参加《せいじさんか》が私《わたし》の人生《じんせい》にとって結果《けっか》として成功《せいこう》だったか不成功《ふせいこう》だったかは私自身《わたしじしん》にもまだわかりはしないが、いずれにせよ私《わたし》は他《ほか》の作家《さっか》が立《た》ち入《い》ることの出来《でき》ぬ世界《せかい》にその身《み》を置《お》いて地獄《じごく》の隅《すみ》までを覗《のぞ》くことが出来《でき》たし、その意味《いみ》では一向《いっこう》に後悔《こうかい》などしていない。他《ほか》の政治家《せいじか》たちはどうか知《し》らぬが、少《すく》なくとも私《わたし》は書斎《しょさい》に籠《こも》ったままではあり得《え》ぬ充実《じゅうじつ》を味《あじ》わうことは出来《でき》ました。

となればその恩恵《おんけい》の発端《ほったん》ともなった三島《みしま》氏《し》からの手紙《てがみ》は、私《わたし》を政治《せいじ》という地獄《じごく》にいざなってくれた仏《ほとけ》からのメッセイジといえるのかも知《し》れない。

何《なん》のおかげで何《なに》がどうなるかわかったものではないというのが人《ひと》の世《よ》の常《つね》だが、実《じつ》は目《め》を凝《こ》らし耳《みみ》を澄《す》まして我《わ》がことについて思《おも》ってみれば、見《み》えるものはいろいろ確《たし》かに見《み》えてくるのです。

いい換《か》えると、どんな意志的《いしてき》な人間《にんげん》でも、自分自身《じぶんじしん》もそう思《おも》いはたもそう眺《なが》めている人間《にんげん》だろうと、それにしてもはたから眺《なが》めて実《じつ》に思《おも》い切《き》った決心《けっしん》をしたものだとか、あんなことをしていいのだろうかとはたも危惧《きぐ》するような決断《けつだん》なり行為《こうい》、行動《こうどう》もまた、実《じつ》は当人一人《とうにんひとり》の思索《しさく》の結果《けっか》もたらされたものなどではなく、釈迦《しゃか》がある事実《じじつ》や事態《じたい》がいかに構成《こうせい》されているのかを正《ただ》しく分析《ぶんせき》し認識《にんしき》するために説《と》いた十の如是《にょぜ》、つまり十の要因《よういん》によって現《あらわ》れてきているのです。私《わたし》が突然決心《とつぜんけっしん》して政治《せいじ》に参加《さんか》し、二十五年《ねん》も務《つと》めたとはいえまた突然辞《とつぜんや》めてしまった、という対照的《たいしょうてき》なことがらも、実《じつ》は、私《わたし》のそれからの人生《じんせい》の充実《じゅうじつ》にとっては、さらに後《あと》になって見《み》れば、必《かなら》ず十如是《じゅうにょぜ》のどれかの一つ一つということになるに違《ちが》いない。

奇《く》しき縁《えん》に導《みちび》かれて

こんなことを書《か》くとまた誤解《ごかい》されるかも知《し》れないが、私《わたし》は仕事柄《しごとがら》たいそう神経質《しんけいしつ》な人間《にんげん》でこと睡眠《すいみん》についてはいろいろ気《き》を使《つか》います。特《とく》に一度目《いちどめ》が覚《さ》めた後《あと》の次《つぎ》の寝《ね》つきについては努《つと》めながらも自分《じぶん》ではらはらしているのが常《つね》だが、時折夢《ときおりゆめ》の中《なか》で何《なに》か思《おも》いがけぬ、往々卓抜《おうおうたくばつ》な思《おも》いつきを得《え》ることがあります。夢《ゆめ》はしょせん夢《ゆめ》だと夢《ゆめ》の中《なか》で自分《じぶん》を諭《さと》してみるが、それでもどうしてもその発想《はっそう》が気《き》になって、翌朝目《よくあさめ》が覚《さ》めてからもそれを覚《おぼ》えている自信《じしん》がないので仕方《しかた》なしに灯《あか》りをつけて起《お》き上《あ》がりメモにして記《しる》すことがよくある。

夢《ゆめ》の中《なか》で思《おも》いつき夢《ゆめ》うつつにノートしたようなものなどろくな発想《はっそう》ではあるまいと思《おも》われようが、私《わたし》の場合《ばあい》は翌日《よくじつ》読みなおしてみてもどれもかなり卓抜非凡《たくばつひぼん》な着想《ちゃくそう》やヒントになっている。そして不思議《ふしぎ》なのは、そんな風《ふう》に無理《むり》して目《め》を覚ましての作業《さぎょう》の後《あと》なのに、他《ほか》の場合《ばあい》と違《ちが》ってその後《あと》の方《ほう》がはるかに安《やす》らいですぐに眠《ねむ》りにつくことが出来《でき》る。

あれはいったいなぜなのだろうかと思《おも》うが、つまり夢《ゆめ》の中《なか》ででも何《なに》かの力《ちから》が私《わたし》を見守《みまも》ってくれているのだろうと思《おも》っています。となれば誕生《たんじょう》から死《し》ぬ瞬間《しゅんかん》まで、睡眠《すいみん》の間《あいだ》もなお、人間《にんげん》というのは自分《じぶん》では意識《いしき》しきれぬ力《ちから》というか摂理《せつり》といおうか、自《みずか》らの意思《いし》に重《かさ》ねての何《なに》かに動《うご》かされているとしかいいようない。

仏《ほとけ》の説《と》く教《おし》えの神髄中《しんずいちゅう》の神髄《しんずい》である『実相《じっそう》』なるものが波及《はきゅう》しているものごとの本質《ほんしつ》、本体《ほんたい》、つまりすべてのものごとは十の如是《にょぜ》、十の要因《よういん》によってそうした形《かたち》となって表《あらわ》れてくるのだというこの人間《にんげん》の世《よ》の原理《げんり》について、何《なに》か具体的《ぐたいてき》な例《れい》を捉《とら》えていきなりこれはこれこれだからこうなったんだと、はたからいわれても当人《とうにん》には簡単《かんたん》にわからぬことだし、下手《へた》をするとなんと理不尽《りふじん》な話《はなし》だ、これだから宗教《しゅうきょう》なんぞ理屈《りくつ》の通《とお》らぬ非論理《ひろんり》、無教養《むきょうよう》で野蛮《やばん》なものだと思《おも》われかねないことがよくあります。

私《わたし》は政治家《せいじか》になる決心《けっしん》をして最初《さいしょ》の選挙《せんきょ》に参議院全国区《さんぎいんぜんこくく》を選《えら》びました。衆議院《しゅうぎいん》は選挙《せんきょ》区《く》を選《えら》ぶのが難《むずか》しく、第一《だいいち》、政治《せいじ》の経験《けいけん》のない私《わたし》には六年間《ねんかん》は選挙《せんきょ》のない参議院《さんぎいん》の方《ほう》がその間《あいだ》勉強《べんきょう》も出来《でき》るし経験《けいけん》も積《つ》めるだろうと思《おも》った。

それはそれなりに苦労《くろう》もありますが、ともかく日本中《にほんじゅう》どこで出会《であ》った人間《にんげん》も相手《あいて》が日《に》本人《ほんじん》なら誰《だれ》しも有権者《ゆうけんしゃ》ということだから、どこで演説《えんぜつ》してもかまわぬし、新幹線《しんかんせん》が走《はし》りジェット機《き》の飛《と》ぶ今日《こんにち》では全国《ぜんこく》を移動《いどう》する労苦《ろうく》も昔《むかし》の比《ひ》ではありはしない。

当時《とうじ》の私《わたし》には産経新聞《さんけいしんぶん》の社主《しゃしゅ》だった水野成夫《みずのしげお》氏《し》が親代《おやが》わりとしていてくれました。何《なん》の縁《えん》でか知《し》り合《あ》って私《わたし》たち兄弟《きょうだい》が気《き》にいったらしく、若《わか》くして死《し》んだ私《わたし》たちの父親《ちちおや》と同《どう》年《ねん》の生《う》まれということで一方的《いっぽうてき》に「俺《おれ》が君等《きみら》の親父《おやじ》になってやる」といわれ、そんなことで四谷《よつや》の私邸《してい》や有楽町《ゆうらくちょう》の個人《こじん》事務所《むしょ》によく出《で》かけていって、昼《ひる》からもう酒《さけ》を飲《の》んでかなり酩酊《めいてい》している水野《みずの》氏《し》と議論《ぎろん》して取《と》っ組《く》み合《あ》いの喧嘩《けんか》までするほど親《した》しくなった、というより可愛《かわい》がってもらいました。

日本《にほん》の新興宗教論《しんこうしゅうきょうろん》『巷《ちまた》の神々《かみがみ》』(現在は絶版)を産経新聞《さんけいしんぶん》に連載中《れんさいちゅう》に創価学会《そうかがっかい》を取《と》り上《あ》げて学会《がっかい》と喧嘩《けんか》になったおりも、新聞《しんぶん》の一つや二つ潰《つぶ》してもかまいはしないから、あんな思《おも》い上《あ》がった手合《てあ》いに屈《くっ》するなと激励《げきれい》されもしました。

で、私《わたし》が立候補《りっこうほ》の挨拶《あいさつ》と報告《ほうこく》に行《い》ったら水野《みずの》の親父《おやじ》が、

「全国区《ぜんこくく》なんて雲《くも》をつかむみたいなもんだ、票《ひょう》がいくらあったって足《た》りやしないぞ。よし、俺《おれ》がお前《まえ》さんに立候補《りっこうほ》の祝儀《しゅうぎ》として、そうだな相手《あいて》の都合《つごう》もあるから、ま、二十万《まん》票作《ぴょうつく》ってやるよ」

簡単《かんたん》にいう。

「いったいどこからの票《ひょう》ですか」

「霊友会《れいゆうかい》だ。あそこの教祖《きょうそ》は俺《おれ》とは義兄妹《ぎきょうだい》なんだ。彼女《かのじょ》に頼《たの》んで票《ひょう》を分《わ》けてもらうから君《きみ》も一緒《いっしょ》にこい」

ということで出《で》かけていきました。

前出《ぜんしゅつ》の『巷《ちまた》の神々《かみがみ》』では霊友会《れいゆうかい》を一種《いっしゅ》のモニターとして日本《にほん》の近代社会《きんだいしゃかい》におけるさまざまな新《あたら》しい宗教《しゅうきょう》の興亡《こうぼう》のメカニズムの分析《ぶんせき》をしてみたが、すでに確固《かっこ》として一教《いっきょう》を成《な》している大宗教《だいしゅうきょう》から市井《しせい》の隅《すみ》でごく限《かぎ》られた人々《ひとびと》を食《く》い物《もの》にしているような怪《あや》しげなものまで、数多《かずおお》くのそれらの開祖《かいそ》、教祖《きょうそ》、教主《きょうしゅ》たちに面会《めんかい》し実《じつ》に有益《ゆうえき》な体験《たいけん》をしたものです。

すでにそんな縁《えん》で霊友会《れいゆうかい》の創設者《そうせつしゃ》の一人《ひとり》である小谷喜美《こたにきみ》教主《きょうしゅ》には何度《なんど》か取材《しゅざい》でお目《め》にかかってもいましたが、自称《じしょう》の親父《おやじ》に連《つ》れられての再会《さいかい》でした。そのおりの二人《ふたり》の会話《かいわ》というのが印象的《いんしょうてき》で今《いま》でもよく覚《おぼ》えているが、水野《みずの》氏《し》がいきなり、

「実《じつ》は私《わたし》はこいつの親父《おやじ》代《が》わりをしていましてね、それが今度《こんど》急《きゅう》に参議院《さんぎいん》の全国区《ぜんこくく》に出《で》るってんで、あなたにも一《ひと》つ助《たす》けてもらおうと思《おも》ってあらためて連《つ》れてきたんですよ。

あなたと私《わたし》は義理《ぎり》の兄妹《きょうだい》だから、つまりこいつはあなたの義理《ぎり》の甥《おい》っ子《こ》だ。だから頼《たの》みますよ。会員《かいいん》はたくさんいるんだから、そうね、二十万《まん》ほど出《だ》してやって下《くだ》さいよ」

いわれた小谷《こたに》師《し》もあっけらかんとしたもので、

「あらそう。でもあなたのとこはキリスト教《きょう》じゃないでしょうね。家《いえ》の宗旨《しゅうし》は何《なん》なのよ」

「私《わたし》の家《いえ》は禅《ぜん》の方《ほう》の曹洞宗《そうとうしゅう》です」

「ああ、なら同《おな》じ仏法《ぶっぽう》じゃない。それじゃ問題《もんだい》ないよ」

「なら二十万《まん》ほど、頼《たの》みますよ」

水野《みずの》氏《し》がいったら、

「そんなこといわず全部《ぜんぶ》この人《ひと》に上《あ》げるよ。その代《か》わりあんた私《わたし》の弟子《でし》になりなさい」

いきなりいわれて、

「は、弟子《でし》というと、どんな」

「別《べつ》に何《なに》をしろというんじゃないんだよ。家《いえ》に御法座《ごほうざ》はあるのかい、仏壇《ぶつだん》はあるの」

「それは、仏壇《ぶつだん》はありますよ。ちゃんと朝《あさ》には拝《おが》んでいますが」

「それならいいよ、これからはちゃんと法華経《ほけきょう》も上《あ》げるんだよ。そのための導師《どうし》を選《えら》んで付《つ》けてあげるから」

ということで私《わたし》はあまり迷《まよ》うことなく小谷師《こたにし》の一種《いっしゅ》の授記《じゅき》を受《う》けて、いわばじき弟子《でし》だから、以来師《いらいし》の間近《まぢか》でずいぶんとんちんかんで勝手《かって》な質問《しつもん》をしたりして、結果《けっか》としては驚《おどろ》くほど多《おお》くのものを学《まな》び感得《かんとく》することが出来《でき》たものでした。

今《いま》に思《おも》えば、水野《みずの》成夫《しげお》氏《し》が私《わたし》を簡単《かんたん》に請《う》けあって小谷師《こたにし》のところへ連《つ》れていってくれたのも、仏法《ぶっぽう》に関《かん》しての第《だい》七の如是《にょぜ》の『縁《えん》』ということといえるに違《ちが》いない。

なにしろ目《め》に一丁字《いっていじ》もなかったような貧《まず》しい家《いえ》の出《で》の少女《しょうじょ》でありながら、法華経《ほけきょう》に出《で》会《あ》ってから、血《ち》の出《で》るような修行《しゅぎょう》で霊感《れいかん》ともいうべき、五感《ごかん》をはるかに越《こ》えたものごとへの理解《りかい》と予知《よち》のための秀《ひい》でた力《ちから》を備《そな》え法華経《ほけきょう》を解読《かいどく》し尽《つ》くした人《ひと》だから、その説《と》くところはまったく簡《かん》にして要《よう》を得《え》ていて、下手《へた》な哲学書《てつがくしょ》を読《よ》むよりもいきなり頭《あたま》を殴《なぐ》られて目《め》が覚《さ》めるような思《おも》いをさせられることが何度《なんど》となくありました。

世《よ》の中《なか》の人々《ひとびと》が多分《たぶん》に誤解《ごかい》している、というよりその正《ただ》しい理解《りかい》を欠《か》いていようが、世《よ》の中《なか》のいわゆる新興宗教《しんこうしゅうきょう》なるものにはさまざまあって仏教系《ぶっきょうけい》のそれや、仏教《ぶっきょう》と神道《しんとう》とがまじり合《あ》ったいわゆる教派神道《きょうはしんとう》とか、在来《ざいらい》の宗教《しゅうきょう》にまったく関《かか》わりなく誕生《たんじょう》してきたものなどいろいろあります。

私《わたし》が奇《く》しき縁《えん》で関《かか》わりを持《も》った霊友会《れいゆうかい》とか、それから派生《はせい》していった立正佼成会《りっしょうこうせいかい》、仏《ぶっ》所護念会《しょごねんかい》、孝道教団《こうどうきょうだん》といった仏教系《ぶっきょうけい》のいわば復権団体《ふっけんだんたい》としての大《おお》きな教団《きょうだん》、あるいは創《そう》価学会《がっかい》もまた系統《けいとう》は違《ちが》っても、どれも釈迦《しゃか》が説《と》かれた仏教《ぶっきょう》をプロの坊《ぼう》さんにまかさずに、自分自身《じぶんじしん》が先祖《せんぞ》のため他人《たにん》のためにあくまで在家《ざいけ》で、つまりそれぞれ自分《じぶん》の家《いえ》で修養《しゅうよう》し修行《しゅぎょう》していこうという原則《げんそく》にのっとった実践団体《じっせんだんたい》です。

お経《きょう》には仏《ほとけ》さまと、仏《ほとけ》の説《と》いた教《おし》えと、それを伝《つた》える僧侶《そうりょ》である坊《ぼう》さんが『三宝《さんぼう》』と称《しょう》されているが、現今《げんこん》の大方《おおかた》の坊主《ぼうず》の実態《じったい》を眺《なが》めれば、人《ひと》によっても違《ちが》おうが、総《そう》じて坊《ぼう》さんを我々《われわれ》にとっての宝《たから》だと思《おも》う、思《おも》える人間《にんげん》なんぞあまりいはしまいに。

それはそうだろう宗教法人《しゅうきょうほうじん》は無税《むぜい》とあいなっている今日《こんにち》の税法《ぜいほう》の下《もと》で、すべてのとはいわないが、世《よ》の大方《おおかた》の坊《ぼう》さんたちがしている暮《く》らしぶりを眺《なが》めたらいい。神道《しんとう》の神主《かんぬし》さんにはあまり聞《き》かないが、時々新聞《ときどきしんぶん》なんぞに出《で》る宗教関係者《しゅうきょうかんけいしゃ》の脱税《だつぜい》には仏教者《ぶっきょうしゃ》がいかにも多《おお》い。

いつか調《しら》べたらどこのお寺《てら》も特定《とくてい》の石材屋《せきざいや》と特約契約《とくやくけいやく》をしていて、その寺《てら》の境内《けいだい》に新《しん》規《き》にお墓《はか》を構《かま》える人《ひと》は、その寺《てら》の特約《とくやく》している石屋《いしや》以外《いがい》を使《つか》えないことになっています。そしてお墓《はか》のための石材《せきざい》の値段《ねだん》たるやべら棒《ぼう》なものだ。

昔《むかし》、父《ちち》の死後《しご》すぐに作《つく》ったお墓《はか》は当時《とうじ》としてはだいぶ無理《むり》して作《つく》ったものだったので、こちらもおかげで兄弟《きょうだい》してなんとか世《よ》の中《なか》に出《で》られ一応《いちおう》の収入《しゅうにゅう》もあるようになったから、弟《おとうと》とも相談《そうだん》し同《おな》じ寺《てら》の墓地内《ぼちない》にもう少《すこ》し大《おお》きな墓地《ぼち》を買《か》い求《もと》め、それとてかなりの値段《ねだん》だったが、そこに新規《しんき》のお墓《はか》を建《た》てようと思《おも》ったら、寺専属《てらせんぞく》の石材屋《せきざいや》のいう値段《ねだん》はとにかくべら棒《ぼう》なものだった。

なんでそんなに高《たか》いのかと怪《あや》しみつつ、たまたま仲間《なかま》の若《わか》い議員《ぎいん》に自分《じぶん》の選挙区《せんきょく》で墓石《はかいし》を切《き》り出《だ》しているという男《おとこ》が三人《にん》いたので、予定《よてい》していた墓石《ぼせき》のデザインをコピーして、原産地《げんさんち》でならどれくらいの価格《かかく》なのか調《しら》べさせたらなんと十分《ぶん》の一にも及《およ》ばない。

要《よう》するに石材屋《せきざいや》もそれを抱《かか》えている寺《てら》も両者結託《りょうしゃけったく》して、新規《しんき》にお墓《はか》を作《つく》ろうという縁者子供《えんじゃこども》の、亡《な》き人《ひと》たちへの孝養《こうよう》につけこんで、滅多《めった》にない機会《きかい》に乗《じょう》じて暴利《ぼうり》をむさぼっているということです。他人《たにん》に先祖《せんぞ》への孝養《こうよう》を説《と》く立場《たちば》にあるはずの坊主《ぼうず》が、そんな説《せっ》教《きょう》を踏《ふ》まえて素人《しろうと》の手《て》をひねり上《あ》げとんでもない金儲《かねもう》けをしているのが実態《じったい》ではないか。

で私《わたし》が、これはおかしい、何《なん》のいわれで特定《とくてい》の石屋《いしや》にまかしてしか新規《しんき》の墓《はか》を建立出《こんりゅうで》来《き》ないのか、これは明《あき》らかに公正取引《こうせいとりひき》の規定《きてい》に抵触《ていしょく》するはずだから一度《いちど》公正取引委員会《こうせいとりひきいいんかい》に提訴《ていそ》して裁定《さいてい》を仰《あお》ごうといいだしたら途端《とたん》に、あなたに限《かぎ》って結構《けっこう》ですということになりました。なんとも見え透《みす》いた話《はなし》だ。

公徳心《こうとくしん》が薄《うす》れ世《よ》の中《なか》が乱《みだ》れてきているという慨嘆《がいたん》をあちこちで聞《き》き、宗教者《しゅうきょうしゃ》もしきりにそれを口《くち》にしているが、その一人《ひとり》である坊《ぼう》さんたちが、多分間違《たぶんまちが》いなく公正取引《こうせいとりひき》に違《い》反《はん》しているようなカルテルを石屋《いしや》と組《く》んで、先祖《せんぞ》への供養《くよう》に新規《しんき》にお墓《はか》を建《た》てたいという、まさに善男善女《ぜんなんぜんにょ》から金《かね》を絞《しぼ》りあげているという実態《じったい》一つ見《み》ても、少《すく》なくとも私《わたし》には、現代《げんだい》の市井《しせい》の坊《ぼう》さんの多《おお》くはとてもお釈迦《しゃか》さまがいわれた三つの宝《たから》の一つとは思《おも》えない。かつて織田信長《おだのぶなが》が坊主《ぼうず》を唾棄《だき》したというのも同《おな》じいわれではなかったのでしょうか。

だから何《なに》かのおりに先祖《せんぞ》のためにお経《きょう》を上《あ》げるにしても、いい加減《かげん》なプロに頼《たの》まず自《じ》分自身《ぶんじしん》でたとえ下手《へた》でも心《こころ》をこめて唱《とな》えて供養《くよう》する方《ほう》がよほど誠意《せいい》が先祖《せんぞ》にも通《つう》じるはずだ、という発想《はっそう》で始《はじ》まったのがいわゆる在家仏教《ざいけぶっきょう》です。

客《きゃく》をもてなすにシナ料理《りょうり》なりフランス料理《りょうり》を専門《せんもん》のレストランに案内《あんない》してご馳走《ちそう》するよりも、見《み》よう見真似《みまね》で我《わ》が家《や》で作《つく》ったシナ料理《りょうり》、フランス料理《りょうり》の方《ほう》がよほど心《こころ》がこもっていようし、第一《だいいち》その家独特《いえどくとく》の味《あじ》がしてお客《きゃく》にも喜《よろこ》ばれるはずではないか、というコロンブスの卵《たまご》のような発想《はっそう》をかつて霊友会《れいゆうかい》の創設者《そうせつしゃ》の久保角太郎《くぼかくたろう》や創価学会《そうかがっかい》の牧口常三《まきぐちつねさぶ》郎《ろう》といった天才《てんさい》たちが考《かんが》えついて実践《じっせん》に移《うつ》し、人々《ひとびと》の共感《きょうかん》を得《え》て今日《こんにち》のそれぞれの教団《きょうだん》が発生発展《はっせいはってん》してきたということです。

そんな経緯《けいい》で関《かか》わりを頂《いただ》いた小谷師《こたにし》との数限《かずかぎ》りない貴重《きちょう》な体験《たいけん》と、それに基《もと》づいた自《じ》覚《かく》の挿話《そうわ》の中《なか》の一つに、今思《いまおも》えば十の如是《にょぜ》に関《かん》する直截《ちょくせつ》な出来事《できごと》がありました。

選挙《せんきょ》が近《ちか》づき私《わたし》は有力《ゆうりょく》な票田《ひょうでん》である霊友会《れいゆうかい》の大《おお》きな集会《しゅうかい》に招《まね》かれるまま訪《おとず》れて挨拶《あいさつ》していました。東京《とうきょう》の本部《ほんぶ》の他《ほか》に伊豆《いず》の大川《おおかわ》から登《のぼ》る、天城《あまぎ》連山《れんざん》の遠笠山《とおがさやま》の麓《ふもと》に弥勒山《みろくさん》と呼《よ》ばれる広大《こうだい》な修練《しゅうれん》の施設《しせつ》がある。季節《きせつ》に応《おう》じて全国《ぜんこく》から各支部《かくしぶ》の会員《かいいん》たちがバスを連《つら》ねて参拝《さんぱい》しに来《く》るが、春秋恒例《しゅんじゅうこうれい》の行事《ぎょうじ》に私《わたし》も参加《さんか》して信者《しんじゃ》たちに挨拶《あいさつ》の機会《きかい》を与《あた》えられました。

選挙《せんきょ》の手《て》ごたえも徐々《じょじょ》に出来《でき》てきて、そうなると候補者《こうほしゃ》というのは欲《よく》が出《で》てくるもので、東京《とうきょう》からかなり遠《とお》い伊豆《いず》の山奥《やまおく》まで出《で》かけていくのも大変《たいへん》な仕事《しごと》だから、そこで出《で》会《あ》う会員《かいいん》たちの数《かず》が多《おお》いにこしたことはない。やってくる支部《しぶ》の実力《じつりょく》もそれぞれ違《ちが》っていて、ある時《とき》には広《ひろ》い講堂《こうどう》にせいぜい四分《ぶん》の三ほどの参拝者《さんぱいしゃ》のこともある。せっかくきたのに今日《きょう》は数《かず》が少《すく》ないなどというのは僭越《せんえつ》な話《はなし》ですが、候補者《こうほしゃ》の自然《しぜん》な欲《よく》としては仕方《しかた》がない。

である時《とき》、名古屋《なごや》のO支部長《しぶちょう》の率《ひき》いる会員《かいいん》たちが登山《とざん》してきました。おり悪《あ》しくかなりの雨《あめ》で山頂近《さんちょうちか》い標高《ひょうこう》千メートルの高原《こうげん》は霧《きり》に閉《と》ざされ、晴《は》れれば眺望絶佳《ちょうぼうぜつか》の伊豆《いず》の海《うみ》も島々《しまじま》も全《まった》く見《み》えはしなかった。しかしその日《ひ》の参拝者《さんぱいしゃ》の数《かず》は私《わたし》の今《いま》まで見《み》た限《かぎ》り最大《さいだい》のもので、膝《ひざ》を押《お》しつけあってびっしり座《すわ》る本堂《ほんどう》にも入《い》れ切《き》れぬ会員《かいいん》たちが横《よこ》の廊下《ろうか》やその下《した》のスペースにまでひしめいていました。

あの教団《きょうだん》にはいろいろな資格《しかく》の支部《しぶ》があって、その最《さい》たるものは、法華経《ほけきょう》に二十八章《しょう》のお経《きょう》があることからそれぞれの番号《ばんごう》を付与《ふよ》された御旗支部《みはたしぶ》という最大《さいだい》、というより最高《さいこう》の、いわば陸軍《りくぐん》での師団《しだん》のような支部単位《しぶたんい》があり、その下《した》にはそれぞれ支部長《しぶちょう》の名前《なまえ》をかざした支部《しぶ》が点在《てんざい》してあります。その日《ひ》やってきていたのはまだお経《きょう》の番号《ばんごう》のついた師団旗《しだんき》は付与《ふよ》されていないO支部《しぶ》だったが、はるばる伊豆《いず》の山中《さんちゅう》までやってきた信者《しんじゃ》たちの数《かず》は他《ほか》の師団旗《しだんき》を奉授《ほうじゅ》した支部《しぶ》をはるかに上回《うわまわ》るものだった。

だから、何《なに》よりも票《ひょう》の気《き》になる候補者《こうほしゃ》としては登山《とざん》してきたO支部《しぶ》の数《かず》の偉容《いよう》に感心《かんしん》させられたものです。

ところが、最後《さいご》に小谷会長《こたにかいちょう》のいつものように凛《りん》とした声《こえ》での説法《せっぽう》があり、全員合掌《ぜんいんがっしょう》して終《お》わったが、その日《ひ》だけ小谷師《こたにし》がみんなを手《て》で制《せい》して待《ま》たせ、突然参拝者《とつぜんさんぱいしゃ》たちのリーダーであるO支部長《しぶちよう》を大声《おおごえ》で一番前《いちばんまえ》に呼《よ》び出《だ》した。

なぜかもう恐縮《きようしゆく》しきっているO氏《し》に向《む》かって、いきなり、

「みなさい、お前《まえ》さんの日頃《ひごろ》の心《こころ》がけが悪《わる》いから、いつも上《うわ》っ面《つら》ばかり調子《ちようし》よくって本《ほん》当《とう》の心《こころ》がこもっていないから、こうして肝心《かんじん》の今日《きよう》が雨《あめ》になってしまったんだ。お前《まえ》の性根《しようね》が悪《わる》いから、天《てん》はちゃんとそれを知《し》っておられてこうして雨《あめ》を降《ふ》らすんだよ。お前《まえ》だけが濡《ぬ》れて下山《げざん》するのならそれでいいが、大勢《おおぜい》の会員《かいいん》さんたちはどうするんだ。お前《まえ》のおかげで危《あぶ》ない思《おも》いをしながらバスに乗《の》ってこの高《たか》い山《やま》に登《のぼ》ったり降《お》りたりしなくちゃならないんだよ。私《わたし》だってそれが心配《しんぱい》だから、みなさんが全員《ぜんいん》お山《やま》を降《お》りられるまで一人《ひとり》で懸命《けんめい》に念願《ねんがん》しなくちゃならないんだ。

馬鹿者《ばかもの》が、この雨《あめ》を見《み》て本気《ほんき》で懺悔《ざんげ》しているのか。自分《じぶん》がなぜ御旗《みはた》を頂《いただ》けないかこれでもわかったろう」

私《わたし》ははたから眺《なが》めてどうにも訳《わけ》がわからぬままに叱声《しつせい》を聞《き》いていたが、会長《かいちよう》からいわれてただただ這《は》いつくばって恐縮《きようしゆく》しているO氏《し》が気《き》の毒《どく》でならなかった。

とにかくこれだけ大勢《おおぜい》の信者《しんじや》たちを集《あつ》めてわざわざやってきたのにこんなに雨《あめ》が降《ふ》るのはお前《まえ》のせいだと頭《あたま》から叱《しか》られて、O支部長《しぶちよう》としても自分《じぶん》の支部《しぶ》の信者《しんじや》たちの手前立《てまえた》

つ瀬《せ》もなかろうにと、その数《かず》に感心《かんしん》し満足《まんぞく》していた私《わたし》としてはとにかくO氏《し》に同情《どうじょう》していました。

それにしても、天気《てんき》には周期《しゅうき》があるのだから、たまたま今日天気《きょうてんき》が悪《わる》くなったのを誰《だれ》だろうと他《ほか》の同《おな》じ人間《にんげん》のせいにするのはいかになんでも酷《ひど》いというか理不尽《りふじん》な話《はなし》で、やっぱり新興宗教《しんこうしゅうきょう》というのは我々《われわれ》インテリにはついていけないところがあるなと密《ひそ》かに思《おも》ったものです。

しかしそれがまったく私《わたし》の誤《あやま》り、私《わたし》の凡智《ぼんち》のせいであって、釈迦《しゃか》の説《と》くところが後々《のちのち》だんだんにわかってくると、ああなるほどあの時小谷師《ときこたにし》がみんなの前《まえ》でO支部長《しぶちょう》を面罵《めんば》していたのはまったく正《ただ》しく、それもまた信仰者《しんこうしゃ》としてのO氏《し》への慈悲《じひ》だったということがわかってきました。

しかしなお多《おお》くの人々《ひとびと》には私《わたし》のいっていることは、あの時小谷師《ときこたにし》がいわれた時私《ときわたし》が感《かん》じたと同《おな》じようにいかにも突拍子《とっぴょうし》もない、まったく理屈《りくつ》に合《あ》わぬ、誰《だれ》も納得《なっとく》など出来《でき》ようないことに思《おも》えるに違《ちが》いない。

しかし、ならばなぜ小谷師《こたにし》のいわれたことが正《ただ》しいのか、まさにその通《とお》りのことなのか、ということはもう少《すこ》し先《さき》になってゆるゆる理解《りかい》してもらえるように心《こころ》がけることにします。

だから、この段階《だんかい》で私《わたし》にいえることは、今《いま》になって思《おも》えば、あの時《とき》のあの伊豆地方《いずちほう》の天気《てんき》の推移《すいい》がどうであったとかなかったとかのことではなくて、もっともっと大《おお》きな仕《し》組《く》みの中《なか》では、あれだけ多《おお》くの人々《ひとびと》を誘《さそ》い伴《ともな》ってやってくる導師《どうし》たるO氏《し》の日頃《ひごろ》の心《こころ》がけさえ良《よ》ければ、あの日《ひ》雨《あめ》は絶対《ぜったい》に降《ふ》りはしなかったろうということであり、今《いま》では私《わたし》もそう確信《かくしん》できます。

ここらのことは読《よ》む者《もの》にとっては、あるいはいささか神《かみ》がかりに感《かん》じられるだろう、あるいは無茶苦茶《むちゃくちゃ》な話《はなし》に聞《き》こえるだろうから、その種明《たねあ》かしはいっそうの興味《きょうみ》として後《のち》後《のち》のためにとっておこうと思《おも》います。

ともかくも世《よ》の中《なか》のものごとの真《しん》の仕組《しく》みというのは、人間《にんげん》の目《め》にはそうは見《み》えなくても、実はこういうことなのだということ。その「実は」の意味《いみ》が知《し》れれば人間《にんげん》は格段《かくだん》に安息出来《あんそくでき》るし、また勇気《ゆうき》づけられ意欲《いよく》も湧《わ》いてくるということなのです。

第四章　生《い》きている死《し》者《しゃ》

死《し》んだ父《ちち》が来《き》てくれた

前章《ぜんしょう》で、例《れい》に引《ひ》いた霊友会《れいゆうかい》にしろそこから派生《はせい》したという立正佼成会《りっしょうこうせいかい》にせよ、あるいは今日日本《こんにちにほん》の政治《せいじ》にまで大《おお》きな影響力《えいきょうりょく》を持《も》つ創価学会《そうかがっかい》にせよ、あくまで仏教《ぶっきょう》のいわば復《ふっ》権団体《けんだんたい》であって、その源泉《げんせん》は釈迦《しゃか》が説《と》いた教《おし》え、つまり仏教《ぶっきょう》であることに違《ちが》いはありません。

前《まえ》にも記《しる》したように仏教《ぶっきょう》のいわば専門家《せんもんか》である坊《ぼう》さんたちが庶民《しょみん》にとっては仏《ほとけ》の説《と》いた三つの宝物《たからもの》の一つという実感《じっかん》には乏《とぼ》しく、私《わたし》たちの日常生活《にちじょうせいかつ》に一向《いっこう》に強《つよ》く触《ふ》れてくることがないために、それなら他力本願《たりきほんがん》ではなしにいっそ自分自身《じぶんじしん》で仏教《ぶっきょう》を学《まな》び行《ぎょう》じてみようということで、出家《しゅっけ》したプロとしてではなしに、あくまで家《いえ》にいたままの在家《ざいけ》でしようというのがこうした新興宗教《しんこうしゅうきょう》ともいわれる在家《ざいけ》の信仰集団《しんこうしゅうだん》です。ですから宗派《しゅうは》はそれぞれ違《ちが》ってもその源《みなもと》も、向《む》かうところも皆同《みなおな》じということです。

それは既《き》存《ぞん》の仏教《ぶっきょう》の宗派《しゅうは》、禅宗《ぜんしゅう》の諸派《しょは》にせよ本願寺《ほんがんじ》系《けい》の真宗《しんしゅう》にせよ真言宗《しんごんしゅう》にせよ日蓮《にちれん》宗《しゅう》にせよ何《なん》にせよ、同《おな》じことです。

彼等《かれら》プロの坊《ぼう》さんたちがそうしたいわゆる新興《しんこう》の仏教団体《ぶっきょうだんたい》をどう思《おも》いどう評価《ひょうか》しているかは知《し》らないが、信仰《しんこう》という人間《にんげん》にとって大切《たいせつ》な財産《ざいさん》の増殖《ぞうしょく》——むしろ在家《ざいけ》で仏《ほとけ》に帰《き》依《え》しようという志《こころざし》を立《た》てた人《ひと》たち——を彼等《かれら》がしょせんアマチュアとして蔑視《べっし》するとしたらとんでもない奢《おご》りだし、そんな資格《しかく》が誰《だれ》にあるものでもない。信仰《しんこう》というものは組《そ》織化《しきか》された瞬間《しゅんかん》に、組織《そしき》の持《も》つあくまで人間《にんげん》レベルでの弊害《へいがい》が及《およ》んできて堕落《だらく》が始《はじ》まりますが、すでに大《だい》を成《な》してしまった既《き》存《ぞん》の宗派《しゅうは》が新興《しんこう》の団体《だんたい》を蔑視《べっし》したり差《さ》別《べつ》したり出来《でき》るものではない。第一《だいいち》そんな資《し》格《かく》をいったい誰《だれ》が与《あた》えたのかということです。

いつか『イエスの方舟《はこぶね》』という、実《じつ》は極《きわ》めて真摯《しんし》なキリスト教《きょう》の信仰《しんこう》グループが、一《いち》部《ぶ》のメディアのあざといセンセイショナリズムの餌《え》食《じき》となり社会的問題《しゃかいてきもんだい》になりかけたおり、大阪《おおさか》に向《む》かう飛《ひ》行機《こうき》の中《なか》で私《わたし》に話《はな》しかけてきた見《み》知《し》らぬ牧師《ぼくし》さんといろいろ会話《かいわ》している内《うち》に話《はなし》が『イエスの方舟《はこぶね》』に及《およ》んだら、件《くだん》の牧《ぼく》師《し》が吐《は》き出《だ》すようににべもなく、

「私《わたし》たちはああしたものを、ただ異《い》端《たん》と呼《よ》んでいます」

といって顧《かえり》みようともしないので、牧師《ぼくし》の属《ぞく》する宗派《しゅうは》を聞《き》いたらプロテスタントということだったから、私《わたし》が、

「しかしプロテスタントも、昔《むかし》はカソリックから異端《いたん》と呼《よ》ばれて信徒《しんと》はアメリカまで逃《のが》れていったりして苦労《くろう》したんじゃないですか」

いったらしゅんとして返事《へんじ》がなかった。

真摯《しんし》に信仰《しんこう》する者《もの》にとって、正統《せいとう》も異端《いたん》もありはしまいに。要《よう》はそれぞれの信仰《しんこう》の中《なか》で、それぞれの人《ひと》が何《なに》を得《え》るかということのはずです。

考《かんが》えてみると私《わたし》の日常生活《にちじょうせいかつ》の切《き》りもないいろいろな出来事《できごと》の中《なか》にも、実《じっ》は神《かみ》なり仏《ほとけ》が、前《まえ》に述《の》べた『十如是《じゅうにょぜ》』としての出来事《できごと》を通《つう》じて私《わたし》たち自身《じしん》に関《かか》わるものごとの本当《ほんとう》の仕《し》組《く》みについて教《おし》えてくれていることが多々《たた》ありました。

しかしそうした際《さい》にも、出来事《できごと》の当事者《とうじしゃ》たるこちら側《がわ》にそれをそうと受《う》け止《と》めるレーダーがないと、せっかく向《む》こうから発《はっ》せられている大切《たいせつ》なメッセイジを受信《じゅしん》することが出来《でき》ない。

ならばそのメッセイジを受信《じゅしん》することの出来《でき》る条件《じょうけん》とは何《なに》かというと、これが一言《いちごん》に

していうにはいかにも難《むずか》しい。その人《ひと》それぞれの素養《そよう》によるとしかいいようない。

ならば、その素養《そよう》とは何《なに》かというと、これまた愛縁奇縁《あいえんきえん》によるとしかいいようない。愛縁《あいえん》とは仏語《ぶつご》の一つで、恩愛《おんあい》による縁《えん》ということだが、仏《ほとけ》からの愛《あい》といってもすぐにはぴんとはこないから、まあ先祖《せんぞ》からの思《おも》いやりとでもいうことでしょう。奇縁《きえん》にいたっては字《じ》の通《とお》りで、説明困難《せつめいこんなん》な不思議《ふしぎ》な縁《えん》、不思議《ふしぎ》な仕組《しく》みということだが、それはすなわち例《れい》の十如是《じゅうにょぜ》によるものです。

つまりその家《いえ》の伝統習慣《でんとうしゅうかん》として仏壇《ぶつだん》もきちんとしつらえ、折々《おりおり》に先祖《せんぞ》を祭《まつ》っているような家《いえ》では、そうした大切《たいせつ》なメッセイジのためのレーダーがあらかじめ当人《とうにん》も知《し》らぬ内《うち》にもうけられているともいえます。

私《わたし》の場合《ばあい》には、子供《こども》の頃《ころ》、弟《おとうと》に比《くら》べてひ弱《よわ》だったせいでよく熱《ねつ》を出《だ》したりお腹《なか》をこわして寝《ね》こんだものですが、そんな折々《おりおり》に、母親《ははおや》が今《いま》までの病状《びょうじょう》に比《くら》べて今回《こんかい》は少《すこ》し心配《しんぱい》だと密《ひそ》かに思《おも》ったのでしょう、私《わたし》の枕《まくら》の下《した》に何《なに》かのお守《まも》りをそっとさしこんでくれたものでした。そうされることで私《わたし》の方《ほう》は、ああこれは用心《ようじん》しなくてはならないのだなと思《おも》いながらも、また同時《どうじ》に、それで何故《なぜ》か心強《こころづよ》い思《おも》いもしたものです。

つまり、医者《いしゃ》を越《こ》えた何《なに》かに、母《はは》と一緒《いっしょ》にすがれるという安心《あんしん》でした。どうやら病気《びょうき》がいつもより重《おも》いはずなのに、逆《ぎゃく》に、これで安心《あんしん》だという安《やす》らいだ思《おも》いになれました。

それともう一つ、もともと高血圧《こうけつあつ》に悩《なや》んでいた父《ちち》は、晩年《ばんねん》といっても四十代《だい》の後半《こうはん》あたりから、誰《だれ》にいわれてか、それとも一人《ひとり》で発心《ほっしん》したのか、今《いま》まで家《いえ》にはなかった仏壇《ぶつだん》をしつらえて、毎朝出勤《まいあさしゅっきん》する前《まえ》に必《かなら》ず合掌《がっしょう》してお経《きょう》を上《あ》げるようになりました。

当時《とうじ》の造船疑獄《ぞうせんぎごく》のせいで上役《うわやく》の多《おお》くが逮捕《たいほ》されてしまい、総務部長《そうむぶちょう》から重役《じゅうやく》になった父《ちち》は、毎日《まいにち》の激務《げきむ》に重《かさ》ねて毎夜《まいよ》の宴会《えんかい》での接待《せったい》で、母《はは》や私《わたし》たちが心配《しんぱい》すると、男《おとこ》と生《う》まれた限《かぎ》りは仕事《しごと》で死《し》ぬのは本望《ほんもう》だなどといっていたが、しかしやはり自分自身《じぶんじしん》は密《ひそ》かに不安《ふあん》でいたのだと思《おも》います。となればやはり神仏《しんぶつ》に頼《たよ》る、自分《じぶん》を越《こ》えた何《なに》かに自分《じぶん》の運《うん》命《めい》をあずける以外《いがい》になかったのでしょう。

男《おとこ》の仕事《しごと》のし甲斐《がい》と、健康《けんこう》の上《うえ》での危険《きけん》という二律背反《にりつはいはん》の狭間《はざま》での煩悶《はんもん》は、今《いま》になればこの私《わたし》にも痛《いた》いようによくわかります。

そして父《ちち》は結局《けっきょく》、他社《たしゃ》の社長室《しゃちょうしつ》で行《おこな》っていた会議《かいぎ》の最中《さいちゅう》に脳溢血《のういっけつ》で倒《たお》れて亡《な》くなりました。

そんな頃《ころ》、通学《つうがく》に起《お》きかけている床《とこ》の中《なか》で父《ちち》の読経《どきょう》の声《こえ》を聞《き》いたり、互《たが》いの時間《じかん》がずれて私《わたし》が先《さき》に家《いえ》を出《で》るような時《とき》、仏壇《ぶつだん》に向《む》かって座《すわ》っている父《ちち》の背中《せなか》を眺《なが》めて過《す》ぎたものです。ともかく父《ちち》が日頃《ひごろ》のいつ以上《いじょう》に必死《ひっし》、懸命《けんめい》に、というよりも、なんともいえず真摯《しんし》にそれを行《おこな》っているのが子供《こども》の私《わたし》にも強《つよ》く感《かん》じられてわかりました。

朝《あさ》など時折《ときおり》、前夜《ぜんや》の接待《せったい》が遅《おそ》くまでになって、好《す》きではあったが医者《いしゃ》に禁《きん》じられているる酒《さけ》を毒《どく》と知《し》りつつ自《みずか》らに強《し》いて接待《せったい》に努《つと》め疲《つか》れて戻《もど》った父《ちち》が、眠《ねむ》りも足《た》りなかったのだろう、高血圧《こうけつあつ》のせいもあって、舌《した》がもつれてお経《きょう》を読《よ》む声《こえ》がいつもと違《ちが》って少《すこ》し呂律《ろれつ》が回《まわ》らず、自分《じぶん》でもそれがわかるのかいらいらしながら同《おな》じ部分《ぶぶん》を何度《なんど》も唱《とな》えなおしているのを床《とこ》の中《なか》で聞《き》きながら、子供《こども》なりに心《こころ》を痛《いた》めたのを覚《おぼ》えています。そして結局《けつきょく》父は五十一歳《さい》で、当時《とうじ》としても若死《わかじ》にしました。

後《のち》に聞《き》いたところ、会議《かいぎ》の席《せき》で発作《ほっさ》を起《お》こしてそのまま眠《ねむ》り出《だ》したのを、周囲《しゅうい》の人《ひと》たちは日頃《ひごろ》の激務《げきむ》で疲《つか》れているのだろうと思《おも》いやってそのままにしておき、やがて父一人《ちちひとり》を残《のこ》して昼食《ちゅうしょく》に出《で》かけ、戻《もど》ってみて初《はじ》めて異常《いじょう》に気《き》づいて医者《いしゃ》を呼《よ》びにやったがもう手《て》遅《おく》れでした。

父《ちち》は、テレックスやファックスなんぞの無《な》かった当時《とうじ》、世界《せかい》のどの土地《とち》のどの港《みなと》にどんな荷物《にもつ》があるかもわからぬまま世界中《せかいじゅう》を周航《しゅうこう》している不定期《ふていき》航路船《こうろせん》（トランパー）に、日本《にほん》にいながら判断《はんだん》してどこの港《みなと》に向《む》かわせるかを決《き》める配船業務《はいせんぎょうむ》の三名人《めいじん》の一人《ひとり》とされていたそうで、父《ちち》の死《し》を悼《いた》んだ業界紙《ぎょうかいし》が会議《かいぎ》に同席《どうせき》していた人《ひと》たちの不注意《ふちゅうい》を非難《ひなん》したりしていたものですが、遺族《いぞく》にしてみれば今《いま》さら詮《せん》のないことでした。

その場《ば》に居合《いあ》わせた人《ひと》たちにしても、父《ちち》の日頃《ひごろ》の激務《げきむ》を知《し》っていたからの配慮《はいりょ》だったのでしょうし、まして日頃強気《ひごろつよき》で見栄《みえ》っ張《ぱ》りのところもあった父《ちち》だから、発作《ほっさ》が起《お》こった時自分《ときじぶん》で気《き》づいて周《まわ》りに訴《うった》え医者《いしゃ》を頼《たの》むこともせずにそのまま昏睡《こんすい》していったのかも知《し》れない。

それやこれや併《あわ》せて今《いま》になって思《おも》えば、父《ちち》の死《し》一つ眺《なが》めても、後《あと》になって知《し》った『十如是《じゅうにょぜ》』がいかにもさまざま働《はたら》いた上《うえ》の結果《けっか》だったと思《おも》います。そして父《ちち》があぁして早死《はやじ》にしていったこともまた、私《わたし》や弟《おとうと》のそれからの人生《じんせい》にさまざまなものを与《あた》え、大小計《だいしょうはか》り知《し》れぬものをもたらしてくれたのだと思《おも》います。

妙《みょう》な結論《けつろん》にも聞《き》こえようが、私《わたし》たち兄弟《きょうだい》は父《ちち》があぁしてあの年《とし》で死《し》ななければ、若《わか》くして高名《こうめい》な俳優《はいゆう》や作家《さっか》になれはしなかったでしょう。となれば父《ちち》が若《わか》くして死《し》んで良《よ》かった、などということでは決《けっ》してありはしませんが、しかしなお、かけがえのない父親《ちちおや》のあぁした形《かたち》の死《し》が、明《あき》らかに私《わたし》たち兄弟《きょうだい》の人生《じんせい》を形《かたち》づくって与《あた》えてくれたということも疑《うたが》いない。

そして今《いま》もはっきりと思《おも》い返《かえ》すことの出来《でき》る、朝《あさ》、仏壇《ぶつだん》に向《む》かってもつれる舌《した》で（さぞかし懸命《けんめい》にだったのでしょう）お経《きょう》を上《あ》げている父《ちち》の声《こえ》とその後《うし》ろ姿《すがた》の強《つよ》い印象《いんしょう》が、今日《こんにち》まで続《つづ》いて何《なに》をもたらし与《あた》えてくれたか、その意味《いみ》の深《ふか》さを、この年齢《ねんれい》になればなるほど覚《さと》らされます。

無念《むねん》にも父《ちち》は五十一の働《はたら》き盛《ざか》りに亡《な》くなりましたが、朝夕《あさゆう》の祈《いの》りの甲斐《かい》もなかった、神仏《しんぶつ》に頼《たよ》ったがそんな努力《どりょく》は役《やく》にもたたなかった、などということでは決《けっ》してない。

私《わたし》が今《いま》でも耳《みみ》に伝《つた》わってくる父《ちち》の読経《どきょう》の声《こえ》やその後《うし》ろ姿《すがた》から教《おそ》わる、というよりももっと直截《ちょくせつ》に与《あた》えられたものは、なんといったらいいのだろう、人間《にんげん》と、それぞれの人間《にんげん》をこの世《よ》に与《あた》えて在《あ》らしめたものとの、目《め》には見《み》えぬがある確《たし》かな関《かか》わりが実在《じつざい》するのだ、という強《つよ》い実感《じっかん》でした。

それを自分《じぶん》の人生《じんせい》の中《なか》でどう反映《はんえい》し、どう役《やく》だてていくかは、これまたそれぞれの負《お》うた十の如是《にょぜ》によるものですが。

だからともかくも、何《なに》かのおりに他人《たにん》から聞《き》かされた人間《にんげん》と神《かみ》、仏《ほとけ》との関《かか》わり、先祖《せんぞ》と自分自身との関わりについての考え方が、最初はただの観念として頭のどこかに、たとえ半信半疑《はんしんはんぎ》でもとまっていたりするとそれが実《じつ》は大《おお》きなきっかけになるということが多々《たた》あり得《え》ます。

へえ、そんなものかなあと思《おも》ってみることが実《じつ》は大切《たいせつ》なきっかけになるということはざらにあることですが、同《おな》じ話《はなし》を聞《き》いても、それを聞《き》く際《さい》の当人《とうにん》の心象《しんしょう》がどんなものかということでそれから後《あと》の推移《すいい》も結果《けっか》も違《ちが》ってくる。

ということは、前《まえ》にも述《の》べたように世《よ》の中《なか》にあれほど多《おお》くの人《ひと》たちが真剣《しんけん》に信仰《しんこう》を求《もと》めてはいても、なおそれに巡《めぐ》り会《あ》えずにいるという事実《じじつ》からすれば、人間《にんげん》と信仰《しんこう》との出《で》会《あ》いもしょせん一期《いちご》一会《いちえ》ということでしかない。ならばそれを司《つかさど》るものは何《なに》かといえば、また堂々巡《どうどうめぐ》りになるようだが、それは例《れい》の『十如是《じゅうにょぜ》』という方法論《ほうほうろん》が教《おし》えるものごとの仕組《しく》みでしかない。

それをいくら譬《たと》えをかざして説明《せつめい》してみても、相手《あいて》がなるほどと身《み》を乗《の》り出《だ》すか出《だ》さぬかは、いくら熱心《ねっしん》な導師《どうし》にしても及《およ》ぶところではない。だから私《わたし》もそれが誰《だれ》のためのヒントになるかならぬかはわからぬが、ただ自分《じぶん》の身《み》に起《お》こったことを譬《たと》えに引《ひ》いていうしかない。

例《たと》えば私《わたし》はかつては極《きわ》めて乱暴《らんぼう》なドライバーの一人《ひとり》でした。モータリゼイションが今《いま》のように盛《さか》んになる前《まえ》の頃《ころ》ですが、当時《とうじ》はまだめずらしかったスポーツカーを乗《の》り回《まわ》す仲間《なかま》だけでスポーツカー・クラブを作《つく》って、いろいろなラリーを催《もよお》したりもしていました。東京《とうきょう》から軽井沢《かるいざわ》の仲間《なかま》の別荘《べっそう》まで、ありとあらゆる交通違反《こうつういはん》をしてでも誰《だれ》が最短時間《さいたんじかん》で走《はし》り切《き》れるかなどという、今《いま》の警察《けいさつ》が聞《き》いたら目《め》をむくようなアンダーグラウンドのレースまでしたものだった。

それもその頃《ころ》で最先端《さいせんたん》をいく風俗《ふうぞく》だったから識者《しきしゃ》の間《あいだ》では密《ひそ》かには評判《ひょうばん》になっていて、昭和《しょうわ》三十七年鈴鹿《ねんすずか》に日本《にほん》で初《はじ》めてのカーレースのためのサーキットが出来《でき》て日本《にほん》グランプリが催《もよお》された時《とき》、トヨタのある親《した》しい重役《じゅうやく》から何《なん》ccだったかの車《くるま》に乗《の》って出場《しゅつじょう》してくれまいかというたっての依頼《いらい》まであリました。

そしてその時《とき》、私《わたし》ははっきりとそれを断《ことわ》りました。今《いま》でもそのおりの返事《へんじ》の言葉《ことば》を覚《おぼ》えています。

「私《わたし》はつい最近《さいきん》、車《くるま》の運転《うんてん》については卒業《そつぎょう》してしまったんです。もう一年早《ねんはや》かったら引《ひ》き受《う》けていたかも知《し》れませんがね」

相手《あいて》は怪訝《けげん》そうな顔《かお》でうなずくしかなかった。

実《じつ》はそんな依頼《いらい》を受《う》ける半年《はんとし》ほど前《まえ》に、逗子《ずし》の自宅《じたく》から愛用《あいよう》していたトライアンフのTR3を飛《と》ばして例《れい》によって東京《とうきよう》に飲《の》みに出《で》かける途中《とちゆう》得《え》がたい体験《たいけん》をしたのです。なにしろ当時《とうじ》は別《べつ》の車《くるま》のダッジに乗《の》って、したたか飲《の》んだ後《あと》、今夜《こんや》は記録《きろく》を作《つく》ってやろうと小雨《こさめ》の深夜《しんや》銀座《ぎんざ》の行《い》きつけの店《みせ》から逗子《ずし》まで、まだ第三京浜《だいさんけいひん》も何《なに》もなかった頃《ころ》だが、正味《しようみ》四十二分《ふん》で帰《かえ》ってきたこともありました。

で、その日《ひ》も第二京浜《だいにけいひん》を飛《と》ばしに飛《と》ばし、前《まえ》を行《い》く車《くるま》という車《くるま》を際《きわ》どい運転《うんてん》でごぼう抜《ぬ》きにして川崎《かわさき》から東京《とうきよう》に入《はい》った頃《ころ》、前《まえ》に抜《ぬ》いたどこかのタクシーがまた懸命《けんめい》に追《お》いついてきてなんとか一度《いちど》私《わたし》を抜《ぬ》いたのを、また抜《ぬ》き返《かえ》しそのまま走《はし》り去《さ》ったら行《い》く先《さき》のどこかのガードが修理中《しゆうりちゆう》で車線《しやせん》が制限《せいげん》されてい、仕方《しかた》なしに列《れつ》に並《なら》んで徐行《じよこう》していた私《わたし》の横《よこ》へ、またまた先刻《せんこく》の件《くだん》のタクシーが追《お》いついてきて並《なら》んだのです。

そのまま私《わたし》の前《まえ》に割《わ》りこむつもりかと睨《にら》みつけたら、そのタクシーの運転手《うんてんしゆ》が窓《まど》を開《あ》けて身《み》を乗《の》り出《だ》し、私《わたし》に向《む》かって、

「いやあ、あんたは運転《うんてん》がうまいねえ。私《わたし》もこの商売《しようばい》は長《なが》いが、今《いま》まであんたみたいに運転《うんてん》のうまい人《ひと》を見《み》たことがないな」

しげしげ私《わたし》を眺《なが》めなおし一人《ひとり》うなずくと、そのまま反転《はんてん》してどこかへ走《はし》り去《さ》っていき

ました。年《とし》の頃《ころ》四十前《まえ》の働《はたら》きざかりの、その道《みち》のプロとしてもしたたかな顔《かお》つきの男《おとこ》だったが、それだけ告《つ》げに私《わたし》を追《お》っかけてきて言葉《ことば》を返《かえ》す暇《いとま》もなくそのまま消《き》えてしまった相手《あいて》に、妙《みょう》な夢《ゆめ》を見《み》たような気分《きぶん》で首《くび》を傾《かし》げながら、

「なんだ、あいつ」

独《ひと》り言《ごと》でつぶやいて、そのガードを過《す》ぎまた精一杯《せいいっぱい》走《はし》りなおそうとギアを入《い》れなおした時《とき》、突然《とつぜん》私《わたし》はさっきのタクシーの運転手《うんてんしゅ》が実《じつ》は何《なん》だったのか、誰《だれ》だったのかに気《き》がついたのです。そう気《き》づいた、というよりそう感《かん》じた時《とき》自然《しぜん》に手《て》がのびてギアレバーを握《にぎ》りなおし、そのまま減速《げんそく》した車《くるま》を道路《どうろ》の脇《わき》に寄《よ》せていました。

「ああ、あれは親父《おやじ》だったんだな。親父《おやじ》がみかねて、あんな格好《かっこう》をしてやってきたんだ」

自分《じぶん》を諭《さと》すように思《おも》いなおし、何《なに》かに向《む》かって応《こた》えるように一人《ひとり》うなずいていました。しながら、

〝俺《おれ》はなんて下《くだ》らぬことに夢中《むちゅう》になっていたんだろう〟

としみじみ思《おも》った。

あれは一種《いっしゅ》の解脱《げだつ》ともいえる瞬間《しゅんかん》だったと思《おも》います。以来《いらい》、その瞬間《しゅんかん》から私《わたし》の運転《うんてん》は

安全《あんぜん》で常識的《じょうしきてき》なものになりました。なんだ、たかだかそれだけのことかといわれるかも知《し》れないが、そのおかげで私《わたし》はトヨタの依頼《いらい》を何《なん》の未練《みれん》もなく断《ことわ》ったし、以後《いご》カーレースなるものには憑物《つきもの》が落《お》ちたように関心《かんしん》がなくなった。その後他《ごほか》のもっと危険《きけん》な遊《あそ》びに手《て》を出《だ》して大怪我《おおけが》もしたり死《し》ぬか生《い》きるかの目《め》にも遭《あ》いはしたが、少《すく》なくとも市井《しせい》にありふれた車《くるま》での危険《きけん》からは身《み》を守《まも》ることが出来《でき》たといえる。つまりあれは部分的《ぶぶんてき》なものだろうと、私《わたし》の人生《じんせい》へのある大《おお》きな加護《かご》だったという気《き》がします。

後《あと》になってあの時《とき》の不思議《ふしぎ》な体験《たいけん》を『路上《ろじょう》の仏《ほとけ》』という短編《たんぺん》にして書《か》いたものだが、今《いま》でもまさしくあれは死《し》んだ親父《おやじ》がやってきてくれたのだ、いや仏《ほとけ》が父《ちち》をあの運転手《うんてんしゅ》にしたてて遣《つか》わしてくれたのだと私《わたし》は思《おも》っています。そう信《しん》じる、などというのではなしに、ただ素直《すなお》にそう思《おも》ったたし、今《いま》でもそう思《おも》っている。こんな話《はなし》をすれば他人《たにん》は笑《わら》うかも知《し》れないが、しかしそう聞《き》いて笑《わら》わずに、なるほどいかにもとうなずいてくれる人《ひと》の方《ほう》が、なんといおうか、実《じつ》はその当人《とうにん》にとってもはるかにましなことなのだと思《おも》いますが。

ならばなんで私《わたし》はあの時《とき》、あの出来事《できごと》についてあんな風《ふう》に感《かん》じとったのかということですが、つまりそんな素養《そよう》のようなものがいつの間《ま》にか培《つちか》われていて私《わたし》の体《からだ》の内《うち》にはあったのだといえます。

ならばさらに、その素養《そよう》とはいったい何《なに》かということですが、もちろんあの頃私《ころわたし》はまだ法華経《ほけきょう》どころか、仏教《ぶっきょう》なるものにもほとんど関心《かんしん》はありはしなかった。

ただ後《あと》になって法華経《ほけきょう》を読《よ》んでみて釈迦《しゃか》が説《と》いた哲学《てつがく》、つまり人間《にんげん》にとっての存在《そんざい》と時間《じかん》なるものの意味《いみ》がわりと素直《すなお》に理解出来《りかいでき》るような下地《したじ》があったとしかいいようない。その下地《したじ》とは、いい換《か》えれば自分《じぶん》について、人間《にんげん》なるものについての関心《かんしん》の持《も》ち方《かた》といえるが、それとて、子供《こども》にしてはませていたからとか、他《ほか》に比《くら》べ特別《とくべつ》のものというようなことでは決《けっ》してなしに、折節《おりふし》にふと感《かん》じたり考《かんが》えたりしていたことでしかありません。

誰《だれ》かもお経《きょう》についての何《なに》かの解説《かいせつ》の中《なか》で書《か》いていたが、誰《だれ》しも子供《こども》の頃《ころ》、特《とく》に自我《じが》が形成《けいせい》されていく思春期《ししゅんき》には、夜空《よぞら》を仰《あお》いで遠《とお》い星《ほし》や星雲《せいうん》を眺《なが》めながらこの宇宙《うちゅう》の中《なか》に今《いま》こうして生《せい》を得《え》ている自分《じぶん》とは、自分《じぶん》の存在《そんざい》とはいったい何《なん》なんだろうとふと考《かんが》えるものです。宇宙《うちゅう》という膨大《ぼうだい》な空間《くうかん》の中《なか》に、あそこからこの地球《ちきゅう》まであの星雲《せいうん》の光《ひかり》が実《じつ》は何《なん》万《まん》、いや何億年《なんおくねん》もかかって届《とど》くという隔《へだ》たりの彼方《かなた》にある事物《じぶつ》を、この今《いま》という瞬間《しゅんかん》に仰《あお》いで眺《なが》めている自分《じぶん》という存在《そんざい》のはかなさ、不思議《ふしぎ》さに打《う》たれたことのなかったような人《ひと》はいないと思《おも》う。

確《たし》かに、誰《だれ》かにあの星《ほし》とこの地球《ちきゅう》との間《あいだ》の距離《きょり》は何万光年《なんまんこうねん》だと教《おし》えられてその星《ほし》を仰《あお》いでみても、何万光年《なんまんこうねん》という隔《へだ》たりの実感《じっかん》など人間《にんげん》にとってあり得《え》ないし、そう知《し》って眺《なが》めれば眺《なが》めるほどむしろ、不思議《ふしぎ》さを越《こ》して何《なに》か神秘《しんぴ》なものを感《かん》じてしまいます。自《じ》分《ぶん》の理性《りせい》の幅《はば》にはるかに余《あま》る巨大《きょだい》な空間《くうかん》なり時間《じかん》を意識《いしき》しなおして考《かんが》えてみれば、思考《しこう》が及《およ》ばぬままに人間《にんげん》は神秘《しんぴ》なものを感《かん》じ、感動《かんどう》するというよりも、むしろある戦慄《せんりつ》さえ感《かん》じてしまう。

例《たと》えば巨《おお》きな高《たか》い山《やま》を仰《あお》いで感《かん》じる、あるいは荒《あ》れ狂《くる》う海《うみ》を見《み》はるかしながら感《かん》じる、あのなんともいえぬ感動《かんどう》と解放《かいほう》の快感《かいかん》、あるいは神々《こうごう》しさ。それは理屈《りくつ》ではなしに突然《とつぜん》強《つよ》く感《かん》じとられる限《かぎ》られた自分《じぶん》の人生《じんせい》を越《こ》えたある永遠性《えいえんせい》への予感《よかん》とでもいうべきものですが、それは恐怖《きょうふ》とか、快楽《かいらく》とか、安心《あんしん》などという感情《かんじょう》や情念《じょうねん》を越《こ》えた感動《かんどう》であって、人間以外《にんげんいがい》の動物《どうぶつ》にそうした心《こころ》の働《はたら》きなどありはしません。

私自身《わたしじしん》も、幼《おさな》い頃《ころ》から馴染《なじ》んできた海《うみ》との関《かか》わりで、海《うみ》という広大《こうだい》な自然《しぜん》の中《なか》での自《じ》分《ぶん》の存在《そんざい》の知覚《ちかく》から発《はっ》して神《かみ》を感《かん》じて知《し》る、という経験《けいけん》が何度《なんど》もありました。小《ちい》さなディンギ・ヨットから始《はじ》めて、操《あやつ》る船《ふね》は太平洋《たいへいよう》を渡《わた》る試合《しあい》のためのものとだんだん大《おお》きくはなっても、しょせん海《うみ》に比《くら》べればマンモスタンカーもヨットも船《ふね》はたかだか一点《いってん》のものでしかない。海《うみ》を渡《わた》りながら磐石《ばんじゃく》などという船《ふね》はありようない。

乗《の》っている船《ふね》によって海《うみ》を眺《なが》める余裕《よゆう》も違《ちが》ってくるから、海《うみ》の味《あじ》わいも違《ちが》ってきますが、しかし海《うみ》が与《あた》えてくれるさまざまな感動《かんどう》は結局等質《けっきょくとうしつ》のもので、地上《ちじょう》とは明《あき》らかに位《い》相《そう》の違《ちが》う世界《せかい》にこの身《み》を置《お》いて初《はじ》めて味《あじ》わうあの存在感覚《そんざいかんかく》は、まさしく自分《じぶん》と果《は》てもない宇宙《うちゅう》が明《あき》らかに繋《つな》がっているのだという、気《き》の遠《とお》くなるような存在感《そんざいかん》です。

シュペルビエールの詩《し》に、

『僕《ぼく》が眺《なが》めていないと、海《うみ》はその姿《すがた》を変《か》えてしまう』

という一行《ぎょう》があります。

人間《にんげん》の実存《じつぞん》を謳《うた》い得《え》て妙《みょう》だと思《おも》う。海《うみ》に親《した》しんだ者《もの》になら強《つよ》い実感《じっかん》で伝《つた》わってくる言《こと》葉《ば》です。

つまり、ある時《とき》に眺《なが》める素《す》晴《ば》らしい海《うみ》の光景《こうけい》、刻一刻変化《こくいっこくへんか》して止《や》まない海《うみ》ですが、その一瞬《いっしゅん》の素《す》晴《ば》らしさを感《かん》じとるのは今《いま》そこにそうして在《あ》る私自身《わたしじしん》、私一人《わたしひとり》なのであって、だからその素《す》晴《ば》らしい海《うみ》がそこにそうして輝《かがや》いて、あるいは荒《あ》れ狂《くる》って、在《あ》るというのを認知《にんち》するのも証明《しょうめい》するのも、私一人《わたしひとり》でしかない、その海《うみ》の素《す》晴《ば》らしさはしょせん私《わたし》一人《ひとり》しか知《し》りはしない。もっといえば、素晴《すば》らしい海《うみ》はそれを眺《なが》めている私《わたし》がいなければ存在《そんざい》はしはしないのだ、という実存的《じつぞんてき》な認識《にんしき》、というより人間《にんげん》が存在《そんざい》することと海《うみ》との深《ふか》く強《つよ》い関《かか》わりなのです。

太平洋《たいへいよう》を小《ちい》さなヨットで渡《わた》ってくると、実《じつ》にさまざまな、思《おも》いもかけぬものを目《め》にします。貿易風《ぼうえきふう》の吹《ふ》き渡《わた》る海《うみ》に突然《とつぜん》スコールがやってきて過《す》ぎると、船《ふね》の前後左右《ぜんごさゆう》にいくつもの、多《おお》い時《とき》は大小《だいしょう》十、二十の虹《にじ》を海一面《うみいちめん》にかけたりもする。まさに虹《にじ》の林《はやし》の中《なか》を船《ふね》は過《す》ぎていくのです。

ある時《とき》はまたフィニッシュ・ラインに向《む》けて夜中《よなか》に過《す》ぎるマウイ島《とう》の、強《つよ》い貿易風《ぼうえきふう》に吹《ふ》き上《あ》げられた潮《しお》に煙《けむ》る狭《せま》い海峡《かいきょう》をまたいで、おりからの満月《まんげつ》に照《て》らされて巨《おお》きな虹《にじ》がかかっている。夜《よる》の虹《にじ》は、月光《げっこう》の下《した》で鈍《にぶ》くもやはり七色《なないろ》に輝《かがや》いてそびえ立《た》ち、その下《した》を船《ふね》は満帆《まんぱん》に風《かぜ》をはらんでどこかのベイブリッジを潜《くぐ》るようにして過《す》ぎていきました。

その、神秘《しんぴ》という言葉《ことば》だけではいい尽《つ》くせぬ光景《こうけい》を、全員《ぜんいん》がそれぞれ声《こえ》も立《た》てず一人《ひとり》一人《ひとり》で眺《なが》めいっている。その瞬間《しゅんかん》互《たが》いに何《なに》を感《かん》じているのかわかっても、それを言葉《ことば》にして確《たし》かめるなどという気《き》にはとてもならずに、ただただぼうっと放心《ほうしん》のままに、この地上《ちじょう》とは思《おも》えぬ景色《けしき》の中《なか》にそれぞれ一人《ひとり》っきりで身《み》を置《お》いて感《かん》じいっていました。

ああした瞬間《しゅんかん》、すぐそばに仲間《なかま》はいても、それぞれが孤《ひと》りで、自分《じぶん》を覆《おお》っている宇宙《うちゅう》についてひしと感《かん》じとり、その宇宙《うちゅう》が自分《じぶん》を中心《ちゅうしん》にして、自分《じぶん》を核《かく》として、在《あ》るのだということを感《かん》じていたものです。

月面《げつめん》に人間《にんげん》として初《はじ》めて降《お》り立《た》った宇宙飛行士《うちゅうひこうし》が、あの荒涼《こうりょう》とした月《つき》の砂漠《さばく》で、地平線《ちへいせん》の彼方《かなた》に昇《のぼ》ってくる、地球《ちきゅう》で眺《なが》める月《つき》よりも数倍《すうばい》も大《おお》きな地球《ちきゅう》を眺《なが》めながら、歴然《れきぜん》と神《かみ》を感《かん》じた、というよりもまさしく神《かみ》を見《み》たという述懐《じゅっかい》は少《すく》なくとも私《わたし》にはよくわかります。

しかしわざわざ月《つき》にまで連《つ》れていかれたとしても、他《ほか》の動物《どうぶつ》ではそんなことはあり得《え》まいに。

ということこそが、人間《にんげん》だけが神《かみ》なり仏《ほとけ》を構《かま》えた信仰《しんこう》を持《も》てるという所以《ゆえん》なのです。

死者《ししゃ》と生者《せいじゃ》の関《かか》わり

カントは巨《おお》きな山《やま》を仰《あお》いで人間《にんげん》だけがふと感《かん》じる不滅性《ふめつせい》とか、その解放感《かいほうかん》がもたらす自由《じゆう》とか、そんな時《とき》、人《ひと》によってはさらに感《かん》じる神《かみ》の存在《そんざい》とかいったものは、本来人間《ほんらいにんげん》の知識《ちしき》の対象《たいしょう》とはならないのであるがゆえにそれは信仰《しんこう》にとっての基本的《きほんてき》な要因《よういん》だといっています。

つまり理屈《りくつ》を越《こ》えてふと、しかし強《つよ》く感《かん》じられるある衝動《しょうどう》、いやその以前《いぜん》の、ただとても不思議《ふしぎ》な感動《かんどう》が、見《み》ることも触《さわ》ることも出来《でき》ない神《かみ》や仏《ほとけ》に自分《じぶん》をあずける信仰《しんこう》という心《こころ》の作業《さぎょう》のための引《ひ》き金《がね》になってくるのです。

もう少《すこ》し他《ほか》の言葉《ことば》を借《か》りて説明《せつめい》すると、例《たと》えばプラグマティズム哲学《てつがく》の始祖《しそ》の一人《ひとり》であるウィリアム・ジェイムスは人間《にんげん》の信仰《しんこう》について、特《とく》にその大《おお》きな要因《よういん》である霊魂《れいこん》の実在《じつざい》について、その哲学《てつがく》の特性《とくせい》を明《あ》かすように実《じつ》に合理的《ごうりてき》に説明《せつめい》しようと努力《どりょく》した人《ひと》で、それゆえに多《おお》くのインテリにとってはいかにもわかりやすく納得《なっとく》のいく説明《せつめい》をしてくれていますが、彼《かれ》は魅力《みりょく》あるその著書《ちょしょ》『宗教的経験《しゅうきょうてきけいけん》の諸相《しょそう》』の中《なか》で、カントのいったような神々《こうごう》しさとか不滅性《ふめつせい》、永遠性《えいえんせい》、あるいは自由《じゆう》といったような感動《かんどう》、衝動《しょうどう》のように、そこには的確《てきかく》な感覚的形象《かんかくてきけいしょう》、つまり目《め》に見《み》え手《て》で触《さわ》って確《たし》かめられるような確《たし》かな形《かたち》が無《な》いということこそが、本当《ほんとう》の祈《いの》りの要素《ようそ》なのだといっています。

そうした、確《たし》かな形《かたち》を持《も》たない、手《て》で触《さわ》り目《め》で見届《みとど》けることの出来《でき》ぬものは、知性《ちせい》の触手《しょくしゅ》で確認出来《かくにんでき》ないのだから論理的《ろんりてき》には無意味《むいみ》だということになりそうだが、決《けっ》してそうではない。何故《なぜ》なら人間《にんげん》の心《こころ》は自由《じゆう》とか、永遠性《えいえんせい》とか、神々《こうごう》しさとか、それぞれ個々《ここ》にある観念《かんねん》、いい換《か》えればある確《たし》かなイメイジとして捉《とら》えることの出来《でき》ぬもの、そうでしょう、自由《じゆう》とはどんな形《かたち》をしているのか、神々《こうごう》しいものはどんな色《いろ》をしているのかなど誰《だれ》にいえるものでもない、しかしなお人間《にんげん》はそうしたものの実在《じつざい》を強《つよ》く信《しん》じるという不思議《ふしぎ》な態度《たいど》を持《も》つことが出来《でき》るのです。

犬《いぬ》や猫《ねこ》は繋《つな》がれていた縄《なわ》が解《と》けたら自由《じゆう》に走《はし》り回《まわ》れて嬉《うれ》しかろうが、それを『自由《じゆう》』という状況《じょうきょう》としては捉《とら》えられないし、何《なに》かで神秘《しんぴ》に打《う》たれることもありはしない。それが出来《でき》るのは人間《にんげん》だけです。

だから人間《にんげん》はあたかも神《かみ》が存在《そんざい》するかのように祈《いの》ったり奉仕《ほうし》も出来《でき》るし、あたかも人間《にんげん》が不滅《ふめつ》であるかのように計画《けいかく》を立《た》てることが出来《でき》る。だからこうした目《め》に見《み》えぬもの、不可知《ふかち》なものが存在《そんざい》するという人間《にんげん》の五官《ごかん》を越《こ》えた心《こころ》の働《はたら》きは、他《ほか》の五官《ごかん》による認識《にんしき》にのっとった行為《こうい》が対象《たいしょう》にするもの、例《たと》えばひもじいから食《た》べたいとか、暑《あつ》いから涼《すず》みたいといった願《ねが》いと、まずは同列《どうれつ》の意味《いみ》は備《そな》えている。だから、あいつは見《み》ることも出来《でき》ない神《かみ》さまをしきりに信《しん》じていると嘲笑《あざわら》う人間《にんげん》は、信仰《しんこう》を持《も》つ持《も》たぬは別《べつ》にしても、人間《にんげん》についてつまり自分《じぶん》について、迂闊《うかつ》に知《し》らずにいるとしかいいようない。

ジェイムスはそうした人間独特《にんげんどくとく》の心《こころ》の働《はたら》きを、人間《にんげん》だけが抱《いだ》く実在感《じつざいかん》、あるいは実在《じつざい》の情緒《じょうちょ》と呼《よ》んで、それが決《けっ》していかなる妄想《もうそう》でもないことを磁石《じしゃく》の鉄棒《てつぼう》が持《も》つ磁力《じりょく》を例《れい》に説明《せつめい》しています。

鉄棒《てつぼう》が視覚《しかく》も触覚《しょっかく》もなんの表象能力《ひょうしょうのうりょく》も持《も》たないのに、磁気《じき》を感《かん》じる能力《のうりょく》を備《そな》えているのと同《おな》じことだ、と。鉄棒《てつぼう》は彼自身《かれじしん》を強《つよ》く刺激《しげき》する発動力《はつどうりょく》があることについて、鉄棒《てつぼう》を眺《なが》める私《わたし》たちの耳《みみ》に伝《つた》えて説明《せつめい》など出来《でき》はしないが、そうした発動力《はつどうりょく》が存在《そんざい》していることとその力《ちから》の意義《いぎ》についてはしみじみ感《かん》じているに違《ちが》いない。だからいったん針《はり》を近《ちか》づけてみれば、たちどころにそれを吸《す》い寄《よ》せてみせるのです。

信仰《しんこう》の対象《たいしょう》となる神《かみ》や仏《ほとけ》ではなしに、他《ほか》の時間《じかん》や空間《くうかん》、あるいは目《め》には見《み》えぬエーテルのようなものが万物《ばんぶつ》をひたしているように、抽象的《ちゅうしょうてき》かつ本質的《ほんしつてき》なもの、例《たと》えば『善《ぜん》』『正義《せいぎ》』あるいは『強《つよ》さ』といったものが、あらゆる善《よ》いもの強《つよ》いものをひたしているのを我々《われわれ》は感《かん》じとることが出来《でき》ます。人間《にんげん》の心《こころ》だけが、このような抽象的《ちゅうしょうてき》な観念《かんねん》によって規制《きせい》、あるいは規定《きてい》もされるということは人間《にんげん》の特質《とくしつ》であり、人間《にんげん》として根本的《こんぽんてき》な事実《じじつ》なのです。

話《はなし》をジグザグして運《はこ》びますが、私《わたし》もまた誰《だれ》もと同《おな》じように子供《こども》の頃夏《ころなつ》の庭《にわ》で夜空《よぞら》の星《ほし》を仰《あお》ぎ、自分《じぶん》がひたされている時間《じかん》と空間《くうかん》の不思議《ふしぎ》さ、その中《なか》に今《いま》こうして身《み》を置《お》いている自分《じぶん》なるものの存在《そんざい》の不思議《ふしぎ》さに神秘《しんぴ》を感《かん》じたことがありました。

ただその時一緒《ときいっしょ》に並《なら》んで庭《にわ》の椅子《いす》に座《すわ》って談笑《だんしょう》していた父《ちち》や母《はは》、そして弟《おとうと》をふと眺《なが》めなおしながら、自分《じぶん》が今感《いまかん》じているこの得《え》もいえぬ感慨《かんがい》の内《うち》に同《おな》じようにして今在《いまあ》るこの肉親《にくしん》たちと自分《じぶん》の関《かか》わりというものは、やがては父《ちち》や母《はは》が私《わたし》たちより先《さき》に死《し》んでいき、その後《ご》またやがて私自身《わたしじしん》も死《し》んでいくといった、ほんのわずかの間《あいだ》だけの時間《じかん》と存在《そんざい》の重《かさ》なり合《あ》いだけなのだろうかとふと、しみじみ思《おも》った。そして、いや決《けっ》してそうではあるまいに、そんなことだけで私《わたし》も父《ちち》も母《はは》も弟《おとうと》もこの世《よ》に生《う》まれてき、今《いま》こうしているはずではないに違《ちが》いないと、ただ強《つよ》く思《おも》っていました。

私《わたし》がその時《とき》どうしてそう思《おも》ったかは自分《じぶん》でもわからない。しかしとにかくそう思《おも》ったのです。その時《とき》そう思《おも》ったということが、後《あと》にまで尾《お》を引《ひ》いて繋《つな》がっていたということを、後々《のちのち》の出来事《できごと》の折々《おりおり》に感《かん》じたものですが。

私《わたし》の父《ちち》はかねがね高血圧症《こうけつあつしょう》に悩《なや》んでいて、今《いま》と違《ちが》ってさしたる効果的《こうかてき》な治療《ちりょう》や薬《くすり》もなく結局《けつきよく》五十一で早死《はやじ》にしました。が、日頃《ひごろ》母《はは》も私《わたし》たち兄弟《きようだい》もそれを気《き》にはしていたがなす術《すべ》もなかった。だからそれなりに私《わたし》の意識《いしき》の内《うち》には父《ちち》の寿命《じゆみよう》に対《たい》する危惧《きぐ》、懸念《けねん》がいつもあったとはいえるが、あの夏《なつ》の夜《よ》の食後《しよくご》の家族団欒《かぞくだんらん》でことさらそれを意識《いしき》していたということではありません。ただ意識《いしき》のどこかにあったものが、あの夜空《よぞら》を仰《あお》いでの感慨《かんがい》の中《なか》に染《し》み出《だ》してき相《あい》まって、言葉《ことば》に尽《つ》くせぬ何《なに》かを感《かん》じさせ、予感《よかん》もさせたのだろうと思《おも》います。

父《ちち》はたいそうな子煩悩《こぼんのう》で、汽船会社《きせんがいしや》の重役《じゆうやく》の分際《ぶんざい》にしては不相応《ふそうおう》な贅沢《ぜいたく》を私《わたし》たち兄弟《きようだい》にさせてくれたものでした。私《わたし》たち兄弟《きようだい》の人生《じんせい》を彩《いろど》ってくれた海《うみ》との出会《であ》いも、逗子《ずし》という湘南《しようなん》の美《うつく》しい町《まち》に過《す》ごす間《あいだ》、ヨットを持《も》ちたいという私《わたし》たちのとんでもない願《ねが》いを、母《はは》の献言《けんげん》もあって父《ちち》がかなえてくれたおかげでしたが、そんな父《ちち》への感謝《かんしや》と甘《あま》えと愛着《ちやく》がこもごも、あの夏《なつ》の夜《よ》の庭《にわ》で私《わたし》にふと、あのなんともいえぬ気《き》が遠《とお》くなりそうな、人間《にんげん》の存在《そんざい》とそれをひたしている時間《じかん》の意味《いみ》についてまだ自分《じぶん》で自分《じぶん》に説明《せつめい》も整理《せいり》も出《で》来《き》ぬ強《つよ》い衝動《しようどう》を与《あた》えてくれたのかも知《し》れません。

しかしなお、それは私《わたし》に限《かぎ》った特異《とくい》な経験《けいけん》などではなしに、誰《だれ》しも形《かたち》は違《ちが》えてもそれぞれ経験《けいけん》してきたことのはずです。あれはまあ思春期《ししゆんき》における人生《じんせい》そのものへの予感《よかん》ということだったのかも知《し》れない。

つまり人間誰《にんげんだれ》しも、宗派《しゅうは》は問《と》わず信仰《しんこう》の根本的《こんぽんてき》な基盤《きばん》となる、自分《じぶん》はなんで今《いま》ここにこうして在《あ》るのか、自分《じぶん》の人生《じんせい》をひたしている時間《じかん》とはいったい何《なん》なのかという、哲学《てつがく》への予感《よかん》、触《ふ》れ合《あ》いをどこかで経験《けいけん》しているに違《ちが》いない。

いずれにせよ私自身《わたしじしん》は後々自分《のちのちじぶん》なりの信仰《しんこう》を持《も》ち、というより信仰以前《しんこういぜん》にまず法華経《ほけきょう》を読《よ》むことがあって、なぜか鮮明《せんめい》にあの時《とき》あの夏《なつ》の庭《にわ》で夜空《よぞら》を仰《あお》いでひとしお強《つよ》く感《かん》じたものについて思《おも》い出《で》していたものです。

法華経《ほけきょう》に出会《であ》ってからあらためて自分《じぶん》を振《ふ》り返《かえ》り、ああなるほどと思《おも》い合《あ》わせることの出来《でき》るような経験《けいけん》が他《ほか》にもいくつかありました。ということは、私《わたし》は実《じつ》は知《し》らぬ間《ま》に、法華経《ほけきょう》に出会《であ》う前《まえ》から法華経《ほけきょう》を生《い》きてきたのだといえます。

と、この私自身《わたしじしん》についてもいえることが法華経《ほけきょう》の凄《すご》さといえるかも知《し》れない。

前《まえ》にも述《の》べた仏教《ぶっきょう》の復権団体《ふっけんだんたい》としての宗教宗派《しゅうきょうしゅうは》の主《おも》なるマニュアルは、坊《ぼう》さんにまかせずに自分《じぶん》の家《いえ》の先祖《せんぞ》を祭《まつ》る、供養《くよう》するのは自分《じぶん》たちでやるということですが、その根底《こんてい》には私《わたし》が父《ちち》の死《し》や、長男《ちょうなん》の誕生《たんじょう》のおりに感《かん》じたものが同《おな》じように在《あ》るのです。

仏教《ぶっきょう》に限《かぎ》らず東《ひがし》アジアの宗教《しゅうきょう》の多《おお》くは、道教《どうきょう》にせよインドに発《はっ》したヒンズー教《きょう》にせよ、先祖《せんぞ》を供養《くよう》して祭《まつ》る、つまり死者《ししゃ》たちを生《せい》ある者《もの》のようにあつかって遇《ぐう》するという美《うつく》しい習慣《しゅうかん》を備《そな》えています。

日本《にほん》では仏教《ぶっきょう》の習慣《しゅうかん》の一つとしてお盆《ぼん》があったり、春《はる》と秋《あき》の彼岸《ひがん》があったりして、日《ひ》頃何《ごろなに》を考《かんが》えているのかわからないような人《ひと》でもお盆《ぼん》やお彼岸《ひがん》には殊勝《しゅしょう》に、というよりごく当《あた》り前《まえ》に、もはや目《め》に見《み》ることの出来《でき》ぬ血縁《けつえん》のある死者《ししゃ》たちに心《こころ》を尽《つ》くした供養《くよう》をしています。

輪廻《りんね》とか転生《てんしょう》とか難《むずか》しい理《り》屈《くつ》としてではなしに、先祖《せんぞ》があって自分《じぶん》がいるという血《ち》の繋《つな》がりをごく自然《しぜん》に心得《こころえ》てのことですが、これが西欧《せいおう》に行《い》くとそうはならない。イスラム文化《ぶんか》についてはよく知《し》らないがどうも同《おな》じことではないか。そこらが一神教《いっしんきょう》の特性《とくせい》で、人間《にんげん》は生《せい》ある時《とき》も死《し》んでからも、とにかく絶対的《ぜったいてき》なただ一人《ひとり》の神《かみ》にすべてをあずけてしまうということだから、気《き》が楽《らく》といえば楽《らく》だが少《すく》なくとも私《わたし》にはいかにも味気《あじけ》ない。

いつかハーバード大学《だいがく》のビジネス・スクール、日本《にほん》でいうと経営学部《けいえいがくぶ》の大学院《だいがくいん》の先生《せんせい》たちに講演《こうえん》を頼《たの》まれて出向《でむ》いたおり、近《ちか》くのマーブル・ヘッドという港町《みなとまち》に私《わたし》たち日本《にほん》の湘南《しょうなん》を基地《きち》にするヨットマンには忘《わす》れ難《がた》いスチュアート・モンローというヨットマンのお墓《はか》があると聞《き》いてついでにお参《まい》りに行《い》きました。

随行《ずいこう》していたのがその時《とき》の講演旅行《こうえんりょこう》を企画《きかく》し仕切《しき》っていた広告会社《こうこくがいしゃ》の社員《しゃいん》で、たまたま私《わたし》のヨットのクルーでもありモンローとは同《おな》じ馴染《なじ》みの男《おとこ》でもあった彼《かれ》が、日本《にほん》を出《で》る前《まえ》墓《はか》の所在《しょざい》を調《しら》べていてボストンに着《つ》いた時《とき》そう教《おし》えてくれたのです。

行《い》ってみたら小体《こてい》な洒落《しゃれ》た港町《みなとまち》でしたが、いわれた小《ち》さな教会《きょうかい》にいって牧師《ぼくし》に聞《き》いてもあまり確《たし》かではない。牧師《ぼくし》も一緒《いっしょ》になって探《さが》してくれ、やっと草《くさ》むした墓場《はかば》の隅《すみ》っこの平《ひら》たい墓石《はかいし》に彼《かれ》の名《な》が刻《きざ》まれてあるのを確《たし》かめました。牧師《ぼくし》は見《み》つかって良《よ》かったねとはいったが、そこで一緒《いっしょ》に祈《いの》る訳《わけ》でも、まして何《なに》か聖書《せいしょ》の一節《いっせつ》を読《よ》み上《あ》げる訳《わけ》でもなしにそのまま行《い》ってしまった。

私《わたし》とクルーの男《おとこ》は、彼《かれ》がわざわざ日本《にほん》から持《も》ってきた湘南《しょうなん》のヨットマンたちが行《い》きつけの名物寿司屋《めいぶつずしや》の名前《なまえ》入りの大《おお》きな湯飲《ゆの》み茶碗《ぢゃわん》に、これも持参《じさん》したモンローの好《す》きだった日本酒《にほんしゅ》を注《つ》いで合掌《がっしょう》しましたが、しながらしみじみいいことをしたなと思《おも》いました。

墓《はか》の様子《ようす》一つみても彼《かれ》の死後《しご》家族《かぞく》がまったくここにはやってきていないのがわかる。といって彼等《かれら》に代《か》わって他《ほか》の誰《だれ》が墓守《はかも》りをしてくれている訳《わけ》でもなく、どこかの民謡《みんよう》のように〝死《し》んだら神《かみ》さまよ〟というものでもなく、いかにも、死《し》んだらそれまでよという感《かん》じでしかなかった。

死《し》んだモンローに恩《おん》を着《き》せるつもりはなかったが、わざわざここまでやってきてやって、彼《かれ》がいかにも喜《よろこ》んでいるだろうとしみじみ思《おも》った、というよりそう感《かん》じました。

いつか彼《かれ》の還暦《かんれき》の時《とき》に皆《みな》で日本式《にほんしき》に赤《あか》いちゃんちゃんこを着《き》せ大黒頭巾《だいこくずきん》をかぶせて祝《いわ》ってやったら、感動《かんどう》して彼《かれ》が泣《な》き出《だ》したのをまた思《おも》い出《で》して、私《わたし》たちもとても満《み》ち足《た》りた気分《きぶん》になれた。帰《かえ》り道《みち》、私《わたし》は私《わたし》で、私《わたし》をそこまでいざなってくれた子分《こぶん》のクルーの思《おも》いやりにあらためて感謝《かんしゃ》しました。

その時《とき》にも、ああ日本人《にほんじん》というのはなかなかいいものだなと思《おも》った。

死《し》んだモンローが家族《かぞく》のことを今《いま》どう思《おも》っているのか、彼等《かれら》が死《し》んだ夫《おっと》や父親《ちちおや》のことをどう思《おも》っているのかは知《し》らないが、彼《かれ》の死後《しご》、多分一度《たぶんいちど》もここにやってこずに、いやそれでもいつも死《し》んだ彼《かれ》のことを思《おも》っていますというのは、やはり嘘《うそ》でしょう。もし本《ほん》当《とう》に思《おも》っているのなら、肝心《かんじん》のお墓《はか》に何《なに》か形《かたち》が示《しめ》されて残《のこ》っているはずだと私《わたし》は思《おも》う。

それ以上《いじょう》いいたくはないが、いや、いう必要《ひつよう》もないが、死《し》んだ後《あと》はたった一人《ひとり》の神《かみ》さまに全部《ぜんぶ》おまかせというのはないだろうに、という気持《きも》ちでした。

日本《にほん》では当《あた》り前《まえ》の年《ねん》に何度《なんど》かのお墓《はか》まいりや、お盆《ぼん》、お彼岸《ひがん》の供養《くよう》というのは世間一《せけんいっ》般《ばん》の形《かたち》かも知《し》らないが、それをするとしないではまさに大違《おおちが》いで、そうした様式《ようしき》、行事《ぎようじ》の中《なか》で初《はじ》めて保《たも》たれ広《ひろ》がってもいくものが必《かなら》ずあるのです。

あの時《とき》はしみじみ、ああ俺《おれ》は仏教徒《ぶつきようと》に生《う》まれて良《よ》かったなと思《おも》った。それはつまり信《しん》仰《こう》の基盤《きばん》にある哲学《てつがく》の違《ちが》いがもたらすものでしょうが、モンローみたいに死《し》んだ後放《あとほう》っておかれっぱなしでは死者《ししや》は寂《さび》しくて仕方《しかた》あるまいし、死者《ししや》と生者《せいじや》の関《かか》わりはほとんど無《な》きに等《ひと》しい。

お盆《ぼん》などはもともと仏教《ぶつきよう》が伝来《でんらい》する前《まえ》から日本《にほん》にあった、死者《ししや》だけではなく日頃疎遠《ひごろそえん》になりがちの血縁《けつえん》の生者《せいじや》をも労《ねぎら》い励《はげ》まし縁《えん》を確《たし》かめ合《あ》う季節《きせつ》のしきたりですが、いずれにせよ個人主義《こじんしゆぎ》の濃厚《のうこう》なキリスト教《きよう》の信仰《しんこう》におけるしきたりとはかなり違《ちが》います。

あのお盆《ぼん》の迎《むか》え火《び》や送《おく》り火《び》、死者《ししや》の乗《の》り物《もの》としての茄子《なす》やキュウリの馬《うま》を供《そな》えるしきたりの優雅《ゆうが》さと懐《なつ》かしさは、死者《ししや》もなお我々《われわれ》とともに生《い》きているという、我々《われわれ》の存在《そんざい》にとって死者《ししや》は死《し》んでしまいはしてもなお、欠《か》かすことの出来《でき》ぬ存在《そんざい》なのだということを明《あ》かしている。

そして釈迦《しやか》が仏教《ぶつきよう》として法華経《ほけきよう》で説《と》いた哲学《てつがく》とは、それをさらに私《わたし》たちの心《こころ》の内《うち》で助《じよ》長《ちよう》し確信《かくしん》させてくれるものなのです。

第五章　信仰《しんこう》への鍵《かぎ》

母《はは》が教《おし》えてくれたこと

カントが指摘《してき》し、ウィリアム・ジェイムスが共感《きょうかん》してプラグマティストらしくその証《しょう》明《めい》を試《こころ》みもした、自由《じゆう》とか永遠性《えいえんせい》とかあるいは神秘《しんぴ》といった、形《かたち》に表《あらわ》すことの出来《でき》ぬものの実在《じつざい》を感《かん》じとる人間《にんげん》にしか備《そな》わらぬ能力《のうりょく》は、神《かみ》や仏《ほとけ》を信《しん》じる信仰《しんこう》の大《おお》きな鍵《かぎ》ともいえます。

後《のち》に記《しる》しますがジェイムスは自分《じぶん》が死《し》んだ後《あと》の自《みずか》らの霊魂《れいこん》を使《つか》って、それらの能力《のうりょく》を演繹《えんえき》した先《さき》の霊《れい》の実在《じつざい》、いい換《か》えれば人間《にんげん》の存在《そんざい》の実際《じっさい》の形《かたち》を降霊会《こうれいかい》で証明《しょうめい》しようとまでしました。

私《わたし》はここで別段読者《べつだんどくしゃ》に信仰《しんこう》を勧《すす》めるつもりはないが、信仰《しんこう》、無《む》信仰《しんこう》に関《かか》わりなく人間《にんげん》なら誰《だれ》しも時《とき》に応《おう》じて感《かん》じたり考《かんが》えたりする、自《じ》分《ぶん》がなんでこの世《よ》にこんな形《かたち》で存在《そんざい》し、こんな目《め》に遭《あ》うのかとか、この状況《じょうきょう》を何《なん》とかしなくてはなどと思《おも》う折々《おりおり》のよすがになるはずなので触《ふ》れますが、その結果《けっか》、人《ひと》が不可知《ふかち》な力《ちから》について感《かん》じるようになれば人生《じんせい》そのものに必《かなら》ず大《おお》きな展開《てんかい》があるはずです。

誤解《ごかい》を避《さ》けるために結論《けつろん》に近《ちか》いことを先《さき》に記《しる》しますが、釈迦《しゃか》が説《と》いた存在《そんざい》と時間《じかん》という哲学《てつがく》の最大《さいだい》の主題《しゅだい》の原理《げんり》、この世《よ》の中《なか》のことを動《うご》かし形《かたち》づくっている究極《きゅうきょく》の原理《げんり》である『実相《じっそう》』について知《し》った時《とき》、ならばそれを司《つかさど》っているものは何《なん》なのかということで、私《わたし》たちは極《きわ》めて論理的《ろんりてき》に、初《はじ》めて神仏《しんぶつ》というものを想《おも》わなくてはならなくなるのです。

だから釈迦《しゃか》の哲学《てつがく》をあくまで哲学《てつがく》として学《まな》びだんだんに上《のぼ》りつめていくと、やはり神《かみ》、仏《ほとけ》を対象《たいしょう》にした信仰《しんこう》の問題《もんだい》に行《い》き当《あ》たらぬ訳《わけ》にはいかない。哲学《てつがく》の話《はなし》として聞《き》いてきたが、なんだやはり信心《しんじん》の話《はなし》かということになりそうだが、要《よう》するに人間《にんげん》としての自分《じぶん》を救《すく》うための哲学《てつがく》をしていけば釈迦《しゃか》の説《と》いた哲学《てつがく》では最後《さいご》に神仏《しんぶつ》が現《あらわ》れてこぬ訳《わけ》にいかない。これはある意味《いみ》で極《きわ》めて論理的《ろんりてき》ともいえて、いきなり五官《ごかん》で感得《かんとく》出来《でき》ぬ神仏《しんぶつ》の話《はなし》からではなしに、現実《げんじつ》の出来事《できごと》の解明《かいめい》から発《はっ》してそこにいたるという筋道《すじみち》ですから。

だからこれをひっくり返《かえ》していえば、苦《くる》しい時《とき》の神頼《かみだの》みでもいいのです。そんなことでもなければ普通《ふつう》の人間《にんげん》が、手《て》で触《さわ》ったり目《め》で見《み》たりすることの出来《でき》ぬ神《かみ》や、仏《ほとけ》を想《おも》ったり信《しん》じたりなかなか出来《でき》る訳《わけ》もない。

多《おお》くの人間《にんげん》が、今《いま》までさまざまな形《かたち》でその不可知《ふかち》なる巨《おお》きな力《ちから》の働《はたら》きについて体験《たいけん》してきましたが、それは人間《にんげん》たちの考《かんが》え出《だ》した理屈《りくつ》、つまり理性《りせい》では説明《せつめい》しきれぬ形《かたち》で現《あらわ》れてくるために、人々《ひとびと》はそれをすぐに神《かみ》とか仏《ほとけ》に結《むす》んで納得《なっとく》しています。しかし実《じつ》はそんなものは安易《あんい》な説明《せつめい》でしかない。それならそこらじゅうにありふれたお説教《せっきょう》です。

しかし釈迦《しゃか》が説《と》いた教《おし》えは『存在《そんざい》』と『時間《じかん》』という、ありふれ過《す》ぎていて実《じつ》は捉《とら》えようのない、それゆえに哲学《てつがく》の最大《さいだい》の主題《しゅだい》について解明《かいめい》して教《おし》えているために、並《なみ》の説《せっ》教《きょう》を一歩《ぽ》二歩《ほ》、いやはるかに越《こ》えているのです。

多少横道《たしようよこみち》にそれることになるかも知《し》れないが、こんなことを書《か》いていると思《おも》い出《だ》されることがあります。

あれは私《わたし》がいくつの年《とし》のことだったろうか、北海道《ほっかいどう》の小樽《おたる》から湘南《しょうなん》の逗子《ずし》に引《ひ》っ越《こ》してきてから母《はは》が病《やま》いがちになり、腎臓《じんぞう》の発作《ほっさ》で間断《かんだん》に苦《くる》しむようになりました。今《いま》でいえば腎盂炎《じんうえん》だったと思《おも》いますが、当時《とうじ》は抗生物質《こうせいぶっしつ》もなく、発作《ほっさ》が起《お》こると高熱《こうねつ》が出《で》て悪《お》寒《かん》が走《はし》り体《からだ》じゅうが痙攣《けいれん》して見《み》てはいられない。

秋《あき》も遅《おそ》くもう冬《ふゆ》に近《ちか》いある日《ひ》の夜中《よなか》にまた発作《ほっさ》が起《お》こって、その日《ひ》父《ちち》はちょうど出張《しゅっちょう》で家《いえ》におらず、悪寒《おかん》で我慢出来《がまんでき》ずに私《わたし》たち子供《こども》を起《お》こした母《はは》の、布団《ふとん》をはねて痙攣《けいれん》する体《からだ》を弟《おとうと》と二人《ふたり》してのしかかり必死《ひっし》に押《お》さえつけたがそれでも子供二人《こどもふたり》の体《からだ》をはねのけるほど激《はげ》しい痙攣《けいれん》を眺《なが》めて、あるいはこのまま母《はは》は死《し》んでしまうのではないかと思《おも》った。

母《はは》が体《からだ》を震《ふる》わせながら、どこのお医者《いしゃ》さんでもいいからとにかく誰《だれ》か医者《いしゃ》を呼《よ》んできてくれと頼《たの》むので、私《わたし》が着替《きが》えて下駄《げた》をはき一キロほどの所《ところ》にあるとにかく一番近《いちばんちか》くの医院《いいん》まで走《はし》ったが、一時《じ》も回《まわ》った夜半《やはん》ではいくら戸《と》を叩《たた》いても起《お》きてはくれない。さらにその先《さき》の医院《いいん》に回《まわ》ってみても同《おな》じでした。子供《こども》だから警察《けいさつ》に駆《か》けこんで相談《そうだん》するような知恵《ちえ》も無《な》く、たとえそうしたところで当時《とうじ》の警察《けいさつ》ではどうにもならなかったでしょう。

三軒目《げんめ》の医院《いいん》であきらめた時《とき》ようやく涙《なみだ》が出《で》てきたのを覚《おぼ》えている。帰路《きろ》になって、冬《ふゆ》も近《ちか》い季節《きせつ》に強《つよ》い西風《にしかぜ》が吹《ふ》いて空《そら》が晴《は》れ渡《わた》り、戦争中《せんそうちゅう》の灯火管制《とうかかんせい》で家《いえ》の灯《あか》り一つ無《な》く月《つき》も無《な》い夜《よる》ながら満天《まんてん》の星《ほし》に気《き》づいて仰《あお》ぎながら、いいつかった使《つか》いが果《は》たせぬまま母《はは》がもう死《し》んでいるのではないかと子供心《こどもごころ》に恐《おそ》れました。そんな思《おも》いが自分《じぶん》でも恐《おそ》ろしく、また夢中《むちゅう》で家《いえ》まで駆《か》けて戻《もど》る途中《とちゅう》に下駄《げた》の鼻緒《はなお》が切《き》れてしまい、脱《ぬ》いだ下駄《げた》をそのまま手《て》に握《にぎ》って裸足《はだし》のまま家《いえ》まで走《はし》った。

あの荒涼《こうりょう》とした空間《くうかん》の中《なか》で、ぎらつく満天《まんてん》の星《ほし》を仰《あお》ぎながらあるいは母《はは》はもうすでに死《し》んでしまっているのではないかと恐《おそ》れ、というより、母《はは》という存在《そんざい》が失《うしな》われてしまった際《さい》の私《わたし》の身《み》の在《あ》り方《かた》のようなことをしきりに考《かんが》え気《き》が狂《くる》いそうになったのを覚《おぼ》えています。あれは父《ちち》の死《し》や子供《こども》の誕生《たんじょう》のおりに感《かん》じたものとは逆《ぎゃく》の、満天《まんてん》の星《ほし》が象徴《しょうちょう》する壮《そう》大《だい》な宇宙《うちゅう》の中《なか》での母《はは》を喪失《そうしつ》する怯《おび》えの中《なか》で味《あじ》わった人間《にんげん》の存在《そんざい》に関《かん》するある感覚《かんかく》ともいえたでしょう。

しかし息《いき》せき切《き》って家《いえ》に戻《もど》ってみたら母《はは》の発作《ほっさ》はどうやら治《おさ》まっていて、母《はは》は床《とこ》の中《なか》から手《て》をのべて深夜《しんや》の使《つか》いに走《はし》った私《わたし》に感謝《かんしゃ》してくれました。私《わたし》にしてもあるいは死《し》んでいるかも知《し》れないと思《おも》っていた母《はは》が今《いま》は嘘《うそ》のように安《やす》らいだ様子《ようす》なのにほっとして、普通《ふつう》なら尻込《しりご》みするような真夜中《まよなか》の使《つか》いに走《はし》りながら目的《もくてき》を達《たっ》せずに戻《もど》ったことに悔《く》いもなかった。

ちなみに、母《はは》の病《やま》いはその後暫《ごしばら》くしてある人《ひと》から不思議《ふしぎ》なある療法《りょうほう》を勧《すす》められ、それに集中《しゅうちゅう》したことで奇蹟《きせき》のように完治《かんち》しました。後《のち》に世界救世教《せかいきゅうせいきょう》と名乗《なの》った教団《きょうだん》が主唱《しゅしょう》していた、医学《いがく》に頼《たよ》らず人間《にんげん》がもともと備《そな》えている自分《じぶん》の病《やま》いを自分《じぶん》の力《ちから》で治《なお》す力《ちから》をはたからただ助長《じょちょう》する、浄霊《じょうれい》という、この頃《ごろ》よく聞《き》かれる気功《きこう》のように相手《あいて》に向《む》かってただ手《て》をかざすだけでこちらの霊波《れいは》を送《おく》りこむという作業《さぎょう》です。

気功《きこう》のように人間《にんげん》が人間《にんげん》をただ手《て》をかざすだけで治癒《ちゆ》させるという術《じゅつ》は、例《たと》えばキリストが死《し》せるラザロを手《て》をかざして蘇《よみがえ》らせたという聖書《せいしょ》の中《なか》の記述《きじゅつ》とか、釈迦《しゃか》やマホメットに関《かん》するいい伝《つた》えとしても多《おお》くあります。それは今日《こんにち》のいろいろな宗教《しゅうきょう》が説《と》いて実《じっ》践《せん》している心身《しんしん》の曇《くも》りを取《と》り除《のぞ》くための作業《さぎょう》と本質的《ほんしつてき》に変《か》わりないものと思《おも》うし、人間《にんげん》のそうした能力《のうりょく》について私《わたし》は疑《うたが》わないが、そのメカニズムの解明《かいめい》についてはこの主題《しゅだい》と直接《ちょくせつ》関《かか》わりないので触《ふ》れません。

ただそうしたいかにも非合理《ひごうり》な、つまり不思議《ふしぎ》な、いい換《か》えれば知性《ちせい》の所産《しょさん》である医《い》学《がく》の論理《ろんり》や力《ちから》と異《こと》なった、常識《じょうしき》を越《こ》えたものにも感《かん》じられる力《ちから》に触《ふ》れるということは、先《さき》に述《の》べたあの巨《おお》きな力《ちから》の存在《そんざい》を感知《かんち》するということでの信仰《しんこう》のための強《つよ》いよすがになることは確《たし》かです。

凡人《ぼんじん》にとってのそうした力《ちから》の発現《はつげん》はまさに奇蹟《きせき》ともいえることだし、それがいったいどうしてもたらされたかについて考《かんが》え及《およ》ばぬ限《かぎ》り、それは奇蹟《きせき》としかいいようない事実《じじつ》として登録《とうろく》されることで、スーパーパワアへの帰依《きえ》、つまり信仰《しんこう》への大事《だいじ》な糸口《いとぐち》になることに違《ちが》いない。

私《わたし》の母《はは》はそれがきっかけで、法華経《ほけきよう》とはまったく関《かか》わりありませんが信仰《しんこう》に入《はい》り心身《しんしん》ともに安定《あんてい》して過《す》ごし、おかげで八十三歳《さい》という寿命《じゆみよう》を頂《いただ》くことが出来《でき》ました。ここで母親《ははおや》のことを記《しる》すつもりはないが、晩年《ばんねん》の母《はは》は一種《いつしゆ》の覚《さと》りというか解脱《げだつ》を得《え》ていて、その語《かた》るところは釈迦《しやか》が法華経《ほけきよう》で説《と》いたところと本質的《ほんしつてき》に同《おな》じ心境《しんきよう》だったと思《おも》います。

母《はは》の奇蹟的《きせきてき》な回復《かいふく》を目《め》にして、高血圧《こうけつあつ》に悩《なや》んでいた父《ちち》も同《おな》じ方法《ほうほう》による治癒《ちゆ》を目指《めざ》しましたがこちらはかなわなかった。その母《はは》と父《ちち》にもたらされたものの違《ちが》いの訳《わけ》については例《れい》の『十如是《じゆうにょぜ》』で私《わたし》は納得出来《なつとくでき》ますが、それはあくまで私事《わたくしごと》だから省《はぶ》きます。

実《じつ》はそれまで胃弱《いじやく》で悩《なや》んでいた私《わたし》も両親《りようしん》にいわれて同《おな》じ治療《ちりよう》を続《つづ》けて受《う》けましたが、その結果《けつか》いわれた通《とお》り、浴《あ》びるように飲《の》んでいた黒色《こくしよく》のにがい胃薬《いぐすり》が、不思議《ふしぎ》なことにいわれていた通《とお》り腎臓《じんぞう》の後《うし》ろ側《がわ》に染《し》み出《だ》してきて、下着《したぎ》が黒《くろ》く汚《よご》れ薬《くすり》の匂《にお》いをたてるほどで、長年《ながねん》の胃弱《いじやく》が半年《はんとし》ほどで完治《かんち》してしまった。それを信仰《しんこう》のよすがとして信《しん》じている人《ひと》には当《あた》り前《まえ》のことかも知《し》れないが私《わたし》にとっては信《しん》じがたい、しかし現実《げんじつ》に起《お》きたまさに奇蹟《きせき》としかいいようない経験《けいけん》でした。

弟《おとうと》の方《ほう》は、彼《かれ》がそんなに合理的《ごうりてき》な人間《にんげん》だったとは思《おも》えないがなぜか頑《かたく》なにいわれたことを拒《こば》んで、あんなものをまともに考《かんが》える奴等《やつら》の気《き》が知《し》れないとまったく相手《あいて》にしなかった。それでもなお後々《のちのち》、母親《ははおや》の身《み》に起《お》こった変化《へんか》については認《みと》めていて、「確《たし》かにおふくろだけはあれで治《なお》ったよな。しかし親父《おやじ》は死《し》んでしまったけどな」ということだった。

彼《かれ》の現代医学《げんだいいがく》という方法《ほうほう》に対《たい》する忠義《ちゅうぎ》だてというか盲信《もうしん》が結局彼《けっきょくかれ》を若死《わかじ》にさせたとまではいわないが、私自身《わたしじしん》はそれがきっかけで人間《にんげん》の知性《ちせい》が編《あ》み出《だ》したいろいろな方法《ほうほう》は当然価値《とうぜんかち》あるものだが、人間《にんげん》にそれを与《あた》えた者《もの》からすればそれが決《けっ》して絶対《ぜったい》である訳《わけ》はない、それを越《こ》えた他《ほか》の何《なに》か究極《きゅうきょく》の方法《ほうほう》、というかものごとを左右《さゆう》している究極《きゅうきょく》の筋道《すじみち》があるに違《ちが》いないと、漠《ばく》としてですが、強《つよ》く感《かん》じるようにはなりました。

弟《おとうと》と私《わたし》の健康《けんこう》の違《ちが》いという限《かぎ》られた私事《わたくしごと》に関《かん》しても、私《わたし》には私《わたし》にとっての『十如是《じゅうにょぜ》』が感《かん》じられてわかります。そんなことをあげつらっても他人《たにん》にはしょせん詭弁《きべん》にしか感《かん》じられまいが。

二人《ふたり》きりの兄弟《きょうだい》として過《す》ごしてきた私《わたし》には『十如是《じゅうにょぜ》』をかざして考《かんが》えると、いろいろ思《おも》いあたるところがあるのです。

弟《おとうと》があの年《とし》で死《し》んでいってからもう十年《ねん》を越《こ》す月日《つきひ》が流《なが》れましたが、私《わたし》の方《ほう》はおかげでいたって元気《げんき》でいます。いつか主治医《しゅじい》に聞《き》かれて、父《ちち》や母《はは》の患《わずら》い方《かた》、亡《な》くなり方《かた》を話《はな》

したら、

「ああ、あなたは両親《りようしん》のいい方《ほう》の体質《たいしつ》を受《う》け継《つ》がれ、弟《おとうと》さんはどうも悪《わる》い方《ほう》をもらってしまったようですね」

といわれました。

父親《ちちおや》の家系《かけい》には高血圧《こうけつあつ》が多《おお》く、父《ちち》は大変《たいへん》な飲酒家《いんしゅか》だったし、母親《ははおや》の方《ほう》は腎臓《じんぞう》が弱《よわ》かった。私《わたし》もかなり酒好《さけず》きでこの年《とし》になってまで酒量《しゅりょう》が上《あ》がっていて大学時代《だいがくじだい》の仲間《なかま》に驚《おどろ》かれたりするが、まあまだ弟《おとうと》や父《ちち》ほどのことはありません。

前《まえ》にも記《しる》したが、子供《こども》の頃《ころ》は私《わたし》は病弱《びょうじゃく》で、寝《ね》ている私《わたし》の枕元《まくらもと》で、呼《よ》んできた余所《よそ》の友《とも》達《だち》と遊《あそ》んで騒《さわ》いでいるいつも元気《げんき》な弟《おとうと》が羨《うらや》ましくてならなかった。

小学校《しょうがっこう》の頃《ころ》も母親《ははおや》の体質《たいしつ》に似《に》てか腎臓《じんぞう》が悪《わる》かったこともあったり、胃腸《いちょう》をこわして一《いち》学期間《がっきかん》体操《たいそう》の時間《じかん》を見学《けんがく》で過《す》ごしたり、ずうっと胃弱《いじゃく》で苦《くる》しみましたが、中学《ちゅうがく》に進《すす》んでからサッカー部《ぶ》に入《はい》り、今《いま》とは違《ちが》っていびりに近《ちか》い目茶苦茶《めちゃくちゃ》なしごきを受《う》けている内《うち》に一、二年《ねん》の間《あいだ》に体質《たいしつ》が変《か》わっていくのが自分《じぶん》でもわかりました。

戦後《せんご》とはいえ食《た》べるものもろくになかった頃《ころ》で、練習《れんしゅう》を終《お》え電車《でんしゃ》に乗《の》って家《いえ》のある町《まち》の駅《えき》に着《つ》くと、空腹《くうふく》にたまりかねて駅《えき》の水道《すいどう》でたくさん水《みず》を飲《の》み、当時《とうじ》はまだバスもなく、家《いえ》まで二キロほどの道《みち》のりを鞄《かばん》と運動《うんどう》の道具《どうぐ》を抱《かか》えて歩《ある》き出《だ》す。途中《とちゅう》また空腹《くうふく》にたまりかね、いつも、ある八百屋《やおや》の井戸《いど》でまた水《みず》を飲《の》んでなんとか家《いえ》までたどりつく毎日《まいにち》でした。

以来《いらい》、未《いま》だに一種《いっしゅ》のスポーツ中毒《ちゅうどく》で、一日何《にちなに》かで体《からだ》を動《うご》かさないと気持《きも》ち悪《わる》くて仕方《しかた》がない。休日《きゅうじつ》はヨット、テニス、ゴルフ、ダイビング、水泳《すいえい》、ジョギング、最低雨《さいていあめ》でも散歩《さんぽ》ということで仕事《しごと》の時間《じかん》が不足《ふそく》して困《こま》るくらいですが、一方《いっぽう》の弟《おとうと》は運動神経《うんどうしんけい》にかけては無類《むるい》のものがあったのに、嘱望《しょくぼう》されていたバスケットボールで膝《ひざ》を怪我《けが》しそれが治《なお》りきらぬ内《うち》に町《まち》で喧嘩《けんか》してこじらしてしまい、選手《せんしゅ》をあきらめてからはろくな運動《うんどう》もしてなかった。

一緒《いっしょ》にどこかに行《い》ってもいつもせかせか体《からだ》を動《うご》かしている私《わたし》を眺《なが》めてからかったりしていたが、自分《じぶん》はほとんど動《うご》かずに手酌《てじゃく》の酒《さけ》、ということでいました。

そして、他《ほか》でも記《しる》したが、世《よ》の中《なか》に出《で》てからは大《おお》きな怪我《けが》の後《あと》は次々《つぎつぎ》に厄介《やっかい》な病気《びょうき》にかかり、無類《むるい》の強《つよ》さで耐《た》えてはいたが、結局肝臓《けつきょくかんぞう》の癌《がん》で死《し》にました。

その間私《かんわたし》は病気《びょうき》らしい病気《びょうき》といえば、ベトナム戦争《せんそう》の取材《しゅざい》にいってかかった肝臓《かんぞう》の伝《でん》染病以外《せんびょういがい》にはなく、それも、最初《さいしょ》の選挙《せんきょ》を戦《たたか》いながらある人《ひと》から薦《すす》められた漢方《かんぽう》の名人《めいじん》のおかげで完治《かんち》しました。

今《いま》になって思《おも》いなおすと、子供《こども》の頃《ころ》強弱《きょうじゃく》対照的《たいしょうてき》だった二人《ふたり》の立場《たちば》が完全《かんぜん》に逆《ぎゃく》になってしまったとしかいいようない。いったいなんでそうなってしまったのか。

彼《かれ》が世《よ》の中《なか》に出《で》てから最初《さいしょ》の大事故《だいじこ》、スキー場《じょう》での骨折《こっせつ》の際《さい》も仲間《なかま》の著名《ちょめい》な野球選手《やきゅうせんしゅ》たちが、当時《とうじ》ジャイアンツのいわば主治医《しゅじい》だった吉田《よしだ》さんという名人《めいじん》の接骨師《せっこつし》を薦《すす》めてくれて、彼《かれ》なら手術《しゅじゅつ》もせずに必《かなら》ず短期間《たんきかん》で治《なお》してくれるというので、慶応病院《けいおうびょういん》に運《はこ》びこまれたばかりの弟《おとうと》の所《ところ》へ飛《と》んでいきそう教《おし》えたが、当人《とうにん》が周《まわ》りに気《き》がねして結局病院《けつきょくびょういん》で治療《ちりょう》することに決《き》めました。その逡巡《しゅんじゅん》が、後《あと》になってわかったが、思《おも》いがけぬ悪《あ》しき結《けっ》果《か》を彼《かれ》の人生《じんせい》にもたらしてしまった、としかいいようない。

私《わたし》が転院《てんいん》を勧《すす》めたという噂《うわさ》は病院側《びょういんがわ》にも伝《つた》わっていたようで、手術《しゅじゅつ》した足《あし》に傷跡《きずあと》を残《のこ》さずにすむといった私《わたし》の言葉《ことば》を気《き》にした病院側《びょういんがわ》は、それならば面子《メンツ》にかけても切開手《せっかいしゅ》術《じゅつ》なしで完治《かんち》させようと、牽引《けんいん》から始《はじ》めて、手術治療《しゅじゅつちりょう》の数倍《すうばい》の時間《じかん》と苦痛《くつう》を当人《とうにん》に強《し》いての治療《ちりょう》を進《すす》めていった。なにしろひどい骨折《こっせつ》だったから、病院側《びょういんがわ》も骨《ほね》の繋《つな》がり具合《ぐあい》を何度《なんど》も確《たし》かめなくてはならない。そのため頻繁《ひんぱん》にレントゲン撮影《さつえい》をくり返《かえ》し、結果《けっか》、弟《おとうと》の精子《せいし》は絶滅《ぜつめつ》して子供《こども》の出来《でき》ない体《からだ》にされてしまったのです。

プロ野球選手《やきゅうせんしゅ》たちの献言《けんげん》も、私《わたし》の伝達《でんたつ》も、それを聞《き》いた病院側《びょういんがわ》の努力《どりょく》も、どれも皆《みな》それぞれの好意《こうい》に依《よ》ったものだったのに、結果《けっか》はそうしたむごいものになってしまった。大切《たいせつ》なことは、ならばそうした痛《いた》ましい行《い》き違《ちが》いが、なんで弟《おとうと》の身《み》に起《お》こったのかということなのです。

世《よ》の中《なか》に出《で》る以前《いぜん》の、互《たが》いに幼《おさな》い子供《こども》の頃《ころ》からのいろいろなものごとを思《おも》い出《だ》し辿《たど》りなおしてみると、私《わたし》には納得《なっとく》のいくことが多々《たた》あります。しかし、最後《さいご》に謎《なぞ》めいたことをいって放《ほう》り出《だ》す訳《わけ》では決《けっ》してないが、それは誰《だれ》よりも弟当人《おとうととうにん》こそが、いや結局彼《けっきょくかれ》だけが、理屈《りくつ》や事《こと》の筋道《すじみち》といったことではなしに、心《こころ》の内《うち》、体《からだ》の内《うち》で感《かん》じとり、覚《さと》りも出来《でき》、密《ひそ》かにも納得出来《なっとくでき》ることに違《ちが》いないと思《おも》います。

そうやって自分《じぶん》で以前《いぜん》からのことを思《おも》い返《かえ》したぐってたぐっていってなお、ならばあのことあの出来事《できごと》がなんで自分《じぶん》の人生《じんせい》に起《お》こったのか、なぜ自分《じぶん》はあの時《とき》ああしたのか、ということの究極《きゅうきょく》の理解《りかい》、というより納得《なっとく》の術《すべ》は、釈迦《しゃか》が説《と》いた哲学《てつがく》の教《おし》える、人間《にんげん》の存在《そんざい》の長《なが》い長《なが》い繋《つな》がり、つまり先祖《せんぞ》から自分《じぶん》まで、だけではなしに、さらに自分《じぶん》から子孫《しそん》にいたり繋《つな》がる存在《そんざい》の、目《め》には見《み》えぬが歴然《れきぜん》として在《あ》る大《おお》きな輪《わ》について感《かん》じとり、それをはっきり知《し》るということにしかありはしないと思《おも》う。

大切《たいせつ》なことは何《なに》かをきっかけにして、誰《だれ》しもが人間《にんげん》として抱《かか》えている哲学《てつがく》の問題《もんだい》、つまり自分《じぶん》が今《いま》こうして生《い》きて在《あ》るということの意味《いみ》について理解《りかい》、納得《なっとく》して覚《さと》っていくということなのです。

ここがつくづく大切《たいせつ》な点《てん》だと思《おも》うが、信仰《しんこう》もまたあくまでそのためのとば口《くち》の一つです。

そして釈迦《しゃか》が説《と》いた無類《むるい》の哲学《てつがく》もあくまでその一つです。別《べっ》に法華経《ほけきょう》を読《よ》まなくとも、釈迦《しゃか》が説《と》いた境地《きょうち》にいたった人《ひと》はたくさんいるはずです。

大切《たいせつ》なことは人間《にんげん》が自分《じぶん》の人生《じんせい》について覚《さと》る、自分《じぶん》がこうして生《い》きているということの意味《いみ》について心《こころ》から納得《なっとく》する、そのためにいったい何《なに》が自分《じぶん》をかくもたらしているのかということを知《し》る。つまり自分《じぶん》を本当《ほんとう》に捉《とら》えるということなのです。それが出来《でき》れば心《こころ》からの安息《あんそく》、安心《あんしん》、安定《あんてい》、そして本物《ほんもの》の自負《じふ》、意欲《いよく》ももたらされてきます。

だからこそ、（ここらから、私《わたし》のいうことは多分聖職《たぶんせいしょく》にある坊《ぼう》さんたちには気《き》にいらぬ、僭越《せんえつ》ともいわれそうなことかも知《し》れないが）神《かみ》も仏《ほとけ》も、お釈迦《しゃか》さまも、私《わたし》のために在《あ》るのだといっていい。私《わたし》たちのため、私《わたし》のためにこそ道《みち》を説《と》かれているのだ。私《わたし》たちを、この私《わたし》を救《すく》わずして神《かみ》も仏《ほとけ》もあるものでありはしまいに。

しかしまた私《わたし》たちが、私《わたし》が救《すく》われないのは神《かみ》、仏《ほとけ》に力《ちから》が足《た》りぬからなどということでは決《けつ》してない。

それは我々《われわれ》に、相手《あいて》の発《はっ》するメッセイジを受信《じゅしん》するための何《なに》かが欠《か》けているからでしかない。

『縁無《えんな》き衆生《しゅじょう》』といいますが、その縁《えん》までをいちいち神《かみ》や仏《ほとけ》が作《つく》ってくれるものではない。それはあくまでこちら側《がわ》の意欲《いよく》の問題《もんだい》なのです。つまり何《なに》かをきっかけにして自分《じぶん》の人生《じんせい》について考《かんが》えてみる、見《み》なおしてみるという姿勢《しせい》がまず無《な》ければ、たとえ法華経《ほけきょう》を読《よ》んでもただの読書《どくしょ》にしかなりはしない。

例《たと》えば、自分《じぶん》にはどうもそうした縁《えん》が無《な》い、ということそのものの意味《いみ》なり訳《わけ》を考《かんが》えてみればことは間違《まちが》いなく一歩進《ぽすす》むのに、そうしようとはせぬというなら、それはその人間《にんげん》が現在不幸《げんざいふこう》か幸《しあわ》せか知《し》らぬが、要《よう》するに怠惰《たいだ》としかいいようがない。

寝《ね》ていて金《かね》が出来《でき》るものではないのと同《おな》じように、考《かんが》えてもみずに、自分《じぶん》にとって不《ふ》本意《ほんい》な出来事《できごと》が生《しょう》じた折節《おりふし》に、なんでこんなことにと考《かんが》えてみるだけで必《かなら》ず行《い》く先《さき》が開《ひら》けてくるのに、その不本意《ふほんい》さをただかこつだけでは何《なに》がどうなるものでもありはしません。

だからまず、自分《じぶん》にとって何《なに》か不本意《ふほんい》な出来事《できごと》があったとして、法華経《ほけきよう》を読《よ》む読《よ》まぬの前《まえ》に、その以前《いぜん》、自分《じぶん》が何《なに》かよくはわからぬが何《なに》か巨《おお》きな力《ちから》について感《かん》じたようなことはなかったかと思《おも》いなおしてみる、ということも一つのとば口《くち》、登《のぼ》り口《ぐち》だと思《おも》います。断《ことわ》っておきますが、これは私《わたし》が読《よ》む人《ひと》を何《なん》らかの信仰《しんこう》に導《みちび》こうとして書《か》いているものでは決《けっ》してない。しかし前《まえ》にも述《の》べたように、実《じつ》に多《おお》くの人々《ひとびと》が何《なん》であれ信仰《しんこう》というものをしきりに求《もと》めているということも事実《じじつ》です。

ならば何故《なぜ》彼等《かれら》が信仰《しんこう》を求《もと》めるのかといえば、自分自身《じぶんじしん》では律《りっ》しきれない自分《じぶん》をともかくなんとか律《りっ》したい、つまり自分《じぶん》の抱《かか》えている不本意《ふほんい》がもたらされた本当《ほんとう》の訳《わけ》を知《し》ることで、納得《なっとく》して人生《じんせい》を過《す》ごしたいということでしょう。

そして、端的《たんてき》にいえばそれを一番容易《いちばんようい》に、つまりこまごましたことは飛《と》ばして、総体《そうたい》的《てき》にかなえてくれるのは信仰《しんこう》です。いい換《か》えれば信仰《しんこう》を通《つう》じて感得出来《かんとくでき》る、ある不可知《ふかち》な巨《おお》きな力《ちから》に自分《じぶん》をあずけてしまえば、その全的《ぜんてき》な依存《いぞん》の中《なか》ですべてのものごとの解決《かいけつ》を、その可否《かひ》がどうであろうと相手《あいて》に全的《ぜんてき》にまかせてしまえる訳《わけ》です。

キリスト教《きよう》のいう最後《さいご》の審判《しんぱん》もそれを表象《ひようしよう》していると思《おも》うし、神《かみ》や仏《ほとけ》に、それぞれの宗教《しゆうきよう》の説《と》くマニュアルの通《とお》りに尽《つ》くして尽《つ》くして、尽《つ》くせば報《むく》いられる。ここまで尽《つ》くしてもなお報《むく》いられぬのならまだ足《た》りぬのだというような、ある意味《いみ》ではマゾヒスティックな、私《わたし》から眺《なが》めれば自分《じぶん》、自我《じが》がどこかへいってしまったような信仰《しんこう》の姿勢《しせい》は私《わたし》には納得出来《なっとくでき》ないが、信仰《しんこう》は人間《にんげん》を願《ねが》っているものに向《む》けて、確《たし》かに二段《だん》三段飛躍《だんひやく》させ、近《ちか》づけてくれる。

しかし世《よ》にいうインテリというのは、はたして馬鹿《ばか》か利口《りこう》かわからないがとかく、理屈《りくつ》にこだわり、人間《にんげん》の知恵《ちえ》についてこだわり、それをかなり評価《ひょうか》しているような手合《てあ》いには、筋《すじ》を通《とお》し切《き》れぬ段階《だんかい》での何《なに》かへの全的依存《ぜんてきいぞん》など、たとえ相手《あいて》が神《かみ》、仏《ほとけ》だろうとどうにもうさん臭《くさ》いものでしかないに違《ちが》いない。だから私《わたし》も出来《でき》るだけ理詰《りづ》めに記《しる》そうと思《おも》っているが、それにしても釈迦《しゃか》の説《と》く哲学《てつがく》の究極《きゅうきょく》の到達点《とうたつてん》である仏教《ぶっきょう》はやはり信仰《しんこう》の一つに他《ほか》ならないし、そんなことをいわれるなら自分《じぶん》はここで下《お》りるという人《ひと》もいるかも知《し》れないが、信仰《しんこう》というものの人間《にんげん》にとって持《も》つ意味合《いみあ》いについてちょっと考《かんが》えてみるのも無駄《むだ》ではないと思《おも》う。

とにかく有史以来人間《ゆうしいらいにんげん》の歴史《れきし》に、人間《にんげん》たちの心《こころ》の作業《さぎょう》である信仰《しんこう》と、それが形《かたち》づくった宗教《しゅうきょう》は欠《か》かせません。人間《にんげん》の歴史《れきし》、今《いま》までの限《かぎ》りでは一応人間《いちおうにんげん》の『発展《はってん》』の推移《すいい》といっても良《よ》さそうだが、それを規制《きせい》してきた要因《よういん》の最《さい》たるものは戦争《せんそう》と宗教《しゅうきょう》といって間違《まちが》いない。

宗教《しゅうきょう》に限《かぎ》っていえば、人間《にんげん》は太古《たいこ》の昔《むかし》から自分《じぶん》の存在《そんざい》の意味《いみ》について考《かんが》え、感《かん》じ、悩《なや》み迷《まよ》ってきたのに違《ちが》いない。でなければこんなに数多《かずおお》くの宗教《しゅうきょう》が、それぞれすべて人間《にんげん》の信仰《しんこう》という心《こころ》の働《はたら》きの作《つく》り出《だ》す巨大《きょだい》なエネルギーによって形《かたち》づくられ、さらに宗教《しゅうきょう》という組織《そしき》の醸《かも》し出《だ》す驚《おどろ》くほど巨大《きょだい》なエネルギーによって、人間《にんげん》の在《あ》り方《かた》をさまざまに規《き》制《せい》し変《か》えてもきたという訳《わけ》がない。

人間《にんげん》の本来《ほんらい》の心《こころ》とは

前《まえ》にも記《しる》したようにウィリアム・ジェイムスが指摘《してき》した『実在《じつざい》の情緒《じょうちょ》』、つまり人間《にんげん》だけが抱《いだ》く五官《ごかん》だけでは感得出来《かんとくでき》ぬ自由《じゆう》とか永遠《えいえん》とか神秘《しんぴ》とかいったものの実在感《じつざいかん》によって、人間《にんげん》は一見不可知《いっけんふかち》なものを強《つよ》く意識《いしき》して捉《とら》えることで、もろもろの出来事《できごと》を作《つく》り出《だ》している巨《おお》きな力《ちから》について感《かん》じることが出来《でき》るのです。信仰《しんこう》はその力《ちから》への全的依存《ぜんてきいぞん》の上《うえ》に成《な》り立《た》つものですが、インテリは合理主義《ごうりしゅぎ》が障害《しょうがい》になってなかなかそれが出来《でき》ない。ジェイムスのいう実在感《じつざいかん》はあくまで『感《かん》じ』であって、情緒《じょうちょ》は情緒《じょうちょ》でしかない。

その『感《かん》じ』の中《なか》で私《わたし》たちは知《し》ったつもりでいても、本当《ほんとう》に何《なに》を確《たし》かに知《し》っているというのだろうか、というあらためての疑問《ぎもん》はよくわかります。

旧約聖書《きゅうやくせいしょ》にも、

『その高《たか》きこと、天《てん》のごとし。汝《なんじ》なにをなし得《え》んや。その深《ふか》きこと、黄泉《よみ》のごとし。汝《なんじ》なにを知《し》り得《え》んや』

とある。

つまり、そう感《かん》じ、知《し》った後《あと》の全的《ぜんてき》な恭順《きょうじゅん》ということで、それが信仰《しんこう》における究極《きゅうきょく》の知覚《ちかく》なのかも知《し》れないが、人間《にんげん》はその境地《きょうち》にいたるまでの過程《かてい》に五官《ごかん》を踏《ふ》まえた合理主《ごうりしゅ》義《ぎ》が頭《あたま》をもたげてきて、紆余曲折《うよきょくせつ》して疑《うたが》い迷《まよ》うものです。

目《め》には見《み》えない秩序《ちつじょ》と力《ちから》の実在《じつざい》を信《しん》じること、その秩序《ちつじょ》への順応《じゅんのう》こそが信仰《しんこう》における最高《さいこう》の善《ぜん》、つまり信仰《しんこう》の極致《きょくち》だといわれても、人《ひと》はその力《ちから》や秩序《ちつじょ》の実在《じつざい》は感《かん》じることは出来《でき》ても、往々《おうおう》にしてそれをなかなか総体的《そうたいてき》なものとしては捉《とら》えきれず、個人的《こじんてき》な出来《でき》事《ごと》に応《おう》じての、その限《かぎ》りでの結局合理的《けつきょくごうりてき》な反応《はんのう》に終《お》わってしまいます。前《まえ》に記《しる》した母《はは》の身《み》に起《お》きた不思議《ふしぎ》な出来事《できごと》についての弟《おとうと》の反応《はんのう》もそうでした。

神《かみ》さまはいると思《おも》うしそう感《かん》じてもいるが、どこまでどう信《しん》じていいかわからないとか、信《しん》じようとすればするほど逆《ぎゃく》に信《しん》じられなくなるという人《ひと》は大勢《おおぜい》います。そしてそれは結局《けっきょく》、人間《にんげん》の知恵《ちえ》でしかないインテリジェンスのもたらす不幸《ふこう》ともいえる。インテリほどそれこそが普通の意識《いしき》と思《おも》っている合理的《ごうりてき》な意識《いしき》は、実《じつ》はたかだか人間《にんげん》の意識《いしき》のただ一つでしかありはしません。

ジェイムスは人々《ひとびと》に、それぞれが抱《かか》えている合理《ごうり》主義《しゅぎ》の障害《しょうがい》を乗《の》り越《こ》えさすためにそれを分析《ぶんせき》してみせています。

『私《わたし》たちが合理《ごうり》主義《しゅぎ》的《てき》意識《いしき》と呼《よ》んでいる意識《いしき》、つまり私《わたし》たちの正常《せいじょう》な、目《め》ざめている時《とき》の意識《いしき》というものは、あくまで意識《いしき》の一特殊型《いちとくしゅがた》に過《す》ぎないのであって、この意識《いしき》の回《まわ》りをぐるっととりまき、きわめて薄《うす》い膜《まく》でそれと隔《へだ》てられて、それとはまったく違《ちが》った潜《せん》在的《ざいてき》ないろいろの形《かたち》の意識《いしき》があるのだ。

人《ひと》によっては、このような状態《じょうたい》の意識《いしき》が存在《そんざい》することに気《き》づかずに生涯《しょうがい》を終《お》えることもあるだろう。しかし必要《ひつよう》なある刺激《しげき》を与《あた》えられると、一瞬《いっしゅん》にしてそういう形態《けいたい》の意識《いしき》がまったく突然《とつぜん》な姿《すがた》で現《あらわ》れてくる。それは恐《おそ》らく、どこかにその通用《つうよう》と適応《てきおう》の場《ば》を持《も》つ、明確《めいかく》な形《かたち》の心的状態《しんてきじょうたい》なのである』と。

これは人間《にんげん》の信仰《しんこう》に対《たい》する、本来心《ほんらいこころ》が持《も》っている可能性《かのうせい》についての、意識《いしき》の次元《じげん》での正確《せいかく》な分析《ぶんせき》だと思《おも》います。いってみれば一つの家《いえ》の中《なか》にいろいろな部屋《へや》があるようなもので、住《す》んでいる人間《にんげん》もいつもリビングルームにいる訳《わけ》ではない。寝室《しんしつ》もあれば台所《だいどころ》もある。人間《にんげん》の意識《いしき》も同《おな》じで、ある時《とき》は合理的意識《ごうりてきいしき》の中《なか》にいても、ある時《とき》は下意識《かいしき》、またある時《とき》は信仰《しんこう》のとば口《くち》の一つたる、いわゆる神秘的《しんぴてき》な状態《じょうたい》、つまりある巨《おお》きな力《ちから》の存在《そんざい》のせいで自分《じぶん》が今《いま》そんな体験《たいけん》をしてしまった、という意識《いしき》の中《なか》で過《す》ごすこともあるということです。

そしてその神秘的状態《しんぴてきじょうたい》というものが、いつどのような場合《ばあい》に何《なに》をきっかけにもたらされるかは論理的《ろんりてき》にはまったくわからない。座禅《ざぜん》や、ヨガや、断食《だんじき》、あるいは他《ほか》の修行《しゅぎょう》によってもたらされることもあるが、ただ想像《そうぞう》してみたり考《かんが》えたりするだけではそれは決《けっ》してやってはこない。

それにしても前《まえ》にも引用《いんよう》したアンケートのように、現在無信仰《げんざいむしんこう》ながら、科学《かがく》の切《き》りない発展《はってん》のもたらすだろう高度《こうど》な文明《ぶんめい》が与《あた》えるさまざまな便宜《べんぎ》の享受《きょうじゅ》よりも、信仰《しんこう》を持《も》つ方《ほう》がより幸《しあわ》せになれるに違《ちが》いないと答《こた》えた圧倒的《あっとうてき》な数《かず》の人々《ひとびと》にとって、神仏《しんぶつ》への全的《ぜんてき》な依存《いぞん》がもたらす人生《じんせい》における安息《あんそく》と安定《あんてい》のための方法《ほうほう》である信仰《しんこう》を獲得《かくとく》するための何《なに》よりの障害《しょうがい》は、信仰《しんこう》という心《こころ》の働《はたら》きが人間《にんげん》の五官《ごかん》を越《こ》えた領域《りょういき》で行《おこな》われるためゆえの迷《まよ》いや疑念《ぎねん》がもたらされやすいということです。つまり世《よ》にいう常識《じょうしき》が行《い》く手《て》をさえぎるのです。

ジェイムスもまたプラグマティストとして、信仰《しんこう》における個人《こじん》の自我《じが》の問題《もんだい》について触《ふ》れています。

『ある意味《いみ》で我々《われわれ》は宇宙《うちゅう》の受動的《じゅどうてき》な部分《ぶぶん》であるけれども、また別《べつ》の意味《いみ》では我々《われわれ》は小《ちい》さいながら、一個《こ》の独立《どくりつ》した能動的中心《のうどうてきちゅうしん》であるかのような興味《きょうみ》ある自律性《じりつせい》を示《しめ》す。我々《われわれ》もまた、宗教《しゅうきょう》が我々自身《われわれじしん》の能動的善意《のうどうてきぜんい》に訴《うった》える力《ちから》を持《も》つかのように感《かん》じるし、我々《われわれ》の方《ほう》から仮説《かせつ》に歩《あゆ》みよらなければ証拠《しょうこ》は永久《えいきゅう》に与《あた》えられないかのように感《かん》じる』と。

これはプラグマティズムというよりむしろ実存主義的《じつぞんしゅぎてき》な自我認識《じがにんしき》であって、ジェイムスのいう実在的情緒《じつざいてきじょうちょ》を含《ふく》めてさまざまに織《お》り成《な》す人間《にんげん》の意識《いしき》が神《かみ》なり仏《ほとけ》を捉《とら》えようとする限《かぎ》り、私《わたし》が、この私《わたし》をこそ救《すく》ってくれぬ限《かぎ》り神《かみ》も仏《ほとけ》もありはしないと一見不遜《いっけんふそん》に記《しる》したと同《おな》じことで、見出《みいだ》した神仏《しんぶつ》への全的依存《ぜんてきいぞん》とはいっても、依存《いぞん》する者《もの》としての主体《しゅたい》はあくまで個人《こじん》として在《あ》るのであって、それをまで否定《ひてい》して人間《にんげん》としての信仰《しんこう》も何《なに》もあるものではない。

そしてその自我《じが》を他《ほか》の何《なに》よりも表象《ひょうしょう》するものとして、五官《ごかん》を踏《ふ》まえた合理性《ごうりせい》なるものがある。それを越《こ》えるということは、決《けっ》してその放擲《ほうてき》ではないのですが、インテリは往《おう》往《おう》そう思《おも》いこみそこで立《た》ち止《ど》まってしまう。

ジェイムスは『信《しん》ずる意思《いし》』という講演《こうえん》の中《なか》でパスカルの『瞑想録《めいそうろく》（パンセ）』の中《なか》のパスカルの賭《かけ》として有名《ゆうめい》な一節《いっせつ》を例《れい》に引《ひ》いています。

神《かみ》が存在《そんざい》すると信《しん》じるか信《しん》じぬか、個々人《ここじん》の人間的理性《にんげんてきりせい》はそれについては答《こた》えられない。それは一つの賭《かけ》であって、この場合《ばあい》、神《かみ》は存在《そんざい》しないと賭《か》けて負《ま》けても別段《べつだん》に損《そん》はないが、存在《そんざい》すると賭《か》けて勝《か》てば、無限《むげん》の得《とく》の可能性《かのうせい》がある、という論旨《ろんし》です。いい換《か》えれば、人間《にんげん》の信念《しんねん》に関《かん》する問題《もんだい》は何《なん》であれそれを『仮説《かせつ》』として考《かんが》えることが出来《でき》ます。例《たと》えば今日《きょう》は雨《あめ》が降《ふ》りそうだが傘《かさ》を持《も》っていくかどうか、誰《だれ》か他人《たにん》をいい人間《にんげん》として信《しん》じるかどうかというようなことは、可《か》か否《いな》か二つの仮説《かせつ》であって、そのどちらかに決《き》めることは賭《かけ》に似《に》た『選択《せんたく》』です。

こうした心象《しんしょう》に関《かか》わる選択《せんたく》の際《さい》、人間《にんげん》の知性《ちせい》、つまり理屈《りくつ》の力《ちから》を借《か》りることは出来《でき》はしません。あくまで個人《こじん》の意思《いし》、感情《かんじょう》、好《す》き嫌《きら》いといったものに依《よ》って選択《せんたく》を行《おこな》います。つまりその意味《いみ》ではそうした際《さい》の人間《にんげん》は本質的《ほんしつてき》に自由《じゆう》ともいえます。

ジェイムスはそれについて、

『一つの選択《せんたく》が、知的《ちてき》な根拠《こんきょ》に基《もと》づいては決《き》められぬ正真正銘《しょうしんしょうめい》の選択《せんたく》であるいかなる場《ば》合《あい》も、その選択《せんたく》は我々《われわれ》に固有《こゆう》の感情《かんじょう》によって決《き》められることが単《たん》に合法的《ごうほうてき》であるばかりでなく、必《かなら》ずそれによって決《き》められなくてはならないのだ。というのも、そのような状《じょう》況《きょう》のもとで、「問題《もんだい》を決定《けってい》せず、未解決《みかいけつ》のままにしておけ」と自《みずか》らに語《かた》ること自体《じたい》が、そのイエスかノーかを決《き》めるのとまったく同様《どうよう》に一つの感情的決定《かんじょうてきけってい》であり、また真理《しんり》を失《うしな》う同《おな》じ危険《きけん》に晒《さら》されているからだ』

と要約《ようやく》しています。

ともかく信仰《しんこう》を持《も》ち、ある宗教《しゅうきょう》に帰依《きえ》するというのは人間《にんげん》にとって大変《たいへん》な仕事《しごと》ともいえる。なにしろ長《なが》い間《あいだ》慣《な》れ親《した》しんだ、理性《りせい》によって保証《ほしょう》された合理性《ごうりせい》という価値《かち》の体系《たいけい》からはみ出《だ》すことなのですから。

人間《にんげん》は誰《だれ》しも自分《じぶん》の体験《たいけん》を一つの価値体系《かちたいけい》に帰納《きのう》しようと計《はか》ります。他《ほか》の動物《どうぶつ》にはみられぬそうした本能的態度《ほんのうてきたいど》がさまざまな科学《かがく》を生《う》んできたともいえるのですから。

だから、そうした迷《まよ》う人間《にんげん》たちを追《お》いこむようにジェイムスは、

『我々《われわれ》がたった今《いま》、ある重大《じゅうだい》な善《ぜん》を手《て》にいれるのも、取《と》り逃《に》がすのも、それを信《しん》じるか信《しん》じないかによって決《き》まる』

ともいっています。そしてその賭《かけ》に似《に》た選択《せんたく》について、男《おとこ》と女《おんな》の仲《なか》に譬《たと》えて説明《せつめい》している。

一人《ひとり》の男《おとこ》がある女《おんな》を自分《じぶん》のものにした後《あと》、彼女《かのじょ》が天使《てんし》のような妻《つま》になることが百パーセントは確《たし》かでないといって、彼女《かのじょ》と結婚《けっこん》することを漫然《まんぜん》とためらっていたら（その女《じょ》性《せい》が実《じつ》はその可能性《かのうせい》を百パーセント持《も》っていたとしてもいったい他《ほか》の誰《だれ》が、何《なに》が、どうやってそれを彼《かれ》に教《おし》えてくれるというのだろう）、その男《おとこ》がもしその後《ご》、誰《だれ》か別《べつ》の女《おんな》と結婚《けっこん》したとしても、新《あたら》しいその女《おんな》に関《かん》して、天使《てんし》のような女《おんな》を自分《じぶん》のものにするという可能性《かのうせい》から同《おな》じ程度《ていど》断《た》ち切《き》られているのではなかろうか、と。

つまり、懐疑的《かいぎてき》な態度《たいど》は選択《せんたく》の回避《かいひ》ではなく、それもまた一種《いっしゅ》の選択《せんたく》である。それは、大事《だいじ》なものを、迷《まよ》うことで実際《じっさい》にはすでに取《と》り逃《に》がしてしまった危険《きけん》な選択《せんたく》なのだ、と彼《かれ》はいいます。つまり、果敢《かかん》に信《しん》じてみろ、ということですが。

信《しん》じるということは、よく知《し》るということとは決定的《けっていてき》に違《ちが》います。

知《し》るということはあくまで五官《ごかん》による知覚《ちかく》、納得《なっとく》であって、あくまで筋道《すじみち》のたったものでしかない。信《しん》じるというのは五官《ごかん》を踏《ふ》まえて成《な》り立《た》つ常識《じょうしき》をもう一つ越《こ》えた心《こころ》の作《さ》業《ぎょう》です。譬《たと》えていえば、誰《だれ》でも人間《にんげん》は必《かなら》ず死《し》ぬと知《し》っているが、そう知《し》ることを、そう信《しん》じているとはいいはしない。人間《にんげん》は死《し》んだ後別《あとべつ》の世界《せかい》に行《い》くのだ、ということは誰《だれ》も理屈《りくつ》だてて立証出来《りつしょうでき》ないし、そんな世界《せかい》が在《あ》るということの証拠《しょうこ》もない。そこへ行《い》ってしばらく滞在《たいざい》しまた戻《もど》ってきた者《もの》などいはしないから、来世《らいせ》があるかないかということはあくまで信《しん》じる信《しん》じないの問題《もんだい》です。

つまり、信仰《しんこう》は現実《げんじつ》を越《こ》えた対象《たいしょう》を構《かま》えての心《こころ》の作業《さぎょう》だから、最後《さいご》は信《しん》じるか否《いな》かの問題《もんだい》になる。果敢《かかん》に信《しん》じろ、とはいうが、実《じつ》は何《なに》かを信《しん》じるということそのものがすでに果敢《かかん》な行為《こうい》ともいえます。

浄土宗《じょうどしゅう》の開祖《かいそ》法然上人《ほうねんしょうにん》は、学問知識《がくもんちしき》では当時《とうじ》並《なら》ぶ者《もの》のない碩学《せきがく》だったが、どうしても覚《さと》りが開《ひら》けない、つまり坊《ぼう》さんの身《み》でありながら心《こころ》が安《やす》らぎ和《なご》むことが出来《でき》ない。彼《かれ》の場合《ばあい》はすでに碩学《せきがく》という名声《めいせい》をもたらしている並《なみ》ならぬ学問《がくもん》が逆《ぎゃく》に重《おも》しになって、信仰《しんこう》の中《なか》に埋没出来《まいぼつでき》ないでいました。

その彼《かれ》がある時釈迦《ときしゃか》の残《のこ》した大無量寿経《だいむりょうじゅきょう》の法蔵菩薩《ほうぞうぼさつ》の誓願《せいがん》（弥陀《みだ》の本願《ほんがん》）という教《おし》えの部分《ぶぶん》を読《よ》み返《かえ》していたら、突然《とつぜん》はたと思《おも》い当《あ》たり、その結果《けっか》『念仏《ねんぶつ》』という信仰《しんこう》の手法《しゅほう》を思《おも》いついたそうです。

弥陀《みだ》の本願《ほんがん》というのは、法蔵菩薩《ほうぞうぼさつ》が、自分《じぶん》がもし正覚《しょうがく》（正《ただ》しい覚《さと》り）を得《え》たら、西方《さいほう》極楽《ごくらく》に在《あ》って阿弥陀仏《あみだぶつ》となり、自分《じぶん》の名前《なまえ》を称《とな》える者《もの》がいたら必《かなら》ずみんな救《すく》ってやる、と誓《ちか》ったというものです。

そこから法然《ほうねん》は、人間《にんげん》の救《すく》い、つまり覚《さと》りとは、これを頭《あたま》から信《しん》じこむことだ、何《なに》も考《かんが》えずに思《おも》い切《き》ってそうしてみることだと覚《さと》って、何《なに》か事《こと》あるごとにまず南無阿弥《なむあみ》陀仏《だぶつ》と称《とな》える、念仏《ねんぶつ》という浄土宗《じょうどしゅう》のマニュアルを考《かんが》え出《だ》したそうです。

釈迦《しゃか》はすでに遠《とお》い過去《かこ》の人《ひと》であり、日本《にほん》やシナに伝《つた》わっている仏典《ぶってん》も釈迦自身《しゃかじしん》が書《か》いたものでは決《けっ》してなく、ただの聞《き》き伝《つた》えです。だからその中《なか》に書《か》かれていることが事実《じじつ》かどうか検証《けんしょう》することなど出来《でき》はしないのだから、それまで積《つ》んだ学問《がくもん》の論理性《ろんりせい》をかなぐり捨《す》てて頭《あたま》から信《しん》じてしまう、ということに法然《ほうねん》はその生涯《しょうがい》を賭《か》けたといっていい。法然《ほうねん》はそれまで仏経《ぶっきょう》の教《おし》えの真理《しんり》を求《もと》めに求《もと》めてきた最後《さいご》の決着《けっちゃく》として、『弥陀《みだ》の本《ほん》願《がん》』にいきついたのです。

その法然《ほうねん》の姿《すがた》について白光真宏会《びゃっこうしんこうかい》の開祖《かいそ》五井《ごい》昌久《まさひさし》師は、『その時《とき》から法然《ほうねん》の全霊《ぜんれい》は南無阿弥陀仏《なむあみだぶつ》になりきってしまったのです。現代《げんだい》の言葉《ことば》でいえば、神《かみ》と我《われ》とは一体《いったい》である、我《われ》は神《かみ》の中《なか》にある、と思《おも》いが定《さだ》まったわけです。学問《がくもん》だ、知識《ちしき》だと、業的想念《ぎょうてきそうねん》で、追《お》い回《まわ》していた仏《ほとけ》というものが、学問《がくもん》だ知識《ちしき》だ、修《しゅ》行《ぎょう》だと、すべての想念《そうねん》をぐるぐる回《まわ》りさせないで、阿弥陀仏《あみだぶつ》に集中《しゅうちゅう》させてしまい、融合《ゆうごう》させてしまった時《とき》に、はっきり知覚出来《ちかくでき》たのです。知覚《ちかく》などというよりも、もっと仏《ほとけ》と一つになることが出来《でき》たのです』

と説明《せつめい》しています。

これもわかるようで実《じつ》はよくわからぬような言葉《ことば》ですが、要《よう》するに思《おも》い切《き》って一歩飛《ぽと》んでみる、ということです。それも、今《いま》までの理性理屈《りせいりくつ》による思考《しこう》の延長《えんちょう》として前《まえ》に向《む》かって飛《と》ぶのではなしに、横《よこ》に飛《と》んでみることです。よくいわれる、思《おも》い切《き》って一歩飛《ぽと》んでみる、というのはしょせん今《いま》まで歩《ある》いてきた延長《えんちょう》の前《まえ》に向《む》かって飛《と》ぶというだけのことで、前《まえ》にはではなし、今《いま》までの心《こころ》の軌跡《きせき》を断《た》ち切《き》る形《かたち》で、思考《しこう》の軌道《きどう》をずらして変《か》えて、横《よこ》に飛《と》んでしまうということなのです。

ジェイムスはさらにその著作《ちょさく》の中《なか》にジョン・ケアドの宗教《しゅうきょう》に関《かん》する次《つぎ》のような哲学観《てつがくかん》を引用《いんよう》している。

『宗教《しゅうきょう》というものはもちろん心《こころ》の問題《もんだい》でなくてはならないが、宗教《しゅうきょう》を主観的《しゅかんてき》な気《き》まぐれやむら気《き》の水準《すいじゅん》から引《ひ》き上《あ》げ、宗教《しゅうきょう》において真実《しんじつ》のものと偽《いつわ》りのものとを区別《くべつ》するためには、我々《われわれ》は何《なに》か客観的《きゃっかんてき》な基準《きじゅん》に訴《うった》えなくてはならない。心《こころ》の中《なか》に入《はい》ってくるものは、まず、それが真実《しんじつ》であることを、知性《ちせい》によって判別《はんべつ》されなくてはならない。第一《だい》の問題《もんだい》は、彼等《かれら》がどう感《かん》じるかではなくて、彼等《かれら》が何《なに》を考《かんが》え信《しん》じるかなのだ。彼等《かれら》の宗教《しゅうきょう》が多《おお》かれ少《すく》なかれ激《はげ》しい、熱狂的感情《ねつきょうてきかんじょう》となって現《あらわ》れるものであるかどうかではなくて、こういう感情《かんじょう》が呼《よ》び起《お》こされてくる神及《かみおよ》び、神《かみ》に関《かか》わるものだということをどう感《かん》じどう考《かんが》えているか、ということだ。

感情《かんじょう》は宗教《しゅうきょう》においては必要《ひつよう》だが、宗教《しゅうきょう》の性格《せいかく》とか内容《ないよう》が決定《けってい》されるのは、宗教《しゅうきょう》の内容《ないよう》、その知的基盤《ちてききばん》によるのであり、感情《かんじょう》によるのではない』

そしてジェイムスはそれに加《くわ》えて、

『理性《りせい》は私《わたし》たちの信仰《しんこう》のための論証《ろんしょう》（つまり理屈《りくつ》）を見《み》つけ出《だ》そうとする。理性《りせい》は私《わたし》たちの信仰《しんこう》を拡大《かくだい》し、限定《げんてい》し、それに威厳《いげん》を与《あた》え、言葉《ことば》ともっともらしさを与《あた》える。しかし理性《りせい》は到底信仰《とうていしんこう》そのものを生《う》み出《だ》すことは出来《でき》ないし、理性《りせい》は信仰《しんこう》を保証《ほしょう》することも出来《でき》ない』と。

こうしたジェイムスの、世《よ》のインテリたちを代表《だいひょう》したような悩《なや》み、迷《まよ》い、揺《ゆ》れ動《うご》きを私《わたし》は誠実《せいじつ》な知識人《ちしきじん》の誠意《せいい》として評価《ひょうか》しますが、その彼《かれ》がプラグマティストらしく、彼等《かれら》への教化《きょうか》の手《て》だてに、一見不可知《いっけんふかち》で、神秘《しんぴ》で、その実人口《じつじんこう》に膾炙《かいしゃ》されている霊魂《れいこん》の実在《じつざい》を、霊媒《れいばい》を使《つか》った降霊術《こうれいじゅつ》や、自分自身《じぶんじしん》の死《し》を利用《りよう》しての霊界《れいかい》からの通信《つうしん》によって実証《じっしょう》しようとしてみせた努力《どりょく》の限界《げんかい》は、歴然《れきぜん》としていたとも思《おも》う。

人間《にんげん》は知的《ちてき》な動物《どうぶつ》としての進化《しんか》を遂《と》げ、知的《ちてき》であるがゆえに存在《そんざい》や時間《じかん》について考《かんが》え、その結果迷《けっかまよ》ったり悩《なや》んだりすることで信仰《しんこう》が生《う》まれ、宗教《しゅうきょう》が誕生《たんじょう》したのです。

自《みずか》らの生命《せいめい》の限界《げんかい》を覚《さと》ることで『存在《そんざい》』なるものについて想《おも》い、先祖《せんぞ》や子孫《しそん》という確《たし》かな観念《かんねん》を持《も》つようになり、それから派生《はせい》して時間《じかん》の意味《いみ》を考《かんが》えたからこそ宗教《しゅうきょう》が生《う》まれてきたのです。

だいたい時間《じかん》を計《はか》るような動物《どうぶつ》が他《ほか》にどこにいることか。天体《てんたい》が巡《めぐ》る周期《しゅうき》に気《き》づき、それを計《はか》ることで『年《とし》』『時間《じかん》』やさらに『分《ふん》』『秒《びょう》』という時間《じかん》のための規尺《きしゃく》を構《かま》え、さらに自分《じぶん》の寿命《じゅみょう》とはおよそ関《かか》わり遠《とお》い千年《せんねん》、万年《まんねん》、さらに億年《おくねん》といった計量《けいりょう》すらするようになったが、例《たと》えば億年《おくねん》という気《き》の遠《とお》くなるような時間《じかん》の自分《じぶん》にとっての意味《いみ》について覚《さと》りたい、それとの関《かか》わりでの『存在《そんざい》』について納得《なっとく》したいという欲求《よっきゅう》は、知的《ちてき》であるがゆえにも極《きわ》めて人間的《にんげんてき》なものに他《ほか》ならない。

それを解《と》く多《おお》くの鍵《かぎ》が信仰《しんこう》にあるというにしても、知的《ちてき》なるが故《ゆえ》に信仰《しんこう》という方法《ほうほう》を作《つく》り出《だ》し宗教《しゅうきょう》を生《う》み出《だ》した当《とう》の人間《にんげん》たちを救《すく》い導《みちび》くのに、人間《にんげん》の人間《にんげん》たる所以《ゆえん》の知性《ちせい》そのものが説教《せっきょう》の邪魔《じゃま》になるというのでは二律背反《にりつはいはん》としかいわれかねまいに。

しかし釈迦《しゃか》が説《と》いた法華経《ほけきょう》の哲学《てつがく》は、思想《しそう》としてそれを読《よ》み、哲学《てつがく》としてそれを考《かんが》えることで、ただの論理《ろんり》ではなし、論理《ろんり》、合理《ごうり》を一つ越《こ》えた確《たし》かな筋道《すじみち》として、私《わたし》たちがかつてから折節《おりふし》に感《かん》じていた存在《そんざい》や時間《じかん》に関《かん》するそこはかとない疑問《ぎもん》や不安《ふあん》、あるいはいいようない戦慄《せんりつ》について思《おも》い起《お》こさせ、そうした体験《たいけん》の人間《にんげん》としての妥当性《だとうせい》を明《あ》かしてくれることで、存在《そんざい》と時間《じかん》の究極《きゅうきょく》の原理《げんり》に導《みちび》いてくれるのです。そしてその究極《きゅうきょく》に、私《わたし》たちは無理《むり》なしに、当然《とうぜん》の帰結《きけつ》として神仏《しんぶつ》を見《み》ることが出来《でき》る。

これがまずいきなり信仰《しんこう》、とにかく果敢《かかん》に信《しん》じてみろということになると人間《にんげん》の合理《ごうり》的意識《てきいしき》が躊躇《ちゅうちょ》しかねないが、釈迦《しゃか》の説《と》いた哲学《てつがく》は多《おお》くの比喩《ひゆ》を重《かさ》ねたり、同《おな》じ定義《ていぎ》を少《すこ》しずつ変化《へんか》させてくり返《かえ》し、最後《さいご》は巨《おお》きなうねりとなって私《わたし》たちを運《はこ》んでいってくれます。

決《けっ》して特殊《とくしゅ》な経験《けいけん》を持《も》ったり、特殊《とくしゅ》な感応《かんのう》を示《しめ》す人間《にんげん》だけに通《つう》じるものではなしに、いかにも平易《へいい》になべての人間《にんげん》を納得《なっとく》させていくもので、完成《かんせい》され尽《つ》くした交響楽《こうきょうがく》を聞《き》くように、最終楽章《さいしゅうがくしょう》でのシンバルを聞《き》いた後《あと》には納得《なっとく》と安息《あんそく》のカタルシスさえ感《かん》じられる。

つまり釈迦《しゃか》の説《と》いた哲学《てつがく》は哲学《てつがく》として完成《かんせい》され尽《つ》くしているために、哲学《てつがく》を越《こ》え、宗教《しゅうきょう》を越《こ》えて、合理主義と神秘主義の狭間を完璧に埋め尽くしているといえます。後《のち》に記《しる》しますが、釈迦《しゃか》の哲学《てつがく》の原理《げんり》は現代《げんだい》の最《もっと》も尖鋭的《せんえいてき》な科学《かがく》である原子物理学《げんしぶつりがく》にも完全《かんぜん》に照応《しょうおう》している。

こうした教《おし》えは他《ほか》にありはしません。

第六章　宇宙《うちゅう》と人間《にんげん》

ハッブル宇宙望遠鏡《うちゅうぼうえんきょう》

以前《いぜん》テレビのある番組《ばんぐみ》を偶然《ぐうぜん》眺《なが》めていてハッブル宇宙望遠鏡《うちゅうぼうえんきょう》なるものを知《し》りました。ガリレオ以来《いらい》ともいわれている天文学者《てんもんがくしゃ》ハッブルの名《な》をとって、無人《むじん》の宇宙探査船《うちゅうたんさせん》に搭載《とうさい》された天体観測《てんたいかんそく》のためのこの画期的《かっきてき》な望遠鏡《ぼうえんきょう》のおかげで、今《いま》まで不可能《ふかのう》だった遠《とお》い遠《とお》い天体《てんたい》の観測《かんそく》が出来《でき》るようになり、さまざまな新《あたら》しい驚《おどろ》くべき発見《はっけん》がもたらされているといいます。

私《わたし》が見《み》た番組《ばんぐみ》の中《なか》でも、無人《むじん》の宇宙船《うちゅうせん》に搭載《とうさい》されたハッブル宇宙望遠鏡《うちゅうぼうえんきょう》が地球《ちきゅう》の基地《きち》に送《おく》ってきたいくつかの映像《えいぞう》が紹介《しょうかい》されていましたが、中《なか》に六十五億光年《おくこうねん》の彼方《かなた》にある、ある銀河《ぎんが》、つまり一つの宇宙《うちゅう》の誕生《たんじょう》だか消滅《しょうめつ》だかが写《うつ》されていました。

その映像《えいぞう》は今《いま》から六十五億年前《おくねんまえ》の宇宙《うちゅう》の出来事《できごと》を伝《つた》えているのだが、それは当然《とうぜん》私《わたし》たちのいる地球《ちきゅう》を含《ふく》んだ宇宙《うちゅう》の外《そと》の外《そと》に在《あ》ったもので、そこまでの距離《きょり》はすなわち、それが発《はっ》する光《ひかり》がこの地球《ちきゅう》に届《とど》くまでに六十五億年《おくねん》もかかるというべら棒《ぼう》な遠《とお》さです。

私《わたし》たちはその映像《えいぞう》を目《め》にするまでそんな遠《とお》い所《ところ》にそんな別《べつ》の宇宙《うちゅう》が在《あ》るということを知《し》りもしなかったし、知《し》ったところで、せいぜいが最寄《もよ》りの月《つき》にまでは手《て》の届《とど》いた限《かぎ》りの現代《げんだい》の人間《にんげん》にとって、他《ほか》の惑星《わくせい》と同《おな》じようにそこへ行《い》くことなど土台不可能《どだいふかのう》だし、行《い》けるか行《い》けぬかを考《かんが》えることにも意味《いみ》が無《な》いに等《ひと》しい。

しかしそれでもなお、現代《げんだい》の技術《ぎじゅつ》の所産《しょさん》として、私《わたし》たちは知識《ちしき》としてはそうした気《き》が遠《とお》くなるほど遠《とお》い宇宙《うちゅう》の出来事《できごと》や他《ほか》の宇宙《うちゅう》、つまり今《いま》までは存在《そんざい》も知《し》られていなかった銀河《ぎんが》について知《し》ることは出来《でき》ました。がなお、素人《しろうと》としては、それを知《し》ることにいったいどんな意味《いみ》があるのかとつい思《おも》ってもしまう。

しかしなおまた、ハッブル宇宙望遠鏡《うちゅうぼうえんきょう》のもたらしてくれた宇宙《うちゅう》に関《かん》する新《あたら》しい知見《ちけん》を眺《なが》めれば、さまざまな驚《おどろ》くべき発見《はっけん》があります。これは素人《しろうと》が考《かんが》えても面白《おもしろ》い、というよりなんとなくだが、強《つよ》い関心《かんしん》をそそられる。

例《たと》えば名前《なまえ》はよく聞《き》いていたアンドロメダ銀河《ぎんが》は、つい最近《さいきん》まで銀河系《ぎんがけい》と思《おも》われていたが、ハッブルが初《はじ》めて地球《ちきゅう》とアンドロメダ星雲《せいうん》との間《あいだ》の距離《きょり》を計《はか》ったことで、実《じつ》は銀《ぎん》河《が》系《けい》の外《そと》に在《あ》るものとわかったという。そして地球《ちきゅう》とアンドロメダとの正確《せいかく》な距離《きょり》の測《そく》定《てい》によって、専門家《せんもんか》たちにとっての新《あたら》しい宇宙《うちゅう》の距離《きょり》感覚《かんかく》が出来《でき》たといわれています。それが銀河《ぎんが》系《けい》の外《そと》と内《うち》ではどう違《ちが》うのだといわれればそれまでだが、その違《ちが》いがわかったことである種《しゅ》の人間《にんげん》たちにとっては宇宙認識《うちゅうにんしき》が大《おお》きく変《か》わってくるのだろうし、人《にん》間《げん》の存在感《そんざいかん》の背景《はいけい》には当然《とうぜん》『宇宙《うちゅう》』があるのだから、人間《にんげん》にとっての根本的《こんぽんてき》な『存在《そんざい》』(自分《じぶん》が今《いま》ここにこうして在《あ》ること)という主題《しゅだい》について何《なん》らかの大《おお》きな影響《えいきょう》、というより暗示《あんじ》、啓示《けいじ》があることだろう。

　その後《ご》興味《きょうみ》に駆《か》られて、軌道《きどう》を周回《しゅうかい》するハッブル宇宙望遠鏡《うちゅうぼうえんきょう》が写《うつ》して送《おく》ってきた未知《みち》の宇宙《うちゅう》の写真集《しゃしんしゅう》を何冊《なんさつ》か求《もと》めて眺《なが》めてみましたが、興味津々《きょうみしんしん》たるものがありました。それに添《そ》えられている専門家《せんもんか》たちのコメントも併《あわ》せて読《よ》むと、こちらが素人《しろうと》だけに、すでに存在《そんざい》していた知見《ちけん》も含《ふく》まれているのかも知《し》らないが、こちらもこの年《とし》になってのせいもあってか、大《おお》きな衝撃《しょうげき》とともにいろいろなことを考《かんが》えさせられます。

　私自身《わたしじしん》にとってはいかにも斬新《ざんしん》な宇宙《うちゅう》の情報《じょうほう》の数々《かずかず》を脈絡《みゃくらく》なしに挙《あ》げれば、例《たと》えば太《たい》陽《よう》は四十億年前《おくねんまえ》に誕生《たんじょう》し、あと百億年《おくねん》は燃《も》え続《つづ》けるだろう。しかしその太陽《たいよう》も、この宇《う》宙《ちゅう》ではごく普通《ふつう》の星《ほし》でしかない。ちなみに太陽《たいよう》と同《おな》じような星《ほし》は、視認《しにん》されている全宇《ぜんう》宙《ちゅう》の中《なか》には六百五十億個《おくこ》はあるそうな。

そしてまた、どこかに在《あ》る暗黒星雲《あんこくせいうん》は太陽《たいよう》の六百個分《こぶん》のエネルギーを持《も》っているとか。太陽《たいよう》を一つの規尺《きしゃく》にしていえば、太陽《たいよう》と同《おな》じ大《おお》きさの星《ほし》は他《ほか》に百十億《おく》もある。

あるいはまた、ハッブル宇宙望遠鏡《うちゅうぼうえんきょう》による写真《しゃしん》の一枚《まい》には千五百個以上《こいじょう》の銀河《ぎんが》（つまり一つの小宇宙《しょううちゅう》）が粒々《つぶつぶ》になって写《うつ》っている。その部分《ぶぶん》は従来天文学者《じゅうらいてんもんがくしゃ》たちは何《なに》も無《な》いと思《おも》っていた宇宙《うちゅう》ゾーンだそうな。そしてその粒々《つぶつぶ》の一つ一つには、それぞれ数千億《すうせんおく》の星《ほし》たちがひしめいているという。

あるいはさらに、その爆発《ばくはつ》については日本《にほん》やシナの古代《こだい》の文献《ぶんけん》にも載《の》っているカニ座《ざ》の星雲《せいうん》は、超新星爆発後再生《ちょうしんせいばくはつごさいせい》することもないままに滅《ほろ》びた星《ほし》たちの残骸《ざんがい》の集《あつ》まりである。

ハーバード大学《だいがく》のハクラ教授《きょうじゅ》が作《つく》った銀河《ぎんが》の立体地図《りったいちず》には何百個《なんびゃっこ》もの点《てん》が記《しる》されているが、その一つの点《てん》は実《じつ》は何千億《なんぜんおく》の星《ほし》の凝縮《ぎょうしゅく》だそうな。その立体地図《りったいちず》の素《す》のスペースの長《なが》さはおよそ一・五億光年《おくこうねん》という。

その他《た》、車輪銀河《しゃりんぎんが》は五億光年《おくこうねん》の遠《とお》さに在《あ》り、ＮＧＣ４８８１銀河《ぎんが》は二億《おく》九千万光年《まんこうねん》、ＮＧＣ７２５２銀河《ぎんが》は二億《おく》一千万光年《まんこうねん》、等々《とうとう》。千万光年単位《まんこうねんたんい》の遠《とお》さ、いや近《ちか》さにある銀河《ぎんが》など枚挙《まいきょ》に暇《いとま》もなく、相手《あいて》が近《ちか》い（？）だけにその映像《えいぞう》は鮮明《せんめい》で、例《たと》えば五千六百光年《こうねん》の距離《きょり》にあるM100G銀河《ぎんが》の無数《むすう》の星《ほし》たちが渦巻《うずま》いている鮮明《せんめい》な姿態《したい》の映像《えいぞう》などは、眺《なが》めていてその渦《うず》に引《ひ》きこまれていきそうな眩暈《めまい》さえ感《かん》じさせます。

あるいはまた、八千九百万光年《まんこうねん》の距離《きょり》にあるNGC4261銀河《ぎんが》は、その中心《ちゅうしん》にある巨大《きょだい》なブラックホールに向《む》かって落《お》ちこんでいく無数《むすう》の物質《ぶっしつ》の滝《たき》の渦巻《うずまき》だという。この銀河《ぎんが》は楕円《だえん》の円盤《えんばん》の形《かたち》をしてい、その幅《はば》は八百光年《こうねん》で、太陽《たいよう》の十万倍《まんばい》の質量《しつりょう》を持《も》っているそうな。

ブラックホールなるものは素人《しろうと》にはわかるようなわからぬような不気味《ぶきみ》な存在《そんざい》で、その質量《しつりょう》が巨大《きょだい》なために、光《ひかり》も通《とお》らず吸《す》いこまれてしまうという。そこでは角砂糖《かくざとう》一つの大《おお》きさの物体《ぶったい》が何万《なんまん》トンとかの質量《しつりょう》を持《も》つとも。つまり決《けっ》して穴《あな》（ホール）などではなしに質《しつ》の位相《いそう》が違《ちが》う巨《おお》きな物《もの》なのです。この渦《うず》の中《なか》に潜《ひそ》んでいるブラックホールの重《おも》さは太陽《たいよう》の十二億倍《おくばい》もあると天文学者《てんもんがくしゃ》たちは予測計算《よそくけいさん》していたそうだが、ハッブル宇宙望遠鏡《うちゅうぼうえんきょう》のもたらした映像《えいぞう》はそれを明《あ》かし出《だ》し、加《くわ》えて新《あたら》しい謎《なぞ》を提示《ていじ》したそうな。

なんでもそこに潜《ひそ》んだブラックホールは、NGC4261銀河《ぎんが》の渦《うず》の中心《ちゅうしん》ではなしに、そこから二十光年《こうねん》ずれた所《ところ》に在《あ》ることがわかった。

これから先《さき》は推理小説《すいりしょうせつ》、というより怪奇小説《かいきしょうせつ》じみてくるが、この楕円銀河《だえんぎんが》の他《ほか》の部分《ぶぶん》には存在《そんざい》しないはずのガスと塵《ちり》がNGC4261の中《なか》に在《あ》るというのも謎《なぞ》で、このガスと塵《ちり》はかつてNGC4261に呑《の》みこまれた銀河《ぎんが》の名残《なご》りかも知《し》れないそうな。いずれにせよこのブラックホールは後《あと》およそ一億年《おくねん》ほどで、この銀河《ぎんが》全体《ぜんたい》を呑《の》みこんでしまうだろうと——。

どの話《はなし》を聞《き》いても見《み》ても、その数《かず》にせよ、物《もの》と物《もの》との間《あいだ》の距離《きょり》にせよ気《き》の遠《とお》くなるような話《はなし》ばかりですが、つい最近《さいきん》見《み》て知《し》ったばかりの宇宙《うちゅう》のものごとをかくも羅列《られつ》してみた訳《わけ》は、前《まえ》にも記《しる》したように人間《にんげん》は誰《だれ》しも若《わか》い頃《ころ》、満天《まんてん》にきらめく無数《むすう》の星《ほし》たちを眺《なが》めながら宇宙《うちゅう》なるものに思《おも》いを馳《は》せ、今《いま》この星《ほし》たちを仰《あお》ぎながらここにこうしている自分《じぶん》とはいったい何《なん》なんだろうか、人間《にんげん》がこうして生《い》きている、存在《そんざい》しているということは何《なん》なんだろうかとふと考《かんが》えたことがあるに違《ちが》いないからです。

しかし、年《とし》をとるにつれ生活《せいかつ》の繁事《はんじ》にまぎれて、実《じつ》は生《い》きるための根本的《こんぽんてき》なそうした思考《しこう》は薄《うす》れてしまいがちですが、さらに年《とし》をとると一種《いっしゅ》の本卦還《ほんけがえ》りでそうしたことについて考《かんが》えぬ訳《わけ》にいかなくなる。

　ということを起点《きてん》に私《わたし》もこれを書《か》き出《だ》した訳《わけ》ですが、それにしても現代文明《げんだいぶんめい》の便宜《べんぎ》は、そうした思考《しこう》にまさしく深《ふか》い関《かか》わりのある宇宙《うちゆう》そのものの奥義《おうぎ》について明《あ》かし出《だ》してくれている。いやそれは奥義《おうぎ》などではなしに、ただ、ある実態《じつたい》ということなのかも知《し》れないが、それが、星《ほし》たちの数《かず》にせよ互《たが》いの距離《きより》にせよ、今《いま》まで承知《しようち》していた数値《すうち》をはるかに上回《うわまわ》るものとして突《つ》きつけられると、あらためてたじろがぬ訳《わけ》にいきません。

　しかし思《おも》いなおしてみると、こんなにべら棒《ぼう》な宇宙《うちゆう》の実態《じつたい》について、いかなる望遠《ぼうえん》鏡《きよう》もありはしなかった頃《ころ》すでに、人間《にんげん》の存在《そんざい》についての関《かか》わりから宇宙《うちゆう》の実態《じつたい》、いやまさしく『奥義《おうぎ》』について承知《しようち》していた人《ひと》たちがいました。その一人《ひとり》が釈迦《しやか》だったことを法華経《ほけきよう》は如実《によじつ》に明《あ》かしています。

　しかし釈迦《しやか》の他《ほか》にもそうした本物《ほんもの》の賢者《けんじや》はいて、あの頓智《とんち》で知《し》られた一休和尚《いつきゆうおしよう》などは宇宙《うちゆう》について実《じつ》に面白《おもしろ》いことをいっている。

　もっとも一休《いつきゆう》さんは坊《ぼう》さんだから当然釈迦《とうぜんしやか》の説《と》いた法華経《ほけきよう》を読《よ》んでいただろうし、宇《う》宙《ちゆう》についての彼《かれ》の頓智《とんち》めいた認識《にんしき》はやはり人々《ひとびと》のために法華経《ほけきよう》をパラフレイズしたものだったのかも知《し》れない。私《わたし》は子供《こども》の頃《ころ》、ただ彼《かれ》に関《かん》する挿話《そうわ》として何《なに》かで読《よ》んだだけなので法華経《ほけきよう》との関《かか》わりについてまではわかりませんが、今《いま》こうして思《おも》い出《だ》してみると、多分間違《たぶんまちが》いなく一休和尚《いっきゅうおしょう》は法華経《ほけきょう》を踏《ふ》まえての宇宙認識《うちゅうにんしき》、つまり人間《にんげん》がなんでこうしてここに存在《そんざい》しているのかを人々《ひとびと》に説《と》くためにああした表現《ひょうげん》をしたのだと思《おも》います。

ある時彼《ときかれ》は誰《だれ》かに、宇宙《うちゅう》を含《ふく》めて、というより宇宙《うちゅう》に含《ふく》まれて在《あ》るこの世《よ》というのはいったい何《なん》なのですかと聞《き》かれて、

「この世界全体《せかいぜんたい》は大《おお》きな蝸牛《かたつむり》で、人間《にんげん》はその中《なか》に住《す》んでいるのだ。しかし、さらにその人間《にんげん》の耳《みみ》の中《なか》にもそれぞれこの世界《せかい》と同《おな》じ形《かたち》の蝸牛《かたつむり》がいて、その中《なか》にも人間《にんげん》たちが住《す》んでいる。そしてまた、この世《よ》のさらに外側《そとがわ》にも同《おな》じように、とてつもなく巨《おお》きな蝸牛《かたつむり》がいるのだ」

と教《おし》えています。

一休和尚《いっきゅうおしょう》の頃《ころ》にはまだ人体《じんたい》の解剖《かいぼう》など在《あ》りはしなかったろうが、確《たし》かに人間《にんげん》の耳《みみ》の中《なか》には蝸牛《かたつむり》によく似《に》た形《かたち》をした蝸牛殻《かぎゅうかく》があります。

いずれにせよ宇宙《うちゅう》の姿《すがた》を、人間《にんげん》の耳《みみ》の中《なか》に実際《じっさい》に在《あ》る器官《きかん》になぞらえて説《と》くというのはなかなか啓示的《けいじてき》で天才的《てんさいてき》だし、その中《なか》にまた宇宙《うちゅう》が在《あ》り、この世《よ》たる宇宙世界《うちゅうせかい》の外《そと》にもまたそれをつつむ別《べつ》の宇宙《うちゅう》が在《あ》るという認識《にんしき》は、ことの本質《ほんしつ》、正鵠《せいこく》を射《い》ていて素晴《すば》らしいと思《おも》う。

一休《いっきゅう》さんの論《ろん》でいくと、この『世《よ》』は大小限《だいしょうかぎ》りない蝸牛《かたつむり》の取《と》り合《あ》わせで出来上《できあ》がっているようだが、何億光年《なんおくこうねん》の彼方《かなた》にある銀河《ぎんが》たちというマクロの世界《せかい》と、私《わたし》たち地上《ちじょう》の生《せい》物《ぶつ》に多大《ただい》な影響《えいきょう》を与《あた》えている細菌《さいきん》やウイルスといった微生物《びせいぶつ》たち、あるいは遺伝子《いでんし》といったミクロの世界《せかい》の対置《たいち》についても極《きわ》めて暗示的《あんじてき》といえます。

私《わたし》たちはようやくそうしたミクロの微生物《びせいぶつ》の世界《せかい》との決定的《けっていてき》な関《かか》わりについて確《たし》かな認識《にんしき》を持《も》つようになりましたが、あるいはこれからさらにある時間《じかん》をかけて、ハッブル宇宙望遠鏡《うちゅうぼうえんきょう》がもたらした宇宙《うちゅう》の知見《ちけん》と自《みずか》らとの致命的《ちめいてき》な関《かか》わりについて知《し》ることになるのかも知《し》れません。

一休《いっきゅう》さんの言葉《ことば》は、宇宙《うちゅう》に関《かん》する人間《にんげん》の認識《にんしき》についての一つの啓示《けいじ》ですが、ともかく対象《たいしょう》が何《なん》であろうとそれをまず認識《にんしき》することから、人間《にんげん》とその相手《あいて》との関《かか》わりが始《はじ》まる訳《わけ》であって、すべての『存在《そんざい》』は人間《にんげん》の認識《にんしき》によって存在《そんざい》することになる。前《まえ》に引《ひ》いたシュペルビエールの詩《し》のように何《なん》にしろ人間《にんげん》がそれを見《み》て知《し》るということで初《はじ》めてそこに在《あ》るということになる、と私《わたし》は思《おも》っている。

いやそうではないのだ、という論《ろん》も神学《しんがく》などにはありますが、私自身《わたしじしん》は実存主義者《じつぞんしゅぎしゃ》だから、あくまで自分中心《じぶんちゅうしん》、人間中心《にんげんちゅうしん》に宇宙《うちゅう》なるものを捉《とら》えていきたいと思《おも》っています。

キリスト教《きょう》やイスラム教《きょう》の原理主義《げんりしゅぎ》などでは、すべてはもともと神《かみ》が今《いま》こうしてあるがままに創《つく》ったものだ、だから進化《しんか》などというものなどありはしなくて、化石《かせき》にしろあれは化石《かせき》として神《かみ》が創《つく》り与《あた》えたものなのだ、ということらしい。

仏教《ぶっきょう》にはそうした天地創造《てんちそうぞう》に関《かん》する創造者《そうぞうしゃ》としての神《かみ》を絶対化《ぜったいか》するような原理主義《げんりしゅぎ》はみかけません。だから、一部《いちぶ》の坊《ぼう》さんたちは反発《はんぱつ》するかも知《し》れないが、私《わたし》は仏教《ぶっきょう》の教《おし》え、釈迦《しゃか》の哲学《てつがく》をまず自己《じこ》の存在中心《そんざいちゅうしん》に、実存主義的《じつぞんしゅぎてき》に理解《りかい》してかかるということは決《けっ》して間違《まちが》ってはいないと思《おも》っています。

『我思《われおも》う、ゆえに我在《われあ》り』というデカルトの言葉《ことば》を横《よこ》から都合《つごう》よく使《つか》うつもりはないが、人間《にんげん》が認識《にんしき》しなくても、つまりこの宇宙《うちゅう》に人間《にんげん》のような思考《しこう》の出来《でき》る高等《こうとう》な生物《せいぶつ》がいなかったとしても、宇宙《うちゅう》はハッブル望遠鏡《ぼうえんきょう》が捉《とら》えたような宇宙《うちゅう》として在《あ》っただろうが、しかし『認識《にんしき》』を持《も》ち合《あ》わさぬ人間以外《にんげんいがい》の地上《ちじょう》の動物《どうぶつ》では、彼等《かれら》の能力《のうりょく》では地球《ちきゅう》と太陽《たいよう》や月《つき》の関《かか》わりや、まして何百光年《なんびゃくこうねん》の彼方《かなた》に在《あ》る他《ほか》の惑星《わくせい》や銀河《ぎんが》について思《おも》うことも知《し》ることもないに違《ちが》いない。

我々《われわれ》が認識《にんしき》して、それはいったい自分《じぶん》にとって何《なん》なのかと思《おも》うことで、それらのものごとの『存在《そんざい》』の意味《いみ》が初《はじ》めて存在《そんざい》してくるのだと思《おも》う。

といえばある人《ひと》は、まだいかにも気負《きお》っていて若《わか》い、それでは信仰《しんこう》における絶対者《ぜったいしゃ》への帰依《きえ》にはなり得《え》ていない。そんなことでどうして本当《ほんとう》の安心立命《あんじんりゅうめい》があり得《う》るか、信仰《しんこう》とはそんなものではない、というかも知《し》れないが、私《わたし》はまずそれでいいと思《おも》っている。


しかし、といって私《わたし》たちの属《ぞく》している宇宙《うちゅう》の気《き》の遠《とお》くなりそうな巨《おお》きさについて時間《じかん》的《てき》、空間的《くうかんてき》に知《し》らされたとしても、それが自分《じぶん》にとって持《も》つ意味合《いみあ》いについてハッブル宇宙望遠鏡《うちゅうぼうえんきょう》がどう教《おし》えてくれるものでもない。

ならば私《わたし》たち人間《にんげん》の偉大《いだい》な先達《せんだつ》の誰《だれ》かが、この宇宙《うちゅう》の途方《とほう》もない巨《おお》きさと微小《びしょう》な人間《にんげん》の存在《そんざい》との関《かか》わりについて教《おし》えてくれてはいないかと考《かんが》えなおしてみれば、それがまさしく釈迦《しゃか》の哲学《てつがく》なのです。

法華経《ほけきょう》を読《よ》むと釈迦《しゃか》という人《ひと》はつくづく天才的《てんさいてき》な思索家《しさくか》だと思《おも》う。あんな時代《じだい》によくまあ宇宙《うちゅう》というものを意識《いしき》し、それを背景《はいけい》にした人間《にんげん》の存在《そんざい》の意味《いみ》について考《かんが》えたものだ。お釈迦《しゃか》さまもまた若《わか》い頃星《ころほし》を仰《あお》いでもの思《おも》いにふけったのかも知《し》れないが、その結果《けっか》まだ宇宙《うちゅう》について何《なん》の情報《じょうほう》もなかった頃《ころ》に、人間《にんげん》の存在《そんざい》との対比《たいひ》において、その数《かず》や広《ひろ》がりにおいての宇宙《うちゅう》の巨《おお》きさを感覚的《かんかくてき》にだが実《じつ》に正確《せいかく》に捉《とら》えていました。

その限《かぎ》りででも仏教《ぶっきょう》が、同《おな》じインドにあった独特《どくとく》の宗教《しゅうきょう》ヒンズー教《きょう》から派生《はせい》してきたものだというのはいかにも安易《あんい》なくくり方《かた》だと思《おも》う。釈迦《しゃか》の『存在《そんざい》』に関《かん》する哲学《てつがく》は無比《むひ》なものであって、他《ほか》の何《なに》からも際《きわ》だって高《たか》く優《すぐ》れたものです。

人間《にんげん》の永遠性《えいえんせい》について

ともかく法華経《ほけきょう》を読《よ》むとそれが実《じつ》によくわかります。

例《たと》えば法華経《ほけきょう》の中《なか》に「如来寿量品十六《にょらいじゅりょうほん》」という、二十八ある章《しょう》（品《ほん》）の中《なか》で十六番目《ばんめ》の、最《もっと》も重要《じゅうよう》な、後《のち》に記《しる》しますが仏《ほとけ》の存在《そんざい》の悠遠性《ゆうえんせい》、それはつまり人間《にんげん》の存在《そんざい》の永遠性《えいえんせい》、を説《と》いている章《しょう》があります。その章《しょう》の中《なか》で釈迦《しゃか》は直截《ちょくせつ》に人間《にんげん》の存在《そんざい》の背景《はいけい》である宇宙《うちゅう》について教《おし》えています。

この章《しょう》は法華経《ほけきょう》の中《なか》でのいわばクライマックスですが、実《じつ》はその前《まえ》に「従地涌出品十五《じゅうじゆじゅっほん》」という超現実的《ちょうげんじつてき》な情景描写《じょうけいびょうしゃ》としてはハリウッドのどんなスペクタクル映画《えいが》も及《およ》ばない、読《よ》む度《たび》に思《おも》わず声《こえ》がもれるほど感動的《かんどうてき》なシーンに関《かん》する章《しょう》があります。

それはそのさらに前《まえ》の十四番目《ばんめ》の「安楽行品《あんらくぎょうほん》」という、乱《みだ》れた世《よ》の中《なか》での修行《しゅぎょう》の仕方《しかた》を具体的《ぐたいてき》に教《おし》えた章《しょう》に続《つづ》いているのですが、この章《しょう》も二十八ある法華経《ほけきょう》の章《しょう》の中《なか》で「如《にょ》来寿量品《らいじゅりょうほん》」を筆頭《ひっとう》に五つある最重要《さいじゅうよう》な章《しょう》の一つともされており、ちなみに日本《にほん》の仏教《ぶっきょう》の宗派《しゅうは》のほとんどを生《う》み出《だ》した日本仏教《にほんぶっきょう》のいわばメッカのような天台宗《てんだいしゅう》では、坊《ぼう》さんたちの修行《しゅぎょう》のマニュアルの原点《げんてん》とされている教《おし》えです。

それはそうとして、私自身《わたしじしん》は二つの大切《たいせつ》な章《しょう》に挟《はさ》まれているこの十五番目《ばんめ》の章《しょう》が大好《だいす》きで、読《よ》む度《たび》さまざまなイメイジが湧《わ》いてくるし、その後《あと》の十六番目《ばんめ》の章《しょう》の意味合《いみあ》いとの関《かか》わりで、いろいろなことを憶測《おくそく》しない訳《わけ》にいきません。

十四章《しょう》で釈迦《しゃか》の教《おし》えを聞《き》かされた数多《かずおお》くの高弟《こうてい》たちは立《た》ち上《あ》がり釈迦《しゃか》に向《む》かって合同《ごうどう》礼拝《らいはい》して、お許《ゆる》しを頂《いただ》けるならば私《わたし》たちは、あなたがこの世《よ》を去《さ》られた後《あと》この教《おし》えを世《よ》の中《なか》に広《ひろ》めるために努力《どりょく》いたしますと唱《とな》えるが、釈尊《しゃくそん》はそれを制《せい》して、いやお前《まえ》たちが別段《べつだん》そうしてくれなくとも、実《じつ》は私《わたし》にはすでにこの世《よ》に無数《むすう》の弟子《でし》たちがいて、私《わたし》がいなくなった後《あと》、彼等《かれら》がこの教《おし》えを世《よ》の中《なか》に伝《つた》えてくれるだろうから、といわれる。

と、その途端《とたん》に地面《じめん》が激《はげ》しく揺《ゆ》れ動《うご》いて、地面《じめん》の中《なか》から無数《むすう》の菩薩《ぼさつ》、つまり教《おし》えを体《たい》得《とく》しそれぞれ覚《さと》りを開《ひら》いた高弟《こうてい》たちが湧《わ》くようにして現《あらわ》れてきた、という。

私《わたし》がここで注目《ちゅうもく》するのは、それらの無数《むすう》の菩薩《ぼさつ》たちが天《てん》から降《お》りてくるのではなしに、あくまで人間《にんげん》たちの住《す》んでいるこの地球《ちきゅう》の地面《じめん》の下《した》から湧《わ》き上《あ》がってくるというところです。つまり、彼等《かれら》は天使《てんし》ではない。あくまでこの地上《ちじょう》に関《かか》わりある、なぜか今《いま》まで地《じ》面《めん》の中《なか》、つまり土中《どちゅう》に潜《ひそ》んでいた存在《そんざい》です。『先《さき》よりことごとく娑婆世界《しゃばせかい》の下《した》、この界《かい》の虚空《こくう》の中《なか》に在《あ》って住《じゅう》せり』とある。

地面《じめん》の下《した》の虚空《こくう》、というのは、非現実的《ひげんじつてき》だがなんと壮麗《そうれい》で素晴《すば》らしい表現《ひょうげん》だろうか。

いい換《か》えれば彼等《かれら》は死者《ししゃ》たちともいえます。死者《ししゃ》は無数《むすう》です。それが釈迦《しゃか》の一声《ひとこえ》で蘇《よみがえ》り、教《おし》えを広《ひろ》めるという崇高《すうこう》な仕事《しごと》のために再《ふたた》び現《あらわ》れてくるというこの比喩《ひゆ》は、明《あき》らかに釈迦《しゃか》の弟子《でし》である人間《にんげん》たちの再生《さいせい》、いやもっと幅広《はばひろ》く大《おお》きく、人間《にんげん》の切《き》りのない生《う》まれ変《か》わり、つまり輪廻《りんね》を表象《ひょうしょう》しているのです。

後《のち》に述《の》べますが、釈迦《しゃか》がここで壮大《そうだい》な比喩《ひゆ》をもって説《と》いていることは、決《けっ》して仏《ほとけ》という絶対者《ぜったいしゃ》の永遠性《えいえんせい》だけではなしに、人間《にんげん》そのものの永遠性《えいえんせい》です。それを伝《つた》えるために、釈迦《しゃか》は彼《かれ》が捉《とら》えていた宇宙《うちゅう》なるものの巨《おお》きさと永遠性《えいえんせい》について、非現実《ひげんじつ》なほどの数《かず》と距《きょ》離《り》の比喩《ひゆ》をかざしてみせている。

まず、突然地面《とつぜんじめん》の下《した》から現《あらわ》れた無数《むすう》の弟子《でし》たちの数《かず》について、『一一《いちいち》の菩薩《ぼさつ》皆《みな》これ大《だい》衆唱導《しゅしょうどう》の首《はじめ》なり。おのおの六万恒河沙等《ろくまんごうがしゃとう》の眷属《けんぞく》を将《ひき》いたり』とある。

「恒河沙《ごうがしゃ》」というのは大《おお》きな川《かわ》の砂《すな》のすべて、インドならガンジス河《がわ》の砂《すな》の数《かず》ということです。これはもうまったく数《かぞ》えることなど出来《でき》ぬ数《かず》の表象《ひょうしょう》ですが、さらに延々《えんえん》と、『まして五万恒河沙《ごまんごうがしゃ》の眷属《けんぞく》を連《つ》れた者《もの》、四万《よまん》、三万《さんまん》、二万《にまん》』と恒河沙《ごうがしゃ》の数《かず》を減《へ》らし、『ましてや一恒河沙《いちごうがしゃ》、半恒河沙《はんごうがしゃ》、さらに四分《よんぶん》の一《いち》、いわんや千万億那由他《せんまんのくなゆた》分《ぶん》の一《いち》の眷属《けんぞく》を連《つ》れた者《もの》』、とだんだん単位《たんい》が小《ちい》さくなっていって最後《さいご》は一人《ひとり》で行《ぎょう》を極《きわ》めている高弟《こうてい》まで、それを合《あ》わせて何百万人《なんびやくまんにん》などというものではとてもありはしない。ちなみに「那由他《なゆた》」というのも梵語《ぼんご》で、とてつもなく大《おお》きな数《かず》という意味《いみ》で、これまた数《かず》のイメイジとして際限《さいげん》がない。

「恒河沙《ごうがしゃ》」にせよ「那由他《なゆた》」にせよ、いわば無数《むすう》ということでしょうが、その無数《むすう》の概《がい》念《ねん》に六万《まん》とか五万《まん》とか、はてはその半分《はんぶん》とか既存《きぞん》の数字《すうじ》をかぶせて説明《せつめい》しているのは一《いっ》種《しゅ》のレトリックといえばそうだが、実《じつ》はここにまた法華経《ほけきょう》のとんでもない現代性《げんだいせい》があるのです。

非《ひ》ユークリッドの数学《すうがく》を踏《ふ》まえた現代数学《げんだいすうがく》には『群論《ぐんろん》』とか『集合論《しゅうごうろん》』とかいう難解《なんかい》だが興味深《きょうみぶか》い領域《りょういき》がありますが、その群論《ぐんろん》の中《なか》で無限《むげん》ということが説《と》かれている。

その中《なか》で、有限《ゆうげん》の無限《むげん》と無限《むげん》の無限《むげん》という数学的《すうがくてき》な概念《がいねん》があります。ここで詳《くわ》しく説《せつ》明《めい》している暇《ひま》はないが、釈迦《しゃか》が人間《にんげん》の存在《そんざい》の悠遠性《ゆうえんせい》、『存在《そんざい》』の背景《はいけい》である宇宙《うちゅう》の広大《こうだい》さを説《と》くために使《つか》った数《かず》のための比喩《ひゆ》は、実《じつ》は見事《みごと》に現代数学《げんだいすうがく》の概念《がいねん》にかなっている。

それはこの現代《げんだい》になってから初《はじ》めて数学的《すうがくてき》に証《しょう》されたのですが。

時間《じかん》についても同《おな》じ視点《してん》での比喩《ひゆ》を釈迦《しゃか》は説《と》いています。

突然目《とつぜんめ》の前《まえ》に現《あらわ》れた無数《むすう》の弟子《でし》たる菩薩《ぼさつ》たちを眺《なが》めて弥勒菩薩《みろくぼさつ》などの釈迦《しゃか》の高弟《こうてい》たちが驚《おどろ》き、釈迦《しゃか》に、いったいこの菩薩《ぼさつ》たちはあなたとどういう関係《かんけい》があるのですかと尋《たず》ねたら、釈迦《しゃか》が即座《そくざ》に、これは全員《ぜんいん》、私《わたし》が今《いま》までに教《おし》えて覚《さと》りを持《も》たせた連中《れんちゅう》だと答《こた》える。

確《たし》かに全員《ぜんいん》がお釈迦《しゃか》さまをうやうやしく礼拝《らいはい》して、その後《ご》いかがお過《す》ごしでしょうか、何《なに》かご苦労《くろう》はございませんかと尋《たず》ね、釈迦《しゃか》は笑《わら》って、いやいや大丈夫《だいじょうぶ》だ、ここにいる連《れん》中《ちゅう》を導《みちび》くのに別《べつ》に苦労《くろう》はしていないよと答《こた》えられる。

それを眺《なが》めて弥勒《みろく》たちはますます訳《わけ》がわからなくなり、仲間《なかま》を代表《だいひょう》して弥勒《みろく》が釈尊《しゃくそん》に尋《たず》ねます。

「あなたがシャカ王国《おうこく》の太子《たいし》であられた時《とき》、決心《けっしん》され修行《しゅぎょう》のために宮殿《きゅうでん》を出《で》られてから四十余年《よねん》はたちましたが、そう遠《とお》い昔《むかし》のことではありません。しかしそのわずかの間《あいだ》に、なんでこんなに大勢《おおぜい》の弟子《でし》たちを教《おし》え、それぞれ覚《さと》りに導《みちび》くことが出来《でき》たのですか。まったく信《しん》じられません。

譬《たと》えていえば、髪《かみ》の黒々《くろぐろ》とした二十五の若者《わかもの》が、百歳《さい》の人《ひと》を、これは私《わたし》の子供《こども》だといい、相手《あいて》の百歳《さい》の老人《ろうじん》がその若《わか》い相手《あいて》を、この人《ひと》は私《わたし》の親《おや》ですというのと同《おな》じではありませんか。

私《わたし》たちはあなたの言葉《ことば》を信《しん》じてここまでやってきましたが、新《あたら》しい弟子《でし》たちがこんなことを聞《き》いては嘘《うそ》だと思《おも》い、下手《へた》をすると教《おし》えを信《しん》じなくなって道《みち》を誤《あやま》るかもしれません。ですからどうか、もっとわかるように教《おし》えて頂《いただ》きたい」

そこで釈迦《しゃか》が、ここで初《はじ》めて仏《ほとけ》の悠久性《ゆうきゅうせい》について教《おし》えて明《あ》かすのです。それが「従地涌出品《じゅうじゆじゆっぽん》」の次《つぎ》の章《しょう》です。

ともかくこの二つの章《しょう》はいつ読《よ》んでもわくわくしてくるほど感動的《かんどうてき》で面白《おもしろ》い。

そして次《つぎ》の最重要《さいじゅうよう》な十六番目《ばんめ》の「如来寿量品《にょらいじゅりょうほん》」で、この世界《せかい》の巨《おお》きさを語《かた》るのに、

『もろもろの善男子《ぜんなんし》、今《いま》まさに分明《ぶんみょう》に汝等《なんだち》に宣語《せんご》すべし。このもろもろの世界《せかい》のもしは微塵《みじん》を著《お》き及《およ》び著《お》かざるものをことごとく以《もっ》て塵《ちり》となして、一塵《いちじん》を一劫《いちこう》とせん。我成仏《われじょうぶつ》してよりこのかた、また此《こ》れに過《す》ぎたること百千万億那由他阿僧祇劫《ひゃくせんまんのくなゆたあそうぎこう》なり』と。

つまり、「お前《まえ》たちに今《いま》はっきりいっておくが、塵《ちり》で出来上《できあ》がっている世界《せかい》と、あるいは塵《ちり》ではない堅《かた》い何《なに》かで出来《でき》ているような世界《せかい》とを一緒《いっしょ》に合《あ》わせすりつぶして粉《こな》にし、その塵《ちり》の一粒《ひとつぶ》を一劫《こう》（長《なが》い時間《じかん》の単位《たんい》）としたとして、私《わたし》が成仏《じょうぶつ》してから今《いま》までの時間《じかん》というのは、そのすべての塵《ちり》の数《かず》よりもさらに百千万億那由他阿僧祇劫《まんのくなゆたあそうぎこう》ほど長《なが》いのだ」と。

こうした数《かず》や時間《じかん》についての比喩《ひゆ》は回《まわ》りくどいように思《おも》われるが、しかし時間《じかん》や数《かず》の無限性《むげんせい》を感《かん》じ覚《さと》らせるには、実《じつ》は見事《みごと》なほど簡略《かんりゃく》で巧《たく》みなものといえます。

法華経《ほけきょう》には無量無辺《むりょうむへん》という言葉《ことば》がよく出《で》てきますが、それは直截《ちょくせつ》に宇宙《うちゅう》の無限性《むげんせい》を表《あらわ》しています。しかしここにきての比喩《ひゆ》で、釈迦《しゃか》の弟子《でし》たち菩薩《ぼさつ》たちの数《かず》の無限性《むげんせい》はそれを裏打《うらう》ちし、さらに時間《じかん》の悠遠性《ゆうえんせい》について釈迦《しゃか》は説《と》き明《あ》かしている。

ここでは法華経《ほけきょう》に現《あらわ》れている宇宙観《うちゅうかん》についてだけ記《しる》しましたが、人間《にんげん》の人生《じんせい》にとって

最大《さいだい》の主題《しゅだい》である、自分《じぶん》が今生《いまい》きているということはいったいどういうことなのかという問題《もんだい》について欠《か》かすことの出来《でき》ぬ、我々《われわれ》の『存在《そんざい》』を包《つつ》んでいる宇宙《うちゅう》という空間《くうかん》と時間《じかん》を説《と》き明《あ》かすために、これほど重要《じゅうよう》な啓示《けいじ》を与《あた》えてくれる哲学《てつがく》は法華経《ほけきょう》以外《いがい》にはありません。

第七章　人間《にんげん》が生《い》きて在《あ》る、ということはそも何《なん》なのか

存在《そんざい》するものとは何《なに》か

　実際《じっさい》に目《め》にして眺《なが》めながら他《ほか》の何《なに》よりも宇宙《うちゅう》に在《あ》る星《ほし》ほど、私《わたし》たちに自分《じぶん》がこうして生《い》きているということはどういうことなのか、自分《じぶん》がかく存在《そんざい》する、その自分《じぶん》を中心《ちゅうしん》に親《おや》があり子供《こども》があり先祖《せんぞ》、子孫《しそん》という人間《にんげん》の関《かか》わりが切《き》りなく在《あ》るということ、つまり『存在《そんざい》』ということとは何《なん》なのかと考《かんが》えさせてくれるものはありません。今見《いまみ》えている星《ほし》たちは近《ちか》いものでも、実《じつ》は親《おや》の親《おや》の、さらにそのはるか親《おや》たちが生《い》きていた頃《ころ》の姿《すがた》を今《いま》になってようやく伝《つた》えてきているのだというこの気《き》の遠《とお》くなるような遠《とお》さに在《あ》るという、あそこからここまでの隔《へだ》たりを光《ひかり》の届《とど》く時間《じかん》でようやく計《はか》れるのだということで、『時間《じかん》』との関《かか》わりの中《なか》でものごとの存在《そんざい》についてしみじみ考《かんが》えさせてくれます。

　しかしまた時間《じかん》というものも不思議《ふしぎ》というかいかにも捉《とら》えにくいもので、前《まえ》にも述《の》べたように時間《じかん》について秒《びよう》とか分《ふん》、月《つき》とか年《とし》とか、あるサイクルで区切《くぎ》ったり束《たば》ねたりして考《かんが》えるのは人間《にんげん》だけだが、そもそも『時間《じかん》』とは何《なに》かということになるとにわかに答《こた》えられるものでもない。

いつかどこかで『時間《じかん》』とは何《なん》だと思《おも》うかと問《と》われて窮《きゆう》し、「ものごとの経緯《けいい》」と答《こた》えたことがありますが、そう間違《まちが》ってもいないがそれで確《たし》かな答《こた》えともいいきれないような気《き》がする。

補足《ほそく》すれば、人間《にんげん》にとっての時間《じかん》とは過去《かこ》から現在《げんざい》、そして将来《しようらい》にかけての意識《いしき》との関《かか》わりの中《なか》に在《あ》るものであって、時《とき》の経過《けいか》については動物《どうぶつ》もそれなりに感《かん》じてはいるのだろうが、過去《かこ》や未来《みらい》、というよりも自《みずか》らの人間《にんげん》としてのさまざまな意識《いしき》をまぶして、現在《げんざい》の先《さき》にやってくる時間《じかん》のもたらす状況《じようきよう》ということで未来《みらい》を『将来《しようらい》』という形《かたち》で考《かんが》えたり捉《とら》えたりするのはやはり人間《にんげん》だけでしょう。

法華経《ほけきよう》から見《み》ての『時間《じかん》』については後《のち》に記《しる》しますが、人間《にんげん》は『存在《そんざい》』について、つまり自分《じぶん》が今《いま》ここに生《い》きて在《あ》るということについて考《かんが》える際《さい》に、どうしても『時間《じかん》』について考《かんが》えぬ訳《わけ》にはいきません。つまり仏教《ぶつきよう》での『時間《じかん》』の問題《もんだい》は、人間《にんげん》だけが意識《いしき》する過去《かこ》から現在《げんざい》、そして意志的《いしてき》な未来《みらい》ともいうべき『将来《しようらい》』を表現《ひようげん》する、先祖《せんぞ》、自分《じぶん》、そして子孫《しそん》の存在《そんざい》との関《かか》わりで初《はじ》めて解明《かいめい》され、納得出来《なつとくでき》ることなのです。いい換《か》えると、『時間《じかん》』は存在《そんざい》の落《お》とす影《かげ》なのです。

この、人間《にんげん》の存在《そんざい》と時間《じかん》の関《かか》わりについて真正面《ましようめん》から取《と》り組《く》んだ現代《げんだい》の哲学者《てつがくしや》にドイツのハイデガーがいます。ハイデガー独特《どくとく》の哲学史《てつがくし》は、いわば哲学《てつがく》における存在《そんざい》の問題《もんだい》の歴史観《れきしかん》に依《よ》るものですが、前《まえ》にも述《の》べたようにもともと哲学《てつがく》という学問《がくもん》の主題《しゆだい》は『存《そん》在《ざい》』と『時間《じかん》』であって、他《ほか》の学問《がくもん》がこの世《よ》に在《あ》るものたちについてそれぞれのある部《ぶ》分《ぶん》を取《と》り出《だ》し、それが持《も》っている属性《ぞくせい》について集中《しゆうちゆう》して研究《けんきゆう》するのに比《くら》べて、哲学《てつがく》とは人間《にんげん》を含《ふく》めてこの世《よ》に在《あ》るもののすべてについて、それがなぜ在《あ》るのか、それが在《あ》るということの意味《いみ》や訳《わけ》は何《なん》なのかを考《かんが》える学問《がくもん》です。

ということは、他《ほか》の学問《がくもん》に関《かん》してはそれぞれの特殊性《とくしゆせい》にのっとった専門性《せんもんせい》が要求《ようきゆう》されるが、哲学《てつがく》はそれらのすべてをひっくるめて、とにかくこの世《よ》に在《あ》るもの全体《ぜんたい》について考察《こうさつ》するものである限《かぎ》り、この世《よ》に在《あ》るものの一人《ひとり》として人間《にんげん》は誰《だれ》しもに哲学《てつがく》する資格《しかく》も可能性《かのうせい》もあるということです。

古代《こだい》ギリシャの哲学者《てつがくしゃ》たちにとっても同《おな》じことで、プラトンやソクラテス、アリストテレスといった哲学者《てつがくしゃ》たちも等《ひと》しく『存在《そんざい》』の問題《もんだい》について考《かんが》え記《しる》しています。プラトンはその対話《たいわ》篇《へん》『ソピステース』の中《なか》に登場《とうじょう》してくるソクラテスに、

「存在《そんざい》するという言葉《ことば》を使《つか》う時《とき》、あなたがたは自分《じぶん》が何《なに》をいおうとしているのか前《まえ》からよくわかっているのだろうけれど、私《わたし》は、前《まえ》にはわかっていたつもりなのに、今《いま》ではよくわからなくなって途方《とほう》に暮《く》れているのだ」

といわせている。

プラトンの弟子《でし》のアリストテレスはさらに、

「昔《むかし》も今《いま》も将来《しょうらい》も、絶《た》えることなく我々《われわれ》がそれについて考《かんが》えながら、いつもいつもそれに通《つう》じる確《たし》かな道《みち》を見出《みいだ》せずにいるものは、存在《そんざい》するものとは何《なに》かという問題《もんだい》であり、つまるところ存在《そんざい》とは何《なに》かという問《と》いなのだ」

といっています。つまり人間《にんげん》たちは昔《むかし》も今《いま》も同《おな》じことを考《かんが》え続《つづ》けてきたといえる。そしてその確《たし》かな解答《かいとう》は在《あ》るようでなかなか在《あ》りはしません。

ハイデガーにいわせれば、『存在《そんざい》するもの』とは何《なん》なのかという疑問《ぎもん》は、存在《そんざい》するも

のとしてそこに在《あ》るそのものとはいったい何《なん》なのかということ、例《たと》えば今私《いまわたし》の書斎《しょさい》の机《つくえ》の上《うえ》に本《ほん》とインクの壺《つぼ》とペンが在《あ》る。本《ほん》は本《ほん》、ペンはペンだがそれらの品《しな》の機能《きのう》や役《やく》割《わり》については誰《だれ》しも知《し》ってはいるが、もう一つ進《すす》んで、その呼《よ》び名《な》や役割《やくわり》ではなしに、ペンはなぜそこにペンとして在《あ》るのか、という疑問《ぎもん》です。

何《なに》もいちいちそんなことまで考《かんが》えずにペンはペンとして使《つか》えばいいではないかと大方《おおかた》の人《ひと》は思《おも》うだろうが、しかしいったん、なんでこのペンはペンとしてここにこうして在《あ》るのかなと思《おも》い出《だ》したらもう切《き》りがない。つまりそれは、何億光年《なんおくこうねん》の彼方《かなた》になんであんな星《ほし》が在《あ》るのかなという疑問《ぎもん》と実《じつ》はまったく同《おな》じことなのです。

だからそれは、そこに在《あ》るものをそこにそう在《あ》らしめている『存在《そんざい》』とは何《なに》かということになる。

つまり『在《あ》る』ということはいったい何《なん》なのだ。ならば何《なに》も無《な》いということは何《なん》なのだ。翻《ひるがえ》って、何《なに》も無《な》いなどということがはたしてあり得《う》るのか。

人間《にんげん》だけが自分《じぶん》の人生《じんせい》について思《おも》ってみる（動物《どうぶつ》が自分《じぶん》の一生《いっしょう》について、ましてその意味《いみ》なんぞについて、考《かんが》えることなどありはしません）という頭《あたま》の中《なか》の作業《さぎょう》によって初《はじ》めて、何《なん》であろうとすべての物《もの》がここに在《あ》るのだ、ということにもなるといえます。

それはそうでしょう、何十億光年《なんじゅうおくこうねん》の彼方《かなた》での星雲《せいうん》（他《ほか》の宇宙《うちゅう》）の誕生《たんじょう》を人間《にんげん》の作《つく》ったハッブル宇宙望遠鏡《うちゅうぼうえんきょう》が映像《えいぞう》として捉《とら》えて地上《ちじょう》に送《おく》ってきたからこそ、私《わたし》たち人間《にんげん》はこの今《いま》になって初《はじ》めてそこにそんな別《べつ》の宇宙《うちゅう》が新《あたら》しく在《あ》るということを知《し》ることが出来《でき》た訳《わけ》で、私《わたし》たちがそれを眺《なが》めて知《し》らずしていったい他《ほか》の誰《だれ》が、何《なに》が、その存在《そんざい》を確認《かくにん》するのか。この宇宙《うちゅう》に人間以外《にんげんいがい》の極《きわ》めて利口《りこう》な生物《せいぶつ》がいるのかいないのかはわからないが、地《ち》球《きゅう》のごく近《ちか》く（？）を眺《なが》め回《まわ》した限《かぎ》りでは、今《いま》のところ人間《にんげん》くらい優《すぐ》れた生物《せいぶつ》がいるとは確認《かくにん》されていない。

他《ほか》のとんでもなく遠《とお》いどこかの星《ほし》に人間《にんげん》をはるかに凌《しの》ぐような生物《せいぶつ》がいて、ハッブル宇宙望遠鏡《うちゅうぼうえんきょう》なんぞよりもはるかに優秀《ゆうしゅう》な望遠鏡《ぼうえんきょう》で宇宙《うちゅう》の隅々《すみずみ》まで眺《なが》め渡《わた》していたとしても、彼等《かれら》の宇宙《うちゅう》への認識《にんしき》が私《わたし》たち人間《にんげん》にまで伝《つた》わってこないなら、実《じつ》はそれは無《な》いに等《ひと》しい。少《すく》なくとも私《わたし》たち人間《にんげん》にとっては、無《な》いと同《おな》じことだ。

だから私《わたし》は、人間《にんげん》が知《し》るということが何《なん》であろうと物《もの》が在《あ》るということを在《あ》らしめている限《かぎ》り、人間《にんげん》が存在《そんざい》について知《し》ってしまった限《かぎ》り、虚無《きょむ》などということはあり得《え》ない。

つまり、『虚無《きょむ》』すらも実在《じつざい》するのです。

つまり、在《あ》るということについて考《かんが》え出《だ》した限《かぎ》り、何《なに》も無《な》いということはあり得《え》ない。

いや実《じつ》は、それはたかだか人間《にんげん》の知性《ちせい》知力《ちりょく》の及《およ》ぶ限《かぎ》りのことで、どちらが勝《まさ》っているのかは知《し》らぬがこの地球《ちきゅう》の人間《にんげん》と遠《とお》い遠《とお》い他《ほか》のどこかの星《ほし》にいるかも知《し》れぬ人間《にんげん》なみ、あるいはそれ以上《いじょう》の認識能力《にんしきのうりょく》、つまり物《もの》をよく眺《なが》めて知《し》る力《ちから》を持《も》った他《ほか》の生物《せいぶつ》をも含《ふく》めて、その生物《せいぶつ》と私《わたし》たち人間《にんげん》は結局交信《けつきょくこうしん》して互《たが》いについて知《し》り合《あ》うことは出来《でき》ぬとしてもなお、それらすべてをこの世《よ》に誕生《たんじょう》させたもの、存在《そんざい》としてこの世《よ》に与《あた》えたものは、人間《にんげん》が知《し》らないから無《な》いのだなどとはいわせず、人間《にんげん》や他《ほか》の生物《せいぶつ》たちが知《し》らないから在《あ》りはしないのだなどというたわごとをも含《ふく》めて、とにかくすべてが在《あ》るということを知《し》っているのだ。何故《なぜ》ならそれが、これらのすべてのものを創《つく》って存在《そんざい》せしめた、つまりこの世《よ》として与《あた》えたのだ。

我々《われわれ》が人間《にんげん》として誕生《たんじょう》するはるか以前《いぜん》に地球《ちきゅう》を誕生《たんじょう》させ、さらにその星《ほし》の上《うえ》にさまざまな生命《せいめい》を育《はぐく》み進化《しんか》させたもの、つまりすべての『存在《そんざい》』を与《あた》えもたらしたものは、物《もの》が在《あ》るということについて、『存在《そんざい》』について知《し》って考《かんが》えようとする人間《にんげん》の意識《いしき》なんぞに関《かか》わりなく、『存在《そんざい》』とは何《なに》かということをとうに知《し》っているのだ。

それこそが神仏《しんぶつ》だ、という哲学《てつがく》もあります。それはそれでいい。

それでなければとてもすべてのものごとの納得《なっとく》がいかないという人《ひと》は大勢《おおぜい》いるし、そう信《しん》じることこそが世《よ》の信仰《しんこう》なるものの源泉《げんせん》ともいえる。

しかしその話《はなし》は今《いま》は後段《こうだん》に譲《ゆず》ります。


だからともかく、アリストテレスがいったように、それぞれのものごとではなしに全《ぜん》体《たい》を考察《こうさつ》するということ、化学《かがく》や政治学《せいじがく》、経済学《けいざいがく》がこの世《よ》に在《あ》るものの内《うち》から化学現《かがくげん》象《しょう》、政治現象《せいじげんしょう》、経済現象《けいざいげんしょう》を切《き》り取《と》って扱《あつか》うのに比《くら》べて、哲学《てつがく》は政治《せいじ》も経済《けいざい》もそれを行《おこな》っている人間《にんげん》を含《ふく》めて、化学《かがく》では化学現象《かがくげんしょう》をもたらしているさまざまな元素《げんそ》等々《とうとう》を含《ふく》めてこの世《よ》に在《あ》るものすべてについて、それをもたらしている『存在《そんざい》』について考《かんが》えるのだということです。

そしてギリシャの哲学者《てつがくしゃ》たちは等《ひと》しく、人間《にんげん》のこうした自《みず》らへの哲学的《てつがくてき》な疑問《ぎもん》と問《と》いかけの動機《どうき》は『驚《おどろ》き』だといっています。

プラトンは、

『その驚《おどろ》きの感情《かんじょう》こそが哲学《てつがく》の、哲学者《てつがくしゃ》のパトスなのだ。哲学《てつがく》はこの感情《かんじょう》から始《はじ》まるのだ』

といい、アリストテレスは、

『とにかく人間《にんげん》は今《いま》も昔《むかし》も、驚《おどろ》きによってこそ哲学《てつがく》し始《はじ》めたのだ』

といっている。これらの、まさに先哲たちの言葉《ことば》には私《わたし》たちも心《こころ》から共感出来《きょうかんでき》ます。

ハッブル宇宙望遠鏡《うちゅうぼうえんきょう》のもたらしてくれた遠《とお》い宇宙《うちゅう》の新《あたら》しい映像《えいぞう》を眺《なが》めて、それが今現《いまげん》在《ざい》のものではなくとも、とにかくこの世《よ》のものなのだと知《し》らされて私《わたし》たちが感《かん》じる驚《おどろ》きは、古代《こだい》の哲学者《てつがくしゃ》たちが何《なに》を眺《なが》めて感《かん》じたのかは知《し》らぬが、彼等《かれら》の抱《いだ》いた驚《おどろ》きとまったく等質《とうしつ》のもののはずです。古代《こだい》ギリシャの空《そら》は今《いま》よりもはるかに澄《す》んでいたろうから、夜空《よぞら》の星《ほし》たちは肉眼《にくがん》で眺《なが》め仰《あお》いでも、今眺《いまなが》めるよりもはるかに数多《かずおお》く鮮明《せんめい》だったに違《ちが》いない。

いつか私《わたし》の子供《こども》たちをヨットで伊豆《いず》の離《はな》れ小島式根島《こじましきねじま》に連《つ》れていき、無人《むじん》の入《い》り江《え》に船《ふね》を舫《もや》って一夜過《いちやす》ごした時《とき》、まさに満天《まんてん》の星《ほし》を眺《なが》めて末《すえ》の子供《こども》などは不気味《ぶきみ》で恐《こわ》いとまでいい、全員声《ぜんいんこえ》を潜《ひそ》めてただただ鮮《あざ》やかな銀河《ぎんが》のかかる夜空《よぞら》に見入《みい》っていました。が、彼等《かれら》もまたあの瞬間《しゅんかん》には哲学《てつがく》しようとしていたことと思《おも》います。

それからさらに十何年《じゅうなんねん》かたって今年《ことし》、沖縄《おきなわ》に置《お》いてあったヨットを次男《じなん》と一緒《いっしょ》に吐噶《とか》喇列島《られっとう》を経《へ》て回航《かいこう》してきましたが、梅雨《つゆ》が明《あ》けたばかりの沖縄《おきなわ》から九州《きゅうしゅう》までの航海《こうかい》は晴《せい》天続《てんつづ》きで、北上《ほくじょう》した梅雨前線《ばいうぜんせん》に向《む》かって吹《ふ》きこむ南風《みなみかぜ》と黒潮《くろしお》に乗《の》った航海《こうかい》は、過去同《かこおな》じ海《うみ》を抜《ぬ》きつ抜《ぬ》かれつ競《きそ》って走《はし》った沖縄《おきなわ》レースとはまた違《ちが》って、心《こころ》いくまで海《うみ》を眺《なが》め空《そら》を眺《なが》めして楽《たの》しいものでした。

とにかく絶海《ぜっかい》の孤島《ことう》を繋《つな》ぐようにして走《はし》る航海《こうかい》で眺《なが》めるものはただただ圧倒的《あっとうてき》な自然《しぜん》ばかり。どの島《しま》にも素晴《すば》らしい温泉《おんせん》が湧《わ》いて、自分《じぶん》たちが今走《いまはし》っていくこの列島《れっとう》こそが、アラスカに発《はっ》してフィリッピン、インドネシアにいたる世界最大《せかいさいだい》の火山脈《かざんみゃく》の一部《いちぶ》だというのがよくわかる。そして夜仰《よるあお》ぐ空《そら》は星《ほし》をさえぎるスモッグもなく、時折流《ときおりなが》れて過《す》ぎる雲《くも》の合間《あいま》から無数《むすう》の星《ほし》が溢《あふ》れてこぼれ落《お》ちそうに輝《かがや》いていました。一つ一つの星《ほし》が手《て》をのばせば届《とど》きそうなほどまばゆい、などという以上《いじょう》に、激《はげ》しく光《ひか》っている。

圧巻《あっかん》は頭上《ずじょう》にかかる銀河《ぎんが》で、その中《なか》に見《み》える星雲《せいうん》を、無数《むすう》の星《ほし》が渦巻《うずま》いて形《かたち》づくっているのが地上《ちじょう》のここからでもよく見《み》える。それはまさに巨大《きょだい》な松明《たいまつ》のようです。

「あの星雲《せいうん》はあれごと全体《ぜんたい》が燃《も》えているんだぜ。地上《ちじょう》では燃《も》える火《ひ》は赤《あか》く見《み》えても、気《き》の遠《とお》くなるような彼方《かなた》で燃《も》えているものは、その火《ひ》もただの光《ひかり》になってしまって地球《ちきゅう》から眺《なが》めるとああやって白《しろ》く光《ひか》って見《み》えるが、宇宙《うちゅう》のどこにあろうと、燃《も》えていないものは見《み》えやしない。燃《も》えているものだけが光《ひかり》になって届《とど》くんだ」

などと怪《あや》しげな解説《かいせつ》をする私《わたし》に、息子《むすこ》はただうなずいただけで、ものもいわずに空《そら》を仰《あお》いだきりでした。

そしてやがてひとこと、

「いつか式根島《しきねじま》で見《み》たのと同《おな》じだね」

いいました。

あの時彼《ときかれ》が味《あじ》わっていたものは、昔《むかし》まだ幼《おさな》かった頃《ころ》あの小島《こじま》の入《い》り江《え》で、初《はじ》めて満天《まんてん》の星空《ほしぞら》を仰《あお》いで感《かん》じたものとまったく同《おな》じだったでしょう。私《わたし》とて本質《ほんしつ》は同《おな》じことです。ただ私《わたし》は釈迦《しゃか》が存在《そんざい》と時間《じかん》について説《と》いた法華経《ほけきょう》の哲学《てつがく》を少《すこ》しばかりかじっていたから、彼《かれ》とはわずかに違《ちが》ってあの素晴《すば》らしい夜空《よぞら》に向《む》かい合《あ》い白《しろ》く燃《も》えて輝《かがや》く銀河《ぎんが》に眺《なが》めいっていたが、あの息《いき》を呑《の》むような夜空《よぞら》の光景《こうけい》を前《まえ》にして人間《にんげん》が味《あじ》わう感動《かんどう》、というよりも、なんともいえぬ強《つよ》く巨《おお》きく、茫然《ぼうぜん》たる感慨《かんがい》とは明《あき》らかに哲学《てつがく》への予感《よかん》と衝動《しょうどう》なのです。

「不思議《ふしぎ》だよなあ。でも、これが、そうなんだよなあ、これが本当《ほんとう》の世界《せかい》なんだよね」

しみじみした声《こえ》で息子《むすこ》は、私《わたし》にというより自分自身《じぶんじしん》に向《む》かっていっていたが、彼《かれ》があの時味《ときあじ》わっていたしみじみした驚《おどろ》きこそアリストテレスがいった哲学《てつがく》の絶対必要条件《ぜったいひつようじようけん》たる驚《おどろ》きであり、その感慨《かんがい》、その感情《かんじよう》こそがプラトンのいった哲学《てつがく》を生《う》み出《だ》すパトスなのです。

それにしても何億年前《なんおくねんまえ》の宇宙《うちゆう》の姿《すがた》を今見るということは有無《うむ》をいわさず『時間《じかん》』というものの継続《けいぞく》を明《あ》かしている。今《いま》、眺《なが》める星《ほし》の過去《かこ》を光年《こうねん》という時間《じかん》で計《はか》る距離《きより》として知《し》ることで私《わたし》たちは『時間《じかん》』について歴然《れきぜん》と知《し》らされるのです。

ここでいわずもがなのようで実《じつ》は基本的《きほんてき》な大切《たいせつ》なことがらについて確認《かくにん》しておくべきなのは、プラトンが、それこそが哲学《てつがく》する者《もの》のパトスだといった、存在《そんざい》の問題《もんだい》に関《かん》する人間《にんげん》の驚《おどろ》きとはいかなるものかということです。

ハイデガーの考《かんが》え方《かた》と深《ふか》い関《かか》わりのあった哲学者《てつがくしや》のウィトゲンシュタインは、

「神秘的《しんぴてき》なのは世界《せかい》がいかにあるかということではなくて、世界《せかい》がある、ということなのだ」

といっている。まさにそうなのです。

話《はなし》がだんだん理屈《りくつ》っぽくなってきたと思《おも》うかもしれないが、まあことは哲学《てつがく》なのだから少《すこ》しは仕方《しかた》なかろうが、これは大切《たいせつ》な点《てん》です。

いかに在《あ》るか、ではなしに、ただ、在《あ》る、ということこそが不思議《ふしぎ》で驚《おどろ》きなのだということは、子供《こども》が星空《ほしぞら》を仰《あお》ぎ眺《なが》めて神秘《しんぴ》を感《かん》じ驚《おどろ》くのとまったく同《おな》じことです。この空《そら》はどこまで続《つづ》いているのだろうかとか、あの星《ほし》はいつ生《う》まれたのだろう、あの星《ほし》までどれほどの遠《とお》さなのだろうといった、この宇宙《うちゅう》はいったいどうなっているのだろうかという不思議《ふしぎ》さに驚《おどろ》くのではなしに、その以前《いぜん》に、いや、その驚《おどろ》きを踏《ふ》まえてさらに、そうした疑問《ぎもん》や、説明出来《せつめいでき》ぬもろもろの不思議《ふしぎ》さも何《なに》もかもひっくるめて、今自分《いまじぶん》を身動《みうご》きさせぬままに魅了《みりょう》しているこの宇宙全体《うちゅうぜんたい》が仰《あお》ぎ眺《なが》める自分《じぶん》の目《め》の前《まえ》にとにかくこうして在《あ》るということの不思議《ふしぎ》さに驚《おどろ》くということなのです。物《もの》に氾《あふ》れた猥雑《わいざつ》な都《と》会生活《かいせいかつ》の中《なか》では感《かん》じないが、自分以外《じぶんいがい》に何《なに》も無《な》い巨《おお》きな自然《しぜん》の中《なか》にぽつんと一人《ひとり》だけになって見《み》ると逆《ぎゃく》にそれが感《かん》じられてくる。自分《じぶん》に比《くら》べて、圧倒的《あっとうてき》に巨《おお》きなものの存在《そんざい》を前《まえ》にすればです。

机《つくえ》の上《うえ》に置《お》かれたインクとペンがそれぞれ、インクは黒《くろ》い色《いろ》をした液体《えきたい》で、ペンにそれをつけることで我々《われわれ》は字《じ》を書《か》き記《しる》すことが出来《でき》るという性質《せいしつ》や力《ちから》を供《そな》えているなどということではなしに、とにかくインクがそこに在《あ》る、ペンがそこに在《あ》るということとそのもの、インクはそのような機能《きのう》を持《も》ったものであるなどということではなしに、端的《たんてき》に、そこにインクが在《あ》るということ。それはそうしたものである、というのではなしに、ただ、それがそこに在る、ということそのものの不思議《ふしぎ》さなのです。

我々《われわれ》がその不思議《ふしぎ》に打《う》たれることは、宇宙《うちゅう》の果《は》てはどうなっているのだろうか、そんな見当《けんとう》もつかぬものとして宇宙《うちゅう》が在《あ》るということではなしに、広《ひろ》かろうが狭《せま》かろうが、ともかく宇宙《うちゅう》がそこに在《あ》るということそのものへの驚《おどろ》きなのです。それは実《じつ》は、一本《ぽん》のペンが今《いま》その目《め》にそうして在《あ》るということと等質等量《とうしつとうりょう》の不思議《ふしぎ》さなのです。

くり返《かえ》すが、何々《なになに》である、ということではなしにただ、何々《なになに》が在《あ》る、ということの問《もん》題《だい》なのです。

「ある」とは「心《こころ》にとまる」こと

ハイデガーは著書《ちょしょ》『形而上学《けいじじょうがく》とは何《なに》か』の中《なか》で、

「あらゆるものの中《なか》で人間《にんげん》だけが、存在《そんざい》の声《こえ》によってよびかけられ、ものが存在《そんざい》するという驚異《きょうい》の中《なか》の驚異《きょうい》を経験《けいけん》するのだ」

といっています。

つまり前《まえ》にも述《の》べたように、人間以外《にんげんいがい》の動物《どうぶつ》は夜空《よぞら》の星《ほし》を仰《あお》いでも不思議《ふしぎ》とは思《おも》わぬし、神秘《しんぴ》と感《かん》じることもないということです。

ならば、ことの核心《かくしん》たる『存在《そんざい》』とはいったい何《なん》なのか。この世《よ》に在《あ》るものを、それぞれのものとして在《あ》らしめている、『在《あ》る』ということとは。

ハイデガーやフッサールの良《よ》き解説者《かいせつしゃ》である中央大学《ちゅうおうだいがく》の哲学教授《てつがくきょうじゅ》木田元《きだげん》氏《し》はその著書《ちょしょ》の中《なか》で、一つの手《て》がかりは、『存在《そんざい》』とはもの、、ではない。『存在《そんざい》』はものをそこに在《あ》るものたらしめているのだから、『存在《そんざい》』そのものは在《あ》るとか無《な》いといった一個《こ》の「もの」ではない。だから『存在《そんざい》』とは何《なん》なのかを、もの、、たちの中《なか》に探《さが》しても見《み》つけたり理解出来《りかいでき》たりする訳《わけ》がない、と解説《かいせつ》しています。

そしてこの問題《もんだい》の鍵《かぎ》としてハイデガーは次《つぎ》の三つの命題《めいだい》を記《しる》しています。

「人間《にんげん》が『存在《そんざい》』を了解《りょうかい》する時《とき》にのみ、『存在《そんざい》』は（ある）」

「『存在《そんざい》』は了解《りょうかい》の内《うち》に（ある）」

「人間《にんげん》が在《あ》る限《かぎ》りでのみ、『存在《そんざい》』は（ある）」と。

どうもだんだん哲学《てつがく》らしく小理屈《こりくつ》じみてきたが、まあ少《すこ》し我慢《がまん》してパズルでも解《と》くつもりで考《かんが》えてもらいたい。

この命題《めいだい》の中《なか》に使《つか》われている丸《まる》カッコつきの（ある）とか、了解《りょうかい》という言葉《ことば》はそれぞれ他《ほか》の言葉《ことば》と似《に》ていていかにもまぎらわしいが、了解《りょうかい》というのは理解《りかい》でも納得《なっとく》でもなく、『存在《そんざい》』という実体《じったい》が在《あ》るような無《な》いような問題《もんだい》なりコンセプトに、人間《にんげん》の気《き》が向《む》くとでもいうことでしょうか。

男《おとこ》と女《おんな》の仲《なか》でも、ふと行《い》き会《あ》った二人《ふたり》の間《あいだ》が恋愛《れんあい》などという人生《じんせい》の大事《だいじ》に発展《はってん》していくためには、その相手《あいて》が他《ほか》の男《おとこ》や女《おんな》と違《ちが》って、それぞれ自分《じぶん》にとってどうにも気《き》になる、つまり濃《こ》い存在感《そんざいかん》を持《も》つ対象《たいしょう》とならなくてはならない。

はたから眺《なが》めればもっと他《ほか》にましな相手《あいて》もいようにとは思《おも》えても、愛《あい》し合《あ》うようになった二人《ふたり》にとって、なぜこの相手《あいて》がこんな風《ふう》に自分《じぶん》の心《こころ》を捉《とら》えてしまったのかは当人《とうにん》たちにもよくわからない。がしかし、相手《あいて》はもう自分《じぶん》にとって他《ほか》の誰《だれ》よりも、他《ほか》の何事《なにごと》よりも大切《たいせつ》な、というより欠《か》かすことの出来《でき》ぬ存在《そんざい》になってしまっているというような心《こころ》の動《うご》き、とでも理解《りかい》すればいい。

となれば同《おな》じ文脈《ぶんみゃく》の中《なか》の（ある）という言葉《ことば》の意味《いみ》も、了解《りょうかい》という言葉遣《ことばづか》いに似《に》て、心《こころ》にとまる、とでも解釈《かいしゃく》すればいい。（ある）というのは、在《あ》るという意味《いみ》ではなく、元《もと》の言葉《ことば》は「エス・ギプト」だから、英語《えいご》でいえばto be givenとでもなるでしょう、それとも了解《りょうかい》と同《おな》じように、「心《こころ》にとまる」こと、といっていいだろう。

なにしろハイデガーという人《ひと》はいかにもドイツ人《ひと》らしく、何《なん》についてもやたらに難《むずか》しい新語《しんご》を勝手《かって》につくってかかりますが、従来《じゅうらい》の言葉《ことば》が、というよりドイツ語《ご》はそんなにもの足《た》りないものなのかどうか知《し》らないが、それを翻訳《ほんやく》するのにこちらもまた難《むずか》しい漢《かん》字《じ》を並《なら》べたててもどうなるものでもないような気《き》がする。そんな阿呆《あほう》なことをくり返《かえ》しているから、大方《おおかた》の世間《せけん》は哲学《てつがく》と聞《き》くとすぐにそっぽを向《む》いてしまう。しかしちょっと外《はず》して考《かんが》えなおして見《み》ればそう大《たい》した面倒《めんどう》なことをいっている訳《わけ》でもないのです。まあ哲学者《てつがくしゃ》なる類《たぐ》いは、しょせん世間《せけん》を知《し》らないということの証左《しょうさ》でしょうか。

哲学《てつがく》などといってもあくまで人間《にんげん》の学問《がくもん》、人間《にんげん》のための学問《がくもん》なのだから、一部《いちぶ》の人間《にんげん》、それとて他《ほか》に比《くら》べてそう優《すぐ》れた手合《てあ》いという訳《わけ》でもないのにそんな限《かぎ》られた者《もの》たちだけの理解《りかい》に繋《つな》がるだけで良《よ》しとしているのでは、人間《にんげん》のための学問《がくもん》としての沽券《こけん》に関《かか》わるだろう。

哲学者《てつがくしゃ》などという種族《しゅぞく》はどうもそれがわかっていないようです。

人間《にんげん》がこと『存在《そんざい》』について深《ふか》く考《かんが》えるのも、恋愛《れんあい》について考《かんが》え悩《なや》むのも、思《おも》いがけぬ借財《しゃくざい》について懊悩《おうのう》するのも、上司《じょうし》とのごたごたについてくよくよ悩《なや》むのもしょせんは同《おな》じ、自《みずか》らの『存在《そんざい》』に関《かか》わりあること、つまり哲学《てつがく》の問題《もんだい》なのに。

ハイデガーによれば、『存在《そんざい》』そのものは人間《にんげん》の行《おこな》う「存在了解《そんざいりょうかい》」の働《はたら》きの内《うち》にあるのだということだそうな。また彼《かれ》は、他《ほか》の講義《こうぎ》の中《なか》で「存在了解《そんざいりょうかい》」のことを「存在投企《そんざいとうき》」ともいっています。これもまたいかにも七面倒臭《しちめんどうくさ》い言葉遣《ことばづか》いだ。

投企《とうき》とは英語《えいご》でいえばprojectで、考案《こうあん》する、計画《けいかく》する、投影《とうえい》、投射《とうしゃ》するといった意味《いみ》だから、恋愛《れんあい》する二人《ふたり》の間柄《あいだがら》のように、ある対象《たいしょう》を、自分《じぶん》の感情《かんじょう》、情念《じょうねん》、観念《かんねん》、あるいは精神《せいしん》、すべての形而下《けいじか》の、つまり心《こころ》と頭《あたま》の働《はたら》きによって特定化《とくていか》することといっていい。恋愛《れんあい》に譬《たと》えれば、その相手《あいて》がこっちを気《き》にしなければ、それは愛《あい》における対象《たいしょう》としては存在《そんざい》しないことになるということです。

それはそうだろう、日常大方《にちじょうおおかた》の人間《にんげん》は雑事《ざつじ》に追《お》われるままただ漫然《まんぜん》と生《い》きているが、病気《びょうき》をしたり、何《なに》か思《おも》いがけなくも不本意《ふほんい》極《きわ》まりない出来事《できごと》に遭遇《そうぐう》したりしないと、自分《じぶん》とはいったい何《なん》なんだ、生《い》きているということ、人生《じんせい》とは何《なん》なんだなどと考《かんが》えたりはしません。

癌《がん》の宣告《せんこく》でもされればそれで初《はじ》めて生《い》きているということの意味《いみ》とか、生命《せいめい》、つまりこの世《よ》に在《あ》るということへの執着《しゅうじゃく》、愛着《あいちゃく》、そしてそのかけがえのなさについて思《おも》い悩《なや》み、さらにこの世《よ》に在《あ》るということの不思議《ふしぎ》さに驚《おどろ》き慌《あわ》てもしましょうが。

よく癌患者《がんかんじゃ》になって初《はじ》めて、道端《みちばた》の名《な》もない一輪《りん》の小《ちい》さな草花《くさばな》の美《うつく》しさに気《き》づくなどという話《はなし》を聞《き》きます。『存在《そんざい》』とは人間《にんげん》のそうした視点《してん》、その視点《してん》は各々《おのおの》の置《お》かれた、癌《がん》を宣告《せんこく》されたとか、失恋《しつれん》したとかそれぞれの状況《じょうきょう》のもたらすものですが、それらの視《し》点《てん》、いわば人生《じんせい》を見《み》つめなおす眼差《まなざ》しが初《はじ》めてたとえ小《ちい》さな草花《くさばな》でもそれがそこに生命《せいめい》を帯《お》びて在《あ》るということに気《き》づいて、それを捉《とら》え本気《ほんき》で眺《なが》めるということです。

さらに拡大《かくだい》していえば何《なに》も草花《くさばな》のような生命《せいめい》のあるものに限《かぎ》らず、インク壺《つぼ》だろうとその中《なか》に入《はい》っているインクだろうと、一本《ぽん》のペンだろうと、それらのものが、不思議《ふしぎ》にそこに（ある）ものとして見《み》えて捉《とら》えられるということです。

こうした心《こころ》の動《うご》きというものは、やはり人間独特《にんげんどくとく》のもので、他《ほか》の動物《どうぶつ》が同《おな》じようにいろいろなものに囲《かこ》まれた生活環境《せいかつかんきょう》について、そんな風《ふう》に思《おも》ったり感《かん》じたりすることはない。つまり哲学《てつがく》するのは人間《にんげん》だけということです。

イルカは旧約聖書《きゅうやくせいしょ》に綴《つづ》られているのとほぼ同《おな》じ数《かず》の言語《げんご》を持《も》つともいわれている。しかし旧約聖書《きゅうやくせいしょ》の時代《じだい》に人間《にんげん》は当然哲学《とうぜんてつがく》をしていたろうが、イルカの哲学《てつがく》というのは聞《き》いたことがない。

しかし『存在《そんざい》』について捉《とら》えるその視点《してん》というものは人間《にんげん》だけのものだろうとなお、人間《にんげん》がその気《き》になって構《かま》えられるものでもありません。それは人間《にんげん》の意識《いしき》や意志《いし》を越《こ》えた形《かたち》でもたらされてくる。他《ほか》の学問《がくもん》の分野《ぶんや》では人間《にんげん》は何《なに》かを見極《みきわ》めてやろうと目《め》を凝《こ》らし頭《あたま》を傾《かたむ》けて考《かんが》えにかかるが、この問題《もんだい》に限《かぎ》っては、何《なに》かをきっかけにまずそうした視《し》点《てん》が構《かま》えられてやっと、その結果《けっか》この世《よ》に「ものが在《あ》る」ということが（ある）ようになるのです。

そして、そうした人間独自《にんげんどくじ》の視点《してん》から捉《とら》えられた『存在《そんざい》』に、さらに『時間《じかん》』なるものがからんで『存在《そんざい》』という主題《しゅだい》はますます膨《ふく》らんでくる。

こと時間《じかん》について考《かんが》え出《だ》すとこれまた切《き》りのない話《はなし》だが、いろいろなものが自分《じぶん》を囲《かこ》んで在《あ》る環境《かんきょう》についての動物《どうぶつ》と人間《にんげん》の視点《してん》の違《ちが》い同様《どうよう》、動物《どうぶつ》の送《おく》る生涯《しょうがい》は人間《にんげん》に比《くら》べてあくまで連続的現在《れんぞくてきげんざい》、つまり現在《げんざい》の羅列《られつ》でしかなく、時間感覚《じかんかんかく》としては狭《せま》いものでしかない。つまり彼等《かれら》には誕生《たんじょう》から死《し》までの時間差《じかんさ》はそれぞれあっても、人間《にんげん》に比《くら》べれば極《きわ》めて狭い『時間《じかん》』の中《なか》に暮《く》らしているのです。

なぜなら人間《にんげん》には現在《げんざい》だけではなしに未来《みらい》があり過去《かこ》があります。当《あた》り前《まえ》のようでも他《ほか》の動物《どうぶつ》には過去《かこ》や未来《みらい》への意識《いしき》などありはしない。彼等《かれら》は過去《かこ》や未来《みらい》について考《かんが》えることはない。専門家《せんもんか》にいわせると他《ほか》の動物《どうぶつ》が未来感覚《みらいかんかく》を持《も》っているというような確《たし》かな証拠《しょうこ》は何一《なにひと》つ無《な》いそうな。チンパンジーのような一番知能《いちばんちのう》が高《たか》いとされている動物《どうぶつ》も、その行動《こうどう》が一見未来感覚《いっけんみらいかんかく》に依《よ》るものとは見《み》えても、あくまで本能的《ほんのうてき》な行動《こうどう》でしかないそうな。

専門家《せんもんか》にいわせると人間《にんげん》はその体《からだ》の神経系統《しんけいけいとう》が他《ほか》の動物《どうぶつ》たちとはるかに違《ちが》って発達《はったつ》し、その結果頭脳《けっかずのう》が記憶《きおく》や期待《きたい》といった作業《さぎょう》を行《おこな》うようになり、過去《かこ》とか未来《みらい》という現在《げんざい》とは異《こと》なる次元《じげん》の時間感覚《じかんかんかく》が生《しょう》じてきました。そうした現在《げんざい》とは異《こと》なる時間帯《じかんたい》への、記憶《きおく》、追憶《ついおく》、期待《きたい》、予期《よき》といった関《かか》わり方《かた》は、『存在《そんざい》』を捉《とら》えるための引《ひ》き金《がね》となった驚《おどろ》きや神秘《しんぴ》、あるいは畏怖《いふ》といった感動《かんどう》を踏《ふ》まえ、『存在《そんざい》』について考《かんが》える作業《さぎょう》と相《あい》まって、やがて時間《じかん》をまたいだ強《つよ》い期待《きたい》とか悔恨《かいこん》としての『祈《いの》り』という信仰《しんこう》のための基本的《きほんてき》な心《こころ》の姿勢《しせい》を培《つちか》っていったともいえるのではないだろうか。

ともかくも自分《じぶん》に関《かん》しての時間《じかん》を現在《げんざい》に発《はっ》して過去《かこ》から未来《みらい》という時間感覚《じかんかんかく》で捉《とら》える時《とき》、人間《にんげん》は初《はじ》めて人間《にんげん》になるといえるのではないでしょうか。ハイデガーも人間《にんげん》の存在《そんざい》とは時間性《じかんせい》だといっています。そして「存在了解《そんざいりょうかい》（存在《そんざい》について心《こころ》にとめること）は時《じ》間性《かんせい》を舞台《ぶたい》にして行《おこな》われる」と。

つまり我々《われわれ》が満天《まんてん》の星《ほし》を仰《あお》いで感《かん》じる神秘《しんぴ》な予感《よかん》こそが哲学《てつがく》の発端《ほったん》となるということです。

それにしても人間《にんげん》はいったいいつの頃《ころ》から時間《じかん》について考《かんが》えるようになったのだろうか。

物理学者《ぶつりがくしゃ》で哲学者《てつがくしゃ》でもあるG・J・ウットロウの最近《さいきん》の『時間《じかん》とは何《なに》か』という興味《きょうみ》深《ぶか》い講演記録《こうえんきろく》の中《なか》から引用《いんよう》すると、

『人間《にんげん》が過去《かこ》、現在《げんざい》そして未来《みらい》の区別《くべつ》に気《き》づいているのは、人間自身《にんげんじしん》が自分《じぶん》の置《お》かれている状況《じょうきょう》を意識的《いしきてき》に反省《はんせい》してきたからであろう。人間《にんげん》を含《ふく》めてあらゆる生物《せいぶつ》が生《せい》を受《う》けたのち、死《し》んでいくことに気《き》づき、その精神的《せいしんてき》、感情的緊張《かんじょうてききんちょう》から人間《にんげん》は直観的《ちょっかんてき》に、冷酷《れいこく》な時間《じかん》の絶《た》え間《ま》ない流《なが》れから逃《のが》れる道《みち》を探《さが》し求《もと》めたのであろう。人間《にんげん》の祖先《そせん》、ネアンデルタール人《じん》でさえ死者《ししゃ》を埋葬《まいそう》し、その死者《ししゃ》が将来必要《しょうらいひつよう》になると思《おも》われる物《もの》を彼等《かれら》の墓《はか》に準備《じゅんび》した形跡《けいせき》がある』と。

つまり、人類《じんるい》はざっと紀元前《きげんぜん》三万《まん》五千年《ねん》ほどの頃《ころ》から、すでに確立《かくりつ》されていた習慣《しゅうかん》として死者《ししゃ》を埋葬《まいそう》する儀式《ぎしき》を行《おこな》っていたそうな。

誕生《たんじょう》、そして生《せい》を送《おく》り、やがての死《し》という存在《そんざい》の循環《じゅんかん》に気《き》づいた瞬間《しゅんかん》から、人間《にんげん》は『存在《そんざい》』と『時間《じかん》』を主題《しゅだい》とする哲学《てつがく》の呪縛《じゅばく》を受《う》け、それに勤《いそ》しむ哲学者《てつがくしゃ》としての素養《そよう》を与《あた》えられたといえるのでしょう。

そして『時間《じかん》』に関《かん》する人間《にんげん》の意識《いしき》はさまざまなものごとをそこから派生《はせい》させていきました。さまざまな暦《こよみ》が作《つく》られ、暦《こよみ》の告《つ》げる時《とき》をさらに細分化《さいぶんか》して教《おし》える時計《とけい》が誕生《たんじょう》し、それらのものは人間《にんげん》の文明《ぶんめい》、文化《ぶんか》に多大《ただい》な影響《えいきょう》を与《あた》えてきました。

今日使《こんにちつか》われている十六世紀《せいき》に作《つく》られたグレゴリー暦《れき》（太陽暦《たいようれき》）と一千年以上昔《ねんいじょうむかし》マヤの文明《ぶんめい》が作《つく》り出《だ》した暦《こよみ》を比《くら》べれば、前者《ぜんしゃ》は一万年《まんねん》に三日《みっか》という長過《ながす》ぎの誤差《ごさ》、後者《こうしゃ》は一万《まん》年《ねん》に二日《ふつか》の短過《みじかす》ぎの誤差《ごさ》でしかない。人間《にんげん》たちはこうした暦《こよみ》に依《よ》ることで未来《みらい》を自《みずか》らの意志《いし》で左右《さゆう》できる『将来《しょうらい》』たる時間帯《じかんたい》として造成《ぞうせい》することも出来《でき》るようになったし、人《にん》間《げん》の過去《かこ》の出来事《できごと》を、人間《にんげん》の歴史《れきし》として意志的《いしてき》に登録《とうろく》し伝承《でんしょう》する習慣《しゅうかん》も派生《はせい》してきた。

そして機械時計《きかいどけい》は文明《ぶんめい》の資質《ししつ》に大《おお》きな影響《えいきょう》を与《あた》え、哲学《てつがく》にもそれを及《およ》ぼしたといえます。

第八章　時《じ》間《かん》とはいったい何《なん》なのか

空間《くうかん》と時間《じかん》との関係《かんけい》

ものが在《あ》る、何《なに》かものごとが起《お》こって人間《にんげん》の生《い》き方《かた》にいろいろな影響《えいきょう》を与《あた》える、ということの舞台《ぶたい》は『空間《くうかん》』と『時間《じかん》』です。いい換《か》えれば私《わたし》たちの住《す》んでいる空間《くうかん》、もっと大《おお》きくいえば世界全体《せかいぜんたい》という空間《くうかん》であり、すなわち地球《ちきゅう》という人間《にんげん》の住《す》む惑星《わくせい》を含《ふく》めての膨大《ぼうだい》な宇宙《うちゅう》ということです。

『時間《じかん》』とは私《わたし》たちそれぞれの人生《じんせい》のさまざまな時点《じてん》、つまり人生《じんせい》の時《とき》です。しかしそれはその出来事《できごと》に出会《であ》ったその時点《じてん》だけではなしに、その出来事《できごと》を軸《じく》にして実《じつ》は過去《かこ》から未来《みらい》にも繋《つな》がっている時《とき》の流《なが》れです。

西欧哲学《せいおうてつがく》の始祖《しそ》の一人《ひとり》プラトンは、時間《じかん》は宇宙《うちゅう》と密接《みっせつ》な関係《かんけい》にあるといっていますが、科学《かがく》の発展《はってん》がハッブル宇宙望遠鏡《うちゅうぼうえんきょう》が象徴《しょうちょう》するように何億年《なんおくねん》という昔《むかし》の、はるかはるか遠《とお》い所《ところ》での出来事《できごと》をこの現代《げんだい》になって私《わたし》たちに視認《しにん》させてくれるという事例《じれい》を見《み》ても、宇宙《うちゅう》という実在《じつざい》の巨《おお》きさを明《あ》かすためにも『時間《じかん》』を欠《か》かすことは出来《でき》ません。

いつ始《はじ》まっていつ終《お》わるのかわからない切《き》りもない『時間《じかん》』にしろ、宇宙《うちゅう》という果《は》てしもない『空間《くうかん》』の存在《そんざい》にしろ、日頃当《ひごろあた》り前《まえ》のこととしているものを、今《いま》さら何《なん》のためにことさら、その意味《いみ》だとか何《なん》だとかを考《かんが》えてみていったい何《なん》になるのだと思《おも》う人《ひと》が多《おお》いでしょうが、その切《き》りもない『空間《くうかん》』と『時間《じかん》』の中《なか》にほとんどただの一点《いってん》として在《あ》る人間《にんげん》にとっての出来事《できごと》に私《わたし》たちはそれぞれ悩《なや》んだり恐《おそ》れたり迷《まよ》ったりしているのだから、その十全《じゅうぜん》の解決《かいけつ》なり脱却《だっきゃく》なりを願《ねが》うなら、今自分《いまじぶん》を捉《とら》えている出来事《できごと》のすべての背景《はいけい》について考《かんが》えなくては完璧《かんぺき》な策《さく》も立《た》たないし、解決《かいけつ》もないし、安心《あんしん》も得心《とくしん》もあるはずがない。

忙《いそが》しい人間《にんげん》はとてもそんなことまでしてはいられないということだが、哲学者《てつがくしゃ》という、まあ暇《ひま》もあり好奇心《こうきしん》の強《つよ》い人種《じんしゅ》がまず自分《じぶん》に関《かか》わるものごとへの悩《なや》みや疑問《ぎもん》などから発《はっ》して、人間全体《にんげんぜんたい》のためにもそれについて考《かんが》え始《はじ》めたということです。

ということで、私《わたし》たちそれぞれの人生《じんせい》の最大《さいだい》の背景《はいけい》の一つである『時間《じかん》』とは何《なん》なのかということですが、実《じつ》は時間《じかん》について知《し》っている、というかよく心得《こころえ》ているのは人間《にんげん》という高等《こうとう》な動物《どうぶつ》だけではなしに虫《むし》だとか鳥《とり》だとかごくありふれた、さほど高級《こうきゅう》とも思《おも》われぬ他《ほか》の生物《せいぶつ》も同《おな》じのようです。

ただ『時間《じかん》』なるものについての意識《いしき》となるとこれは明《あき》らかに違《ちが》う。それが彼等《かれら》とは違《ちが》うところに人間《にんげん》の人間《にんげん》たるいわれがある。

前《まえ》にも引《ひ》いたG・J・ウットロウの『時間《じかん》』についての講演《こうえん》の中《なか》で彼《かれ》は、「生物時計《せいぶつどけい》」と題《だい》して人間以外《にんげんいがい》の生物《せいぶつ》、例《たと》えば渡《わた》り鳥《どり》とか昆虫《こんちゅう》の持《も》つ時間感覚《じかんかんかく》の確《たし》かさについて興味《きょうみ》ある例《れい》を挙《あ》げています。

E・F・G・ザウアーという学者《がくしゃ》は主《おも》に夜間《やかん》に飛行《ひこう》していくムシクイという渡《わた》り鳥《どり》を防音《ぼうおん》した籠《かご》に入《い》れてプラネタリュームに持《も》ちこみ、外部《がいぶ》から季節《きせつ》を知《し》らせるようなものは一切取《いっさいと》り除《のぞ》いて長《なが》い間置《あいだお》いておいたら、それらの鳥《とり》は外界《がいかい》に秋《あき》がやってくると毎晩気《まいばんき》ぜわしく飛《と》び回《まわ》るようになったという。

鳥《とり》にしてみれば自分《じぶん》が押《お》しこめられている所《ところ》が人工《じんこう》の星空《ほしぞら》を写《うつ》した建物《たてもの》の中《なか》だとはよも知《し》る訳《わけ》はないから、室内《しつない》が暗《くら》くなって仰《あお》ぐ星空《ほしぞら》の星《ほし》の移《うつ》り変《か》わりでどうやら季節《きせつ》の変《へん》化《か》、つまり時間《じかん》の推移《すいい》を感《かん》じとったということのようです。

渡《わた》り鳥《どり》だけが天体《てんたい》、つまり宇宙《うちゅう》との関《かか》わりの中《なか》で体内時計《たいないどけい》を使《つか》うのではなしに、他《ほか》の昆虫《こんちゅう》、例《たと》えば海岸《かいがん》の湿《しめ》った砂地《すなじ》に住《す》むハマトビムシは潮《しお》が引《ひ》いて砂《すな》が乾《かわ》くと海岸線《かいがんせん》に対《たい》して直角《ちょっかく》に海《うみ》に向《む》かって移動《いどう》していく。その正確《せいかく》な移動《いどう》の手《て》がかりは太陽《たいよう》の位置《いち》です。移動《いどう》の方位《ほうい》決定《けってい》のために体内時計《たいないどけい》を最《もっと》も巧《たく》みに使《つか》う生物《せいぶつ》の一つはミツバチで、ミツバチは蜜《みつ》を巣《す》に運《はこ》んでくる時《とき》は真《ま》っ直《す》ぐ正確《せいかく》に巣《す》に向《む》かって飛《と》んで帰《かえ》ってきます。ある二ケ所《かしょ》を結《むす》ぶ直線《ちょくせん》のことを「ビー・ライン」と呼《よ》ぶ所以《ゆえん》はここにあるそうな。それも彼等《かれら》が備《そな》え持《も》った体内時計《たいないどけい》による時間察知能力《じかんさっちのうりょく》によるものだという。

ミツバチについて研究《けんきゅう》していたスイスのある医者《いしゃ》は、毎朝《まいあさ》決まった時間《じかん》にテラスで食事《しょくじ》を取《と》り余《あま》ったジャムをミツバチに与《あた》えていたが、ある時《とき》、テラスで朝食《ちょうしょく》を取《と》らない時《とき》にも決《き》まった時間《じかん》になるとミツバチがジャムを狙《ねら》って飛《と》んでくるのに気《き》づいた。

ミツバチが、花《はな》が蜜《みつ》を分泌《ぶんぴつ》する時間《じかん》になると花《はな》に向《む》かってやってくるという習性《しゅうせい》は前《まえ》から知《し》られていたそうだが、最近《さいきん》になってようやくそれについての組織的《そしきてき》な研究《けんきゅう》が行《おこな》われるようになり興味《きょうみ》ある事実《じじつ》が確認《かくにん》されてきたそうな。

ミュンヘン大学《だいがく》のカール・フリッシュは手《て》のこんだ興味《きょうみ》ある実験《じっけん》によって、ミツバチの時間感覚《じかんかんかく》が日頃《ひごろ》の蜜《みつ》をあさる作業《さぎょう》の反復《はんぷく》によって経験的《けいけんてき》に時間《じかん》の間隔《かんかく》を体得《たいとく》したのではなしに、あくまで二十四時間《じかん》の周期《しゅうき》を持《も》つ体内時計《たいないどけい》によるものだと確認《かくにん》しました。彼《かれ》はヨーロッパである決《き》まった時間《じかん》に蜜《みつ》を採取《さいしゅ》するように訓練《くんれん》したミツバチをアメリカに空輸《くうゆ》して同《おな》じ実験《じっけん》を行《おこな》ったところ、ミツバチはヨーロッパの時間帯《じかんたい》をそのまま維持《いじ》して行動《こうどう》しました。

そしてミツバチの飛行《ひこう》の際《さい》の方位《ほうい》感覚《かんかく》と時間《じかん》感覚《かんかく》の関《かか》わりは、太陽《たいよう》を一種《いっしゅ》のコンパスのようにして使《つか》う結果《けっか》だということも証明《しょうめい》されている。それは彼等《かれら》の日常《にちじょう》の作業《さぎょう》の中《なか》で体得学習《たいとくがくしゅう》されたもので、たとえ太陽《たいよう》の照《て》らない日《ひ》でも、曇《くも》りがかなり長《なが》く続《つづ》いても、いささかの狂《くる》いも生《しょう》じることがないという。

それらの事例《じれい》をさらに要約《ようやく》してウットロウは、動物《どうぶつ》たちが何《なん》らかの時間記録装置《じかんきろくそうち》を内《ない》蔵《ぞう》していて、その使用法《しようほう》を学習《がくしゅう》するのだと仮定《かてい》しない限《かぎ》り、彼等《かれら》の航空能力《こうくうのうりょく》が示《しめ》す現《げん》象《しょう》を理解《りかい》出来《でき》ないといっています。

彼等《かれら》の体内《たいない》には正確《せいかく》な時計《とけい》のように規則的《きそくてき》に時《とき》を刻《きざ》むリズミカルな何《なん》らかのプロセスがあるに違《ちが》いない。そのリズムは外界《がいかい》の変化《へんか》に関《かか》わりなく維持《いじ》されるが、リズム間隔《かんかく》は外界《がいかい》のリズミカルな現象《げんしょう》によって維持《いじ》されているのです。

その際最《さいもっと》も強《つよ》い影響《えいきょう》を及《およ》ぼす外界《がいかい》の周期現象《しゅうきげんしょう》の一つが、朝《あさ》が来《き》て明《あか》るくなり、夜《よる》になれば暗《くら》くなるという明暗《めいあん》の周期《しゅうき》である。つまり宇宙《うちゅう》の動《うご》きが彼等《かれら》の時間感覚《じかんかんかく》に決定的《けっていてき》なそこまでは想像出来《そうぞうでき》なかったことに違《ちが》いない。

昔々《むかしむかし》すでに宇宙《うちゅう》と時間《じかん》の抜《ぬ》き差《さ》しならぬ関係《かんけい》について語《かた》ったプラトンにしても、よも影響《えいきょう》を与《あた》えているのだ、ということです。


しかし、人間以外《にんげんいがい》の生物《せいぶつ》もまた時間《じかん》について関知《かんち》しているとはいっても、彼等《かれら》にとっての時間《じかん》と私《わたし》たち人間《にんげん》にとっての時間《じかん》の意味《いみ》は明《あき》らかに異《こと》なるものだし、前《まえ》にも述《の》べたようにそこにこそ人間《にんげん》の人間《にんげん》たる所以《ゆえん》、特性《とくせい》があるのです。

端的《たんてき》にいって、いかに正確《せいかく》な時間把握《じかんはあく》をしていようとも、人間以外《にんげんいがい》の動物《どうぶつ》は連続的現《れんぞくてきげん》在《ざい》にのみ生《い》きているにすぎない。


つまり彼等《かれら》には過去《かこ》や未来《みらい》に対《たい》する意識《いしき》はありません。シマウマが以前《いぜん》ライオンに襲《おそ》われて酷《ひど》い目《め》に遭《あ》ったので、そんな相手《あいて》を目《め》にすれば用心《ようじん》するといった姿勢《しせい》はただ単《たん》に学習《がくしゅう》した経験《けいけん》がもたらしたもので、ライオンに襲《おそ》われたのは一年前《ねんまえ》のことだが、あの時《とき》自分《じぶん》はうっかりあんな風《ふう》に油断《ゆだん》していたので危《あや》うく死《し》にそうになったのだ、などという過去《かこ》への想起《そうき》や、反省《はんせい》をこめた意識《いしき》としての記憶《きおく》は残《のこ》っていません。

もっとも弱《よわ》い動物《どうぶつ》はそうした目《め》に反復《はんぷく》して遭《あ》うことで、その種《しゅ》としての用心《ようじん》の習性《しゅうせい》を長《なが》い時間《じかん》かけて遺伝的《いでんてき》に身《み》にはつけていくだろうが、それは今現在《いまげんざい》の時点《じてん》で過去《かこ》に照《て》らしての反省《はんせい》や自粛《じしゅく》とは違《ちが》います。

まして他《ほか》の動物《どうぶつ》は未来《みらい》について考《かんが》えたり感《かん》じたりすることなどは決《けっ》してない。彼等《かれら》にとって在《あ》る時間《じかん》はあくまでも今現在《いまげんざい》がそのまま変化《へんか》しながら続《つづ》いていくだけでしかない。

しかし人間《にんげん》だけは他《ほか》のいかなる動物《どうぶつ》とも違《ちが》って、過去《かこ》とさらに未来《みらい》に対《たい》する感覚《かんかく》を備《そな》えています。

人間《にんげん》の原型《げんけい》ともいわれているネアンデルタール人《じん》にも死者《ししゃ》を埋葬《まいそう》する習慣《しゅうかん》がすでにあったというのは、肉親《にくしん》や仲間《なかま》が死《し》んだ後《あと》のことがら、死後《しご》の世界《せかい》などというよりも、死《し》んだ後《あと》のずうっと先《さき》での『再生《さいせい》』といった期待《きたい》とも願《ねが》いともつかぬ、自分《じぶん》たちの意志《いし》をまぶした未来《みらい》としての『将来《しょうらい》』という、現在《げんざい》とはあくまで異《こと》なった時間《じかん》に対《たい》するある種《しゅ》の感覚《かんかく》があったからに違《ちが》いない。

とにかく人間《にんげん》だけが死者《ししゃ》を埋葬《まいそう》するということの意味《いみ》は、我々《われわれ》の存在《そんざい》にとって有無《うむ》いわせぬ関《かか》わりを持《も》つ『時間《じかん》』への、ある知恵《ちえ》と意識《いしき》をすでに備《そな》えるようになった太古《たいこ》の人間《にんげん》たちの感覚的《かんかくてき》な反応《はんのう》といえるに違《ちが》いありません。

死者《ししゃ》のために祈《いの》るということもそこから発《はっ》しているのです。

そして人間《にんげん》がさらに進化《しんか》し進歩《しんぽ》してさまざまな道具《どうぐ》を発見《はっけん》し使用《しよう》するようになるにつれて、例《たと》えば人間《にんげん》だけが火《ひ》を恐《おそ》れなくなったり、石《いし》を使《つか》って狩猟《しゅりょう》や農耕《のうこう》、工作《こうさく》をするようになり、さらに銅《どう》や鉄《てつ》を発見《はっけん》していろいろな機材《きざい》を作《つく》り使用《しよう》することによって新《あたら》しい文明《ぶんめい》が誕生《たんじょう》し進歩《しんぽ》していくにつれて、人間《にんげん》の意識《いしき》や意欲《いよく》も高《たか》まり、複雑化《ふくざつか》していくことで人間《にんげん》にとっての未来《みらい》は増大《ぞうだい》、増幅《ぞうふく》されていきました。

日々《ひび》重《かさ》ねられていく経験《けいけん》は記憶《きおく》として収録《しゅうろく》され、それを踏《ふ》まえて未来《みらい》について考《かんが》えたり期待《きたい》したりする習慣《しゅうかん》も膨《ふく》らみ、過去《かこ》から現在《げんざい》へ、そしてさらに未来《みらい》へ、その未来《みらい》も自《じ》分《ぶん》の意志《いし》による試《こころ》みや工夫《くふう》、努力《どりょく》といった精神《せいしん》の活動《かつどう》の所産《しょさん》として、ただの未来《みらい》とは違《ちが》う、意志的《いしてき》な未来《みらい》としての『将来《しょうらい》』として意識《いしき》されるようになりました。

そしてそれは当然《とうぜん》さらに強《つよ》い、『将来《しょうらい》』としての未来《みらい》への意識《いしき》となり、人間《にんげん》がこの世《よ》での存在《そんざい》を失《うしな》って死《し》んでしまった後《あと》に対《たい》する強《つよ》い関心《かんしん》ともなっていったのです。

だから『時間《じかん》』に対《たい》する本当《ほんとう》の感覚《かんかく》とは、あくまで過去《かこ》と未来《みらい》について認識《にんしき》することから生《う》まれる感覚《かんかく》であって、現在《げんざい》を意識《いしき》するだけでは真《しん》の時《じ》間感覚《かんかんかく》とは決《けっ》していえない。

余談《よだん》ですが、だから何《なに》か厄介《やっかい》な精神病《せいしんびょう》の治療《ちりょう》のためにロボトミーの手術《しゅじゅつ》をほどこされ前頭葉《ぜんとうよう》を切除《せつじょ》された患者《かんじゃ》は、その後《ご》の意識《いしき》は現在《げんざい》だけに限《かぎ》られてしまうそうです。

過去《かこ》の何《なに》かの忌《い》まわしい出来事《できごと》、嫌《いや》な体験《たいけん》の記《き》憶《おく》がもたらす強迫観念等《きようはくかんねんとう》のオブセッションは無《な》くなって精神《せいしん》は安定《あんてい》を取《と》り戻《もど》し、暴《あば》れたりすることはなくなるのかも知《し》れないがそれが人間《にんげん》としての蘇生《そせい》とは必《かなら》ずしもいえそうにないし、第一《だいいち》、過去《かこ》も未来《みらい》も考《かんが》えることのないような者《もの》が本当《ほんとう》の人間《にんげん》といえるのかどうか。

仏教《ぶつきよう》の時間《じかん》の捉《とら》え方《かた》

釈迦《しやか》が説《と》いた仏教《ぶつきよう》の教《おし》え、その芯《しん》にある哲学《てつがく》を考《かんが》える時《とき》も『時間《じかん》』の問題《もんだい》を省《はぶ》いて通《とお》る訳《わけ》にはいきません。

必《かなら》ずしも仏教《ぶつきよう》だけとは限《かぎ》りませんが、東洋《とうよう》の宗教《しゆうきよう》、例《たと》えば道教《どうきよう》やヒンズー教《きよう》などにも見《み》られる先祖《せんぞ》に対《たい》する心《こころ》での強《つよ》い繫《つな》がり。それが日常《にちじよう》の精神的《せいしんてき》なルーティンとなって表《あらわ》れてくる先祖《せんぞ》への供養《くよう》のさまざまな行事《ぎようじ》。仏教《ぶつきよう》でいえばお盆《ぼん》だとかお彼岸《ひがん》、あるいは何年忌《なんねんき》、何十年忌《なんじゆうねんき》での供養《くよう》、朝夕《あさゆう》の陰膳等《かげぜんとう》といった西欧《せいおう》では見《み》られぬ心《こころ》の行事《ぎようじ》の美《うつく》しさの根底《こんてい》にあるものは、いかにも人間的《にんげんてき》なもの、つまり人間《にんげん》しか持《も》ち得《え》ぬ時間感覚《じかんかんかく》といえます。

ウットロウは、人間《にんげん》の時間《じかん》の認知能力《にんちのうりょく》は味覚《みかく》とか臭覚《しゅうかく》のような感覚《かんかく》による反応《はんのう》ではなしに、精神的潜在能力《せいしんてきせんざいのうりょく》だといっている。つまり成長《せいちょう》につれて経験《けいけん》を積《つ》み勉学《べんがく》し、その勉《べん》学《がく》で獲《か》ち得《え》た知識《ちしき》や培《つちか》われた情操《じょうそう》を活用《かつよう》することで、他《ほか》の動物《どうぶつ》たちとは違《ちが》って『時間《じかん》』について知《し》ったり感《かん》じたり出来《でき》るようになるということです。

その証拠《しょうこ》に人間《にんげん》が自分《じぶん》の幼年期《ようねんき》のことを思《おも》い出《だ》せないのは、幼年時代《ようねんじだい》にも人間《にんげん》の潜在《せんざい》能力《のうりょく》として時間認知《じかんにんち》の能力《のうりょく》は備《そな》えてはいても、昔《むかし》のことを思《おも》い出《だ》すために必要《ひつよう》なさまざまな概念《がいねん》、つまり現在《げんざい》とか昔《むかし》とか未来《みらい》といった時間《じかん》に関《かん》する概念《がいねん》を備《そな》えていないし、過《か》去《こ》への興味《きょうみ》とか懐《なつ》かしさといった精神的《せいしんてき》な機能《きのう》もいろいろな社会的学習《しゃかいてきがくしゅう》によって作《つく》り上《あ》げられていないからです。

しかしその学習《がくしゅう》が進《すす》んでいくと、成長《せいちょう》に従《したが》って積《つ》み重《かさ》ねられていった記憶《きおく》を一種《いっしゅ》の手《て》がかりにして私《わたし》たちは過去《かこ》について想《おも》ったり、それがさらにリバウンドして将来《しょうらい》への関《かん》心《しん》となり期待《きたい》ともなってきます。そしてさらにまたリバウンドして、自分《じぶん》の存在《そんざい》に明《あき》らかに関《かか》わり繋《つな》がりがあるものとしての祖先《そせん》への意識《いしき》ともなっていくのです。

おおよその人《ひと》は小学校《しょうがっこう》に通《かよ》うような年頃《としごろ》にもなれば、自分《じぶん》の周《まわ》りを眺《なが》め、他《ほか》の友達《ともだち》たちとのいろいろな比較《ひかく》から自分《じぶん》の家《いえ》、自分《じぶん》の家族《かぞく》というものへの意識《いしき》を抱《いだ》くようになります。そして家族《かぞく》たちとの会話《かいわ》の中《なか》で父親《ちちおや》の父親《ちちおや》、母親《ははおや》である、お祖父《じい》ちゃんお祖母《ばあ》ちゃん、そのさらにまた親《おや》である曾祖父《そうそふ》、曾祖母《そうそぼ》といった人《ひと》たちの存在《そんざい》を意識《いしき》し、それらの人々《ひとびと》との血《ち》の繋《つな》がりを漠然《ばくぜん》と感《かん》じ、意識《いしき》するようになります。動物《どうぶつ》によってはそれに近《ちか》い感覚《かんかく》を備《そな》えているものもあるだろうが、人間《にんげん》ほど自《みずか》らの血《ち》の繋《つな》がりについてそうした確《たし》かな関心《かんしん》を持《も》つ動物《どうぶつ》は他《ほか》にいまいと思《おも》う。それこそが先祖《せんぞ》というものへの意識《いしき》のとっかかりだと思《おも》います。

　私《わたし》も幼《おさな》い頃《ころ》家族《かぞく》しての神奈川県《かながわけん》から愛媛《えひめ》、広島《ひろしま》への大旅行《だいりょこう》で父《ちち》や母《はは》の実家《じっか》を初《はじ》めて訪《おとず》れた時《とき》に会《あ》った、まだ元気《げんき》でいた父《ちち》の母親《ははおや》と母《はは》の父親《ちちおや》の記憶《きおく》をこの旅《たび》で見《み》た他《ほか》の何《なに》よりも強《つよ》い印象《いんしょう》で覚《おぼ》えていますが、何故《なぜ》かそれはその後《ご》私《わたし》が成長《せいちょう》していってからの方《ほう》がますます鮮《あざ》やかで確《たし》かな記憶《きおく》として心《こころ》に刻《きざ》まれてきたような気《き》がする。そして父《ちち》や母《はは》が亡《な》くなった後《あと》、父《ちち》や母《はは》への追憶《ついおく》に重《かさ》ねてそれがますます懐《なつ》かしく鮮《あざ》やかに思《おも》い出《だ》されるようになりました。

　父《ちち》や母《はは》を思《おも》い返《かえ》す時《とき》、さらにその父親母親《ちちおやははおや》たちへの、何《なん》ともいえぬ強《つよ》い意識《いしき》が働《はたら》くのはどういうことなのだろうか、と思《おも》いながら、やがてはこの私自身《わたしじしん》がこの世《よ》を去《さ》っていった後《あと》、私《わたし》の子供《こども》たちやその子供《こども》の孫《まご》たちの記憶《きおく》の中《なか》に、私《わたし》についての何《なに》と何《なに》がどのように残《のこ》っていくのかふと考《かんが》えもします。

最近《さいきん》、石原《いしはら》プロの名脇役《めいわきやく》だった秋山武史《あきやまたけし》君《くん》が、まだ四十代《だい》の若《わか》さで癌《がん》で急逝《きゅうせい》しました。私《わたし》の次男良純《じなんよしずみ》とは同《おな》じ職場《しょくば》と、もう一つ海《うみ》のスポーツという共通《きょうつう》の趣味《しゅみ》で親《した》しかったようですが、もう余《あま》り長《なが》くはないと聞《き》かされ、驚《おどろ》いて見舞《みま》いに行《い》った息子《むすこ》に、ごく最近《さいきん》生まれ、まだ二歳《さい》の下《した》の子供《こども》がやがて長《ちょう》じて自分《じぶん》のことをどれほどどんな風《ふう》に覚《おぼ》えていてくれるだろうかと、しきりにそればかり気《き》にしていたそうな。

聞《き》くだけで心《ここ》を打《う》つ、親《おや》としてのせつない心情《しんじょう》の吐露《とろ》だと思《おも》います。そして人間《にんげん》の親《おや》子《こ》の間《あいだ》でなければあり得《え》ぬ、心《こころ》の風景《ふうけい》です。

そんな関心《かんしん》の根底《こんてい》に在《あ》るものは間違《まちが》いなく人間独特《にんげんどくとく》の時間《じかん》への感覚《かんかく》に違《ちが》いない。それがなくして先祖《せんぞ》への意識《いしき》や、まして先祖《せんぞ》と自分《じぶん》の関《かか》わりについての知覚《ちかく》も、さらに子孫《しそん》の自分《じぶん》との関《かか》わりについての予感《よかん》も知覚《ちかく》もありはしないでしょう。

年齢《ねんれい》を重《かさ》ねれば重《かさ》ねるほど強《つよ》く感《かん》じられる、時間《じかん》が過《す》ぎていく速《はや》さへの慨嘆《がいたん》、それは当然《とうぜん》、間違《まちが》いなく迫《せま》ってくる自《みずか》らの『死《し》』への、妙《みょう》ないい方《かた》だが、下意識《かいしき》での予感《よかん》、のせいでしょう。

いい換《か》えればそれは人間《にんげん》が生《う》まれて存在《そんざい》するということへのまさに哲学的《てつがくてき》な関心《かんしん》がも

たらすもので、さらにいい換《か》えれば、人生《じんせい》という時間的《じかんてき》な舞台《ぶたい》を背景《はいけい》に、自分《じぶん》の来《こ》し方《かた》行《ゆ》く末《すえ》を想《おも》うという個々人《こころじん》の哲学《てつがく》が、結果《けっか》として先祖《せんぞ》という手《て》がかりを捉《とら》えて意識《いしき》に据《す》えるということだと思《おも》います。

ウットロウはさらに、そうした長《なが》いスパーンでの想起作用《そうきさよう》は、頭《あたま》の中《なか》に収《しま》われた膨大《ぼうだい》な量《りょう》の過去《かこ》の出来事《できごと》の刺激《しげき》の余韻《よいん》が何《なに》かでまた刺激《しげき》されて蘇《よみがえ》ってくるのではなしに、想《そう》像力《ぞうりょく》の作用《さよう》による記憶《きおく》の再構成《さいこうせい》だといっています。

つまり過去《かこ》への興味《きょうみ》や執着《しゅうじゃく》は、未来《みらい》に対《たい》すると同《おな》じように、あくまで人間《にんげん》の想像力《そうぞうりょく》のもたらすものだということです。

加《くわ》えて、時間《じかん》とのからみで記憶《きおく》というものが人間《にんげん》にとっていかに有益《ゆうえき》であるかということから、ものを忘《わす》れるということは人間《にんげん》の短所《たんしょ》の一つと考《かんが》えられがちだが、ものを忘《わす》れることが出来《でき》るという能力《のうりょく》は、ものを思《おも》い出《だ》す能力《のうりょく》にも劣《おと》らぬ価値《かち》あるものだとも。

確《たし》かに私《わたし》たちの意識《いしき》の下《した》には普段思《ふだんおも》い出《だ》すことのない、その必要《ひつよう》もない膨大《ぼうだい》な記憶《きおく》が埋蔵《まいぞう》されているのであって、その整理《せいり》を無意識《むいしき》の内《うち》に行《おこな》ってしまっているというのも人《にん》間《げん》の優《すぐ》れた特性《とくせい》の一つといえるかも知《し》れない。

記憶《きおく》というものは記憶《きおく》である限《かぎ》り流《なが》れ過《す》ぎていく時間《じかん》との関《かか》わりであるものですが、過《す》ぎてしまった時間《じかん》、つまり過去《かこ》の中《なか》に失《うしな》われてしまった記録《きろく》を私《わたし》たちに蘇《よみがえ》らせてくれる手《て》がかりであり、人間《にんげん》に不可欠《ふかけつ》な「自意識《じいしき》の基盤《きばん》」だとウッドロウはいっています。それを手《て》がかりにして過去《かこ》を思《おも》い、さらにリバウンドして未来《みらい》に思《おも》いを馳《は》せるという精《せい》神《しん》の作業《さぎょう》の糧《かて》である記憶《きおく》は、人間独自《にんげんどくじ》の時間感覚《じかんかんかく》なしには記憶《きおく》としては在《あ》り得《え》ないものです。

いずれにせよ人間《にんげん》のいかなる思考《しこう》も想像《そうぞう》も、その根底《こんてい》に記憶《きおく》が踏《ふ》まえられている限《かぎ》り、時《じ》間《かん》との関《かか》わりなしに在《あ》り得《え》ません。

カントは『時間《じかん》』というものは人間《にんげん》の直観形式《ちょっかんけいしき》の一つだといっています。つまり時間《じかん》というのは目《め》の前《まえ》に在《あ》る何《なに》かのものごとが、なぜ何《なん》なのかなどということを説明《せつめい》するためのものではなくて、あくまでそのものごとを見《み》て捉《とら》える人間《にんげん》それぞれの主観《しゅかん》、精神《せいしん》の発露《はつろ》だという。

すべてのものごとの存在《そんざい》は時間《じかん》に支配《しはい》されているともいえるが、その時間《じかん》の受《う》け取《と》り方《かた》は個々人《ここじん》の主観《しゅかん》によるということです。

そんな馬鹿《ばか》なことがあるか、今時計《いまとけい》の針《はり》が指《さ》している七時五分過《じふんす》ぎという時間《じかん》はあくまで七時《じ》五分過《ふんす》ぎではないかという反論《はんろん》もあろうが、あれからもう一時間過《じかんす》ぎてしまってもう七時《じ》なのかという人《ひと》もいようし、七時《じ》だがあれからまだ一時間《じかん》しかたっていないのかという人《ひと》もいるように、時間《じかん》の意味合《いみあ》いはあくまでその人間《にんげん》によって異《こと》なるということです。

『時間《じかん》』に関《かん》する物語《ものがたり》で私《わたし》が好《す》きな、いかにも象徴的《しょうちょうてき》とも思《おも》われる挿話《そうわ》は、シナの唐時《とうじ》代《だい》に書《か》かれた『枕中記《ちんちゅうき》』の中《なか》の寓話《ぐうわ》『邯鄲《かんたん》の枕《まくら》』の物語《ものがたり》で、書生《しょせい》の盧生《ろせい》が邯鄲《かんたん》の宿《やど》で道《どう》士《し》から借《か》りた枕《まくら》をしてうたたねしてしまい、立身出世《りっしんしゅっせ》し位人臣《くらいじんしん》を極《きわ》め栄耀栄華《えいようえいが》を極《きわ》める一生《いっしょう》の夢《ゆめ》を見《み》たのだが、夢《ゆめ》から覚《さ》めてみれば眠《ねむ》りはいかにも短《みじか》く、枕元《まくらもと》の鍋《なべ》で煮《に》ていた黄粱《こうりょう》がまだ煮《に》え上《あ》がっていなかったという話《はなし》です。

栄耀栄華《えいようえいが》のはかなさ云々《うんぬん》という読《よ》み方《かた》も当然《とうぜん》あろうが、私《わたし》には時間《じかん》というものの相対《そうたい》性《せい》を暗示《あんじ》した、それゆえにこそはかない、実《じつ》によく出来《でき》た物語《ものがたり》のような気《き》がします。

『時間《じかん》』などというものはいかにも当《あた》り前過《まえす》ぎて、いざそれが何《なん》なのか考《かんが》えなおしてみるとこれまた七面倒《しちめんどう》で厄介《やっかい》なものですが、それが何《なん》なのかを知《し》るためには、「自分《じぶん》の精《せい》神《しん》を次々《つぎつぎ》に起《お》こってくることがらに集中出来《しゅうちゅうでき》るかどうかにかかっているのだ」などといわれても、そういつもいつもそんなことを考《かんが》え続《つづ》けている訳《わけ》にもいかない。

いやいやそんなことではない、誰《だれ》にとってもいつも何《なに》かが次々《つぎつぎ》に起《お》こっているのだから、そうしたものごとを眺《なが》める視線《しせん》の問題《もんだい》だということなのでしょうが、要《よう》するにこの本《ほん》の冒頭《ぼうとう》に述《の》べた『十如是《じゅうにょぜ》』による分析《ぶんせき》を行《おこな》ってみれば、必然《ひつぜん》、時間《じかん》なるものについて考《かんが》えぬ訳《わけ》にはいかないのです。

時間《じかん》の持《も》つ二つの特性《とくせい》

アイザック・バローはニュートンにも深《ふか》い影響《えいきょう》を与《あた》えた十七世紀《せいき》の数学者《すうがくしゃ》ですが、時《じ》間《かん》について端的《たんてき》に「時間《じかん》はすべてのものの存在《そんざい》の持続《じぞく》である」といっています。

彼《かれ》は時間《じかん》と運動《うんどう》の関連《かんれん》について注目《ちゅうもく》した人《ひと》で、こう述《の》べています。少《すこ》し難《むずか》しいが敢《あ》えて引用《いんよう》します。

「時間《じかん》は存在《そんざい》そのものを表《あらわ》すものではない、距離《きょり》を表《あらわ》すのに空間《くうかん》が必要《ひつよう》とされるように、ものがずうっと続《つづ》いて存在《そんざい》するということを表《あらわ》すのに、ある種《しゅ》の能力《のうりょく》、可《か》能性《のうせい》を表示《ひょうじ》する時間《じかん》という概念《がいねん》が必要《ひつよう》であるのだ。

時間の絶対的、固有な性質からすれば、時間《じかん》はことさら運動《うんどう》ということを意味《いみ》している訳《わけ》でもないし、またものがそこに確《たし》かに在《あ》るということで、静止《せいし》を含意《がんい》している訳《わけ》でもない。物質《ぶっしつ》の運動《うんどう》、静止《せいし》にかかわらず、また我々《われわれ》が眠《ねむ》っている、あるいは目覚《めざ》めているにかかわらず、時間《じかん》は同《おな》じようにその道《みち》を進《すす》んでいく。

しかし時間《じかん》は計《はか》ることの出来《でき》るものだから、運動《うんどう》を含《ふく》んでいる。時《とき》が動《うご》かなければ我《われ》は時間《じかん》を感《かん》じとり知《し》ることも出来《でき》ない。

我々《われわれ》は明《あき》らかに、時間《じかん》を一様《いちよう》に流《なが》れ去《さ》るものと見《み》なさなくてはならない。したがって星《ほし》の運動《うんどう》、特《とく》に太陽《たいよう》や月《つき》の運動《うんどう》のように身近《みぢか》な一様《いちよう》な運動《うんどう》を時間《じかん》と比較《ひかく》してはならない」と。

この影響《えいきょう》を受《う》けてニュートンは、

「絶対的《ぜったいてき》、真《しん》の数学的時《すうがくてきじ》間《かん》はそれ自体《じたい》、その本性《ほんしょう》からして下界《げかい》のいかなるものとも関係《かんけい》なしに、均一《きんいつ》に流《なが》れる」

と規定《きてい》しました。

そして彼《かれ》は、均一《きんいつ》な絶対的時《ぜったいてきじ》間《かん》の上《うえ》の各瞬間《かくしゅんかん》が、幾何学的線上《きかがくてきせんじょう》の点《てん》のように連続的《れんぞくてき》な順序《じゅんじょ》を形成《けいせい》していると考《かんが》え、瞬間《しゅんかん》の過《す》ぎていく速《はや》さは、出来事《できごと》や変化《へんか》にまったく左右《さゆう》されないと考《かんが》えました。この考《かんが》え方《かた》は、大方《おおかた》の人間《にんげん》が漠然《ばくぜん》と感《かん》じている、時間《じかん》というものは始《はじ》めも終《お》わりもなく、何《なに》が起《お》ころうと関《かか》わりなしに独立《どくりつ》して続《つづ》いていくものだという思《おも》いに近《ちか》いものです。

しかし、この絶対的時間概念《ぜったいてきじかんがいねん》に対《たい》してライプニッツは時間《じかん》の「相関性《そうかんせい》」について説《と》きました。

要《よう》するに、何《なに》も存在《そんざい》しない時《とき》にも時間《じかん》が在《あ》るのか。時間《じかん》を形成《けいせい》している瞬間《しゅんかん》という時《じ》間《かん》の流《なが》れの粒々《つぶつぶ》が在《あ》るというのはおかしい、と。

この天地宇宙《てんちうちゅう》を神《かみ》が創《つく》り出《だ》したとし、それが何百億年前《なんびゃくおくねんまえ》の某月某日《ぼうがつぼうにち》として、しかし神《かみ》はなんでもう一年早《ねんはや》く天地《てんち》を創造《そうぞう》しなかったのだろうか、と誰《だれ》かが首《くび》を傾《かし》げたとする。ならば、神《かみ》がなぜわざわざその日《ひ》に天地《てんち》を創造《そうぞう》したのか、その理由《りゆう》は無《な》いじゃないかといい出《だ》す人《ひと》がいたとする。

そしてもし、時間《じかん》がものごとに関《かか》わりなしに時間《じかん》として存在《そんざい》するというなら、この人《ひと》のいい分《ぶん》は正《ただ》しいことになるではないか。

なぜなら、ある瞬間《しゅんかん》にはものごとが存在《そんざい》しているのに、他《ほか》の瞬間《しゅんかん》には存在《そんざい》し得《え》ないという理由《りゆう》は無《な》いではないか、とライプニッツはいいました。確《たし》かに何《なに》も存在《そんざい》していない時《とき》にも時間《じかん》は存在《そんざい》しているのだというのは理《り》が通《とお》らない。だから実際《じっさい》に存在《そんざい》している世界《せかい》と、それより一年早《ねんはや》く創造《そうぞう》されたものとして存在《そんざい》したかも知《し》れない世界《せかい》を区別《くべつ》する方法《ほうほう》は無《な》いことになるのではないか、と。

だからライプニッツは、瞬間瞬間《しゅんかんしゅんかん》が構成《こうせい》する時間《じかん》より出来事《できごと》の方《ほう》が先《さき》、つまり基本《きほん》なのだといいました。いわゆる「時間《じかん》の相関説《そうかんせつ》」です。つまり、前《まえ》にも述《の》べたように、『時間《じかん》』は『存在《そんざい》』の影《かげ》なのです。

しかしニュートンも、力学《りきがく》については相対性原理《そうたいせいげんり》を説《と》いています。曰《いわ》くに、「ある空間《くうかん》の中《なか》で運動《うんどう》している物体相互《ぶったいそうご》の関係《かんけい》は、その空間《くうかん》が静止《せいし》していようが、一様《いちよう》に直線的《ちょくせんてき》に動《うご》いていようが変《か》わらない」と。

つまり地上《ちじょう》で静止《せいし》している飛行機《ひこうき》の中《なか》でも、真《ま》っ直《す》ぐに飛《と》んでいる飛行機《ひこうき》の中《なか》でででも、上《うえ》に放《ほう》り上《あ》げた石《いし》は同《おな》じような速度《そくど》で落《お》ちてくるということです。飛行機《ひこうき》が急旋回《きゅうせんかい》をしている時《とき》は別《べつ》です。

こうした先人《せんじん》の研究《けんきゅう》を踏《ふ》まえて、後《のち》にアインシュタインはいわゆる「相対性理論《そうたいせいりろん》」を編《あ》み出《だ》しました。

力学《りきがく》における相対性原理《そうたいせいげんり》を光《ひかり》の範疇《はんちゅう》に持《も》ちこみ、光《ひかり》の速度《そくど》、つまり目《め》に見《み》える出来事《できごと》は、それを止《と》まって眺《なが》めている者《もの》にとっても、仮《かり》に光《ひかり》と同《おな》じ速度《そくど》で動《うご》いている者《もの》から眺《なが》めても、ともに同《おな》じなのだという論《ろん》です。

しかし光《ひかり》より速《はや》く走《はし》るものはこの世《よ》に在《あ》り得《え》ないのだから映画《えいが》の「バック・トゥ・ザ・フューチャー」のようなことは起《お》こり得《え》ませんが、アインシュタインの説《と》いた、その出来事《できごと》を視認《しにん》する者《もの》たちとそれぞれの場所《ばしょ》から出来事《できごと》の場所《ばしょ》までの距離《きょり》の隔《へだ》たりを踏《ふ》まえて、光《ひかり》が知《し》らせる出来事《できごと》に関《かん》する時間《じかん》は決《けっ》して唯一絶対《ゆいいつぜったい》の系列《けいれつ》のものではないという論《ろん》は、今《いま》この現代《げんだい》になって宇宙《うちゅう》からもたらされるさまざまな情報《じょうほう》を前《まえ》に私《わたし》たちがほとんど立《た》ちすくみながら混乱《こんらん》もしている状況《じょうきょう》を、解《と》いて納得《なっとく》するために有効《ゆうこう》なものだと思《おも》います。

ウットロウが要約《ようやく》していっているように、ニュートンは「時間《じかん》とは宇宙《うちゅう》から孤立《こりつ》した存在《そんざい》（もの）である」といい、ライプニッツによれば、「時間《じかん》は宇宙《うちゅう》の様相《ようそう》である」、アインシュタインにいわせれば、「時間《じかん》は、宇宙《うちゅう》のそれを眺《なが》める者《もの》との相関関係《そうかんかんけい》である」ということですが、これ以上《いじょう》の説明《せつめい》はややこし過《す》ぎてこの本題《ほんだい》から外《はず》れてしまうのでこの程度《ていど》にしておきます。

しかしいずれにせよ『時間《じかん》』とはいったい何《なん》なのかということについて過去《かこ》にも今《いま》でも人間《にんげん》はいぶかしみ怪《あや》しみ考《かんが》えながら、それぞれがそれぞれの思《おも》いでそれを踏《ふ》まえつつ自分《じぶん》の人生《じんせい》を考《かんが》える手《て》がかりにしてきたのです。

とにかく誰《だれ》しも、時間《じかん》というものが明《あき》らかに在《あ》るということは知《し》ってはいても、それがいったい何《なん》なのかは知《し》っているようで知《し》りはしません。しかし人間《にんげん》である限《かぎ》りそれを気《き》にしない者《もの》などいる訳《わけ》がない。

ギリシャの哲学者《てつがくしゃ》パルメニデスは、時間《じかん》など、真《しん》の実体《じったい》に関連《かんれん》するものなどではなく論理的《ろんりてき》に不十分《ふじゅうぶん》な、ただ感覚的《かんかくてき》に捉《とら》えられる見掛《みか》けの上《うえ》の世界《せかい》に関《かか》わっているものだとまでいっています。つまり時間《じかん》は究極的《きゅうきょくてき》なものごとの本性《ほんしょう》には関《かか》わりない、ただの一種《いっしゅ》の様相《ようそう》でしかない、と。

その影響《えいきょう》を受《う》けたバートランド・ラッセルは、

「(筋立《すじだ》てて）表現《ひょうげん》するよりも、ただ感《かん》じて知《し》る方《ほう》がしやすいような、ある種《しゅ》の感覚《かんかく》を人間《にんげん》は備《そな》えているが、時間《じかん》はそうした感覚《かんかく》が捉《とら》えた、実体《じったい》のささやかな（在《あ》るようで無《な》いような）ただ表面的《ひょうめんてき》な特徴《とくちょう》に過《す》ぎない。だからこそ我々《われわれ》は過去《かこ》と未来《みらい》を、現在《げんざい》と同《おな》じように実《じつ》のあるものとして認《みと》めなければならない」

ともいっています。

ついでに記《しる》しますとウットロウがいっているように、それぞれの解釈《かいしゃく》が何《なん》だろうと時《じ》間《かん》には明《あき》らかに二つの特性《とくせい》があります。これは誰《だれ》も否定《ひてい》出来《でき》ません。

一つは、「時《とき》の矢《や》」ともいわれる特性《とくせい》で、次々《つぎつぎ》に続《つづ》いて起《お》こってくる出来事《できごと》について非可逆的《ひかぎやくてき》にその前後《ぜんご》関係《かんけい》を時《とき》が記述《きじゅつ》するのです。つまり時間《じかん》の流《なが》れは元《もと》には絶対《ぜったい》に戻《もど》りはしないのだから、過去《かこ》の歴史《れきし》について、「もしあの時《とき》」などという仮説《かせつ》はまったく無《む》用無益《ようむえき》なものでしかない。もしあの時何々《ときなになに》だったらとか、あの時誰《ときだれ》それがああしていれば、という想定《そうてい》はまったくの無意味《むいみ》でしかない。下手《へた》なゴルファーたちが、あのホールでOBをしていなければとか、あのホールでスリーパットをしていなければといった繰《く》り言《ごと》をいってもどうにもならぬ、厳然《げんぜん》たる時間《じかん》のルールがあるということ。

二つは、「時《とき》の経過《けいか》」です。この場合《ばあい》の経過《けいか》とはやや短絡的《たんらくてき》にいわれていますが、過《か》去《こ》と現在《げんざい》と未来《みらい》はそれぞれ明《あき》らかに違《ちが》う、異《こと》なる、ということを時間《じかん》は歴然《れきぜん》と教《おし》えてくれている。

つまり時間《じかん》が推移《すいい》するということこそが人間《にんげん》に『永遠《えいえん》』という観念《かんねん》を与《あた》えてくれるので、時間《じかん》が切《き》りもなく流《なが》れていかぬ限《かぎ》り誰《だれ》が永遠《えいえん》などということを想《おも》ったりするものか。

以上《いじょう》ジグザグに述《の》べてきましたが、こうした時間《じかん》を含《ふく》めての思考《しこう》のすべてを釈迦《しゃか》の説《と》いた仏法《ぶっぽう》の哲学《てつがく》は包含《ほうがん》していて、時間《じかん》と存在《そんざい》の関《かか》わりの上《うえ》での人間《にんげん》の存在《そんざい》の意味《いみ》と仕組《しく》みを説《と》き明《あ》かし、それを知《し》ることでしか獲得出来《かくとくでき》ぬ解脱《げだつ》と自《みずか》らによる救済《きゅうさい》を教《おし》えてくれているのです。

第九章　釈迦《しゃか》が示《しめ》した人間《にんげん》としての極限最高《きょくげんさいこう》の境地《きょうち》とは

釈迦《しゃか》が説《と》いた平等《びょうどう》の思想《しそう》

古来《こらい》、洋《よう》の東西《とうざい》を越《こ》えて人間《にんげん》たちが考《かんが》えてきた『存在《そんざい》』とは何《なん》なのか『時間《じかん》』とは何《なん》なのかということをこそ踏《ふ》まえて我々《われわれ》は、それぞれが抱《かか》えている人生《じんせい》の問題《もんだい》の本当《ほんとう》の解《かい》決《けつ》を計《はか》り自《みずか》らの本当《ほんとう》の救済《きゅうさい》と安心立命《あんじんりゅうめい》を得《え》なくてはなりませんが、釈迦《しゃか》が説《と》いたことはまさにそれでした。

それにしても釈迦《しゃか》という人《ひと》はあの時代《じだい》すでに、宇宙《うちゅう》を背景《はいけい》に人間《にんげん》が存在《そんざい》するというのはどういうことなのかという哲学《てつがく》の命題《めいだい》を必死《ひっし》で考《かんが》え、必死《ひっし》で考《かんが》えたがゆえにそれをただの思考《しこう》ではすまさず、さまざまな苦行《くぎょう》を積《つ》み重《かさ》ねる偉大《いだい》な行為《こうい》として遂行《すいこう》し、最後《さいご》は釈迦自身《しゃかじしん》の覚《さと》りとなり、さらにそれを普遍《ふへん》した仏教《ぶっきょう》の教《おし》えとして結実《けつじつ》させたのです。

過去《かこ》に、いろいろな宗教《しゅうきょう》がそれぞれの天才《てんさい》たちの手《て》によって誕生《たんじょう》しましたが、それはその天才《てんさい》たちの個性《こせい》や人《ひと》となりにも依《よ》ると同時《どうじ》に、彼等《かれら》が生《い》きた時代《じだい》とその国《くに》その社会《しゃかい》の特性《とくせい》に依《よ》るところも多《おお》い。マホメットにはアラブ人《じん》たちの統一《とういつ》という民族《みんぞく》の悲願《ひがん》があり、キリストにはローマ人《じん》による迫害《はくがい》からのユダヤ人《じん》の救済《きゅうさい》という眼目《がんもく》がありました。

しかし釈迦《しゃか》の場合《ばあい》にはそれらとは違《ちが》って、政治性《せいじせい》をはるかに越《こ》えた人間全体《にんげんぜんたい》に普遍的《ふへんてき》な思《おも》いこみ《オブセッション》があったような気《き》がします。

それはインドという国《くに》における、かつてから今日《こんにち》までなおあまり変《か》わらずに続《つづ》いて在《あ》る人間《にんげん》の生《せい》と死《し》のさり気《げ》もない、しかし無惨《むざん》ともいえる氾濫《はんらん》です。

遠藤周作《えんどうしゅうさく》氏が遺作《いさく》の『深《ふか》い河《かわ》』でも描《えが》いているように、あのガンジス河《がわ》のほとりのヒンズー教《きょう》の聖地《せいち》ヴァーラーナスィで目《め》にする生《せい》と死《し》の目《め》くるめくような混交《こんこう》。王侯貴族《おうこうきぞく》の建《た》てた宮殿《きゅうでん》の下《した》の広場《ひろば》に群《むら》がり集《あつ》まる貧《まず》しい巡礼《じゅんれい》たちは聖《せい》なる河《かわ》の水《みず》で身《み》を清《きよ》めて礼拝《らいはい》し、その横《よこ》で死者《ししゃ》は焼《や》かれ灰《はい》は同《おな》じ河《かわ》に流《なが》されていく。そのさらに沖合《おきあい》を祝福《しゅくふく》されぬ者《もの》として死《し》んだペストと癩病《らいびょう》の患者《かんじゃ》たちの死体《したい》が焼《や》かれることもなく流《なが》されていく。

私《わたし》はまったく同《おな》じ風景《ふうけい》をネパールの首都《しゅと》カトマンズーの郊外《こうがい》の、これも有名《ゆうめい》なヒンズーの聖地《せいち》パシュパテナートでも目《め》にしました。

あの時《とき》は仲間《なかま》の三浦雄一郎《みうらゆういちろう》がエベレストの高《たか》さ八千メートルのサウスコルからの大雪《だいせつ》

渓《けい》をパラシュートをつけてスキーで滑走《かっそう》して降《お》りるというとんでもない思《おも》いつきを実現《じつげん》するための探検隊《たんけんたい》の総隊長《そうたいちょう》として出《で》かけていっていたせいか、成功《せいこう》もおぼつかない、三浦本人《うらほんにん》に限《かぎ》らず、サポート隊《たい》の誰《だれ》がいつどこで死《し》ぬかもわからぬ危険《きけん》な冒険旅行《ぼうけんりょこう》の出発《しゅっぱつ》直前《ちょくぜん》だったのでその思《おも》いはいっそうでした。

はるばる遠《とお》くから歩《ある》いてやってくる多《おお》くの巡礼《じゅんれい》たちが斎戒沐浴《さいかいもくよく》するすぐ横《よこ》で、積《つ》まれた薪《まき》の上《うえ》で焼《や》かれる死者《ししゃ》とそれに取《と》りすがって泣《な》いている家族《かぞく》たちの姿《すがた》との対比《たいひ》に、あらためて人間《にんげん》の生涯《しょうがい》における生《せい》と死《し》について、考《かんが》えるというより、強《つよ》く感《かん》じさせられたものでした。あるいはあのオールド・デリーで目《め》にした貧《まず》しい人《ひと》たちの行《い》き来《き》の渦《うず》——。

私《わたし》の好《す》きな作家《さっか》マルグリット・デュラスに『ラホールの副領事《ふくりょうじ》』という極《きわ》めて印象的《いんしょうてき》な作品《さくひん》がありますが、この副領事《ふくりょうじ》は自分《じぶん》の任地《にんち》の退屈《たいくつ》さとその違和感《いわかん》のままに、自分《じぶん》のいる公邸《こうてい》から夜中《よなか》、彼《かれ》から見《み》ればいかにも低劣《ていれつ》な土民《どみん》たちのいるダウンタウンのスラムに向《む》けて持《も》っている銃《じゅう》を発射《はっしゃ》して鬱憤《うっぷん》を晴《は》らしていた。

強烈《きょうれつ》な人種偏見《じんしゅへんけん》を持《も》って憚《はばか》らなかった当時《とうじ》の白人《はくじん》たちからすれば、日頃町《ひごろまち》で眺《なが》めるアジアの国々《くにぐに》の賤民《せんみん》たちはとても人間《にんげん》とは思《おも》えず、そんな手合《てあ》いとの関《かか》わりも仕事《しごと》の一つとして任《にん》じられた自分《じぶん》の立場《たちば》への鬱屈《うっくつ》した気持《きも》ちは、飛《と》んでいった弾《たま》がたとえ誰《だれ》か見《み》も知《し》らぬ住民《じゅうみん》に命中《めいちゅう》して相手《あいて》を殺傷《さっしょう》しようと一向《いっこう》にかまわぬということだったのでしょう。ヨーロッパからやってきた奢《おご》った白人《はくじん》たちにそう思《おも》わしめてもむべなるかなというような、人間《にんげん》とは思《おも》えぬような庶民《しょみん》の生活状況《せいかつじょうきょう》が昔《むかし》から、そして今《いま》もなお彼《か》の地《ち》にはそのまま続《つづ》いて在《あ》るとはいえそうです。

釈迦《しゃか》自身《じしん》は小《ちい》さくとも一つの国《くに》の国王《こくおう》の家《いえ》に生《う》まれた身分《みぶん》でしたが、彼自身《かれじしん》はいつの頃《ころ》からか自分《じぶん》の身《み》の周《まわ》りの人間《にんげん》たちの生《い》きざま死《し》にざまを眺《なが》めていろいろなことを考《かんが》えぬ訳《わけ》にいかなくなったのでしょう。

インドには未《いま》だにカーストなどというなんとも非人間的《ひにんげんてき》な階級制度《かいきゅうせいど》がありますが、その最上位《さいじょうい》ともいうべき家柄《いえがら》に生《う》まれた釈迦《しゃか》が、自分《じぶん》の身《み》の上《うえ》と他人《たにん》のそれとを見比《みくら》べながら人間《にんげん》にとっての生《う》まれながらの身分《みぶん》の格差《かくさ》の理《り》不尽《ふじん》さについて心《こころ》を悩《なや》ませ、蠅《はえ》のように生《う》まれ蠅《はえ》のように死《し》んでいく大方《おおかた》の、実《じつ》は自分《じぶん》とまったく同《おな》じ人間《にんげん》たちを眺《なが》めて感《かん》じるこの世《よ》の不条理《ふじょうり》さの解決《かいけつ》と人間《にんげん》の救済《きゅうさい》について考《かんが》えるようになったのはむべなるかなという気《き》がします。

仏教《ぶっきょう》の特性《とくせい》の一つである輪廻転生《りんねてんしょう》、つまり人間《にんげん》は必《かなら》ずまた生《う》まれ変《か》わってくるのだという考《かんが》え方《かた》もその術《すべ》のための有力《ゆうりょく》な発想《はっそう》だと思《おも》います。

ついでにいえばお経《きよう》の中《なか》のあちこちに出《で》てくる、男《おとこ》に比《くら》べての女《おんな》の身《み》の低《ひく》さについて、現代《げんだい》になってお経《きよう》を現代語《げんだいご》に翻訳《ほんやく》しようとする人《ひと》たちがそれを昔《むかし》ながらの女性《じよせい》への蔑視《べっし》ととって困惑《こんわく》していますが、それはただ字面《じづら》から見《み》てとった間違《まち》いでしかなく、法華経《ほけきよう》のあちこちで釈迦《しやか》がこれこれの功徳《くどく》を積《つ》んだなら、これくらいの行《ぎよう》を重《かさ》ねたなら、来世《らいせ》は必《かなら》ず女《おんな》には生《う》まれてこずにすむのだよと教《おし》えているのは決《けっ》して性《せい》に関《かん》する差別《さべつ》などではなしに、逆《ぎやく》に釈迦《しやか》こそがこの世《よ》で早《はや》くからあるいは初《はじ》めて女性《じよせい》に男《おとこ》と本当《ほんとう》に対等《たいとう》の立《たち》場《ば》を与《あた》えてやりたいと願《ねが》い、女《おんな》たちが置《お》かれている惨《みじ》めな立場《たちば》からの解放《かいほう》を願《ねが》った人《ひと》だった証《あか》しです。

いずれにせよ昔《むかし》から男《おとこ》に比《くら》べてなおいっそう惨《みじ》めな立場《たちば》に置《お》かれていた女《おんな》たちを含《ふく》めて大方《おおかた》の人間《にんげん》たちの哀《あわ》れな一生《いっしよう》の在《あ》り方《かた》を眺《なが》め、釈迦《しやか》は身分《みぶん》の格差《かくさ》を不条理《ふじようり》なものとして捉《とら》え、それを踏《ふ》まえて人間《にんげん》の存在《そんざい》の意味《いみ》を考《かんが》え、それを考《かんが》え切《き》ることで人間《にんげん》の救済《きゆうさい》の術《すべ》について考《かんが》え出《だ》したのです。

その救済《きゆうさい》のための最大《さいだい》の所以《ゆえん》は釈迦《しやか》が法華経《ほけきよう》で力強《ちからづよ》く説《と》いた万人平等《ばんにんびようどう》の思想《しそう》、つまり人間《にんげん》には誰《だれ》しも皆《みな》それぞれが仏《ほとけ》になることの出来《でき》る可能性《かのうせい》、すなわち『仏性《ぶつしよう》』があるのだというメッセイジです。釈迦《しやか》はそれを教《おし》えの中《なか》で陰《いん》に陽《よう》に説《と》いています。

例《たと》えば釈迦《しゃか》の最後《さいご》の教《おし》えとされている法華経《ほけきょう》の前《まえ》に、彼《かれ》の説《と》いた無量義経《むりょうぎきょう》という教《おし》えがあります。これともう一つ、法華経《ほけきょう》の最後《さいご》の二十八番目《ばんめ》の「普賢菩薩勧発品《ふげんぼさつかんぼっぽん》」という章《しょう》を受《う》けて、普賢菩薩《ふげんぼさつ》の修行《しゅぎょう》を自分《じぶん》の身《み》になぞらえて行《おこな》う懺悔《ざんげ》（自分《じぶん》の誤《あやま》りを覚《さと》り、その改正《かいせい》への努力《どりょく》）について説《と》いた仏説観普賢菩薩行法経《ぶっせつかんふげんぼさつぎょうぼうきょう》の三つを併《あわ》せて法華三部経《ほっけさんぶきょう》と呼《よ》んでいますが、この三つを併《あわ》せて読《よ》むことがいわゆる「法華経《ほけきょう》を読《よ》む」とされています。

その法華経《ほけきょう》のいわば序説《じょせつ》ともいえる無量義経《むりょうぎきょう》の中《なか》で、大荘厳菩薩《だいしょうごんぼさつ》というお弟子《でし》が周《まわ》りを代表《だいひょう》して釈尊《しゃくそん》を讃《たた》えるくだりがあります。その讃仰《さんごう》の言葉《ことば》の中《なか》で大荘厳菩薩《だいしょうごんぼさつ》は釈迦《しゃか》、つまり仏《ほとけ》、というよりも釈迦《しゃか》の身《み》を借《か》りて今彼等《いまかれら》の目《め》の前《まえ》に現出《げんしゅつ》している仏《ほとけ》の本性《ほんしょう》を讃《たた》えながら仲間《なかま》たちに教《おし》えています。

三部経《さんぶきょう》の中《なか》には仏《ほとけ》を讃《たた》える偈《げ》（歌《うた》）がいくつもありますが、この大荘厳菩薩《だいしょうごんぼさつ》の偈《げ》は讃《さん》仏偈《ぶつげ》の雄《ゆう》といわれているもので、仏《ほとけ》の本質《ほんしつ》をくまなく讃《たた》え周《まわ》りの者《もの》たちに教《おし》えている。

しかも極《きわ》めて大切《たいせつ》なことは、長《なが》い偈《げ》の中《なか》のたった一行《ぎょう》に仏《ほとけ》は、『衆生善業《しゅじょうぜんごう》の因縁《いんねん》より出《い》でたり』とあることです。つまり大荘厳菩薩《だいしょうごんぼさつ》がその前後《ぜんご》に述《の》べている、『実相《じっそう》』という宇宙存在《うちゅうそんざい》の原理《げんり》を捉《とら》え覚《さと》りを開《ひら》き切《き》った仏《ほとけ》の本質《ほんしつ》は、元《もと》はといえば人間《にんげん》の一人《ひとり》として善業《ぜんごう》、つまり正《ただ》しい行《おこな》いを積《つ》んだことによってもたらされたのだということです。

ということを演繹帰納《えんえききのう》、パラフレイズしさらに要約《ようやく》すれば、釈尊《しゃくそん》もまたあくまで我々《われわれ》と同《おな》じ一人《ひとり》の人間《にんげん》に他《ほか》ならない。仏《ほとけ》とは人間《にんげん》の最高《さいこう》の境地《きょうち》、最高《さいこう》の姿《すがた》であるということならば、すなわち、人間《にんげん》は誰《だれ》しも努《つと》めれば仏《ほとけ》に成《な》ることが出来《でき》る、どんな人間《にんげん》にも『仏性《ぶっしょう》』があるのだということ。そして、その意味《いみ》でこそ人間《にんげん》みな平等《びょうどう》なのだということなのです。

後《のち》に日本《にほん》における釈迦《しゃか》の弟子《でし》ともいえる親鸞《しんらん》がいった、『善人《ぜんにん》なをもて往生《おうじょう》をとぐ。いはんや悪人《あくにん》をや』という有名《ゆうめい》な箴言《しんげん》も釈迦《しゃか》が法華経《ほけきょう》で説《と》いた言葉《ことば》をパラフレイズしたものです。

人間《にんげん》の在《あ》り方《かた》の究極《きゅうきょく》の姿《すがた》

この書《か》き物《もの》はどうも行《い》きつ戻《もど》りつしているような気《き》がしないでもないが、しかし、そもそも法華経《ほけきょう》というのがいかにも行《い》きつ戻《もど》りつしながら進《すす》んでいく教《おし》えの書《しょ》で、私《わたし》も最《さい》初読《しょよ》んだ時《とき》なんとくどくどとした、同《おな》じようなことをくり返《かえ》してばかりいる読《よ》み物《もの》かと思《おも》いました。とにかく譬《たと》えごとが多《おお》く、何《なに》かの教《おし》えの後《あと》またほぼ同《おな》じことをくり返《かえ》す偈《げ》が出《で》てきていらいらもしました。

しかし暫《しばら》くしてある法華経《ほけきよう》の研究家《けんきゆうか》から自分《じぶん》も最初同《さいしよおな》じように思《おも》ったものだが、何度《なんど》もくり返《かえ》し読《よ》んでいるとその度《たび》に新《あたら》しい発見《はつけん》があってくり返《かえ》しが実《じつ》はただのくり返《かえ》しではなく、メッセイジのわずかな変化《へんか》によって読《よ》む者《もの》をゆすぶりながら自然《しぜん》に理解《りかい》に誘《さそ》っていく実《じつ》によく出来《でき》た叙述《じよじゆつ》だといわれ、あらためてなるほどと思《おも》った。

ということで決《けつ》してお経《きよう》の真似《まね》ではないが、なにしろいわれていることが人間《にんげん》にとって究極最大《きゆうきよくさいだい》のテーマだけに、法華経《ほけきよう》について自分《じぶん》が感《かん》じ考《かんが》えていることを述《の》べるとどうしても法華経《ほけきよう》のペースになってしまいます。だいたい前述《ぜんじゆつ》のように、最後《さいご》の最後《さいご》のお経《きよう》のその直前《ちよくぜん》に、無量義経《むりようぎきよう》などという大事《だいじ》な教《おし》えが構《かま》えられて在《あ》るということも巧《たく》みなゆすぶり（?）、行《い》きつ戻《もど》りつの典型《てんけい》ではなかろうか。

ということでまたまさしく行《い》きつ戻《もど》りつということになりますが、無量義経《むりようぎきよう》の中《なか》で大《だい》荘厳菩薩《しようごんぼさつ》が仏《ほとけ》を讃《たた》える歌《うた》の中《なか》で述《の》べている、人間《にんげん》の在《あ》り方《かた》の極致《きよくち》としての『仏性《ぶつしよう》』、仏《ほとけ》の本性《ほんしよう》とはいかなるものなのだろうか。

ともかくも人間《にんげん》は誰《だれ》しも、本当《ほんとう》に覚《さと》ることが出来《でき》たならどのような境地《きようち》にたどりつくことが出来《でき》るのか、ということを仏《ほとけ》を讃《たた》えながら彼《かれ》はいっているのです。

ならばその人間《にんげん》の極致《きょくち》の姿《すがた》とは具体的《ぐたいてき》にどのようなものであり、それはどうやって獲《かく》得《とく》することが出来《でき》るのか。

少《すこ》し長《なが》くなりますがまずお経《きょう》の原文《げんぶん》を引用《いんよう》し翻訳《ほんやく》、解説《かいせつ》してみます。

『大《おお》いなる哉大悟大聖主《かなだいごだいしょうしゅ》　垢《く》なく染《ぜん》なく所著《しょじゃく》なし　天《てん》・人《にん》・象《ぞう》・馬《め》の調御師《じょうごし》　道風徳香《どうふうとっこう》一《いっ》切《さい》に薫《くん》じ　智《ち》恬《しず》かに情泊《じょうしず》かに慮凝《りょぎょうじょう》静なり　意滅《いめつ》し識亡《しきもう》して心亦寂《こころまたじゃく》なり　永《なが》く夢妄《むもう》の思《し》想念《そうねん》を断《だん》じて　復諸大陰入界《またしょだいおんにゅうかい》なし』

と仏《ほとけ》を讃《たた》える偈《げ》（歌《うた》）の最初《さいしょ》に大荘厳菩薩《だいしょうごんぼさつ》は唱《とな》えます。

「悟《さと》りを開《ひら》かれた聖《せい》なる偉大《いだい》な仏《ほとけ》よ、あなたは心《こころ》の汚《よご》れともいうべき一切《いっさい》の迷《まよ》いもなく、周《まわ》りのいかなる出来事《できごと》にも心《こころ》が染《そ》められて乱《みだ》れることはなく、何《なに》に執着《しゅうじゃく》（所著《しょじゃく》）することもなく、天上《てんじょう》の世界《せかい》に在《あ》るものも、人間世界《にんげんせかい》の者《もの》たちも、すべての動物《どうぶつ》たちをも自在《じざい》に導《みちび》かれる方《かた》です。

道《みち》を極《きわ》められたあなたの与《あた》えられる感化影響《かんかえいきょう》は柔《やわ》らかい風《かぜ》が心地《ここち》好《よ》く人々《ひとびと》の体《からだ》を包《つつ》むように、高貴《こうき》な香《かお》りのように万人《ばんにん》の心《こころ》に染《し》みわたります。

何《なん》の代償《だいしょう》も求《もと》められぬ心《こころ》はそれゆえにいつも平明《へいめい》であられ、自《みずか》らを開《あ》け放《はな》たれただただ相手《あいて》のためだけを願《ねが》われるがゆえにその心《こころ》は乱《みだ》れることはなく、それゆえにすべてのものごとの神髄《しんずい》を見分《みわ》けて捉《とら》えられます。

我々人間《われわれにんげん》はものごとを五官《ごかん》でこまごまと捉《とら》えて判断《はんだん》し、せいぜいがそれを踏《ふ》まえてその裏《うら》や陰《かげ》にあるものを判断《はんだん》しようとしますが、あなたはそれをはるかに越《こ》えてものごとの芯《しん》の芯《しん》に在《あ》る真理《しんり》だけを見《み》つめておられ、現世界《げんせかい》に関《かか》わる上部《じょうぶ》の感覚《かんかく》や智慧《ちえ》を超越《ちょうえつ》してこの世《よ》の芯《しん》の芯《しん》たる原理《げんり》（実相《じっそう》）の世界《せかい》におられるがゆえに、その御心《みこころ》はいつも静《しず》かに平穏《へいおん》であられます。

それゆえに、地《ち》、水《すい》、火《か》、風《ふう》、（大《だい》、陰《おん》、入《にゅう》、界《かい》の）『大《だい》』といった現世界《げんせかい》を構築《こうちく》しているすべての元素《げんそ》、物質《ぶっしつ》や『陰《おん》』（五陰《ごおん》、あるいは五蘊《ごうん》のこと。色《しき》、受《じゅ》、想《そう》、行《ぎょう》、識《しき》）、人間《にんげん》の体《からだ》を含《ふく》めて一切《いっさい》の形而下《けいじか》の物体《ぶったい》、身《み》の周《まわ》りの現実《げんじつ》のものごとを受《う》け止《と》める心《こころ》の働《はたら》き、好《す》きだの、嫌《きら》いだの、愉快《ゆかい》、不愉快《ふゆかい》など、さらにそれを基《もと》にして生《しょう》じるいろいろな思惑《おもわく》、そして『行《ぎょう》』、さらにもっとつきつめて、こうしたい、ああはしまい、といった意志的《いしてき》な強《つよ》い働《はたら》き、さらに『入《にゅう》』、（よくいう「六根清浄《ろっこんしょうじょう》」の六根《ろっこん》とされる）眼《げん》、耳《に》、鼻《び》、舌《ぜっ》、身《しん》、意《い》にそれらのものが五感《ごかん》を働《はたら》かせて捉《とら》える相手《あいて》となる色《しき》、声《しょう》、香《こう》、味《み》、触《そく》（感触《かんしょく》）、法《ほう》（ものごとの動《うご》きや作用《さよう》）、そして『界《かい》』（入《にゅう》の十二要素《ようそ》に眼《め》や鼻《はな》などの動《うご》きを加《くわ》えた仏語《ぶつご》でいう十八界《じゅうはちかい》のこと）、といった物質世界《ぶっしつせかい》に関《かか》わる人間《にんげん》の心《こころ》の動《うご》きをはるかに超越《ちょうえつ》した存在《そんざい》であられます」

さらに、

『其《そ》の身《み》は有《う》に非《あら》ず亦《また》無《む》に非《あら》ず　因《いん》に非《あら》ず縁《えん》に非《あら》ず自他《じた》に非《あら》ず　方《ほう》に非《あら》ず円《えん》に非《あら》ず短《たん》長《ちょう》に非《あら》ず　出《しゅつ》に非《あら》ず没《もつ》に非《あら》ず生滅《しょうめつ》に非《あら》ず　造《ぞう》に非《あら》ず起《き》に非《あら》ず為作《いさ》に非《あら》ず　坐《ざ》に非《あら》ず臥《が》に非《あら》ず行住《ぎょうじゅう》に非《あら》ず　動《どう》に非《あら》ず転《てん》に非《あら》ず閑静《げんじょう》に非《あら》ず　進《しん》に非《あら》ず退《たい》に非《あら》ず安危《あんき》に非《あら》ず　是《ぜ》に非《あら》ず非《ひ》に非《あら》ず得失《とくしつ》に非《あら》ず　彼《ひ》に非《あら》ず此《し》に非《あら》ず去来《こらい》に非《あら》ず　青《しょう》に非《あら》ず黄《おう》に非《あら》ず赤白《しゃくびゃく》に非《あら》ず　紅《く》に非《あら》ず紫《し》種種《しゅじゅ》の色《しき》に非《あら》ず』

と大荘厳菩薩《だいしょうごんぼさつ》は仏《ほとけ》を讃《たた》えます。

翻訳《ほんやく》すれば、

「仏《ほとけ》の存在《そんざい》は世《よ》にいう有《あ》るとか無《な》いとかといった存在《そんざい》の通念《つうねん》では計《はか》ることの出来《でき》ぬものです。現実《げんじつ》に私《わたし》たちはあなたをこうして眺《なが》めてはいても、あなたは実際《じっさい》には目《め》には見《み》えぬ奥《おく》の深《ふか》い絶対真理《ぜったいしんり》（実相《じっそう》）の世界《せかい》に住《す》んでおいでになる。だからこの現象《げんしょう》が形《かたち》づくっている現世界《げんせかい》の原因《げんいん》と結果《けっか》の因果関係《いんがかんけい》の法則《ほうそく》にまったく縛《しば》られることもなく、あちらではなくこちらだ、といった対比対立《たいひたいりつ》の関《かか》わりもまったく越《こ》えて、ありとあらゆるものの中《なか》にむらなく浸透《しんとう》して在《あ》られます。

四角《しかく》いとか丸《まる》いとか、短《みじか》いとか長《なが》いとか人間世界《にんげんせかい》のものの計《はか》り方《かた》では捉《とら》えることの出《で》来《き》ぬ、違《ちが》う次元違《じげんちが》う位相《いそう》の世界《せかい》においでになります。

自分《じぶん》と他者《たしゃ》の区別《くべつ》もなく、すべてのものに対《たい》して等《ひと》しい存在《そんざい》で在《あ》られます。姿《すがた》を現《あらわ》すとか隠《かく》れるとか、生《しょう》じるとか滅《めつ》するとかいういかなる変化《へんか》をも越《こ》えた方《かた》なのです。

何《なに》かに依《よ》って何《なに》かのために造《つく》られたとか、生《しょう》じたとかいうことではなしに、この世《よ》の過去《かこ》、現在《げんざい》、未来《みらい》をまたいではるかに悠久《ゆうきゅう》、絶対《ぜったい》のものとして在《あ》られます。座《すわ》るとか、寝《ね》るとか、進《すす》むとか、止《と》まるとかいったいかなる動《うご》き、その動《うご》きの中《なか》の姿《すがた》、在《あ》り方《かた》が安《やす》らかとか危《あや》ういとかに、関《かか》わりもなくいかなる損得《そんとく》も越《こ》え、他《ほか》のどこかへ去《さ》られまたこちらへ来《こ》られるなどという動《うご》きも越《こ》えた、絶対《ぜったい》の存在《そんざい》で在《あ》られます。

世間《せけん》のさまざまなものごと、出来事《できごと》（いろいろな色《いろ》）に関《かか》わりない、ただひと色《いろ》の、それゆえに世界全体《せかいぜんたい》を目《め》には見《み》えぬ絶対《ぜったい》の原理《げんり》としての色《いろ》で染《そ》め上《あ》げ動《うご》かしておられる方《かた》です」

つまり、何《なん》に作用《さよう》されることもない仏《ほとけ》の絶対的《ぜったいてき》な普遍性《ふへんせい》、それゆえにいかなるものをも救《すく》える力《ちから》の所以《ゆえん》について弟子《でし》である大荘厳菩薩《だいしょうごんぼさつ》が三部経《さんぶきょう》の冒頭《ぼうとう》に明《あ》かしているのです。

というところがお経《きょう》の妙味《みょうみ》で、仏《ほとけ》が自分《じぶん》について説《と》いて教《おし》えるのではなしに、周《まわ》りにいる弟子《でし》たちもまた、自分《じぶん》にとってもきっと可能《かのう》な境地《きょうち》としての仏《ほとけ》の姿《すがた》、在《あ》り方《かた》にあこがれ、自分《じぶん》もそうなりたいと願《ねが》って進《すす》むところに釈迦《しゃか》の説《と》いた教《おし》えの本質《ほんしつ》がうかがえてくる。

偈《げ》はさらに進《すす》んで、

『戒《かい》・定《じょう》・慧《え》・解《げ》・知見《ちけん》より生《しょう》じ　三昧《さんまい》・六通《ろくつう》・道品《どうほん》より発《はっ》し　慈悲《じひ》・十力《じゅうりき》・無畏《むい》より起《おこ》り　衆生善業《しゅじょうぜんごう》の因縁《いんねん》より出《い》でたり』

とある。

この部分《ぶぶん》の最後《さいご》の一行《ぎょう》が実《じっ》は決定的《けっていてき》な意味《いみ》を持《も》っている。『衆生善業《しゅじょうぜんごう》の因縁《いんねん》より出《い》でたり』というのは、釈迦《しゃか》ももとを正《ただ》せば、衆生《しゅじょう》、つまり普通《ふつう》の人間《にんげん》の一人《ひとり》として善業《ぜんごう》（修行《しゅぎょう》）を積《つ》んだ（という因縁《いんねん》）がゆえにかく成《な》られたということです。

ならばその修行《しゅぎょう》を積《つ》むことによって得《え》られていく善業《ぜんごう》とは何《なに》か、というのが前段《ぜんだん》の言葉《ことば》の内容《ないよう》です。

『戒《かい》』とは戒律《かいりつ》ですが、仏教《ぶっきょう》で説《と》かれる戒律《かいりつ》は他《ほか》の宗教《しゅうきょう》とはかなり違《ちが》っている。例《たと》えばイスラム教《きょう》では豚《ぶた》を食《た》べることや酒《さけ》を飲《の》むことを厳《きび》しく禁止《きんし》しているし、キリスト教《きょう》のセブンデイズといった教派《きょうは》では魚以外《さかないがい》の動物《どうぶつ》の肉《にく》は食《た》べられない、あるいは多《おお》くの宗《しゅう》教《きょう》では聖職者《せいしょくしゃ》は妻帯《さいたい》出来《でき》ないなどといったものとは本質的《ほんしつてき》に違《ちが》っていて、それを破《やぶ》れば罰《ばっ》せられるとか罰《ばち》が当《あ》たるといった種《しゅ》のものでは決《けっ》してない。

ただ自分自身《じぶんじしん》の発展向上《はってんこうじょう》のためには日頃《ひごろ》このようにして生《い》きていったらいいのだという相手《あいて》への思《おも》いやり、つまりあくまで慈悲《じひ》から発《はっ》した、強制束縛《きょうせいそくばく》を伴《ともな》うことのない指導《しどう》です。酒《さけ》を飲《の》む坊《ぼう》さんが、お酒《さけ》のことを般若湯《はんにゃとう》と称《しょう》し世間《せけん》もそれを許《ゆる》しているのもその一つの表《あらわ》れでしょう。

そしてその戒律《かいりつ》（戒《かい》）を守《まも》っていくことで『定《じょう》』（禅定《ぜんじょう》）がもたらされてくる。心《こころ》が平明《へいめい》に落《お》ち着《つ》いて、常《つね》にこの世《よ》の真理《しんり》を求《もと》めそれに従《したが》おうという迷《まよ》いの消《き》えた心境《しんきょう》のことです。

定《じょう》は『禅定《ぜんじょう》』の定《じょう》ですが、『禅定《ぜんじょう》』とは落《お》ち着《つ》いた平明《へいめい》な心《こころ》のこと。常《つね》に人間《にんげん》の存在《そんざい》に関《かん》する芯《しん》の芯《しん》に在《あ》る真理《しんり》を求《もと》めて向《む》かおうとしているから、周《まわ》りがざわざわしいかに変化《へんか》しても動《どう》じない心《こころ》のあり様《よう》です。

そしてそれゆえに、さらに『慧《え》』（智慧《ちえ》）が獲得《かくとく》されてくる。

智慧《ちえ》とはいろいろ多《おお》くの知識《ちしき》を備《そな》えているとか他人《たにん》にはない機転《きてん》や閃《ひらめ》きがあるといっ

た並《なみ》の知恵《ちえ》ではなしに、慧《え》の意味《いみ》するのは何《なん》であれ、A、B、Cの違《ちが》いについての識別《しきべつ》ではなしに、ABCそれぞれに共通《きょうつう》するものは何《なん》なのかという、ものごとを大《おお》きく包《つつ》む認識《にんしき》ともいえる。男《おとこ》と女《おんな》は明《あき》らかに違《ちが》います。貧乏人《びんぼうにん》と大金持《おおがねも》ちも、貴族《きぞく》と賤民《せんみん》もそれぞれ身分立場《みぶんたちば》は異《こと》なるが、しかし同《おな》じ人間《にんげん》としての価値《かち》と尊厳《そんげん》を備《そな》えているはずだ。仏《ぶっ》法《ぽう》が誰《だれ》しもが仏《ほとけ》になれる可能性《かのうせい》、『仏性《ぶっしょう》』を備《そな》えていると説《と》く意味《いみ》と価値《かち》は、何《なに》よりも智慧《ちえ》の発露《はつろ》といえます。

『解《げ》』は解脱《げだつ》です。解脱《げだつ》とは人間《にんげん》が往々抱《おうおうかか》えている欲望《よくぼう》や、迷《まよ》い、悩《なや》み、あるいは苦《くる》しみを脱却《だつきゃく》して、そうした心《こころ》の荷物《にもつ》に無関心《ノンシャラント》でいられ、それゆえに安《やす》らいでいられる境地《きょうち》です。仏教《ぶっきょう》に帰依《きえ》する人間《にんげん》たちがまず望《のぞ》むのはこの境地《きょうち》でしょう。

先日比叡山《せんじつひえいざん》に行《い》って寺側《てらがわ》の好意《こうい》で滅多《めった》に入《はい》れぬ所《ところ》まで入《はい》って参観《さんかん》しましたが、奥《おく》の院《いん》で外界《がいかい》から自《みずか》らを隔《へだ》て妨《さまた》げる行《ぎょう》をしているお坊《ぼう》さんを何人《なんにん》か見《み》ました。瑠璃堂《るりどう》の横《よこ》にも小《ちい》さな庵《いおり》を結《むす》んでもう十五年以上山《ねんいじょうやま》に籠《こも》ったままでいるという人《ひと》もいました。ワンクール十二年《ねん》の山籠《やまごも》りの行《ぎょう》を終《お》えたが、それにあきたらずさらに十二年《ねん》を加《くわ》えて、もう二度《ど》目《め》の半《なか》ばにきているとか。つまり浮世離《うきよばな》れということです。

「まあ時々《ときどき》、誰《だれ》かが忘《わす》れていったとか、物《もの》を包《つつ》んできた古新聞《ふるしんぶん》を読《よ》んだりはしますが」と笑《わら》って話《はな》していたが、私《わたし》はふと妙《みょう》に羨《うらや》ましい気《き》がしてきたものだった。贅沢《ぜいたく》といえばあんなに贅沢《ぜいたく》な話《はなし》もないような気《き》がする。

しかしああやって解脱《げだつ》までいっても、彼等《かれら》がその後外《ごそと》の俗世間《ぞくせけん》に戻《もど》っていった時《とき》、十年二十年山《ねんねんやま》に籠《こも》って得《え》た解脱《げだつ》が下界《げかい》の世間《せけん》でも通《つう》じるのかな、どれだけ保《も》つのかなという気《き》もふとしました。

奥《おく》の院《いん》で開祖《かいそ》のお墓《はか》の掃除《そうじ》をしていた、これも何年《なんねん》もの山籠《やまごも》りの行《ぎょう》をしている坊《ぼう》さんたちに、どういう動機《どうき》でこの行《ぎょう》をしているのかと聞《き》いたらある人《ひと》は自分《じぶん》の師匠《ししょう》が過去《かこ》にしていたので自分《じぶん》もそれに倣《なら》ってのことということだったが、なんとなく当《あ》て外《はず》れの答《こた》えのような気《き》がした。

他《ほか》の一人《ひとり》に、これでこの山《やま》を降《お》りて俗《ぞく》な世界《せかい》に戻《もど》っていった時《とき》、周《まわ》りの人《ひと》たちにここでの経験《けいけん》を踏《ふ》まえてどんな報告《ほうこく》をするのですかと質《ただ》したら、「いえいえ、そんなだいそれたことなど」という答《こた》えだったが、聞《き》いて私《わたし》はあまり満足出来《まんぞくでき》なかった。

浮《う》き世《よ》を離《はな》れて一種《いっしゅ》の贅沢《ぜいたく》をしている人《ひと》たちなのだから、まして仏教《ぶっきょう》の専門家《せんもんか》として信者《しんじゃ》の人《ひと》たちを何《なん》らか救《すく》ったり導《みちび》いたりしなくてはならぬ立場《たちば》だろうに、たとえ自分《じぶん》一人《ひとり》が解脱《げだつ》してしまってもそれを心《こころ》の財産《ざいさん》として他人《たにん》に分配《ぶんぱい》しないですむものかと思《おも》う。

他《ほか》の人間《にんげん》たちは解脱《げだつ》を求《もと》めて山《やま》に籠《こも》ったりする暇《ひま》なんぞありはしないまま、世俗《せぞく》の仕事《しごと》にまみれさまざまな悩《なや》みを抱《かか》えながら懸命《けんめい》に生《い》きているのに、坊《ぼう》さんの一人《ひとり》や二人《ふたり》が私《わたし》たちの知《し》れぬ所《ところ》で解脱《げだつ》してくれていても、それが先達《せんだつ》のメッセイジとしてこちらの凡智《ぼんち》たちに届《とど》いてこないならなんのための修行《しゅぎょう》かとも思《おも》いますが。

毎日何十《まいにちなんじっ》キロかの山歩《やまある》きを千日続《にちつづ》ける行《ぎょう》をしている坊《ぼう》さんを住民《じゅうみん》は拝《おが》んで見送《みおく》り、犬《いぬ》までがその後《あと》をついていくと聞《き》いたが、その坊《ぼう》さんがそれで何《なに》をつかんだかに興味《きょうみ》があり、それを伝《つた》えることにそんなつらい行《ぎょう》の意味《いみ》と価値《かち》もあるはずなのに。

しかし、釈迦《しゃか》は現代《げんだい》の坊《ぼう》さんたちとははるかに違《ちが》って、誰《だれ》よりも果敢《かかん》に激《はげ》しい行《ぎょう》を重《かさ》ねた末《すえ》につかんだ覚《さと》りを見事《みごと》な哲学《てつがく》として他《ほか》の人間《にんげん》たちに伝《つた》えてくれました。その姿《すがた》、その生涯《しょうがい》に比《くら》べると現代《げんだい》の坊《ぼう》さんたちは釈迦《しゃか》の後世《こうせい》におけるお弟子《でし》ということだろうに、どうも少《すこ》しばかり違《ちが》う生《い》き方《かた》をしているとしかいいようない気《き》がします。

だから、坊《ぼう》さんには頼《たよ》らずに自分《じぶん》たち自身《じしん》でささやかな解脱《げだつ》なり覚《さと》りを得《え》ようとする在家仏教《ざいけぶっきょう》が盛《さか》んになっていくということなのかも知《し》れない。その道《みち》の専門家《せんもんか》の坊《ぼう》さんたちが誰《だれ》かの命日《めいにち》にお経《きょう》を上《あ》げにきてくれるということ以外《いがい》に、さまざまな悩《なや》み迷《まよ》いを抱《かか》える人間《にんげん》たちのために別《べつ》に大《たい》したこともしてくれないなら我々《われわれ》は自分自身《じぶんじしん》で試《こころ》みる以外《いがい》にないではないか。

そのためには、釈迦《しゃか》の教《おし》えで一番肝心《いちばんかんじん》なものは何《なに》かということを考《かんが》えてかかることです。

それは仏教《ぶっきょう》の各宗派《かくしゅうは》の教《おし》えているいろいろなマニュアルなんぞではなしに、釈迦《しゃか》が説《と》いた哲学《てつがく》とは何《なん》だったのかということの理解《りかい》に努《つと》めること以外《いがい》にありはしまい。そしてそれは何《なに》も高等数学《こうとうすうがく》を解《と》くほど難解《なんかい》なものではありはしない。もともと人間誰《にんげんだれ》しもに関《かか》わりある、自分《じぶん》はなぜこうやって生《い》きているのかという問題《もんだい》なのですから。

話《はなし》がまた脇道《わきみち》にそれかかったが、翻訳解説中《ほんやくかいせつちゅう》の偈《げ》の次《つぎ》の問題《もんだい》、『知見《ちけん》』とは解脱知見《げだつちけん》の略《りゃく》で、ただ解脱《げだつ》するというだけではなしに、自分《じぶん》が解脱《げだつ》しているとはっきり自《みずか》ら認識《にんしき》することです。でないと山《やま》に何十年籠《なんじゅうねんこも》っていようと、その後下界《ごげかい》に降《お》りてたちまち逆戻《ぎゃくもど》りもしかねないし、その確《かく》たる知見《ちけん》なしには他人《たにん》を積極的《せっきょくてき》に解脱《げだつ》に導《みちび》くことも出来《でき》はしまい。

釈迦《しゃか》が示《しめ》した人間《にんげん》としての極限最高《きょくげんさいこう》の境地《きょうち》は、戒《かい》・定《じょう》・慧《え》・解《げ》・知見《ちけん》から生《しょう》じ、さらに『三昧《さんまい》・六通《ろくつう》・道品《どうほん》より発《はっ》し』たものと大荘厳菩薩《だいしょうごんぼさつ》は讃《たた》えます。『三昧《さんまい》』とは心《こころ》がある一つの目的《もくてき》に集中《しゅうちゅう》し切《き》って落《お》ち着《つ》きみだりに動《どう》じない姿《すがた》。

『六通《ろくつう》』とは六つの特異《とくい》な能力《のうりょく》のことです。

これは仏教《ぶっきょう》やヒンズー教《きょう》に限《かぎ》らず日本古来《にほんこらい》の神道《しんとう》やキリスト教《きょう》にも見《み》られます。身体《しんたい》を激《はげ》しく責《せ》め抜《ぬ》く過酷《かこく》な行《ぎょう》を重《かさ》ねると人間《にんげん》は誰《だれ》しもだんだんと不思議《ふしぎ》な能力《のうりょく》を備《そな》えるようになってくるものだという。世《よ》にいう霊感《れいかん》ということでしょうが、力《ちから》そのものの程度《ていど》やそれを身《み》に備《そな》えるまでの行《ぎょう》の量《りょう》や質《しつ》は人《ひと》によって異《こと》なるらしい。しかし、いずれにせよそれは現代科学《げんだいかがく》も否定出来《ひていでき》ないし、逆《ぎゃく》に現代《げんだい》になって科学《かがく》もそれを証明《しょうめい》している。ごく一般《いっぱん》の信仰者《しんこうしゃ》でもそうした体験《たいけん》をした人《ひと》は数多《かずおお》くいます。

ということで、例《れい》のオウム真理教《しんりきょう》のようなエセ信仰集団《しんこうしゅうだん》はそうした体験《たいけん》を薬物《やくぶつ》の投与《とうよ》で促進倍加《そくしんばいか》させて信仰《しんこう》の力《ちから》として信者《しんじゃ》に見《み》せびらかし、結局《けっきょく》ああした破局《はきょく》を招《まね》いてしまった。

しかし正《ただ》しい信仰《しんこう》の促《うなが》すさまざまな行《ぎょう》が肉体《にくたい》を責《せ》めて雑念《ざつねん》を除去《じょきょ》していく過程《かてい》の中《なか》で、多《おお》くの人間《にんげん》が自《みずか》らも信《しん》じられぬそうした非現実《ひげんじつ》な力《ちから》の体現《たいげん》を経験《けいけん》していくのはあくまで事実《じじつ》です。

『六通《ろくつう》』、六つの特異《とくい》な能力《のうりょく》とは、
天眼通《てんげんつう》、普通《ふつう》の人間《にんげん》には見《み》えぬものを見通《みとお》す力《ちから》。
天耳通《てんにつう》、普通《ふつう》の人間《にんげん》には聞《き》こえぬ声《こえ》や音《おと》を聞《き》く力《ちから》。
他心通《たしんつう》、他人《たにん》の心《こころ》を見通《みとお》す力《ちから》。
宿命通《しゅくみょうつう》、前世《ぜんせ》のことについて知《し》ることの出来《でき》る力《ちから》。
神足通《じんそくつう》、物凄《ものすご》い速度《そくど》でどこにでも行《い》ける力《ちから》。
漏尽通《ろうじんつう》、自在《じざい》に他人《たにん》の心《こころ》の迷《まよ》い悩《なや》みを取《と》り除《のぞ》いてやれる力《ちから》。

というと、そんないかにも神《かみ》がかり非科学的《ひかがくてき》なことをいい出《だ》すから宗教《しゅうきょう》などというものは困《こま》るということにもなりそうだが、しかし人間《にんげん》はもともとこうした力《ちから》の素養《そよう》を備《そな》えているのであって、それが何《なに》かを契機《けいき》に発露《はつろ》してくるという事例《じれい》は実《じつ》は枚挙《まいきょ》に暇《いとま》がない。そして信仰《しんこう》に関《かか》わる修行《しゅぎょう》がそれを開発《かいはつ》するという例《れい》が最《もっと》も多《おお》いのも確《たし》かです。

釈迦《しゃか》と他《ほか》の教祖《きょうそ》との相違《そうい》

前《まえ》にも記《しる》した法華経《ほけきょう》に関《かん》して私《わたし》の導師《どうし》となった霊友会《れいゆうかい》の創設者《そうせつしゃ》の一人《ひとり》小谷喜美《こたにきみ》師《し》は一《いち》時期失明《じきしつめい》してしまったほど過酷《かこく》な修行《しゅぎょう》を行《おこな》った人《ひと》ですが、その結果《けっか》仏《ほとけ》の教《おし》えの中《なか》に挙《あ》げられている六通《とお》りの力《ちから》のいくつかを体得《たいとく》していました。

師《し》からじかに聞《き》かされたことですが、戦前赤坂《せんぜんあかさか》の布教所《ふきょうじょ》で信者《しんじゃ》たちと一緒《いっしょ》にお経《きょう》を上《あ》げていたら耳元《みみもと》である声《こえ》がしきりに、すぐに近《ちか》くの弁慶橋《べんけいばし》の向《む》こうの森《もり》に行《い》けと囁《ささや》く。何故《なぜ》なのかはわからぬが声《こえ》がそうくり返《かえ》す。仕方《しかた》なしに用《よう》を足《た》しに行《い》くふりをして部屋《へや》を出《で》、家《いえ》を抜《ぬ》け出《だ》して近《ちか》くの橋《はし》を渡《わた》り、当時《とうじ》はまだ鬱蒼《うっそう》としていた今《いま》のホテルニューオータニの辺《あた》りの森《もり》に行《い》って当《あ》てもなく歩《ある》いていたら、首《くび》を吊《つ》って死《し》のうとしていた人《ひと》を見《み》つけて思《おも》いとどまらせ連《つ》れて帰《かえ》ったそうな。これなんぞはお経《きょう》にある天耳通《てんにつう》による人《ひと》助《だす》けということでしょう。

私自身《わたしじしん》師《し》と御一緒《ごいっしょ》していてある時《とき》に行《い》った熱海《あたみ》の「白石《しらいし》」という有名《ゆうめい》な割烹旅館《かっぽうりょかん》で、主人《しゅじん》の白石氏《しらいしし》からつい最近《さいきん》のこととして次《つぎ》の挿話《そうわ》を聞《き》かされたこともあります。

その二年《ねん》ほど前白石氏《まえしらいしし》が手狭《てぜま》になった旅館《りょかん》の別館《べっかん》を敷地《しきち》内《ない》に造《つく》ろうとしていて、たまたま立《た》ち寄《よ》られた師《し》にその話《はなし》をしたら予定地《よていち》を見《み》せなさいということで、案内《あんない》するとその前《まえ》に立《た》った途端《とたん》、「あああここの崖《がけ》は崩《くず》れるよ。建《た》てるなら、向《む》こうがいい、あそこは大丈夫《だいじょうぶ》だよ」といわれたが、予定地《よていち》の方《ほう》がいかにもしっかりして見《み》え、いわれた方《ほう》は崖《がけ》が迫《せま》ってかぶさってどうにも危《あぶ》なっかしげに見《み》えた。しかし、ともかくいわれるままに土地《とち》を変《か》えて建《た》てたら、間《ま》もなくかなりの地震《じしん》が来《き》て予定地《よていち》の方《ほう》は呆気《あっけ》なく崩《くず》れ新規《しんき》に建物《たてもの》を建《た》てた方《ほう》は磐石《ばんじゃく》だったそうな。

小谷師《こたにし》に限《かぎ》らずそうした例《れい》を私自身何度《わたしじしんなんど》も目《め》にしてきたし、自分自身《じぶんじしん》の体験《たいけん》としても味《あじ》わってきました。以前産経新聞《いぜんさんけいしんぶん》に『巷《ちまた》の神々《かみがみ》』という日本《にほん》の新《あたら》しい宗教《しゅうきょう》についての長《なが》いルポルタージュを書《か》いたおり、そんな縁《えん》で本物《ほんもの》からインチキまでずいぶん多《おお》くのいわゆる新興宗教《しんこうしゅうきょう》の開祖《かいそ》たちと面談《めんだん》して話《はなし》を聞《き》きましたが実《じつ》に印象的《いんしょうてき》なことが多《おお》かった。

例《たと》えば甲子園《こうしえん》の高校野球《こうこうやきゅう》で有名《ゆうめい》な智弁学園《ちべんがくえん》の創設者《そうせつしゃ》、というよりもその母体《ぼたい》の弁天《べんてん》宗《しゅう》の開祖《かいそ》の大森智弁《おおもりちべん》師《し》もその一人《ひとり》で、私《わたし》を連《つ》れていって紹介《しょうかい》してくれたのは今《いま》は亡《な》き、その後《ご》参議《さんぎ》院《いん》でも一緒《いっしょ》だった作家《さっか》の今東光《こんとうこう》氏でした。

今氏《こんし》の話《はなし》だと氏《し》の奥《おく》さんが不思議《ふしぎ》な病気《びょうき》にとりつかれ、毎晩必《まいばんかなら》ず午前《ごぜん》二時《じ》になると胃《い》が激《はげ》しく痙攣《けいれん》してその苦痛《くつう》に苛《さいな》まれ眠《ねむ》ることが出来《でき》ない。どの病院《びょういん》に行《い》っても原因《げんいん》がわからぬまま日《ひ》に日《ひ》に瘦《や》せてやつれていって傍目《はため》にもこのままではもう助《たす》かるまいと思《おも》っていたら、ある人《ひと》から大森師《おおもりし》を紹介《しょうかい》された。こちらも天台宗《てんだいしゅう》の大僧正《だいそうじょう》たる坊主《ぼうず》としての沽券《こけん》もあるが溺《おぼ》れる者《もの》の藁《わら》で出《で》かけていったら顔《かお》を合《あ》わすなり奥《おく》さんの奇病《きびよう》をいい当《あ》てられ、加《くわ》えて今氏《こんし》が沖縄《おきなわ》から持《も》って帰《かえ》ったパナリ焼《やき》の壺《つぼ》が骨壺《こつつぼ》で、それをまた応接間《おうせつま》に飾《かざ》っていた不見識《ふけんしき》に原因《げんいん》があると、今氏邸《こんしてい》に来《き》たこともない大森師《おおもりし》にいきなり指摘《してき》され諭《さと》された。そういわれて、帰《かえ》るなりすぐにその壺《つぼ》の供養《くよう》を今氏自身《こんしじしん》が坊主《ぼうず》なりに行《おこな》ったら、その夜《よ》から奇病《きびよう》は完全《かんぜん》に治《おさ》まったそうな。

などと聞《き》かされていましたし、私《わたし》はただ取材《しゆざい》のための好奇心《こうきしん》で出向《でむ》いたのでしたが、会《あ》うなり、

「あんたはタフな人《ひと》と聞《き》いていたけど案外気《あんがいき》が小《ちい》さいのね」

といわれました。

「はっ」

と聞《き》き返《かえ》したら、機会《きかい》があったら今氏《こんし》を真似《まね》てうかがいをたててみようかと思《おも》っていたことがらを向《む》こうからいい出《だ》されたのには驚《おどろ》きました。

実《じつ》は当時《とうじ》私《わたし》は新《あたら》しい家《いえ》を建《た》てていたのですが、それまで住《す》んでいた家《いえ》がなかなか売《う》れずに家計《かけい》が逼迫《ひつぱく》して往生《おうじよう》していました。大森師《おおもりし》は笑《わら》いながらその家《いえ》の売却《ばいきやく》の税法上《ぜいほうじよう》の期《き》限《げん》はいついつまでだが、家《いえ》はその一週間前《いつしゆうかんまえ》に必《かなら》ず売《う》れるから心配無用《しんぱいむよう》と告《つ》げました。そ

ういわれても私自身《わたしじしん》は半信半疑《はんしんはんぎ》だったが、その他《ほか》の不思議《ふしぎ》な挿話《そうわ》をいろいろ聞《き》かされる内《うち》だんだんその気《き》になってきて、安心《あんしん》してしまった。結果《けっか》として家《いえ》の始末《しまつ》はまさに大森《おおもり》師《し》から告《つ》げられた通《とお》りになりました。

大森師《おおもりし》に関《かん》する、私《わたし》の身《み》の上《うえ》に関《かか》わること以上《いじょう》に不思議《ふしぎ》で感動的《かんどうてき》な挿話《そうわ》は件《くだん》の本《ほん》に多《おお》く記《しる》したので割愛《かつあい》します。しかし信仰《しんこう》への帰依《きえ》に関《かか》わりなしに、私自身《わたしじしん》の体験《たいけん》としても信仰《しんこう》に賭《か》けた人間《にんげん》が備《そな》えてくる不思議《ふしぎ》な力《ちから》、つまり釈迦《しゃか》が身《み》をもって明《あ》かした『六通《ろくつう》』はこの現代《げんだい》にも現存《げんぞん》しているし、それは決《けっ》して信仰《しんこう》のためのようすがのすべてではないが、ある時《とき》ある場合《ばあい》には人々《ひとびと》を迷《まよ》いから覚《さ》ますための効果《こうか》ある手《て》だてになっているとは思《おも》います。

カソリックは西欧《せいおう》に兆《きざ》してきた近代文明《きんだいぶんめい》の合理主義《ごうりしゅぎ》に対抗《たいこう》してその権威《けんい》と価値《かち》を保《たも》つために、自《みずか》らの教義《きょうぎ》の核《かく》の一つとしてある神秘《しんぴ》と奇蹟《きせき》の現代的意味《げんだいてきいみ》と価値《かち》を定着《ていちゃく》させようと、そのいわばシンボルたるカソリックにおける聖人《せいじん》たちの資格《しかく》について規定《きてい》しました。その中《なか》の一つに彼等《かれら》が優《すぐ》れた信仰者《しんこうしゃ》としてその素晴《すば》らしさを明《あ》かすために行《おこな》った奇《き》蹟《せき》のランキングのようなものさえあります。それをいくつ実際《じっさい》に体現《たいげん》してみせた人《ひと》は聖《せい》人《じん》としてランクされる、と。

その内訳《うちわけ》を見《み》ると、仏教《ぶっきょう》の説《と》いている仏《ほとけ》の六つの力《ちから》『六通《ろくつう》』とほとんど重《かさ》なっています。

しかし小谷師《こたにし》にいわせるとそんな力《ちから》はもともと誰《だれ》でも備《そな》えているもので、自分《じぶん》が皆《みな》にそんな力《ちから》を請《こ》われれば示《しめ》してみせるのはただ信仰《しんこう》に導《みちび》き励《はげ》ませるための手《て》だての一つでしかありはしない。

「お釈迦《しゃか》さまもいっておられるが、あんまりそんなことばかりに興味《きょうみ》を持《も》つのは勧《すす》められないね」

ということでした。

確《たし》かにそうした六通《ろくつう》の非《ひ》現実的《げんじつてき》な力《ちから》は弟子《でし》たちを信頼《しんらい》させるには効果《こうか》ある方便《ほうべん》に違《ちが》いないが、それが主目的《しゅもくてき》になってしまえば下手《へた》するとオウム真理教《しんりきょう》のようなことにもなりかねない。しかしなお、自分《じぶん》にとっての導師《どうし》がそうした力《ちから》を示《しめ》してくれることで、弱《よわ》い人間《にんげん》は勇気《ゆうき》づけられ目指《めざ》しているものに向《む》かって進《すす》む活力《かつりょく》を与《あた》えられるに違《ちが》いない。

法華経《ほけきょう》の中《なか》の七番目《ばんめ》の章《しょう》「化城喩品《けじょうゆほん》」にも、宝物《たからもの》を目指《めざ》して進《すす》む内《うち》長《なが》い険《けわ》しい道程《どうてい》に疲《つか》れ果《は》て嫌気《いやけ》がさしもう引《ひ》き返《かえ》そうといい出《だ》す者《もの》たちを引《ひ》きとどめるために有力《ゆうりょく》な導師《どうし》が、まさに方便力《ほうべんりき》をもって架空《かくう》の城《しろ》（化城《けじょう》）を作《つく》り出《だ》し皆《みな》にこの中《なか》でのびのびと一休《ひとやす》みして出《で》かけようと誘《さそ》い、全員《ぜんいん》が喜《よろこ》んで架空《かくう》の城《しろ》に入《はい》って休息《きゅうそく》し活力《かつりょく》を取《と》り戻《もど》したのを見《み》て件《くだん》の導師《どうし》が手品《てじな》のように作《つく》り出《だ》してみせた城《しろ》を消《け》してしまい、全員《ぜんいん》を目指《めざ》していた宝《たから》物《もの》の在処《ありか》に向《む》かってあらためて督励《とくれい》し進《すす》ませたという挿話《そうわ》がありますが、人間誰《にんげんだれ》しも備《そな》えている不思議《ふしぎ》な力《ちから》を信仰《しんこう》の大先達《だいせんだつ》が自《みずか》ら体現発揚《たいげんはつよう》し凡人《ぼんじん》の目《め》を欺《あざむ》いて、いわば一時幻《いっときげん》惑《わく》しその効果《こうか》として本物《ほんもの》の目的《もくてき》に推《お》し進《すす》めていくというのはむべなるかなともいえます。

六通《ろくつう》に続《つづ》く『道品《どうほん》』は、助道品《じょどうほん》の略《りゃく》で、助道品《じょどうほん》とは覚《さと》りを得《え》ていくために必要《ひつよう》な三十七の心《こころ》の姿勢《しせい》、身《み》の持《も》ち方《かた》です。

続《つづ》いての慈悲《じひ》・十力《じゅうりき》・無畏《むい》の『慈悲《じひ》』は、慈《じ》は相手《あいて》を幸《しあわ》せにしてやりたいと思《おも》う心《こころ》、悲《ひ》は相手《あいて》の悲《かな》しみや欠点《けってん》、いろいろ足《た》りぬところを埋《う》めそれらを取《と》り除《のぞ》いてやりたいと思《おも》う心遣《こころづか》い。

『十力《じゅうりき》』とは、仏《ほとけ》の智慧《ちえ》の十の力《ちから》です。

一に、「是処非処《ぜしょひしょ》を知《し》っている」。時《とき》と場合《ばあい》と相手《あいて》に応《おう》じてはこうすべき、すべからざるを熟知《じゅくち》している力《ちから》。

二には、「三世《さんぜ》の業報《ごうほう》を知《し》っている」。こういうことを行《おこな》うと、必《かなら》ずこういう結果《けっか》となる。それはその場《ば》だけで終《お》わらず、過去《かこ》、現在《げんざい》、未来《みらい》にも及《およ》んで続《つづ》いて影響《えいきょう》するということを見通《みとお》す力《ちから》。

三には、「諸禅解脱三昧《しょぜんげだつざんまい》を知《し》っている」。その身《み》がいろいろな状況《じょうきょう》に置《お》かれれば心《こころ》はそれに応《おう》じて動《うご》かされてしまうが、いかなる状況《じょうきょう》になっても動《うご》かされぬ心《こころ》の持《も》ち方《かた》を知《し》っている力《ちから》。

四には、「諸根《しょこん》の勝劣《しょうれつ》を知《し》っている」。対《たい》している相手《あいて》の能力《のうりょく》、精神《せいしん》の度合《どあ》い高低《こうてい》の程《てい》度《ど》を見分《みわ》ける力《ちから》。

五には、「種々《しゅじゅ》の解《げ》を知《し》っている」。同《おな》じ教《おし》えを聞《き》いても、相手《あいて》によってさまざまな違《ちが》いが生《しょう》じてくるが、その微妙《びみょう》な違《ちが》いを見分《みわ》け、「人《ひと》を見《み》て法《ほう》を説《と》け」という言葉《ことば》の通《とお》り微妙《びみょう》な違《ちが》いを踏《ふ》まえて相手《あいて》を教化《きょうか》していく力《ちから》。

六には、「種々《しゅじゅ》の界《かい》を知《し》っている」。人間一人一人《にんげんひとりひとり》の今《いま》まで生《い》きてきた身《み》の上《うえ》を見分《みわ》け見通《みとお》す力《ちから》。

七には、「一切《いっさい》の至《いた》る所《ところ》の道《みち》を知《し》っている」。こういうことをすれば必《かなら》ずこういう結果《けっか》になるということを熟知《じゅくち》し、今《いま》ある姿《すがた》を見《み》てその将来《しょうらい》を見通《みとお》す力《ちから》。

八には、「天眼無礙《てんげんむげ》を知《し》っている」。凡人《ぼんじん》にはわからぬ他人《たにん》の心《こころ》の陰《かげ》の動《うご》き、隠《かく》されている真相《しんそう》などを一見《いっけん》にして知《し》る力《ちから》。

九には、「宿命《しゅくみょう》と無漏《むろ》を知《し》っている」。人間《にんげん》が前世《ぜんせ》の諸行《しょぎょう》によってどんな影響《えいきょう》（業《ごう》）を負《お》うてこの世《よ》に生《う》まれてきているのか、それゆえにどんな宿命的《しゅくめいてき》な迷《まよ》いや苦《くる》しみ悩《なや》みを負《お》うているかを見極《みきわ》め、それを取《と》り除《のぞ》く方法《ほうほう》を知《し》っているという力《ちから》。

十には、「永《なが》く習気《じっけ》（潜在意識《せんざいいしき》）を断《た》つことを知《し》っている」。何《なに》かをきっかけに現《あらわ》れてくる潜在《せんざい》した悪《わる》い意識《いしき》、ひがみ、やっかみ、恨《うら》みといった心《こころ》の負《ふ》の動《うご》きを永久《えいきゅう》に断《た》ち切《き》ってやる力《ちから》。

『無畏《むい》』とは、誰《だれ》に対《たい》してものを説《と》くのに憚《はばか》らない。教《おし》えを説《と》くのに何《なん》の気《き》がかり心《しん》配《ぱい》もないこと。

仏教《ぶっきょう》の道《みち》を妨《さまた》げるものの正体《しょうたい》を見極《みきわ》め、それを消《け》し去《さ》ってしまう。人間《にんげん》のあらゆる苦《く》悩《のう》を取《と》り除《のぞ》く方法《ほうほう》を熟知《じゅくち》しておられるから、迷《まよ》うことも間違《まちが》うこともない、といった仏《ほとけ》ならではの能力《のうりょく》です。

くり返《かえ》していいますが、大切《たいせつ》なことは、大荘厳菩薩《だいしょうごんぼさつ》が仏《ほとけ》を讃《たた》えて述《の》べた、仏《ほとけ》が仏《ほとけ》たるこれらの力《ちから》を合《あ》わせ備《そな》えた境地《きょうち》とその姿《すがた》はあくまで『衆生善業《しゅうじょうぜんごう》の因縁《いんねん》より出《い》でたり』ということなのです。

つまり釈迦《しゃか》はもともと人間《にんげん》として出発《しゅっぱつ》し、断食《だんじき》や瞑想《めいそう》といった行《ぎょう》を積《つ》みその体《からだ》を苛《さいな》み
すり減《へ》らして覚《さと》りを開《ひら》き、人間全体《にんげんぜんたい》に繋《つな》がる宇宙《うちゅう》の真理《しんり》、人間《にんげん》が在《あ》るということの意味《いみ》
とその本当《ほんとう》の芯《しん》の芯《しん》にある仕組《しく》みについて知《し》り尽《つ》くすことが出来《でき》ました。
その結果《けっか》釈迦《しゃか》がいきついた境地《きょうち》とは、どれをとっても人間《にんげん》がかくあれたならと願《ねが》わぬ
訳《わけ》にいかぬ素晴《すば》らしいものです。釈迦《しゃか》はあくまで人間《にんげん》としてそれを達成《たっせい》したので、それ
ゆえにこそ私《わたし》たちはそれを見《み》てあらためて励《はげ》む気《き》になれるのです。
つまり釈迦《しゃか》は人間《にんげん》にとっての手本《てほん》でした。私《わたし》を見《み》なさい、そして私《わたし》についてきなさい、
と呼《よ》びかけるに足《た》る見事《みごと》な行為者《こういしゃ》だったといえます。
我々《われわれ》はちょうど雪《ゆき》に覆《おお》われた氷河《ひょうが》の、下《した》には深《ふか》い危険《きけん》な亀裂《クレバス》がたくさん潜《ひそ》んでいる登《と》
山《ざん》ルートを老練《ろうれん》なガイドにすがってこわごわ進《すす》む登山者《とざんしゃ》のようなものです。その氷河《ひょうが》を
経《へ》てはるかに遠《とお》く高《たか》い山頂《さんちょう》を初《はじ》めて極《きわ》めた登山家《とざんか》でなければそんな危《あや》ういルートを素人《しろうと》
を案内《あんない》しては進《すす》めぬし、私《わたし》たちも命《いのち》をまかす訳《わけ》にいきはしない。
仏教《ぶっきょう》における釈迦《しゃか》と一般人《いっぱんじん》の関《かか》わりは、そうした意味《いみ》で他《ほか》の宗教《しゅうきょう》の創始者《そうししゃ》とその信者《しんじゃ》
のそれとは本質的《ほんしつてき》に違《ちが》うような気《き》がする。あの「人《ひと》」が登頂出来《とうちょうでき》たのだから、この自分《じぶん》
にもあの頂《いただ》きまで登《のぼ》ることが出来《でき》るはずだという勇気《ゆうき》を与《あた》える先達《せんだつ》が釈尊《しゃくそん》なのです。

十二番目《ばんめ》の「提婆達多品《だいばだったほん》」という章《しょう》に、大海《たいかい》の底《そこ》（はるかに遠《とお》い国々《くにぐに》）からたくさんの弟子《でし》を連《つ》れてやってきた文殊師利菩薩《もんじゅしりぼさつ》が、かの国《くに》で法華経《ほけきょう》を教《おし》えて教化《きょうか》し仏性《ぶっしょう》を獲得《かくとく》した弟子《でし》としてわずか八歳《さい》の竜王《りゅうおう》の娘《むすめ》を紹介《しょうかい》すると、驚《おどろ》いた智積菩薩《ちしゃくぼさつ》が思《おも》わず、

「そんな馬鹿《ばか》な、私《わたし》がお釈迦《しゃか》さまを眺《なが》めてきた限《かぎ》り、計《はか》り知《し》れぬほどの長《なが》い長《なが》い年月難行苦行《ねんげつなんぎょうくぎょう》し尽《つ》くされ、功徳《くどく》を積《つ》み重《かさ》ねられ、片時《かたとき》も休《やす》むことなく菩薩《ぼさつ》の道《みち》を求《もと》めて行《ぎょう》じられてきたではないですか。三千世界《さんぜんせかい》を眺《なが》め渡《わた》しても、人々《ひとびと》を救《すく》うために身命《しんみょう》を尽《つ》くされなかった場所《ばしょ》は芥子粒《けしつぶ》ほどもありはしません」

と抗議《こうぎ》し異議《いぎ》を唱《とな》えるシーンがありますが、この章《しょう》の意外《いがい》な結末《けつまつ》はたいそう意味深《いみしん》なのです。ともかくも智積菩薩《ちしゃくぼさつ》が思《おも》わずそういったほど、釈尊《しゃくそん》が積《つ》まれた行《ぎょう》は凄《すさ》まじいほどのものだった。

竜王《りゅうおう》の娘《むすめ》の挿話《そうわ》の本意《ほんい》は、釈迦《しゃか》がそれほど凄《すさ》まじい行《ぎょう》を果《は》たしてつかんだ覚《さと》りというものは、それが絶対《ぜったい》の真理《しんり》であるがゆえに、心《こころ》を開《ひら》いて、無心《むしん》となって聞《き》けば幼《おさな》い子供《こども》でも、いや子供《こども》の方《ほう》が大人《おとな》のように雑念《ざつねん》がなかろうから素直《すなお》に聞《き》き取《と》り、そのまますぐにも仏性《ぶっしょう》を獲得《かくとく》、発揮出来《はっきでき》るということです。

そのままいれば一国《こく》の王様《おうさま》になりおおせたはずの釈迦《しゃか》が、一人《ひとり》の人間《にんげん》として抱《いだ》いた人生《じんせい》の疑問《ぎもん》の解決《かいけつ》のために払《はら》った出家《しゅつけ》しての果《は》てしない行《ぎょう》という犠牲《ぎせい》は、結果《けっか》として人間《にんげん》にとって最大《さいだい》の哲学《てつがく》を樹立《じゅりつ》させ、人間《にんげん》は実《じつ》はすべて釈迦《しゃか》と同《おな》じ境地《きょうち》に達《たっ》することが出来《でき》るのだということを自《みずか》ら明《あ》かし出《だ》したのです。そして大荘厳菩薩《だいしょうごんぼさつ》の仏《ほとけ》を讃《たた》えた歌《うた》の文句《もんく》の何分《なんぶん》の一かでも体得出来《たいとくでき》れば、人間《にんげん》はいろいろなことがらに、そうくよくよしないですむはずです。

第十章　仏性《ぶつしょう》への道《みち》

究極《きゅうきょく》の真理《しんり》『実相《じっそう》』とは

大荘厳菩薩《だいしょうごんぼさつ》は、あくまで元《もと》はただの人間《にんげん》として出発《しゅっぱつ》して道《みち》を極《きわ》め覚《さと》りを開《ひら》いた釈迦《しゃか》を讃《たた》える偈《げ》（歌《うた》）の中《なか》で、覚《さと》ることの出来《でき》た人間《にんげん》のいわば代表《だいひょう》たる釈迦《しゃか》が自分自身《じぶんじしん》の修行《しゅぎょう》努力《どりょく》によって獲得《かくとく》した境地《きょうち》への不可欠《ふかけつ》なプロセスとして、『四諦《したい》』と『六度《ろくど》』（六波羅《ろくはら》蜜《みつ》）について述《の》べています。波羅蜜《はらみつ》というのはサンスクリット語《ご》のパラミータのただの音訳《おんやく》で、その意味《いみ》は覚《さと》りの境地《きょうち》にいたる方法《ほうほう》、ということです。内容《ないよう》はそのための心《こころ》の持《も》ち方《かた》、心《こころ》の姿勢《しせい》で、六度《ろくど》、あるいは六波羅蜜《ろくはらみつ》はその覚《さと》りの境地《きょうち》にいたるための日常《にちじょう》の行《おこな》いといえます。曰《いわ》くに、『布施《ふせ》』『持戒《じかい》』『忍辱《にんにく》』『精進《しょうじん》』『禅定《ぜんじょう》』『智慧《ちえ》』の六つです。

布施《ふせ》は、心《こころ》においても、目《め》に見《み》える物《もの》を与《あた》えることでも、自分《じぶん》の体《からだ》を使《つか》って尽《つ》くすということでも、とにかく他人《たにん》のために奉仕《ほうし》する行《おこな》い。

持戒《じかい》は、自分《じぶん》を導《みちび》いてくれる人《ひと》の戒《いまし》めを守《まも》り、いつも謙虚《けんきょ》に自分《じぶん》の完成《かんせい》を目指《めざ》すことで自《おの》ずと、他人《たにん》を救《すく》って助《たす》ける力《ちから》が備《そな》わってくる。

忍辱《にんにく》は、他人《たにん》に対《たい》していつも寛容《かんよう》に向《む》かい合《あ》い、他《ほか》からどんな困難《こんなん》を強《し》いられてもそれを我慢《がまん》して忍《しの》び、どんなに得意《とくい》な時《とき》もたかぶらず奢《おご》らず心《こころ》を平静《へいせい》に保《たも》ち続《つづ》ける。

精進《しょうじん》は、余計《よけい》なことに心《こころ》も身《み》も奪《うば》われずに目的《もくてき》に向《む》かって一心《いっしん》に努《つと》める。

禅定《ぜんじょう》は、何《なに》が起《お》こっても動揺《どうよう》したり迷《まよ》ったりせずにいる。

智慧《ちえ》は、実相《じっそう》が何《なん》たるかを承知《しょうち》していて、どんな場合《ばあい》にも人間《にんげん》としての正《ただ》しい道《みち》を選《えら》んで進《すす》む。

この六つを体得《たいとく》しきるために努力《どりょく》しなさいと説《と》くのが六波羅蜜《ろくはらみつ》、六度《ろくど》の教《おし》えです。

要《よう》するに身《み》の周《まわ》りに起《お》こってくるもろもろの出来事《できごと》に対《たい》する心《こころ》の持《も》ち方《かた》、その捉《とら》え方《かた》についてで、我々《われわれ》は往々《おうおう》出来事《できごと》があくまで一つの現実《げんじつ》である限《かぎ》り、それを現実《げんじつ》という位《い》相《そう》の中《なか》の相対的《そうたいてき》な因果関係《いんがかんけい》で捉《とら》えようとするが、信仰《しんこう》の極致《きょくち》である、もっと大《おお》きな法則《ほうそく》つまり絶対的《ぜったいてき》な法則《ほうそく》に身《み》をゆだね帰依《きえ》してしまえば、現実《げんじつ》という相対《そうたい》の世界《せかい》、もろもろのものごとのからみ合《あ》いで出来《でき》ているこの世界《せかい》を超越《ちょうえつ》して、心底《しんそこ》、安心立命《あんじんりゅうめい》出来《でき》るということです。その訳《わけ》は追々《おいおい》述《の》べることにします。

『四諦《したい》』というのは、人間《にんげん》の人生《じんせい》はいろいろな苦労《くろう》や悩《なや》みに満《み》ち満《み》ちているがそれにどう対処《たいしょ》するかという方法論《ほうほうろん》です。

『四諦《したい》』の第《だい》一、『苦諦《くたい》』は人間《にんげん》が生《い》きていくということにはさまざまな苦労《くろう》がつきものであるということをまず自覚《じかく》して、いたずらにそれをかわして逃《のが》れようとはせず、腰《こし》を据《す》え目《め》を凝《こ》らしてそれを直視《ちょくし》せよ。

第《だい》二の『集諦《しったい》』はその苦労《くろう》や悩《なや》みの起《お》こってきた原因《げんいん》を、自《みずか》ら探《さぐ》って見極《みきわ》めろ。

第《だい》三の『滅諦《めったい》』は、多《おお》くの苦労《くろう》や悩《なや》みの原因《げんいん》は人間《にんげん》の真《しん》の理《ことわり》を知《し》ろうとしない無知《むち》や、執着《しゅうじゃく》や欲望《よくぼう》からきているのだから、それを淘汰《とうた》すれば苦労《くろう》や悩《なや》みは必《かなら》ず消《き》えてしまう。

第《だい》四の『道諦《どうたい》』は、第三《だいさん》の滅諦《めったい》にいたる道筋《みちすじ》は前《まえ》に触《ふ》れた六つの波羅蜜《はらみつ》、つまり心《こころ》の姿勢《しせい》を決《き》める努力《どりょく》と、八つの正《ただ》しい心《こころ》と身体《しんたい》の修行《しゅぎょう》（道《どう》）を行《おこな》えば必《かなら》ず達成出来《たっせいでき》るのだという覚《さと》りにいたるための原理《げんり》です。

そして釈迦《しゃか》が説《と》いた苦悩《くのう》を消滅《しょうめつ》させるためのプロセスとして採《と》るべき八つの正《ただ》しい道《みち》とは、正見《しょうけん》、正思《しょうし》、正語《しょうご》、正行《しょうぎょう》、正命《しょうみょう》、正精進《しょうしょうじん》、正念《しょうねん》、正定《しょうじょう》です。

この『正《しょう》』という言葉《ことば》の意味《いみ》、つまり何《なに》をもって正《ただ》しいとするのかということだが、それは、あくまで真理《しんり》にかなっている、それもそこら一般《いっぱん》の原理《げんり》や公理《こうり》などではなしに、究極《きゅうきょく》の真理《しんり》、つまり仏教《ぶっきょう》でいう『実相《じっそう》』とは何《なに》かということを理解《りかい》しているかどうかということによるのです。

といえば大方《おおかた》の読者《どくしゃ》は、何《なに》やらもって回《まわ》ったいい方《かた》をしないで、その究極《きゅうきょく》の真理《しんり》とかいう『実相《じっそう》』とはいったい何《なん》なのだ、それをまず聞《き》かせて欲《ほ》しいということでしょう。当然《とうぜん》それについては語《かた》りますが、それを今《いま》ここでいうと、必《かなら》ず、「ああ、なんだそういうことか」ということになってしまう。とかくインテリほどそういうもので、それを決《けっ》して浅薄《せんぱく》な理解《りかい》とはいわないが、それをただ筋道《すじみち》の通《とお》った理屈《りくつ》として、あるいは観念《かんねん》として捉《とら》えてもそれで必《かなら》ずどうなるものでは決《けっ》してない。体《からだ》ごとしみじみした実感《じっかん》を伴《ともな》った理解《りかい》、というよりまさに体得《たいとく》、つまり解脱《げだつ》としてものにしなければ実人生《じつじんせい》にどう役《やく》にたつものにはなり得《え》はしません。

大荘厳菩薩《だいしょうごんぼさつ》が仏《ほとけ》を讃《たた》える歌《うた》の中《なか》で語《かた》っている、人間《にんげん》ながら釈迦《しゃか》が最後《さいご》の最後《さいご》に獲得《かくとく》した覚《さと》りの境地《きょうち》、つまり『実相《じっそう》』を見極《みきわ》めて体得《たいとく》し、仏性《ぶっしょう》を成就《じょうじゅ》するまでのプロセスで努《つと》めなくてはならぬ一歩《ぽ》一歩《ぽ》の修行《しゅぎょう》があって初《はじ》めて本物《ほんもの》の解脱《げだつ》なり覚《さと》りにいたることが出《で》来《き》るので、その究極《きゅうきょく》の真理《しんり》の獲得《かくとく》にいたる過程《かてい》のものごとを経《へ》て初《はじ》めていたることの出《で》来《き》る究極《きゅうきょく》は、それが終点《しゅうてん》ではなしに、それを知《し》ればまた今度《こんど》は逆《ぎゃく》にそこから元《もと》に向《む》かって行《い》きつ戻《もど》りつしながら、その振幅《しんぷく》の中《なか》で仏性《ぶっしょう》はますます濃《こ》いものにもなっていくのだと思《おも》います。

究極《きゅうきょく》の真理《しんり》の獲得《かくとく》にいたる道程《どうてい》で絶対必要《ぜったいひつよう》とされるべき『正道《しょうどう》』のために、その素地《そじ》としてさらに必要《ひつよう》なことは、要《よう》するに『我《が》』を捨《す》てるということだと釈迦《しゃか》は教《おし》えています。

『我《が》』というのは自分本位《じぶんほんい》のことで、自分本位《じぶんほんい》とはこれまたいろいろ種類《しゅるい》、形《かたち》があります。好《す》き嫌《きら》い、執着《しゅうじゃく》、迷《まよ》い、等々《とうとう》。しかしそれらの『我《が》』の根底《こんてい》にあるものはすべて欲《よく》望《ぼう》に他《ほか》ならない。それらの欲望《よくぼう》が結局人間《けつきょくにんげん》にとっての悪《あ》しき状況《じょうきょう》をもたらしてくる。

法華経《ほけきょう》の第《だい》三番目《ばんめ》の章《しょう》「譬喩品《ひゆほん》」の中《なか》に、

『諸苦《しょく》の所因《しょいん》は　貪欲《とんよく》これ本《ほん》なり　若《も》し貪欲《とんよく》を滅《めつ》すれば　依止《えし》する所《ところ》なし　諸苦《しょく》を滅尽《めつじん》するを　第三《だいさん》の諦《たい》と名《なづ》く　滅諦《めったい》の為《ため》の故《ゆえ》に　道《みち》を修行《しゅぎょう》す　諸《もろもろ》の苦縛《くばく》を離《はな》るるを　解脱《げだつ》を

得《う》ると名《なづ》く　是《こ》の人何《ひとなに》に於《おい》てか　而《しか》も解脱《げだつ》を得《う》る　但虚妄《ただきよもう》を離《はな》るるを　解脱《げだつ》を得《う》ると名《なづ》く　其《そ》れ実《じつ》には未《いま》だ一切《いっさい》の解脱《げだつ》を得《え》ず　仏是《ぶつぜ》の人《ひと》は　未《いま》だ実《じつ》に滅度《めつど》せずと説《と》きたもう』

とあります。

つまり、すべての苦《くる》しみの原因《げんいん》はあれが欲《ほ》しいこれが欲《ほ》しい、こうあって欲《ほ》しいああって欲《ほ》しいという貪欲《とんよく》が根本《こんぽん》にあるからなのだ。その貪欲《とんよく》を消《け》してしまえば苦《くる》しみの依《よ》りどころが無《な》くなるのだから、苦《くる》しみは自然《しぜん》に消《き》えてしまう。

そうやっていろいろな苦《くる》しみを消《け》してしまうのを第三《だい》の諦《たい》（前述《ぜんじゅつ》の四つの諦《たい》＝覚《さと》りの一つ）というのです。その覚《さと》りを得《え》るために、正《ただ》しい道《みち》の修行《しゅぎょう》（前述《ぜんじゅつ》の八正道《はっしょうどう》）をするのです。

いろいろな苦《くる》しみから離《はな》れるのを解脱《げだつ》というが、ただこの解脱《げだつ》はせいぜい、前《まえ》にも述《の》べた第二番目《だいばんめ》の章《しょう》、「方便品《ほうべんぼん》」の中《なか》で『十如是《じゅうによぜ》』として説《と》かれたものごとの因縁所生《いんねんしょしょう》がもたらした、あくまで仮《かり》の現《あらわ》れでしかない実体《じったい》のない現象《げんしょう》に囚《とら》われ迷《まよ》わずにすむようになっただけで、実《じつ》はまだ完全《かんぜん》な解脱《げだつ》とはいえない。だから仏《ほとけ》は、そんな人《ひと》はまだまだ本当《ほんとう》の覚《さと》りにまではいたり着《つ》いてはいないのだと説《と》かれている、ということです。

釈迦《しゃか》の教《おし》えの言葉《ことば》が漢訳《かんやく》される前《まえ》から存在《そんざい》していた最古《さいこ》の聖典《せいてん》『スッタニパータ』に

も、弟子《でし》の学生《がくしょう》メッタグーとの会話《かいわ》の中《なか》で、

「世《よ》の中《なか》の種々様々《しゅじゅさまざま》な苦《くる》しみは、いったいどこから生《う》まれてくるのでしょうか」

と問《と》われた釈迦《しゃか》は、

「世《よ》の中《なか》に溢《あふ》れている苦《くる》しみは、すべて執着《しゅうじゃく》が原因《げんいん》で生《う》まれてくるのだ。それを知《し》らずに執着《しゅうじゃく》をくり返《かえ》す者《もの》は愚《おろ》かであって、くり返《かえ》し苦《くる》しみに近《ちか》づいていくだけだ。だから、苦《くる》しみの原因《げんいん》を知《し》った者《もの》は心《こころ》して、苦《くる》しみがまた生《う》まれてくるような素因《そいん》である執着《しゅうじゃく》を持《も》ってはならない」

と教《おし》えています。


そして仏《ほとけ》は、人間《にんげん》がさらに前《まえ》に進《すす》んで本当《ほんとう》の覚《さと》り、本当《ほんとう》に安心立命《あんじんりゅうめい》出来《でき》る境地《きょうち》にいたるための道《みち》のりについて教《おし》えているのです。

しかしなお、『実相《じっそう》』の把握《はあく》という覚《さと》りの頂上《ちょうじょう》にいたるための大前提《だいぜんてい》として『我《が》』を捨《す》てる、つまり貪欲《とんよく》を捨《す》てるということはいざとなるとなかなか難《むずか》しい。しかしまたいったんそれが出来《でき》ると、あっと思《おも》うほど平明《へいめい》な心境《しんきょう》になれるものです。それはなんとい

おう、なんだこんなことだったのかとしみじみ思《おも》うほど安《やす》らいだ、新《あたら》しい勇気《ゆうき》と活力《かつりょく》の出《で》てくる不思議《ふしぎ》な心境《しんきょう》です。

かくいう私《わたし》も今《いま》までたった一度《ど》その境地《きょうち》を獲得出来《かくとくでき》たことがありました。

あれは昭和《しょうわ》五十年《ねん》の都知事選挙《とちじせんきょ》のおりのことですが、当時《とうじ》の共産陣営《きょうさんじんえい》の美濃部知事《みのべちじ》は、長期政権《ちょうきせいけん》の佐藤内閣《さとうないかく》に対《たい》して人心《じんしん》が倦《う》んでいた背景《はいけい》を利用《りよう》して都政《とせい》と国政《こくせい》を意識的《いしきてき》に混《こん》同《どう》させ、大都市《だいとし》の浮薄《ふはく》な人心《じんしん》を煽《あお》って、都政《とせい》に関《かん》するプログラムはまったく無視《むし》し、「ストップ・ザ・サトウ」という掛《か》け声《ごえ》だけで選挙《せんきょ》では圧倒的《あっとうてき》な強《つよ》さを示《しめ》していました。

前回《ぜんかい》にも私《わたし》を対抗馬《たいこうば》にという要請《ようせい》があったが、私《わたし》は議員《ぎいん》になりたてでまだそんな見識《けんしき》も力量《りきりょう》もなく辞《じ》退《たい》しました。そしてさらに四年《ねん》たち、内閣《ないかく》が三木内閣《みきないかく》に代《か》わっての都知《とち》事選《じせん》にまたぞろ出馬《しゅつば》の要請《ようせい》があった。当時私《とうじわたし》は、参議院《さんぎいん》でのそれなりの勉強《べんきょう》と経験《けいけん》から政治家《せいじか》として進《すす》む自信《じしん》をようやく得《え》ることが出来《でき》、そのためにもと苦労《くろう》して衆議院《しゅうぎいん》に替《か》わったばかりでした。

選挙《せんきょ》の前年《ぜんねん》の夏《なつ》にいち早《はや》く都議会筋《とぎかいすじ》から強《つよ》い要請《ようせい》があったが、自分《じぶん》の政治家《せいじか》としての将来《しょうらい》の設計図《せっけいず》からしてもその気《き》はないので申《もう》し出《で》は謝絶《しゃぜつ》していました。ところが内閣《ないかく》が代《か》わって無為《むい》のままに時間《じかん》が過《す》ぎていき、最後《さいご》は新《あたら》しい内閣《ないかく》の主宰者《しゅさいしゃ》三木氏《みきし》の側近《そっきん》の、皮肉《ひにく》にも私《わたし》と同《おな》じ選挙区《せんきょく》から出《で》ている宇都宮徳馬《うつのみやとくま》氏《し》が有力候補《ゆうりょくこうほ》となり、周囲《しゅうい》も勝敗《しょうはい》は別《べつ》にしてこれでどうやら事《こと》は決《き》まったなと思《おも》っていました。ということで春《はる》に家族《かぞく》して、親友《しんゆう》だった、後《のち》に長《なが》い亡命生活《ぼうめいせいかつ》の末《すえ》にアメリカから戻《もど》ったマニラ空港《くうこう》で独裁者《どくさいしゃ》マルコスの手《て》によって暗殺《あんさつ》された、ベニグノ・アキノ上院議員《じょういんぎいん》の別荘《べっそう》に招待《しょうたい》されて遊《あそ》びに出《で》かけ長逗留《ながとうりゅう》の後帰国《のちきこく》したら、宇都宮《うつのみや》氏《し》が都知事選《とちじせん》への出馬《しゅつば》を断《ことわ》ったと知《し》らされました。

そう聞《き》いて嫌《いや》な予感《よかん》があった。もう選挙戦開始《せんきょせんかいし》まで一月《ひとつき》もなく、この土壇場《どたんば》で最後《さいご》の候補者《こうほしゃ》に逃《に》げられれば事《こと》はまた振《ふ》り出《だ》しに戻《もど》って、この私《わたし》のところへ話《はなし》が回《まわ》ってくるのではないか。その最後《さいご》の最後《さいご》の土壇場《どたんば》で私《わたし》が前《まえ》と同《おな》じように断《ことわ》れば、自由陣営《じゆうじんえい》は候補者《こうほしゃ》を持《も》たぬままコミュニストの美濃部知事《みのべちじ》が無競争《むきょうそう》で当選《とうせん》してしまうことになる。

予感《よかん》は当《あ》たり、またぞろ都知事選《とちじせん》への立候補《りっこうほ》の強《つよ》い要請《ようせい》がもたらされた。そして私《わたし》は、その際《さい》にはと、あらかじめ心《こころ》に決《き》めていた通《とお》り迷《まよ》わずにそれを受《う》けました。

私《わたし》が最後《さいご》の最後《さいご》に断《ことわ》れば、日本《にほん》の首都東京《しゅとときょう》で共産主義者《きょうさんしゅぎしゃ》の知事《ちじ》が無競争《むきょうそう》で三選《せん》されてしまう。それは日本《にほん》の民主主義《みんしゅしゅぎ》を大《おお》きく損《そこ》なうことになります。ならば勝敗《しょうはい》は度外視《どがいし》して、「忠臣蔵《ちゅうしんぐら》」の松《まつ》の廊下《ろうか》ではないがせめて相手《あいて》に一太刀《ひとたち》斬《き》りつけるためだけにもその役《やく》を引《ひ》き受《う》けなくてはなるまいと思《おも》っていました。

しかしそれからの毎日《まいにち》はまさに業苦《ごうく》だった。二週間《しゅうかん》も無《な》い準備《じゅんび》で、三木内閣《みきないかく》では予算《よさん》も乏《とぼ》しく、どんなに調査《ちょうさ》してみても勝算《しょうさん》はおぼつかない。ということを誰《だれ》よりも知《し》り尽《つ》くしてなお、これから当時《とうじ》の日本《にほん》の選挙《せんきょ》では一番長《いちばんなが》い二十八日間《にちかん》という知事選挙《ちじせんきょ》を体《からだ》を張《は》ってやっていかなくてはならない。

だからやってくる毎日《まいにち》が憂鬱《ゆううつ》で苦《くる》しく、朝布団《あさふとん》の中《なか》でその一日《にち》のしょせん不毛《ふもう》な努力《どりょく》を考《かんが》えると、目《め》を覚《さ》ます気《き》になれず、もともと神経質《しんけいしつ》で一度目《いちどめ》を覚《さ》ました後《あと》の寝《ね》つきが難《むずか》しいたちですが、あの時《とき》だけはそのまま起《お》きるのが嫌《いや》さに、無理《むり》に目《め》をつむるとそのままわずか十分《ぷん》でも五分《ふん》でも眠《ねむ》り継《つ》ぐことが出来《でき》ました。

ところがそんなある日《ひ》、いつも五頁《ページ》ずつ繰《く》り返《かえ》し読《よ》んでいた法華経《ほけきょう》が「譬喩品《ひゆほん》」まできていて、『諸苦《しょく》の所因《しょいん》は　貪欲《とんよく》これ本《ほん》なり　若《も》し貪欲《とんよく》を滅《めっ》すれば依止《えし》する所《ところ》なし』というくだりを読《よ》んだのです。

目《め》から鱗《うろこ》がはがれて落《お》ちるというが、あの時《とき》の心境《しんきょう》はまさにそれそのものだった。ああそうなのか、なんだそうだったんだ、としみじみ思《おも》った。

俺《おれ》はまだ、ひょっとしたら勝《か》てるかな、あの作戦《さくせん》がうまくいけばなあなどなど、周《まわ》りの力添《ちからぞ》えは有《あ》りがたいが、決断《けつだん》した最初《さいしょ》の瞬間《しゅんかん》の、よしこうなったら日本《にほん》の民主主義《みんしゅしゅぎ》を守《まも》るためだけに身《み》を挺《てい》して引《ひ》き受《う》けようという、事《こと》に関《かん》する初心《しょしん》、原点《げんてん》を忘《わす》れてしまっていたな。「勝《か》つと思《おも》うな、思《おも》えば負《ま》けよ」と何《なに》かの歌《うた》にもあるが、勝《か》ちたいなと思《おも》うことで、結局《けっきょく》こうして自分《じぶん》に負《ま》けているんだなとわかった。

だから今《いま》この瞬間《しゅんかん》から、必《かなら》ず負《ま》けると確信《かくしん》して、負《ま》けるためだけに、そしてそれ以上《いじょう》の目的《もくてき》を世《よ》の中《なか》の人間《にんげん》たちがたとえ理解《りかい》しなくとも、自分一人《じぶんひとり》が心得《こころえ》ている目的《もくてき》のために身《み》を空《くう》にするんだ、その自覚《じかく》さえあればいいのだとまさに翻然《ほんぜん》と覚《さと》っていました。

そしてその日《ひ》から、お経《きょう》のその部分《ぶぶん》を書《か》き写《うつ》した紙《かみ》をいつもお守《まも》り代《が》わりに胸《むね》のポケットに収《しま》って出《で》かけました。不思議《ふしぎ》なほど晴《は》れ晴《ば》れした気持《きも》ちだった。その証拠《しょうこ》に私《わたし》はそれまで何度《なんど》か選挙《せんきょ》をやってきたが、負《ま》けるのを確信《かくしん》して臨《のぞ》んだあの都知事選《とちじせん》ほど、周《まわ》りが驚《おどろ》くほど熱心《ねっしん》に数多《かずおお》くの演説《えんぜつ》を繰《く》り返《かえ》したことはなかった。

後《のち》に弟《おとうと》のことを書《か》いた私小説《ししょうせつ》『弟《おとうと》』にも書《か》いたが、警察筋《けいさつすじ》の事前調査《じぜんちょうさ》であと一息《ひといき》と聞《き》いた弟《おとうと》が心配《しんぱい》し無理《むり》して作《つく》った多額《たがく》の金《かね》を届《とど》けにきた時《とき》も、私《わたし》は笑《わら》って、

「俺《おれ》は間違《まちが》いなく勝《か》つんだから余計《よけい》な心配《しんぱい》をするな」

と、逆《ぎゃく》に相手《あいて》を諭《さと》してそのまま持《も》って帰《かえ》らせました。

後《あと》から聞《き》いたが、帰《かえ》る途中《とちゅう》弟《おとうと》は同道《どうどう》していた番頭《ばんとう》の小林専務《こばやしせんむ》に、

「今《いま》まであんな兄貴《あにき》の顔《かお》を見《み》たことがないな。晴《は》れやかで、なんだか仏《ほとけ》さまみたいな顔《かお》をしてたよなあ」

といっていたそうな。

確《たし》かにあの時《とき》の私《わたし》は、まさに地獄《じごく》で仏《ほとけ》に出会《であ》ったことである解脱《げだつ》を与《あた》えられ、覚《さと》ることが出来《でき》ていたのだと思《おも》います。

今振《いまふ》り返《かえ》ってみても、なんとも不思議《ふしぎ》な心境《しんきょう》でした。そしてしみじみお経《きょう》というものは有《あ》りがたいなと思《おも》いました。わずか二行《ぎょう》の文言《もんごん》がこんなに呆気《あっけ》ないほど簡単《かんたん》に、しかも完全《かんぜん》に人間《にんげん》の心《こころ》を開《ひら》いて変《か》えてしまうとはなんという不思議《ふしぎ》だろうかとつくづく思《おも》った。

で、私《わたし》があの時得《ときえ》た解脱《げだつ》はその後《ご》どうなったのかといえば、まさに元《もと》の黙阿弥《もくあみ》です。

暫《しばら》くしたらまた他《ほか》のさまざまな貪欲《とんよく》が兆《きざ》してきて、いろいろな苦《くる》しみや迷《まよ》いに晒《さら》され続《つづ》けですが、しかしなお、あの時《とき》の解脱《げだつ》の瞬間《しゅんかん》の突然《とつぜん》いましめを解《と》かれたような、自由《じゆう》

でのびのびした恍惚感《こうこつかん》は今《いま》でも鮮《あざ》やかに覚《おぼ》えています。まあ、これから先《さき》また何《なに》をきっかけに新《あたら》しい解脱《げだつ》を得《え》ることが出来《でき》るのか出来《でき》ぬのか、人間《にんげん》というのはしょせんそうした行《い》きつ戻《もど》りつをするものなのだろうが、しかしなお私《わたし》がたとえあの人生《じんせい》の一瞬《いっしゅん》に近《ちか》い短《みじか》い間《あいだ》だろうと、釈迦《しゃか》の説《と》かれた人間《にんげん》に関《かん》する真理《しんり》を体得出来《たいとくでき》たということは何《なに》にも換《か》えがたい経験《けいけん》、というより私《わたし》の人生《じんせい》の中《なか》での仏《ほとけ》の加護《かご》のもたらした一つの奇蹟《きせき》だったと思《おも》っています。

貪欲《とんよく》を断《た》ち、苦《くる》しみを消《け》すために

苦《くる》しみや迷《まよ》いを消《け》し去《さ》るためにはまず『我《が》』を捨《す》てた上《うえ》で八つの正《ただ》しい道《みち》を進《すす》めと釈《しゃ》迦《か》は教《おし》えていますが、そのためにもう一つ、ものを見《み》る時《とき》に一方《いっぽう》に偏《かたよ》らずに、『中道《ちゅうどう》』『中諦《ちゅうたい》』で見《み》つめよと教《おし》えています。

それは右《みぎ》や左《ひだり》ではなしにその真《ま》ん中《なか》、というようなことではなしに、見《み》えているものごと、現象《げんしょう》の本質《ほんしつ》を心得《こころえ》てかかりなさいということです。

釈迦《しゃか》は他《ほか》の人間《にんげん》たちの及《およ》ばぬほど激《はげ》しく厳《きび》しい修行《しゅぎょう》をくり返《かえ》した人《ひと》ですが、ある時翻《ときほん》然《ぜん》と、それまで続《つづ》けていた、死《し》にもいたりかねぬ禁欲的《きんよくてき》な厳《きび》しい修行《しゅぎょう》を止《や》めてしまいました。その訳《わけ》は恐《おそ》らく『中道《ちゅうどう》』『中諦《ちゅうたい》』に対《たい》する覚《さと》りのゆえにでしょう。そしてその直《ちょく》後《ご》の高弟《こうてい》たちへの説法《せっぽう》で、

「この世《よ》には近《ちか》づいてはならぬ二つの極端《きょくたん》がある。私《わたし》はそれを捨《す》てて中道《ちゅうどう》を覚《さと》ったのだ」

と告《つ》げています。

それはいい換《か》えれば、釈迦《しゃか》がそれまで続《つづ》けてきた禁欲的《きんよくてき》な激《はげ》しい苦《くる》しい修行《しゅぎょう》と、それと対照的《たいしょうてき》な享楽主義《きょうらくしゅぎ》からの離脱《りだつ》であって、さらに演繹《えんえき》すれば、仏教《ぶっきょう》でいう現象一般《げんしょういっぱん》の二つの資質《ししつ》、『仮《け》』と『空《くう》』からの離脱《りだつ》ともいえます。

『仮《け》』というのはものごとの表面《ひょうめん》で眺《なが》めればそれぞれ異《こと》なった形《かたち》や表《あらわ》れ方《かた》の違《ちが》いのことで、その違《ちが》いだけを見《み》るだけではそれらの出来事《できごと》やものごとの背景《はいけい》、本質《ほんしつ》として共通《きょうつう》して在《あ》るものとしての『空《くう》』、つまり物《もの》を形《かたち》づくっている元素《げんそ》やさらにその元素《げんそ》を構成《こうせい》している素粒子《そりゅうし》のような共通《きょうつう》、平等《びょうどう》なものの存在《そんざい》は理解出来《りかいでき》ない。

楽《たの》しいこと、嬉《うれ》しいこと、悩《なや》みや怒《いか》り、悲《かな》しみや怒《いか》りといったものを心《こころ》に誘《さそ》うもろもろの身辺《しんぺん》の出来事《できごと》にしても、実《じつ》はその底《そこ》には人間各々《にんげんおのおの》の『我《が》』に発《はっ》した貪欲《とんよく》があります。

もろもろの貪欲《とんよく》はいわば人間《にんげん》の情念《じょうねん》や感情《かんじょう》を構成《こうせい》する素粒子《そりゅうし》のようなものです。

そして、『仮《け》』ばかりを見《み》ていても肝心《かんじん》なことがわからないが、といって『空《くう》』ばかりを追求《ついきゅう》してもまた事《こと》の本質《ほんしつ》を捉《とら》えることは出来《でき》はしない。

『中道《ちゅうどう》』についての釈迦《しゃか》の教《おし》えに、有名《ゆうめい》な琴《こと》の弦《げん》の張《は》り具合《ぐあい》の譬《たと》えがあります。

ソーナという弟子《でし》は日頃《ひごろ》厳《きび》しい精進《しょうじん》を続《つづ》けていたが、精進《しょうじん》にこだわり過《す》ぎた結果《けっか》迷《まよ》いを生《しょう》じ、修行《しゅぎょう》を途中《とちゅう》で止《や》めて元《もと》いた裕福《ゆうふく》な家《いえ》に戻《もど》り気《き》ままな生活《せいかつ》をまた始《はじ》めようかと思《おも》い出《だ》した。それに気《き》づいた釈迦《しゃか》が彼《かれ》に質《ただ》し、彼《かれ》も思《おも》い余《あま》ってその心境《しんきょう》を打《う》ち明《あ》けました。

それを聞《き》いた釈迦《しゃか》が、

「お前《まえ》は家《いえ》にいた頃《ころ》琴《こと》を弾《ひ》くのが得意《とくい》だったそうだが、琴《こと》の糸《いと》の張《は》りは強過《つよす》ぎても、また弱過《よわす》ぎてもいい音《おと》は出《で》まいに。

修行《しゅぎょう》も同《おな》じことだ。精進《しょうじん》に偏《かたよ》ると心《こころ》が張《は》り詰《つ》めて乱《みだ》れてしまう。精進《しょうじん》がゆる過《す》ぎると、怠慢《たいまん》に陥《おちい》ってしまう。だから、何《なに》かに偏《かたよ》らぬ平等《びょうどう》な精進《しょうじん》を努《つと》め、鼻《はな》、目《め》、耳《みみ》、舌《した》、皮膚《ひふ》などの感覚《かんかく》も押《お》しなべて平均平等《へいきんびょうどう》に保《たも》って働《はたら》かせるよう努《つと》めなさい。そうやって全身《ぜんしん》で、中道《ちゅうどう》にあるように心《こころ》がけることだ」

と教《おし》えたそうです。

この挿話《そうわ》はなかなか暗示的《あんじてき》で、前述《ぜんじゅつ》の禁欲《きんよく》に過《す》ぎる修行《しゅぎょう》の挿話《そうわ》とのからみで、私《わたし》にあることを思《おも》い出《だ》させました。

私《わたし》の父《ちち》は高血圧《こうけつあつ》に悩《なや》み、その対処《たいしょ》に何度《なんど》も断食《だんじき》をしたりしていましたが、結局脳溢血《けつきょくのういっけつ》で倒《たお》れて亡《な》くなりました。私《わたし》の体質《たいしつ》もその血筋《ちすじ》を引《ひ》いてか高血圧気味《こうけつあつぎみ》で、ある時思《ときおも》いたって東京《とうきょう》のある断食道場《だんじきどうじょう》に行《い》ってみましたが、水《みず》しか飲《の》まずにするいわゆる水断食《みずだんじき》はとても我慢《がまん》が出来《でき》ずに途中《とちゅう》で止《や》めて帰《かえ》りました。それから何年《なんねん》かしてあることのストレスで血圧《けつあつ》が危険《きけん》なほど上《あ》がり、その場《ば》は暫時安静《ざんじあんせい》にしてしのいだが、これは根本的《こんぽんてき》に対処《たいしょ》して血圧《けつあつ》を下《さ》げようと思《おも》い立《た》ち、かねて聞《き》いていた伊東《いとう》の大室山高原《おおむろやまこうげん》にある石原結實博《いしはらゆうみはく》士《し》が主宰《しゅさい》している新方式《しんほうしき》の断食《だんじき》サナトリュームに入《はい》って十日間断食《とおかかんだんじき》したらまったく苦《くる》しむことなく体重《たいじゅう》を六キロ減《へ》らし、以来体重《いらいたいじゅう》が自分《じぶん》で仕切《しき》った危険水域《きけんすいいき》に及《およ》ぶと数日間《すうじつかん》の入院《にゅういん》をしたり、自分《じぶん》の家《いえ》で一、二日程度《にちていど》の断食《だんじき》をしていますが血圧《けつあつ》の心配《しんぱい》はまったく無《な》くなり、健康《けんこう》も極《きわ》めて良好《りょうこう》でいます。

石原結實博士《いしはらゆうみはくし》の開発《かいはつ》した新方式《しんほうしき》の断食《だんじき》は、血液《けつえき》を綺麗《きれい》にする人参《にんじん》のジュースを一日朝《にちあさ》昼晩《ひるばん》三回《かい》かなりの量《りょう》を飲《の》みながら行《おこな》うもので、その間《あいだ》にも午前《ごぜん》と午後《ごご》のおやつには具《ぐ》のないみそ汁《しる》や黒砂糖《くろざとう》の入《はい》った生姜湯《しょうがゆ》を飲《の》んで、固形物《こけいぶつ》こそ口《くち》にしないが流動物《りゅうどうぶつ》はかなりの量《りょう》、カロリーにして一日《にち》九百キロカロリーは摂取《せっしゅ》します。

その時間《じかん》を知《し》らされる度《たび》、また飲《の》むのかと思《おも》うくらい頻繁《ひんぱん》に胃《い》の腑《ふ》を満《み》たすものだから気力《きりょく》も体力《たいりょく》もまったく落《お》ちず、近《ちか》くの国立公園《こくりつこうえん》の中《なか》を最低《さいてい》五、六キロは散歩《さんぽ》したり、目《め》の前《まえ》のゴルフコースでゴルフしたりしながら、気《き》づいてみればあっという間《ま》に体重《たいじゅう》が減《へ》っていく。

その結果《けっか》を見《み》てあらためて感心《かんしん》したが、考《かんが》えてみるとこの新方式《しんほうしき》の断食《だんじき》は、要《よう》するに釈迦《しゃか》が説《と》かれた『中道《ちゅうどう》』『中諦《ちゅうたい》』の教《おし》えそのものです。

自分《じぶん》で決《き》めた期間《きかん》にとにかくここまでなんとか痩《や》せたい、というのは自我《じが》からくる思《おも》いこみで、他《ほか》に何《なに》も取《と》らず水《みず》だけ飲《の》んで我慢《がまん》に我慢《がまん》を重《かさ》ねるというやり方《かた》では、私自身《わたしじしん》とても保《も》たずに他《ほか》の断食道場《だんじきどうじょう》では途中《とちゅう》から逃《に》げ出《だ》してしまったこともある。だからまったくつらいばかりの水断食《みずだんじき》ではとても我慢出来《がまんでき》ず、さりとて見栄《みえ》もあるので、断食中周《だんじきちゅうまわ》りに隠《かく》れて散歩《さんぽ》の帰《かえ》りに寿司屋《すしや》によって寿司《すし》を食《た》べそのショックで死《し》にそうになったなどという者《もの》が後《あと》を絶《た》たないそうです。

それに比《くら》べて、完全《かんぜん》な絶食《ぜつしょく》ではなしに人参《にんじん》のジュースである程度《ていど》のカロリーを取《と》りながらする断食《だんじき》は、胃腸《いちょう》は休《やす》ませその一方人参《いっぽうにんじん》のジュースが血液《けつえき》を洗《あら》って綺麗《きれい》にしてくれる利点《りてん》もあります。そして一度《いちど》それを体験《たいけん》すると、自分《じぶん》の家《いえ》でも簡単《かんたん》に出来《でき》るし、第一《だいいち》その経験《けいけん》がもたらした何《なに》よりの収穫《しゅうかく》として、ほとんど労《ろう》せずして節食出来《せっしょくでき》たものだから、日頃《ひごろ》の食事《しょくじ》の折々《おりおり》にもいとも簡単《かんたん》に、ああ今日《きょう》はこれくらいで止《や》めておこうと、普通《ふつう》ならそれに次《つ》いで食《た》べてしまうお皿《さら》を極《きわ》めて淡泊《たんぱく》に退《しりぞ》けることが出来《でき》るようになりました。

少《すく》なくとも食事《しょくじ》に関《かん》しては、私《わたし》はあの新《あたら》しい断食療法《だんじきりょうほう》のおかげで釈迦《しゃか》の説《と》かれた『中諦《ちゅうたい》』の真理《しんり》を体得出来《たいとくでき》ました。

さらに釈迦《しゃか》は執着《しゅうじゃく》、貪欲《とんよく》を断《た》ち切《き》って苦《くる》しみを消《け》し去《さ》るための具体的《ぐたいてき》な方法《ほうほう》として、八《やっ》つの正《ただ》しい道《どう》、正見《しょうけん》、正思《しょうし》、正語《しょうご》、正行《しょうぎょう》、正命《しょうみょう》、正精進《しょうじょうじん》、正念《しょうねん》、正定《しょうじょう》について教《おし》えました。

『正見《しょうけん》』は、自己中心的《じこちゅうしんてき》にではなく、何《なに》にも偏《かたよ》ることなく、冷静《れいせい》に正確《せいかく》にものを見《み》つめること。

『正思《しょうし》』は、自己本位《じこほんい》に考《かんが》えることなく、我《が》を捨《す》てて自分《じぶん》を開《ひら》いて、あくまで究極《きゅうきょく》の真《しん》理《り》に添《そ》おうとして考《かんが》える。不満《ふまん》や執着《しゅうじゃく》、自分《じぶん》を通《とお》そうとする邪心《じゃしん》は捨《す》てて考《かんが》えること。

『正語《しょうご》』は、あくまで真理《しんり》に添《そ》った言葉《ことば》を選《えら》び、嘘《うそ》や二枚舌《にまいじた》、あるいは悪口《わるくち》、出《で》まかせは口《くち》にしないこと。

『正行《しょうぎょう》』は、日常《にちじょう》の行為《こうい》は倫理《りんり》に添《そ》ったものでなくてはならない。いたずらに生《い》き物《もの》の生命《せいめい》を奪《うば》ったり、他人《たにん》の物《もの》を盗《ぬす》んだり、道《みち》に外《はず》れた淫欲《いんよく》を抑《おさ》えること。

『正命《しょうみょう》』は、生活《せいかつ》のための資材《しざい》、衣食住《いしょくじゅう》はあくまで人《ひと》のためになる仕事《しごと》をすることの収入《しゅうにゅう》によって得《え》ること。

『正精進《しょうしょうじん》』は、正《ただ》しい目的《もくてき》のために、あくまで正《ただ》しい方法《ほうほう》、正《ただ》しい姿《すがた》で努力《どりょく》する。無理《むり》したり、不自然《ふしぜん》なやりくちはとらないこと。

『正念《しょうねん》』は、仏《ほとけ》を真似《まね》て、我《が》に依《よ》った利己的《りこてき》な思惑《おもわく》、発想《はっそう》は捨《す》て、究極《きゅうきょく》の真理《しんり》を目指《めざ》して考《かんが》えること。

『正定《しょうじょう》』は、心《こころ》を正《ただ》しく据《す》えて周《まわ》りからの力《ちから》でみだりに動《うご》かされることなく、真理《しんり》に照《て》らして考《かんが》え行《おこな》っていくこと、です。


ということなら、別《べつ》にどこからもさしたる異存《いぞん》の声《こえ》も起《お》こるまい。どれも至極《しごく》もっともな心得《こころえ》でしかありはしない。しかし気《き》になるのは、ことごとに出《で》てくる真理《しんり》、究極《きゅうきょく》の真理《しんり》とはそもいったい何《なん》なのか、ということです。つまりあちこちでいわれる『実相《じっそう》』とは、結局何《けっきょくなん》のことなのだと。

いつも真理《しんり》を念頭《ねんとう》に置《お》いて考《かん》えろとか行《おこな》え、というのはよくわかるが、ならばどんな真理《しんり》を念頭《ねんとう》に置《お》けというのだ。しきりにいわれる『実相《じっそう》』なるものは何《なに》と何《なに》なのだということです。

ことがややこしいのは、『八正道《はっしょうどう》』も含《ふく》めて今《いま》まで縷々《るる》説明《せつめい》してきた修行《しゅぎょう》を重《かさ》ね究極《きゅうきょく》の真理《しんり》を体得《たいとく》することで初《はじ》めて解脱《げだつ》し到達出来《とうたつでき》るという安心立命《あんじんりゅうめい》の境地《きょうち》、ゆるぎない安《やす》らぎ、真《しん》の勇気《ゆうき》、人生《じんせい》のための真《しん》のエネルギーの源泉《げんせん》への具体的《ぐたいてき》な道程《どうてい》に、実《じつ》は目的地《もくてきち》である究極《きゅうきょく》の真理《しんり》なるものをいつも念頭《ねんとう》にとか、それに添《そ》ってとか、説《と》かれているのはどう考《かんが》えても自家撞着《じかどうちゃく》ではないのか、という声《こえ》が返《かえ》ってきそうです。

しかし結論《けつろん》を後《あと》に回《まわ》していえば、『実相《じっそう》』の理解《りかい》、というより体得《たいとく》は、結局《けっきょく》まず中途《ちゅうと》半端《はんぱ》であろうと頭《あたま》で捉《とら》え、それを念頭《ねんとう》に置《お》きながら、説《と》かれている修行《しゅぎょう》、精進《しょうじん》に努《つと》めることで初《はじ》めていっそう確《たし》かな理解《りかい》から、確《たし》かな体得《たいとく》に昇華《しょうか》されていくのです。

『実相《じっそう》』とは何《なん》なのかという認識《にんしき》は、決《けっ》してそれだけで人間《にんげん》たちの抱《かか》える問題《もんだい》を、昔《むかし》昔《むかし》ゴルディアスが作《つく》った堅《かた》く複雑《ふくざつ》な結《むす》び目《め》をアレクサンダー大王《だいおう》が抜《ぬ》いた剣《けん》の一閃《いっせん》で切《き》って解《と》いてしまったようには解《と》きほぐしてはくれませんが、まずそれをそうとして知《し》ることで、私《わたし》たちはそれぞれの人生《じんせい》の中《なか》でのそれぞれの出来事《できごと》に際《さい》してそれを適応《てきおう》して考《かんが》え、行《おこな》うことで、真《しん》の解脱《げだつ》に向《む》かって確《たし》かに近《ちか》づいていくことが出来《でき》るのです。

ならばさて、仏《ほとけ》の境地《きょうち》の獲得《かくとく》のために、絶対《ぜったい》の安心立命《あんじんりゅうめい》のために不可欠《ふかけつ》な、真《しん》の覚《さと》りを満《み》たす『実相《じっそう》』とはいったい何《なん》なのか。オーケストラの演奏《えんそう》するシンフォニーの最終《さいしゅう》楽章《がくしょう》でいよいよシンバルが打《う》ち合《あ》わされて鳴《な》り、ティンパニーが轟《ひび》きわたる段《だん》ともなった訳《わけ》だが、実《じつ》は『実相《じっそう》』とは何《なに》かということはお経《きょう》のどこにも書《か》かれてはいないのです。

なんだそれでは今《いま》まで人《ひと》をさんざん釣《つ》ってきて、ここにきてそんなことはどこにも書《か》かれていないというのは、詐欺《さぎ》まがいの話《はなし》ではないかといわれそうだが、無《な》いものは無《な》い。

もともとこれは、釈迦《しゃか》の教《おし》えを後《のち》に漢訳《かんやく》した鳩摩羅什《くまらじゅう》がつくった言葉《ことば》のようで、釈迦《しゃか》のいわれたいろいろな教《おし》えの局所局所《きょくしょきょくしょ》を収斂《しゅうれん》解釈《かいしゃく》して出来上《できあ》がった言葉《ことば》です。

ただ実相《じっそう》という言葉《ことば》はお経《きょう》のあちこちにあります。例《たと》えば仏説観普賢菩薩行法経《ぶっせつかんふげんぼさつぎょうほうきょう》の中《なか》にも、

『常《つね》に涅槃《ねはん》の域《いき》に処《しょ》し、安楽《あんらく》にして心憺栢《こころたんぱく》ならんと欲《ほっ》せば、当《まさ》に大乗経《だいじょうきょう》を誦《しょう》して諸々《もろもろ》の菩薩《ぼさつ》の母《はは》を念《ねん》ずべし。無量《むりょう》の勝方便《しょうほうべん》は実相《じっそう》を思《おも》うに従《よ》って得《う》』とか、

『若《も》し懺悔《ざんげ》せんと欲《ほっ》せば、端座《たんざ》して実相《じっそう》を思《おも》え』

とある。

また前述《ぜんじゅつ》の、現象《げんしょう》の存在《そんざい》の構造《こうぞう》について解明《かいめい》した法華経《ほけきょう》の第《だい》二章《しょう》「方便品《ほうべんぼん》」の『十如《じゅうによ》是《ぜ》』を説《と》いたくだりにも、

『仏《ほとけ》の成就《じょうじゅ》したまえる所《ところ》は、第一希有難解《だいいちけうなんげ》の法《ほう》なり。唯仏《ただほとけ》と仏《ほとけ》と乃《いま》し能《よ》く諸法《しょほう》の実相《じっそう》を究尽《きゅうじん》したまえり。所謂諸法《いわゆるしょほう》の如是相《にょぜそう》、如是性《にょぜしょう》――』ともあります。

「方便品《ほうべんぼん》」の叙述《じょじゅつ》の意味《いみ》は、「仏《ほとけ》の覚《さと》られた真理《しんり》とはこの世《よ》で最高《さいこう》にして最至難《さいしなん》のもので、仏《ほとけ》と仏《ほとけ》の間《あいだ》だけで理解《りかい》の疎通《そつう》が可能《かのう》な、宇宙《うちゅう》のすべてのものごと（諸法《しょほう》）の原理《げんり》なのだ。すなわち――」ということで十の如是《にょぜ》が説《と》かれていくのだから、文脈《ぶんみゃく》からすればそこで説《と》かれている『十如是《じゅうにょぜ》』そのものが実相《じっそう》ということになる。

しかし十の如是《にょぜ》なるものは前《まえ》に述《の》べた通《とお》り人間《にんげん》の人生《じんせい》をも含《ふく》めて存在《そんざい》する宇宙《うちゅう》のすべ

てのものごと、出来事《できごと》の本当《ほんとう》の仕組《しく》みの原理《げんり》であって、それがすなわち『実相《じっそう》』なのだといわれてもなお、わかるようでよくわからない。どうもう一つその奥《おく》の奥《おく》、その底《そこ》の底《そこ》に在《あ》る何《なに》かこそがこの世《よ》、この宇宙《うちゅう》の究極《きゅうきょく》の真理《しんり》なるものではないのだろうか、と少《すこ》しましな人間《にんげん》なら思《おも》うに違《ちが》いない。

『無量《むりょう》の勝方便《しょうほうべん》は、実相《じっそう》を思《おも》うに従《したが》って得《う》』にしても『若《も》し懺悔《ざんげ》せんと欲《ほっ》せば、端座《たんざ》して実相《じっそう》を思《おも》え』にしても、人間《にんげん》を限《かぎ》りなく進歩向上《しんぽこうじょう》させる方法《ほうほう》は、お経《きょう》を読《よ》むことで『実相《じっそう》』とは何《なん》なのかを考《かんが》えることから生《う》まれてくるのだ、あるいは、自分《じぶん》を開《ひら》き切《き》って仏《ほとけ》に向《む》かい合《あ》い向上《こうじょう》しようと思《おも》うなら、腰《こし》を据《す》えて実相《じっそう》とは何《なん》なのかを考《かんが》えよ、といわれればいわれるほど、究極《きゅうきょく》の真理《しんり》なるものについてもう少《すこ》し具体的《ぐたいてき》に、わかりやすく教《おし》えてもらいたいというのが人情《にんじょう》というものだ。

しかしなお、釈迦《しゃか》は端的《たんてき》に、「是《こ》れすなわち実相《じっそう》である」というようにはどこででもいわれてはいない。だから釈迦《しゃか》の教《おし》えに帰依《きえ》しその遺訓《いくん》を奉《ほう》じた弟子《でし》たちは、釈迦《しゃか》がいい残《のこ》した言葉《ことば》の端々《はしばし》を捉《とら》え踏《ふ》まえて、ちょうど宝物《たからもの》を埋蔵《まいぞう》した遺跡《いせき》を手《て》で少《すこ》しずつ掘《ほ》るように『実相《じっそう》』という究極《きゅうきょく》の真理《しんり》に近《ちか》づいていったといえそうです。

そしてその手《て》がかりともなるべきいくつもの大切《たいせつ》な言葉《ことば》を釈迦《しゃか》は残《のこ》しています。

　釈迦《しゃか》が亡《な》くなってから暫《しばら》くして弟子《でし》たちが集《あつ》まり自分《じぶん》たちが偉大《いだい》な師《し》から聞《き》き取《と》った言葉《ことば》を持《も》ち出《だ》し合《あ》って作《つく》った法華経《ほけきょう》の原典《げんてん》だけではなしに、前《まえ》に例《れい》に引《ひ》いた『スッタニパータ』などいわば原始仏教《げんしぶっきょう》の聖典《せいてん》にも当然《とうぜん》、法華経《ほけきょう》にあると同《おな》じ釈迦《しゃか》の言葉《ことば》が記《しる》されています。

　例《たと》えば『空《くう》』などという、ものごとの存在《そんざい》の正《ただ》しい認識《にんしき》のために必要《ひつよう》な基本的認識《きほんてきにんしき》は、一番古《いちばんふる》い聖典《せいてん》にも度々《たびたび》出《で》てきます。

　ある時《とき》弟子《でし》のモーガラージャの問《と》いに答《こた》えて釈迦《しゃか》は、

「自我《じが》にこだわる考《かんが》え方《かた》を破《やぶ》り捨《す》てて、この世界《せかい》を『空《くう》』と捉《とら》えなさい」と。

　こうしたいくつかの大切《たいせつ》なとっかかりを踏《ふ》まえながら、仏教《ぶっきょう》に帰依《きえ》した多《おお》くの優《すぐ》れた思想家《しそうか》たちが、釈迦《しゃか》の説《と》いた、すべての苦《くる》しみを消《け》し去《さ》り、安心立命《あんじんりゅうめい》して人生《じんせい》を過《す》ごすための、宇宙《うちゅう》のすべてのものごと、出来事《できごと》を動《うご》かし司《つかさど》っている究極《きゅうきょく》の真理《しんり》に近《ちか》づこうとしてきました。

　ならば仏教《ぶっきょう》の哲学《てつがく》の神髄《しんずい》である『実相《じっそう》』とはいったい何《なん》なのだろうか。

第十一章　『実相《じっそう》』とは何《なん》なのか

『空《くう》』の本当《ほんとう》の意味合《いみあ》い

『実相《じつそう》』とは何《なん》なのかを捉《とら》えるためのとっかかりは、釈迦《しやか》の教《おし》えのあちこちにいろいろあります。その一つは釈迦《しやか》がしきりにいった『空《くう》』という言葉《ことば》です。

釈迦《しやか》の教《おし》えは、弟子《でし》たちとの会話《かいわ》も含《ふく》めて当然《とうぜん》、釈迦《しやか》の生《う》まれた頃《ころ》の言葉《ことば》(古代《こだい》マガダ語《ご》的《てき》なものといわれる)を師《し》の死後《しご》弟子《でし》たちが集《あつ》まってそれぞれ、「あの時《とき》、私《わたし》はこう聞《き》いた(如是我聞《にょぜがもん》)」と話《はな》し合《あ》い、あらためて書《か》き連《つら》ねてまとめられたものですが、やがてサンスクリット語《ご》で伝《つた》えられ、それがさらにシナに伝《つた》わってシナ語《ご》に翻訳《ほんやく》され、さらにまた日本語《にほんご》にも訳《やく》された。日本《にほん》とシナの間《あいだ》には共通《きょうつう》の漢字《かんじ》が在《あ》るにしても、一つの字《じ》に関《かん》しても使《つか》い方《かた》、聞《き》き取《と》り方《かた》にはニュアンスの違《ちが》いがかなりあります。空《くう》という字《じ》についても同《おな》じことです。

ならば仏教《ぶっきょう》でいう『空《くう》』というのはどういうこと、どういう意味合《いみあ》いなのか。そして、何故《なぜ》こんな字《じ》が当《あ》てはめられたのだろうか。

簡単《かんたん》にいうと、仏教《ぶっきょう》でいう『空《くう》』とは、いろいろなものごと、出来事《できごと》はそれぞれ違《ちが》うようでも、実《じつ》はその底《そこ》にはまったく同《おな》じものが働《はたら》くことでそうやって表《あらわ》れてくるのだ、違《ちが》うようでも要《よう》は同《おな》じことなのだ、ということです。

我々《われわれ》が日常《にちじょう》この『空《くう》』という字《じ》を使《つか》っている経験《けいけん》からすると、なるほどという感《かん》じもしないでもないが、実《じつ》はかなり違《ちが》う意味合《いみあ》いがあります。だから『空《くう》』という字《じ》に対《たい》して抱《いだ》いている観念《かんねん》なり情念《じょうねん》はまずすべて捨《す》てて、違《ちが》う字《じ》なり言葉《ことば》を味《あじ》わい解釈《かいしゃく》するつもりで進《すす》んだ方《ほう》がいい。

極《きわ》めて短《みじか》い、わずか二百六十二文字《もじ》のせいもあってか、日本《にほん》で一番人口《いちばんじんこう》に膾炙《かいしゃ》したお経《きょう》、般若心経《はんにゃしんぎょう》の中《なか》にも『空《くう》』という言葉《ことば》が、教《おし》えの決《き》め手《て》ともなる部分《ぶぶん》に数多《かずおお》く出《で》てきます。一番有名《いちばんゆうめい》なのは『色即是空《しきそくぜくう》、空即是色《くうそくぜしき》』ですがその直前《ちょくぜん》にも『色不異空《しきふいくう》、空不異色《くうふいしき》』ともある。

いつだったか、嘱望《しょくぼう》されながら惜《お》しくも亡《な》くなった政治家《せいじか》の渡辺美智雄《わたなべみちお》氏《し》が、誰《だれ》であったか外国《がいこく》からのゲストとの会話《かいわ》で、なんで般若心経《はんにゃしんぎょう》が話題《わだい》になったのか知《し》らないが、色即是空《しきそくぜくう》、空即是色《くうそくぜしき》について英語《えいご》で注釈《ちゅうしゃく》し、「カラー・イズ・スカイ。スカイ・イズ・カラー」といったと新聞《しんぶん》に出《で》ていたが、これは正《ただ》しいとか間違《まちが》いとかいう前《まえ》にただのギャグでしかあるまい。政治家《せいじか》には珍《めずら》しく彼独特《かれどくとく》の言葉遣《ことばづか》いの出来《でき》たミッチー氏《し》とて、よも本気《ほんき》でいったことではないでしょう。

あるいは『色《しき》』を男《おとこ》と女《おんな》の恋愛《れんあい》、つまり色事《いろごと》の色《いろ》ととり、『空《くう》』の方《ほう》はそれが破《やぶ》れた時《とき》の空《むな》しさと解釈《かいしゃく》している人《ひと》も多《おお》いが、これもまったく違《ちが》います。しかし、これほどさように有名《ゆうめい》な経文《きょうもん》ですが、実《じつ》は世間《せけん》はわかっているようでよくわかってはいません。

そもそも『色《しき》』というのは、前《まえ》にも述《の》べたように変化不変化《へんかふへんか》を問《と》わず物質《ぶっしつ》の作《つく》り出《だ》す現象《げんしょう》、あるいは物質一般《ぶっしついっぱん》のことです。

仏教《ぶっきょう》ではそれが『空《くう》』であるという。その『空《くう》』とは何《なん》なのか。

ちなみに中村元《なかむらはじめ》編纂《へんさん》の仏教語大辞典《ぶっきょうごだいじてん》を開《ひら》いてみると『空《くう》』とは、「もろもろの事物《じぶつ》は因縁《いんねん》によって生《しょう》じたものであって、固定的実体《こていてきじったい》がないということ。縁起《えんぎ》しているということ。

単《たん》なる『無《む》』(非存在《ひそんざい》)ではない。存在《そんざい》するものには、自体《じたい》、実体《じったい》、我《が》などというものはないと考《かんが》えること。

自我《じが》の実在《じつざい》を認《みと》め、あるいは我《が》および世界《せかい》を構成《こうせい》するものの永久《えいきゅう》の恒存性《こうぞんせい》を認《みと》める誤《あやま》った見解《けんかい》を否定《ひてい》すること。

無実体性《むじったいせい》。かりそめ。実体《じったい》がないこと。固定的《こていてき》でないこと。

一切《いっさい》の相対的《そうたいてき》、限定的《げんていてき》ないし固定的《こていてき》なわくの取《と》り払《はら》われた、真《しん》に絶対《ぜったい》、無限定《むげんてい》な真理《しんり》の世界《せかい》。有無等《うむとう》の対立《たいりつ》を否定《ひてい》すること」

とあります。あるいはまた、

「人間《にんげん》の自己《じこ》の中《なか》の実体《じったい》として自我《じが》などはない。また、存在《そんざい》するものは、すべて因縁《いんねん》によって生《しょう》じたのであるから、実体《じったい》としての自我《じが》などはない。すべての現象《げんしょう》は、固定的実《こていてきじつ》体《たい》がない、という意味《いみ》で空《くう》(から)なのである。したがって『空《くう》』は、固定的実体《こていてきじったい》のないことを因果関係《いんがかんけい》の側面《そくめん》からとらえた縁起《えんぎ》と同《おな》じである」

とも。


これだけでは、まあわかるようでわからぬところもありますが、具体的《ぐたいてき》な事例《じれい》を踏《ふ》まえて考《かんが》えればなるほど納得《なっとく》がいくはずです。

例《たと》えば身《み》の周《まわ》りに何《なに》かいい事《こと》があって、人《ひと》から祝《いわ》われたりした時《とき》、「いやあ、おかげさまで」と思《おも》わず答《こた》えるような時《とき》、人間《にんげん》は無意識《むいしき》に我《が》を捨《す》てているわけで、他人《たにん》さまのおかげでというだけではなしに、前《まえ》に記《しる》した『十如是《じゅうにょぜ》』の説《と》くさまざまな因果関係《いんがかんけい》、つまり『縁起《えんぎ》』について広《ひろ》く深《ふか》く感《かん》じているからです。つまり「おかげさま」という言葉《ことば》が出《で》てくる前提《ぜんてい》として、今起《いまお》こったこのいいことは、当《あた》り前《まえ》のこととしてもたらされたのでは決《けっ》してない、いろいろ理由《りゆう》も訳《わけ》もあってこうなったのだという下意識《かいしき》での捉《とら》え方《かた》があるからです。

この注釈《ちゅうしゃく》の前段《ぜんだん》にいわれている、「かりそめ」、あるいは「固定的《こていてき》でない」という意味《いみ》も極《きわ》めて大事《だいじ》で、今《いま》ここに在《あ》るものごとが、決《けっ》してそれそのままに在《あ》るのではなしに、いろいろな因果関係《いんがかんけい》によってもたらされたものでしかないということです。

つまり、これももし他《ほか》の因果関係《いんがかんけい》がからめば、あるいはもっと違《ちが》った形《かたち》で現出《げんしゅつ》していたのだ、という捉《とら》え方《かた》は、一つのものごとを流動的《りゅうどうてき》に捉《とら》えるがゆえに、すべてのものごとは必《かなら》ず常《つね》に変化《へんか》するものなのだという認識《にんしき》に繋《つな》がります。それが「かりそめ」という意味《いみ》であり、「固定的《こていてき》でない」ということでもある。

そしてここから、いわゆる『無常《むじょう》』という観念《かんねん》、いや決《けっ》して観念《かんねん》ではなしに、常《つね》に変《へん》化《か》していくのだということこそがものごとの実体《じったい》なのだという世界全体《せかいぜんたい》の認識《にんしき》が出《で》てくるのです。

しかしそれは決《けっ》して世《よ》にいう、何《なに》をしても無駄《むだ》なんだとか、どうせ何《なに》もかも消《き》えていくのだなどといった、いかにもはかない虚無的《きょむてき》な無常観《むじょうかん》とは違《ちが》います。そう心得《こころえ》ることでこそ、さらに積極的《せっきょくてき》な、的《まと》を外《はず》さぬ意欲《いよく》と思考《しこう》や行動《こうどう》が生《う》まれてくるのです。

ということで、辞典《じてん》に出《で》ている説明《せつめい》の後段《こうだん》も理解出来《りかいでき》るはずです。

これは俺《おれ》がこれだけ努力《どりょく》したから出来《でき》たんだとか、とにかくこれはなんとしてでも成《せい》功《こう》させるんだといった、意思《いし》、意欲《いよく》は結構《けっこう》だが、なんとしてでもといった姿勢《しせい》の中《なか》には往々自己中心《おうおうじこちゅうしん》の自我《じが》が強《つよ》く働《はたら》いています、しかし、それだけではものごとは決《けっ》してうまく成就《じょうじゅ》しはしない。

これから試《こころ》みようとしていることがらにしても人間一人《にんげんひとり》の意欲《いよく》だけで成《な》り立《た》っていくものではなくて、ものごとの成《な》り立《た》ちに対《たい》する自分《じぶん》の認識《にんしき》の正誤《せいご》も含《ふく》めて、周《まわ》りのもっと多《おお》くのさまざまな要因《よういん》が絡《から》み合《あ》って出来上《できあ》がっていくのだ、ということをいっているのです。

往々人間《おうおうにんげん》は、何《なに》か事《こと》に成功《せいこう》すると自分《じぶん》が努力《どりょく》した結果《けっか》だと思《おも》いがちだし、失敗《しっぱい》すれば自分以外《じぶんいがい》のものごとのせいにしたがるが、そういう意味《いみ》では、意《い》にかなわぬ出来事《できごと》、ものごとの方《ほう》がむしろ事《こと》の真理《しんり》を明《あ》かそうとしているともいえます。

大事《だいじ》なことはまず自分《じぶん》を忘《わす》れる、我《が》を捨《す》てるということなのです。

前《まえ》にも例《れい》に引《ひ》いたように、癌《がん》を宣告《せんこく》されてから初《はじ》めて道端《みちばた》に咲《さ》いた一輪《いちりん》の草花《くさばな》の美《うつく》しさに気《き》づくとか、空《そら》を行《い》く雲《くも》の輝《かがや》きに魅《ひ》きこまれるとかいう話《はなし》をよく聞《き》くが、人間《にんげん》というのは自分《じぶん》の抱《かか》えた不治《ふじ》の病《やまい》について知《し》らされることであきらめの境地《きょうち》に立《た》ち、それで初《はじ》めて我《が》を捨《す》て、無心《むしん》に、率直《そっちょく》にものを見《み》つめることが出来《でき》るということです。

いい換《か》えれば我《が》を捨《す》てることで初《はじ》めて、人間《にんげん》である自分《じぶん》と一輪《いちりん》の名《な》もない花《はな》とを等格《とうかく》に置《お》くことが出来《でき》る。それがいわゆる末期《まつご》の目《め》ということでしょう。

『無常《むじょう》』とは何《なに》か

般若心経《はんにゃしんぎょう》には同《おな》じ『空《くう》』について教《おし》えた、『照見五蘊皆空《しょうけんごおんかいくう》　度一切苦厄《どいっさいくやく》』という言葉《ことば》があります。

五つの蘊《うん》は皆空《みなくう》なのだと悟《さと》れば、すべての苦《くる》しみを越《こ》えることが出来《でき》るという意味《いみ》だが、蘊《うん》というのは人間《にんげん》がものごとに反応《はんのう》してとる行為《こうい》、行動《こうどう》と、心《こころ》の動《うご》きの集合体《しゅうごうたい》のことです。つまり生《い》きている人間《にんげん》そのものといってもいい。

五つの蘊《うん》とは人間《にんげん》を構成《こうせい》している有形無形《ゆうけいむけい》の五《いつ》つの要素《ようそ》、色蘊《うん》、受蘊《うん》、想蘊《うん》、行蘊《うん》、識蘊《うん》で、色蘊《しきうん》の色《しき》は、人間《にんげん》の五《ご》官《かん》（耳《みみ》、眼《め》、鼻《はな》、舌《した》、肌《はだ》）で捉《とら》えられるもの、つまり形《かたち》として存在《そんざい》しているものですから、人間《にんげん》に限《かぎ》っていえば人間《にんげん》の肉体《にくたい》の総体《そうたい》です。

受蘊《じゅうん》とは、感覚《かんかく》によってものごとの微妙《びみょう》な違《ちが》いを感《かん》じとること。

例《たと》えば酒好《さけず》きが毎日《まいにち》たくさんの酒《さけ》を飲《の》んでいるが、ある朝気《あさき》づいてみたらおでこに傷《きず》がある。どうも昨夜《さくや》は泥酔《でいすい》してどこかで誰《だれ》かと喧嘩《けんか》してこしらえたものらしいが覚《おぼ》えていない。というところまでは色蘊《しきうん》の方《ほう》だが、そこで自戒《じかい》して、体《からだ》のためにもたまには酒《さけ》を飲《の》まぬ日《ひ》を作《つく》り肝臓《かんぞう》を休《やす》めようと、そのきっかけにと、ある期間禁酒《きかんきんしゅ》してみる。その後《あと》で口《くち》にした酒《さけ》の味《あじ》は、量《りょう》は少《すく》なくともしみじみ、体《からだ》だけではなしに心《こころ》にまでしみわたり、なるほどこれが本当《ほんとう》の酒《さけ》の味《あじ》だなあと感《かん》じ入《い》る、といった感受性《かんじゅせい》のもたらすもの（受《じゅ》）のことです。

想蘊《そううん》とは、ああこれはいいなあ、あれは良《よ》くないなあと思《おも》う心《こころ》の作《さ》用《よう》。

思《おも》い立《た》った禁酒《きんしゅ》の後《あと》、ゆるゆる酒《さけ》を飲《の》みなおしてみると、同《おな》じアルコールでもやたら強《つよ》い酒《さけ》を飲《の》むのはどうも良《よ》くない、むしろ薄《うす》めるなり割《わ》るなりして飲《の》んだ方《ほう》が舌触《したざわ》りもいいし体《からだ》にもいいな、これなら体《からだ》の薬《くすり》にもなると感《かん》じて覚《さと》る。

行蘊《ぎょううん》は、心《こころ》の働《はたら》きによってとられる行為《こうい》です。

そこで、好《す》きな酒《さけ》も一週《しゅう》に一度《ど》は必《かなら》ず休肝日《きゅうかんび》を作《つく》ってたしなもう、と決《き》めてかかる。

識蘊《しきうん》とは、以上《いじょう》の受《じゅ》、想《そう》、行《ぎょう》の内面的《ないめんてき》な三つの蘊《うん》が総合《そうごう》された認識《にんしき》です。

ということで、同《おな》じ酒《さけ》もほどほどに飲《の》んでいればまさに百薬《ひゃくやく》の長《ちょう》だと覚《さと》れて、酒席《しゅせき》ではたから勧《すす》められても、いや今日《きょう》はこれくらいでと自制《じせい》も出来《でき》るようにもなり、酒品《しゅひん》も上《あ》がり仲間《なかま》の受《う》けも変《か》わってくる。

酒《さけ》と人間《にんげん》の関《かか》わり一つにしても、人間《にんげん》の肉体《にくたい》の反応《はんのう》から、酒《さけ》を飲《の》んでの自分一人《じぶんひとり》の気《き》持《も》ち、そして対人関係《たいじんかんけい》、さらにそれがもたらすいろいろな結果《けっか》と、酒《さけ》の五蘊《ごうん》の間《あいだ》もすべて関連《かんれん》しているということです。

字数《じすう》も少《すく》ない般若心経《はんにゃしんぎょう》の中《なか》で『照見五蘊皆空《しょうけんごおんかいくう》』に続《つづ》いてある『色不異空《しきふいくう》　空不異色《くうふいしき》』、そして最《もっと》も有名《ゆうめい》な『色即是空《しきそくぜくう》　空即是色《くうそくぜしき》』の中《なか》での空《くう》の意味《いみ》は何《なに》か。まず『色不異空《しきふいくう》　空不異色《くうふいしき》』ですが、目《め》に見《み》えているもののすべて（色《しき》）は、すべてのものは相互《そうご》に関連《かんれん》して初《はじ》めて在《あ》るのだという原理《げんり》（空《くう》）そのもの（不異《ふい》）なのだ、ということです。

我々《われわれ》が日常《にちじょう》眺《なが》めている雲《くも》、霧《きり》、雪《ゆき》や氷《こおり》はそれぞれ形《かたち》は違《ちが》っているしそれが現《あらわ》れる時《とき》や状況《じょうきょう》は違《ちが》ってはいても、実《じつ》はどれもみな水《みず》で出来《でき》ています。そしてその水《みず》はH_2Oという分子式《ぶんしき》です。雲《くも》はやがて雨《あめ》、つまり水《みず》になって地上《ちじょう》に落《お》ちてくるし、水《みず》は蒸発《じょうはつ》して雲《くも》になったり、温度《おんど》が下《さ》がれば氷《こおり》ともなる。しかし氷《こおり》では洗濯《せんたく》は出来《でき》ないし、雲《くも》をつかむような話《はなし》という表現《ひょうげん》があるが、誰《だれ》も雲《くも》を氷《こおり》のように手《て》でつかむ訳《わけ》にはいかない。しかしH_2Oという分子式《ぶんしき》に関《かん》していえば本質的《ほんしつてき》に全《まった》く違《ちが》いがない（不異《ふい》）のです。

ならば『空不異色《くうふいしき》』とは、H_2Oという分子式《ぶんしき》の水分《すいぶん》が、時《とき》と状況《じょうきょう》に応《おう》じて変化《へんか》していくということ（空《くう》）があるから時《とき》や季節《きせつ》に応《おう》じて雲《くも》や雨《あめ》や雷《かみなり》、氷《こおり》という風《ふう》に景色《けしき》（色《しき》）も変《か》わってくるのだ、ということです。

それにしてもこの『空《くう》』という言葉《ことば》は日常他《にちじょうほか》でもよく使《つか》っているせいで、ここでこんな使《つか》い方《かた》をされるといかにもまぎらわしい。

これが他《ほか》のまったく違《ちが》う言葉《ことば》や字《じ》ならまだいいのだが、なまじ空《くう》などという変《へん》にわかりやすい字《じ》を使《つか》っているために、聞《き》く方《ほう》も妙《みょう》にわかったような気《き》にさせられてしまう。これも翻訳《ほんやく》という技術《ぎじゅつ》の不完全性《ふかんぜんせい》のせいでしょう。

現代《げんだい》の碩学松原泰道師《せきがくまつばらたいどうし》はその著書《ちょしょ》『わたしの般若心経《はんにゃしんぎょう》』の中《なか》で、

「空《くう》は、すべてのものの帰着《きちゃく》する処《ところ》であり、また一切《いっさい》が生《う》まれる処《ところ》でもあります。すべてこの世《よ》にあるものは、さまざまな要素《ようそ》がかかわり合《あ》ってできるのです。この道理《どうり》を仏教《きょう》の思想《しそう》では『空《くう》』と呼《よ》びます。このようにして存在《そんざい》する一切《いっさい》の物《もの》は、その物《もの》をつくりあげている無数《むすう》のかかわり合《あ》いが離《はな》れると、死《し》んだり滅《ほろ》んだりします。この道理《どうり》をもまた『空《くう》』といいます。ゆえに、『空《くう》』はすべてのものの存亡《そんぼう》（存在《そんざい》と滅亡《めつぼう》）の原理《げんり》です」

と記《しる》しています。

となればなおさら、空《くう》などというまぎらわしい言葉《ことば》や字《じ》を使《つか》わずに、いっそとんでもない他《ほか》の言葉《ことば》、例《たと》えば、環《かん》だとか芯《しん》とか核《かく》とか、まあ余《あま》り実感《じっかん》のない言葉《ことば》を持《も》ちこんでくれた方《ほう》がまだその気《き》になって身《み》を乗《の》り出《だ》したかも知《し》れないが、なまじ空《くう》などという半可《はんか》な言葉《ことば》を引《ひ》っ張《ぱ》ってくるからいろいろ誤解《ごかい》も生《しょう》じてくる。

どうも、仏教《ぶっきょう》というと世《よ》の通念《つうねん》では虚無的《きょむてき》な無常観《むじょうかん》の源泉《げんせん》ということになっているらしい。例《たと》えば頓智《とんち》で知《し》られた一休和尚《いっきゅうおしょう》の「正月《しょうがつ》や冥途《めいど》の旅《たび》の一里塚《いちりづか》　めでたくもありめでたくもなし」などという狂歌《きょうか》も、人間《にんげん》はどうせ死《し》ぬのだ、そのくせ、たった一つ年《とし》を越《こ》しただけで何《なに》をめでたいめでたいといっているのだ、という楽《たの》しみに水《みず》をかけるような虚無感《きよむかん》の押《お》しつけにとられがちだが、まったく違《ちが》います。

日本人《にほんじん》の好《す》きな古典《こてん》の一つ『平家物語《へいけものがたり》』も、かの有名《ゆうめい》な冒頭《ぼうとう》の名文句《めいもんく》、『祇園精舎《ぎおんしようじゃ》の鐘《かね》の声《こえ》、諸行無常《しよぎようむじよう》の響《ひびき》あり、沙羅双樹《さらそうじゅ》の花《はな》の色《いろ》、盛者必衰《じようしゃひっすい》のことわりをあらわす。おごれる人《ひと》も久《ひさ》しからず、唯春《ただはる》の夜《よ》の夢《ゆめ》のごとし。たけき者《もの》も遂《つい》には滅《ほろ》びぬ、偏《ひとえ》に風《かぜ》の前《まえ》の塵《ちり》に同《おな》じ』のせいで、日本《にほん》で盛《さか》んな仏教文化《ぶっきょうぶんか》の反映《はんえい》のごとくにとられているが、これはこれでたいそう美《うつく》しい文句《もんく》で、栄華《えいが》を誇《ほこ》った平家《へいけ》のあえない没落《ぼつらく》の姿《すがた》と相《あい》まって胸《むね》に迫《せま》るものがあります。しかし、仏教《ぶっきょう》の説《と》く真理《しんり》は、そんなせつなくもはかない情感《じょうかん》を裏打《うらう》ちするもので決《けっ》してありはしない。

確《たし》かに『空《くう》』という発想《はっそう》は『死《し》』というものを考《かんが》え考《かんが》えて兆《きざ》す虚無感《きよむかん》に発《はっ》していると思《おも》うが、むしろそれを越《こ》えるために思《おも》いつかれたものだといえる。この世《よ》のものごとはすべて変化《へんか》に晒《さら》されているのだ。いくら願《ねが》っても変化《へんか》を逃《のが》れて固定《こてい》される現実《げんじつ》も未来《みらい》も、過去《かこ》同様《どうよう》ありはしないのだと覚《さと》ることで、人間《にんげん》は無常《むじょう》という、存在《そんざい》にとっての運命《うんめい》にはっきり向《む》かい合《あ》うことが出来《でき》るのではなかろうか。

『無常《むじょう》』と『虚無《きょむ》』の相違《そうい》

現世《げんせ》における解脱《げだつ》を求《もと》め、真理《しんり》を覚《さと》ろうと出家《しゅっけ》した釈迦《しゃか》の行為《こうい》を、ヨーロッパのある学者《がくしゃ》は「偉大《いだい》な放擲《ほうてき》」とも呼《よ》んだが、それは西行法師《さいぎょうほうし》の武士《ぶし》を捨《す》てて歌三昧《うたざんまい》の人生《じんせい》などとはいささか違《ちが》っている。釈迦《しゃか》は究極《きゅうきょく》の真理《しんり》を捉《とら》えそれを普遍《ふへん》させることで人間《にんげん》たちの迷妄《めいもう》を消《け》し去《さ》り、人々《ひとびと》がもっと楽《らく》にしっかりと生《い》きていけるように願《ねが》って、妻子《さいし》も自《みずか》らの王国《おうこく》も捨《す》てて去《さ》ったのであって、決《けっ》して人生《じんせい》を虚無的《きょむてき》に詠嘆《えいたん》するためなどでありはしません。極《きわ》めて積極的《せっきょくてき》、肯定的《こうていてき》な行為《こうい》に他《ほか》ならない。

前《まえ》にも述《の》べた中村元師《なかむらはじめし》の『空《くう》』についての注釈《ちゅうしゃく》にあったように、空《くう》とは、「すべての現象《げんしょう》は、固定的実体《こていてきじったい》がない」、つまり常《つね》に変化《へんか》して変《か》わってしまう、「したがって『空《くう》』は、固定的実体《こていてきじったい》のないことを因果関係《いんがかんけい》の側面《そくめん》からとらえた縁起《えんぎ》と同《おな》じである」というのは、端的《たんてき》に、空《くう》というのは人間《にんげん》の手《て》のなかなか及《およ》ばぬ『因果関係《いんがかんけい》』そのものなのだというこそ、この世《よ》の中《なか》のすべては互《たが》いに関連《かんれん》、関係《かんけい》して出来上《できあ》がっているのだという原理《げんり》こそが『空《くう》』なのだということです。

H_2Oの水《みず》がT、P、O（time、place、occasion——時《とき》、所《ところ》、場合《ばあい》）に応《おう》じて霧《きり》となり雲《くも》となり、雨《あめ》ともなるという水《みず》の変化《へんか》に関《かん》する公理《こうり》が『空《くう》』なのです。

そしてT、P、Oが常《つね》に固定《こてい》して変《か》わらないなどということは決《けっ》してありはしない。だから『空《くう》』の大事《だいじ》な意味《いみ》の一つは、止《や》むことのない変化《へんか》、つまり『無常《むじょう》』ということです。だから中村師《なかむらし》の注釈《ちゅうしゃく》にあるように、決《けっ》して「単《たん》なる『無《む》』（非存在《ひそんざい》）ではない」のです。

無常《むじょう》とか空《くう》などという文字《もじ》を連《つら》ねるとなんとはなしに虚無的《きょむてき》なものを感《かん》じ、懐疑的《かいぎてき》にさえなりがちだが、無常《むじょう》であるがゆえにこの世《よ》のものごとは生《い》き生《い》きとしているので、変化《へんか》しないものは、在《あ》っても化石《かせき》と同《おな》じでしかありはしまい。

『色不異空《しきふいくう》　空不異色《くうふいしき》』に続《つづ》いてある『色即是空《しきそくぜくう》　空即是色《くうそくぜしき》』の意味《いみ》は、不異《ふい》が『空《くう》』と『色《しき》』はつまりは同《おな》じだと説《と》いているのをさらに直截《ちょくせつ》に、こだわることなく、一枚《まい》の紙《かみ》の裏《うら》と表《おもて》のように『色《しき》』こそが『空《くう》』なのだ、『空《くう》』こそが『色《しき》』なのだと教《おし》えています。

日本人《にほんじん》は桜《さくら》の花《はな》がたいそう好《す》きなので桜《さくら》を詠《よ》んだ名句《めいく》がいろいろありますが、例《たと》えば

「きょうは今日明日《きょうあした》はあしたの桜《さくら》かな」とか、「散《ち》る桜《さくら》　残《のこ》る桜《さくら》も散《ち》る桜《さくら》」などという句《く》は、一種箴言《いっしゅしんげん》めいていてなかなか含蓄《がんちく》がある。

これをただ、すぐに散《ち》る桜《さくら》を惜《お》しんだものの哀《あわ》れとしての詠嘆《えいたん》と取《と》るか、あるいはもう少《すこ》しおし進《すす》めて、般若心経《はんにゃしんぎょう》の説《と》いている境地《きょうち》とするかは人《ひと》の勝手《かって》だが、また来《く》る次《つぎ》の年《とし》の春《はる》の花《はな》の再生《さいせい》を信《しん》じその姿《すがた》を心《こころ》に描《えが》いてということなら、はかなくも散《ち》る桜《さくら》ゆえにこその美《うつく》しさという桜《さくら》の本性《ほんしょう》をよく捉《とら》えているともいえる。

つまり、すぐに散《ち》るという『色《しき》』ゆえに桜《さくら》の『空《くう》』があるのであって、今日《きょう》から明日《あした》にかけてのあっという間《ま》に花《はな》の様《さま》が変《か》わってしまうがゆえにこそ、桜《さくら》は桜《さくら》なのです。

釈迦《しゃか》の言葉《ことば》を綴《つづ》った『スッタニパータ』に「あるがままの現実《げんじつ》をみなさい。そして智《ち》慧《え》を持《も》って、勇気《ゆうき》を持《も》ってものごとを解決《かいけつ》していきなさい」とありますが、その智慧《ちえ》とは『空《くう》』について知《し》るということだと思《おも》うし、勇気《ゆうき》とは、ものごとの本質《ほんしつ》は変化《へんか》だという真実《しんじつ》を心得《こころえ》、『無常《むじょう》』に耐《た》えるということだといえます。

だから西欧《せいおう》の哲学《てつがく》では、「現実《げんじつ》の背景《はいけい》に真実《しんじつ》がある」としますが、東洋《とうよう》、特《とく》に仏教《ぶっきょう》の哲学《てつがく》では、「変化《へんか》の止《や》まぬところにこそ真実《しんじつ》がある」ということになる。

こうしたものごとに対《たい》する認識《にんしき》というか、覚悟《かくご》が出来《でき》ていれば何《なに》を恐《おそ》れることもありはしない。むしろ、真《しん》の無常観《むじょうかん》を備《そな》えることが出来《でき》たなら、人生《じんせい》の中《なか》で何《なに》よりも強《つよ》い武《ぶ》器《き》を手《て》にしたともいえる。変化《へんか》こそがこの世《よ》の姿《すがた》なのだと覚《さと》れば、過去《かこ》にこだわらず、今《いま》をはかなむこともないし、将来《しょうらい》への期待《きたい》も自負《じふ》も生《う》まれてくるはずです。

と、『空《くう》』だの『無常《むじょう》』だの『変化《へんか》』だの、あるいは『無我《むが》』だのいろいろ、『実相《じっそう》』なる山《やま》の頂《いただ》きに向《む》かう登《のぼ》り口《ぐち》について記《しる》してきましたが、その行《い》き着《つ》く先《さき》の『実相《じっそう》』という宝石《ほうせき》はいったいどんな形《かたち》をし、どんな輝《かがや》きをしたものなのか誰《だれ》しも興味津々《きょうみしんしん》たるものだろうが、実《じつ》は、それがどんなものなのかはわかりません。いえることは、刻一刻移《こくいっこくうつ》り変《か》わっていく世《よ》の中《なか》のすべてのものごとには絶対的《ぜったいてき》に共通して在るものがある。すべてのものごとは目《め》には見《み》えないが、人間《にんげん》の五官《ごかん》では確《たし》かめることは出来《でき》ぬが、ある共通した原理によって調和《ちょうわ》しながら動《うご》かされているに違《ちが》いない。それそのことが『実相《じっそう》』なのだ。

でなければ、これほどの『無常《むじょう》』という変化《へんか》に晒《さら》されながら、これだけ膨大《ぼうだい》な時間《じかん》にわたっての『存在《そんざい》』があり得《う》る訳《わけ》がない。人間《にんげん》に限《かぎ》っていっても、それなりの進歩《しんぽ》をとげながら人間《にんげん》がこうして今在《いまあ》り得《う》る訳《わけ》はない、ということです。

そのすべてに共通《きょうつう》の、すべてのものごとの一番奥《いちばんおく》の奥《おく》にある原理《げんり》、『実相《じっそう》』、つまりこの世《よ》を動《うご》かしているもの、絶対《ぜったい》の真理《しんり》とはいったい何《なん》なのかということです。

度々私《たびたびわたし》なりにパラフレイズして引用《いんよう》してきた庭野日敬著《にわのにっきょうちょ》の『新釈法華三部経《しんしゃくほっけさんぶきょう》』には、随所《ずいしょ》になるほどと思《おも》いいたるところがあります。

中《なか》でも仏教哲学《ぶっきょうてつがく》の奥《おく》の奥《おく》たる『実相《じっそう》』についての記述《きじゅつ》は実《じつ》に多《おお》くの示唆《しさ》に富《と》み、特《とく》に、第《だい》一巻《かん》の『実相《じっそう》』に関《かん》しての記述《きじゅつ》は豊富《ほうふ》な引用《いんよう》を駆使《くし》して読《よ》む者《もの》に多《おお》くの啓示《けいじ》を与《あた》えてくれます。全部《ぜんぶ》引用《いんよう》すると長《なが》くなるので本旨《ほんし》を損《そこ》なわぬように要約《ようやく》して引《ひ》きますが、特《とく》に、原子《げんし》物理《ぶつり》学《がく》という最《もっと》も現代的《げんだいてき》な科学《かがく》の知見《ちけん》を引用《いんよう》し、それにたずさわった世《せ》界《かい》の碩《せき》学《がく》たちの研究《けんきゅう》が培《つちか》った哲学的《てつがくてき》な自《じ》覚《かく》、認識《にんしき》をも引用《いんよう》して、多《おお》くのものを啓発《けいはつ》してくれます。

著者《ちょしゃ》はまず、この世《よ》の中《なか》、つまりこの現象世界《げんしょうせかい》は千差《せんさ》万別《ばんべつ》であり、変化《へんか》してとどまるところがないようには見《み》えるが、その奥《おく》の奥《おく》では常《つね》に大《おお》きな調和《ちょうわ》を保《たも》っている永遠の存在だという。

そして、目《め》の前《まえ》の机《つくえ》の上《うえ》にある本《ほん》とインクとグラスとその中《なか》の水《みず》は、見《み》た限《かぎ》りまったく別《べつ》のものとして実在《じつざい》しているが、実《じつ》はもともと同《おな》じものなのだ。

最《もっと》も現代的《げんだいてき》な科学《かがく》の一つである原子物理学《げんしぶつりがく》は、すべての物質《ぶっしつ》は、陽子《ようし》、中性子《ちゅうせいし》、電子《でんし》といった素粒子《そりゅうし》の組《く》み合《あ》わせで出来上《できあ》がっている。液体《えきたい》、固体《こたい》、気体《きたい》といったすべての物質《ぶっしつ》の違《ちが》いはただ、それら素粒子《そりゅうし》の組《く》み合《あ》わせの違《ちが》いによるものでしかない、ということを証明《しょうめい》している。

しかし、ならばその素粒子《そりゅうし》が何《なん》でどうやって出来《でき》ているのかは、まだわかっていない。ある学者《がくしゃ》は、それはエネルギーであるといっている。この宇宙《うちゅう》を動《うご》かす根本《こんぽん》のエネルギーが、それが醸《かも》し出《だ》される条件《じょうけん》の違《ちが》いのままに、電子《でんし》になったり、陽子《ようし》、中性子《ちゅうせいし》になってくるのだと。

またある学者《がくしゃ》たちは、あらゆる物《もの》の物質的要因《ぶっしつてきよういん》は、真空《しんくう》である、ともいっている。真《しん》空《くう》といえば空気《くうき》も他《ほか》のいかなる気体《きたい》も存在《そんざい》しない虚空《こくう》と思《おも》いがちだが、いわれればなるほど、宇宙《うちゅう》の大部分《だいぶぶん》は真空《しんくう》ですから真空《しんくう》なるものの人間《にんげん》には知《し》れぬ深《ふか》い大《おお》きな意味《いみ》があるのかも知《し》れない。

さらにまたある学者《がくしゃ》は、素粒子《そりゅうし》の元《もと》はある混沌《こんとん》とした、いわば原物質《げんぶっしつ》ともいうべきものだと。混沌《こんとん》とした原物質《げんぶっしつ》というと、私《わたし》としては、宇宙《うちゅう》に確《たし》かに存在《そんざい》するということだけはどうやら証明《しょうめい》されたブラックホールを思《おも》い浮《う》かべてしまう。

ブラックホールというのは、目《め》には見《み》えないが確固《かっこ》たる存在《そんざい》で、その質量《しつりょう》があまりに大《おお》きく、光《ひかり》さえ反射《はんしゃ》されずに呑《の》みこまれてしまうという。その中《なか》では、角砂糖《かくざとう》一個程度《こていど》の大《おお》きさの物体《ぶったい》の質量《しつりょう》が何万《なんまん》トンともいいます。

いずれにせよ、物《もの》を形成《けいせい》している素粒子《そりゅうし》のさらにその元《もと》となる物《もの》の存在《そんざい》は、人間《にんげん》の目《め》では捉《とら》えることの出来《でき》ぬ、全世界《ぜんせ　かい》全宇宙《ぜんうちゅう》を覆《おお》いひたしているただひといろのもの、つまりなんらかの存在《そんざい》には違《ちが》いない。

だから木《き》や水《みず》、あるいは鉄《てつ》で作《つく》られた車《くるま》や、焚《た》き火《び》で上《あ》がる煙《けむり》は、見《み》た目《め》にも触《さわ》ってみてもそれぞれまったく違《ちが》ったものでしかないが、実《じつ》はその本質《ほんしつ》においては同《おな》じものでしかない。

つまりこの世《よ》に存在《そんざい》するものすべて、目《め》の前《まえ》の机《つくえ》の上《うえ》に在《あ》る本《ほん》もインクもグラスも水《みず》も、その向《む》こうの壁《かべ》も、その外《そと》に見《み》える木《き》も道路《どうろ》も何《なに》もかも、それを眺《なが》めている自分自身《じぶんじしん》の体《からだ》も、すべてはただ一種類《しゅるい》の、大本《おおもと》のある存在《そんざい》によって出来上《できあ》がっているのだということなのです。

譬《たと》えていえば、この地球《ちきゅう》の上《うえ》に限《かぎ》っての話《はなし》ですが、晴《は》れた日《ひ》の空《そら》、別《べつ》の日《ひ》に眺《なが》める雲《くも》、あるいは霧《きり》、霞《かすみ》、雨《あめ》、といった現象《げんしょう》は、目《め》に見《み》えても見《み》えなくても空気《くうき》という存在《そんざい》が醸《かも》し出《だ》している訳《わけ》ですから。

ならば、その絶対的《ぜったいてき》に共通《きょうつう》した大本《おおもと》のある存在《そんざい》を何《なに》がどうやって動《うご》かしあやつり、さまざまな素粒子《そりゅうし》を作《つく》り出《だ》し、それを合成《ごうせい》して水《みず》とか木《き》とか空気《くうき》とか、さらに本《ほん》とか机《つくえ》、インクといった物《もの》たちを作《つく》り出《だ》しているのかということです。

同《おな》じ金属《きんぞく》の銅《どう》と金《きん》と鉛《なまり》では、その比重《ひじゅう》の差《さ》が明《あ》かすように質量《しつりょう》は違《ちが》っても、それを構《こう》成《せい》している素粒子《そりゅうし》の互《たが》いの間隔《かんかく》の違《ちが》いは、それを作《つく》り出《だ》した者《もの》の目《め》から見《み》れば知《し》れたものでしかあるまい。

そうした組《く》み合《あ》わせの違《ちが》いがただの偶然《ぐうぜん》とするなら、一ミリの一兆分《ちょうぶん》の一という極《きょく》小《しょう》な、しかもわずか三十数種類《すうしゅるい》しかない素粒子《そりゅうし》を配分《はいぶん》して、金《きん》とか銀《ぎん》、銅《どう》、酸素《さんそ》、窒素《ちっそ》、あるいはウラニュームといったごくごく限《かぎ》られた元素《げんそ》を作《つく》り出《だ》し、それがこの世界《せかい》、いや宇宙全体《うちゅうぜんたい》を綿密《めんみつ》に構成《こうせい》して作《つく》り出《だ》している訳《わけ》がない。

ならばそれらの素粒子《そりゅうし》を微妙《びみょう》に、といっても気《き》が遠《とお》くなるほどミクロのミクロの世界《せかい》で組《く》み合《あ》わせ、金《きん》や鉛《なまり》やウラニュームを作《つく》り出《だ》している条件《じょうけん》、方程式《ほうていしき》をいったい誰《だれ》が何《なに》が作《つく》ったのだろうか。

それはまだ誰《だれ》にもわかっていない。多《た》分《ぶん》わかる訳《わけ》もないのだろう。

しかし釈迦《しゃか》はそのことについて多分《たぶん》この世界《せかい》で初《はじ》めて考《かんが》え、それらこの世《よ》のすべての存在《そんざい》のミクロの条件《じょうけん》、ミクロの方程式《ほうていしき》を与《あた》えたものについて、つまり究極《きゅうきょく》の真理《しんり》として『存在《そんざい》』なるものを与《あた》えたものについて感《かん》じとり、見出《みいだ》し、それを実相《じっそう》として私《わたし》たちに伝《つた》えようとしたのです。

そして釈迦《しゃか》だけではなしに、現代科学《げんだいかがく》という分野《ぶんや》で偉大《いだい》な発見《はっけん》をした何人《なんにん》かの先達《せんだつ》たちは、自分《じぶん》がたずさわってきた研究《けんきゅう》を通《つう》じて科学《かがく》という知識《ちしき》の及《およ》ぶはるかその先《さき》にある、究極《きゅうきょく》の真理《しんり》の存在《そんざい》について直感《ちょっかん》するようになってきています。

現代《げんだい》における仏法《ぶっぽう》の碩学《せきがく》は『新釈法華三部経《しんしゃくほっけさんぶきょう》』の中《なか》で、アインシュタインや湯川秀樹《ゆかわひでき》の言葉《ことば》を的確《てきかく》に引用《いんよう》して『実相《じっそう》』について説《と》いています。

アインシュタインの言葉《ことば》として、

「――我々《われわれ》が説《と》き明《あ》かすことの出来《でき》ない〈或《あ》るもの〉が真《しん》に存在《そんざい》することを知《し》り、これが至高《しこう》の智恵《ちえ》となり、目《め》を奪《うば》うような美《び》となることを知《し》る。そして、その〈或《あ》るもの〉

は、我々《われわれ》の鈍感《どんかん》をもってしては、わずかにその端《はし》の端《はし》をしか捉《とら》えることが出来《でき》ないことを知《し》る――この知識《ちしき》こそ、この情感《じょうかん》こそ、真《しん》の宗教的精神《しゅうきょうてきせいしん》の中心《ちゅうしん》をなすものである」

これは前《まえ》に記《しる》した、カントのいった人間《にんげん》の特質的《とくしつてき》な本性《ほんしょう》の分析《ぶんせき》に近《ちか》いものです。

つまり、科学者《かがくしゃ》なら当然考《とうぜんかんが》えるだろう、素粒子《そりゅうし》を組《く》み合《あ》わせてさまざまな物質《ぶっしつ》を誕生《たんじょう》させている、ものごとの奥《おく》の奥《おく》で働《はたら》く力《ちから》をあやつるものは結局神《けっきょくかみ》というしかない、ということでしょう。

さらに湯川秀樹《ゆかわひでき》の言葉《ことば》として、

「現実《げんじつ》は痛切《つうせつ》である。あらゆる甘《あま》さが排斥《はいせき》される。現実《げんじつ》は予想《よそう》できぬ豹変《ひょうへん》（空《くう》ということ）をする。あらゆる平衡《へいこう》は早晩打破《そうばんだは》される。現実《げんじつ》は複雑《ふくざつ》である。あらゆる早合点《はやがてん》は禁物《きんもつ》である。

それにもかかわらず、現実《げんじつ》はその根底《こんてい》において常《つね》に簡単《かんたん》な法則《ほうそく》に従《したが》って動《うご》いているのである。達人《たつじん》のみが、それを洞察《どうさつ》する。

それにもかかわらず、現実《げんじつ》はその根底《こんてい》において常《つね》に調和《ちょうわ》している。詩人《しじん》のみが、これを発見《はっけん》する。

達人《たつじん》は少《すく》ない。詩人《しじん》も少《すく》ない。われわれ凡人《ぼんじん》はどうしても現実《げんじつ》に捉《とら》われ過《す》ぎる傾向《けいこう》がある。そして、現実《げんじつ》のように豹変《ひょうへん》し、現実《げんじつ》のように複雑《ふくざつ》になり、現実《げんじつ》のように不安《ふあん》になる。そして、現実《げんじつ》の背後《はいご》に、より広大《こうだい》な真実《しんじつ》の世界《せかい》が横《よこ》たわっていることに気《き》づかないのである。

現実《げんじつ》の外《そと》のどこに真実《しんじつ》があるかを問《と》うなかれ。真実《しんじつ》はやがて現実《げんじつ》となるのである」

この言葉《ことば》はもはや法華経《ほけきょう》の説《と》いているところと寸分違《すんぶんちが》っていません。

しかし、この世《よ》の中《なか》にあるものが実《じつ》はすべて目《め》には見《み》えぬ仕組《しく》みによって出来上《できあ》がり、目《め》に見《み》えぬ力《ちから》によって動《うご》かされているのだとしたら、今目《いまめ》の前《まえ》にあるものは実《じつ》は存在《そんざい》しないのか。机《つくえ》も本《ほん》もインクもペンもただの仮象《かしょう》なのか、といえば決《けっ》してそうではない。それらは確《たし》かに実在《じつざい》はしている。

しかし実《じつ》はまた、目《め》に見《み》えるような、手《て》で触《さわ》って感《かん》じられるような相《そう》（姿《すがた》）では実在《じつざい》はしていないのだ。なぜなら我々《われわれ》は人間《にんげん》としての五官《ごかん》ではものごとを形成《けいせい》している素粒《そりゅう》子《し》を触《さわ》ったり見《み》たりは出来《でき》はしないのだから。

といって、世《よ》の中《なか》のすべての物《もの》は素粒子《そりゅうし》で出来上《できあ》がっているのだから、この世《よ》なるものは、要《よう》は素粒子《そりゅうし》で出来上《できあ》がっているのだと自覚《じかく》することが『実相《じっそう》』をつかむということかといえば、決《けっ》してそうではない、と著者《ちょしゃ》はいっています。

そうした認識《にんしき》はあくまで究極《きゅうきょく》の真理《しんり》の一歩手前《いっぽてまえ》のものであって、その一つ向《む》こうに在《あ》るものについてはまだ誰《だれ》も明《あ》かすことは出来《でき》はしない。それを明《あ》かすということは、神《しん》仏《ぶつ》の存在《そんざい》を証明《しょうめい》するということに他《ほか》なるまい。

そして、科学《かがく》がやがてそれをなし遂《と》げると、私《わたし》は思《おも》わない。素粒子《そりゅうし》を発見《はっけん》したように、人間《にんげん》が神《かみ》を発見《はっけん》して明《あ》かし出《だ》すことは絶対《ぜったい》に出来《でき》まいし、第一《だいいち》、神《かみ》はそんな所《ところ》にいる訳《わけ》がない。

素粒子《そりゅうし》の組《く》み合《あ》わせをあやつり、素粒子《そりゅうし》よりもっと見《み》えにくい、捉《とら》えにくい、前《まえ》に『十如是《じゅうにょぜ》』について記《しる》したようなさまざまな位相《いそう》での複雑《ふくざつ》な関《かか》わりあい、つまり因縁《いんねん》、縁起《えんぎ》を形《かたち》づくり動《うご》かしているものが、やがてどこかの惑星《わくせい》で発見《はっけん》されるかも知《し》れない人《にん》間《げん》よりはるかに優《すぐ》れた他《ほか》の生物《せいぶつ》のように、ひょっとしたらハッブル宇宙望遠鏡《うちゅうぼうえんきょう》で写《うつ》してもたらされるということなどあるはずがない。

ならば神《かみ》や仏《ほとけ》はいったいどこにいるのか、といえば、人間《にんげん》の心《こころ》の内《うち》にでしかない、と私《わたし》は思《おも》います。

以前偶然《いぜんぐうぜん》に、たいそう面白《おもしろ》い本《ほん》を読《よ》んだことがあります。京大《きょうだい》の動物生態学《どうぶつせいたいがく》の日高敏隆教授《ひだかとしたかきょうじゅ》とそのお弟子《でし》さんの竹内久美子《たけうちくみこ》助教授《じょきょうじゅ》の師弟対談《していたいだん》『もっとウソを！』ですが、この才気豊《さいきゆた》かな二人《ふたり》の学者《がくしゃ》が科学《かがく》というのは周《まわ》りに向《む》かって嘘《うそ》をつくことから始《はじ》まってそれを明《あ》かし出《だ》す方法《ほうほう》だという信念《しんねん》で語《かた》り合《あ》っていました。

思《おも》い切《き》って一歩《ぽ》飛《と》んでみろといわれて、前《まえ》へ飛《と》ぶのは実《じつ》はやさしいが、一歩《ぽ》横《よこ》へ飛《と》ぶことの方《ほう》がはるかに難《むずか》しいのだ。横《よこ》へ飛《と》んだ方《ほう》が思《おも》いがけぬ発見《はっけん》もあり得《う》る等々《とうとう》、いろいろ啓示《けいじ》に富《と》む読《よ》み物《もの》だった。

その中《なか》で竹内氏《たけうちし》が遺伝子《いでんし》について話《はな》していて、人間《にんげん》のさまざまな性格《せいかく》がすべて遺伝子《いでんし》に組《く》みこまれて、その人生《じんせい》までが実《じつ》はすでに決《き》まっているのだと覚《さと》ったら、他人《たにん》と比《くら》べて自分《じぶん》の見劣《みおと》りも気《き》にならなくなったといっているくだりがいささか気《き》になりました。

これは論語《ろんご》読《よ》みの論語《ろんご》知《し》らずに近《ちか》いもので、竹内氏《たけうちし》のような優《すぐ》れた学者《がくしゃ》にもそれなりの悩《なや》みがあるのはわかるが、それもこれも皆遺伝子《みないでんし》に組《く》みこまれている必然《ひつぜん》なのだと割《わ》り切《き》って気《き》が楽《らく》になる、というのはいかにも短絡的《たんらくてき》で危《あや》うい判断《はんだん》だと思《おも》う。

そういう思《おも》いこみは、ちょうど素粒子《そりゅうし》がすべてを構成《こうせい》しているのだから、この世《よ》の実相《じっそう》とは素粒子《そりゅうし》の存在《そんざい》なのだとするに似《に》ていて、人間《にんげん》の意思《いし》、心《こころ》といった問題《もんだい》を疎外《そがい》してしまうのに近《ちか》い。確《たし》かに遺伝子《いでんし》の発見《はっけん》は動物《どうぶつ》の生態《せいたい》の観察分析《かんさつぶんせき》に不可欠《ふかけつ》な大切《たいせつ》なものに違《ちが》いなかろうが、この世《よ》のものごとの存在《そんざい》、特《とく》に人間《にんげん》の存在《そんざい》ということに関《かん》してDNAも素粒子《そりゅうし》も同《おな》じ位相《いそう》のものでしかなく、そのさらに奥《おく》に、というよりそれをはるかに越《こ》えたところに神《かみ》は在《あ》るのだと、私《わたし》は思《おも》います。

なんだ、それなら結局実存主義《けつきょくじつぞんしゅぎ》のいうところと変《か》わりないじゃないか、という声《こえ》が返《かえ》りそうだが、釈迦《しゃか》の説《と》いた『実相《じっそう》』について感得出来《かんとくでき》た人間《にんげん》の自我《じが》は、それを知《し》らぬ者《もの》の自我《じが》とは明《あき》らかに違《ちが》うのです。それは一度《いちど》捨《す》てた自我《じが》を前《まえ》よりも高《たか》い位相《いそう》でもっとしっかりと持《も》ちなおしたものといえるはずです。

第十二章　人間《にんげん》は永遠《えいえん》なのだ

我《が》を捨《す》てるということ

仏教哲学《ぶっきようてつがく》の究極《きゆうきよく》の頂《いただ》きである実相《じつそう》、それはものごとの見《み》た目《め》には届《とど》かぬ深《ふか》い深《ふか》い奥《おく》のそのまた奥《おく》の構成要素《こうせいようそ》である素粒子《そりゆうし》の、そのまたもう一つ奥《おく》にある他《ほか》の何《なに》かなどでは決《けつ》してない。それは、やがてその内《うち》には人間《にんげん》の有力《ゆうりよく》な方法《ほうほう》の一つである科学《かがく》の手法《しゆほう》によって新《あたら》しい知見《ちけん》としてもたらされたりするようなものでは決《けつ》してない、と私《わたし》は思《おも》う。

その所以《ゆえん》は、実《じつ》はお経《きよう》の中《なか》にたった一ケ所《かしよ》、『実相《じつそう》』とは何《なん》なのかとやや具体的《ぐたいてき》に釈《しや》迦《か》が説《と》かれたというくだりに依《よ》るものです。前《まえ》には、そんなものはどこにも無《な》いと書《か》いていたのにといわれそうだが、実《じつ》は在《あ》る。が、在《あ》るようで、無《な》いともいえる。

お経《きよう》の第《だい》二番目《ばんめ》の「方便品《ほうべんぼん》」の、瞑想《めいそう》から醒《さ》めた釈迦《しやか》がかたわらの弟子《でし》の舎利弗《しやりほつ》に、自分《じぶん》が仏《ほとけ》として到達《とうたつ》した究極《きゆうきよく》の真理《しんり》、つまり法華経《ほけきよう》のエッセンス（略法華《りやくほつけ》）たる例《れい》の

『十如是《じゅうにょぜ》』についての覚《さと》りについて語《かた》るくだりで、その直前《ちょくぜん》に、

『止《や》みなん、舎利弗《しゃりほつ》、復説《またと》くべからず、所以《ゆえ》は何《いか》ん、仏《ほとけ》の成就《じょうじゅ》したまえる所《ところ》は、第一希有難解《だいいちけうなんげ》の法《ほう》なり。唯仏《ただほとけ》と仏《ほとけ》と乃《いま》し能《よ》く諸法《しょほう》の実相《じっそう》を究尽《きゅうじん》したまえり』

といっています。すなわち、

「まあ止《や》めておこう。お前《まえ》にいってもわかろうはずもないから。仏《ほとけ》が極《きわ》めた真理《しんり》とは、他《ほか》に類《るい》もない、この世《よ》で最高《さいこう》の真理《しんり》だから、並《なみ》の人間《にんげん》にはとても理解出来《りかいでき》はしまい。これは仏《ほとけ》と仏《ほとけ》だけが理解《りかい》し合《あ》えるものなのだ。もろもろの仏《ほとけ》はこの宇宙《うちゅう》のものごとの真《しん》の在《あ》り方《かた》を見極《みきわ》めているのだから」と。

ずいぶん突《つ》き放《はな》したいい方《かた》ですが、それでもすぐに続《つづ》いて、『いわゆる諸法《しょほう》の如是相《にょぜそう》、如是性《にょぜしょう》』と最後《さいご》の如是《にょぜ》本末究竟等《ほんまつくきょうとう》までの十の如是《にょぜ》について教《おし》えているのです。

このコンテクストの続《つづ》きからすれば、釈迦《しゃか》が仏《ほとけ》として到達《とうたつ》した究極《きゅうきょく》の真理《しんり》とはまさに『十如是《じゅうにょぜ》』ということになります。

くり返《かえ》していうが、これはものごとの成《な》り立《た》ち仕組《しく》みについて説《と》いた、いわば認識《にんしき》のための方法論《ほうほうろん》であって、素粒子《そりゅうし》とかDNAといった何《なに》か新《あたら》しいものの実在《じつざい》についての知《ち》見《けん》では決《けっ》してない。あくまで身《み》の周《まわ》りに在《あ》るものごとをどう捉《とら》えるか、どう理解《りかい》するか

のための手引《てび》きです。つまり手引《てび》きそのものが真理《しんり》なのです。

　というところに実《じつ》は仏教《ぶっきょう》の哲学《てつがく》が与《あた》える、人間《にんげん》の真《しん》の解放《かいほう》がある。つまり最後《さいご》の鍵《かぎ》はあくまでそれぞれの人間個々《にんげんここ》の、いわば選択《せんたく》にあずけられている。

　ここまで連《つ》れてきてもらえば、究極《きゅうきょく》の真理《しんり》を覚《さと》ることでの安心立命《あんじんりゅうめい》は、最後《さいご》に個々人《ここじん》の努力《どりょく》によるしかない。その努力《どりょく》とは『空《くう》』についての教《おし》えの中《なか》で説《と》かれている。まず自分《じぶん》を捨《す》てる、自我《じが》を捨《す》てるということです。それは誰《だれ》のためでもない、あくまで自分《じぶん》自身《じしん》のためのことなのだから。自分《じぶん》のために自分《じぶん》を捨《す》て、そうすることで表出《ひょうしゅつ》するより確《たし》かな自分《じぶん》を拾《ひろ》うのです。

　なるほどものごとの本当《ほんとう》の仕組《しく》みはそういうことで成《な》っているのか、と仏《ほとけ》の極《きわ》めた真《しん》理《り》たる実相《じっそう》、『十如是《じゅうにょぜ》』について覚《さと》るためにこそ、その手《て》だてとして『空《くう》』とか『無常《むじょう》』といったことが説《と》かれてきているのです。

『十如是《じゅうにょぜ》』も一つ一つ譬《たと》えを引《ひ》いての講釈《こうしゃく》を聞《き》けば誰《だれ》しも一応《いちおう》なるほどと理解《りかい》は出来《でき》ようが、そのさらに先《さき》、身《み》にひきつめての納得《なっとく》、体得《たいとく》とはなかなかなりにくい。そのためには『空《くう》』とか『無常《むじょう》』ということを理解《りかい》してかかる必要《ひつよう》があります。つまりじたばたせずにということです。じたばたしないということは、余計《よけい》な我《が》を捨《す》てるということです。

そうすることで『十如是《じゅうにょぜ》』というものごとの仕組《しく》みが納得《なっとく》、体得《たいとく》されればその先《さき》に解《げ》脱《だつ》があり、安心《あんじん》もあり得《う》る。そうなれば事《こと》に際《さい》していったいどうしてこんなことになってしまったのかとか、いったいこの先《さき》どうなるのだろうという、迷《まよ》いや悩《なや》みが薄《うす》らいでいきます。

『空《くう》』とか『無常《むじょう》』への理《り》解《かい》をきっかけに自我《じが》を捨《す》てるということは、誰《だれ》のためでもなく、たった一人《ひとり》、自分自身《じぶんじしん》のためでしかない。

さて、自《みずか》らの人生《じんせい》のための解《げ》脱《だつ》、安心立命《あんじんりゅうめい》のために釈迦《しゃか》の説《と》いた教《おし》えのもう一つの眼《がん》目《もく》は、『永遠性《えいえんせい》』ということです。哲学《てつがく》の要因《よういん》とは『存在《そんざい》』と『時間《じかん》』をどう捉《とら》えるかであると最初《さいしょ》に記《しる》しましたが、『永遠性《えいえんせい》』なるものはすなわち、存在《そんざい》と時間《じかん》に関《かか》わってきます。ならば釈迦《しゃか》は何《なに》が永遠《えいえん》だと説《と》いたのか。

それは、人間《にんげん》の永遠性《えいえんせい》についてです。もちろん人間《にんげん》は生《う》まれて必《かなら》ず死《し》んではいくが、しかしなお永遠《えいえん》なのだと釈迦《しゃか》は説《と》いているのです。人間《にんげん》としてこんなに力《ちから》づけられることはない。

数《かず》ある法華経《ほけきよう》の章《しよう》の中《なか》で最《もつと》も大切《たいせつ》な、意味深《いみぶか》いものの一つに十六番目《ばんめ》の「如来寿量品《にょらいじゅりようほん》」があります。宗派《しゆうは》によってマニュアルも違《ちが》うが、よくお寺《てら》での何回忌《なんかいき》といった法要《ほうよう》のおりにこのお経《きよう》が読《よ》まれるのはそれなりに深《ふか》い訳《わけ》があるのです。死者《ししや》への供養《くよう》として行《おこな》われる行事《ぎようじ》になんで特《とく》にこのお経《きよう》が相応《ふさわ》しいかというと、つまり死者《ししや》たりといえども、人間《にんげん》として不滅永遠《ふめつえいえん》なのだということを伝《つた》えるためです。

日本《にほん》の坊《ぼう》さんは大方怠慢《おおかたたいまん》だから、こうした大切《たいせつ》な法要《ほうよう》にちなんでこのお経《きよう》が読《よ》まれるその訳《わけ》、このお経《きよう》にどういう意味《いみ》があるのか、これを聞《き》いて何《なに》を感《かん》じ、何《なに》について知《し》るべきなのかということを一向《いつこう》に説明《せつめい》してくれません。しかし他《ほか》の宗教《しゆうきよう》では、誰《だれ》かが死《し》んでから何年《なんねん》もたって、あらためて法要《ほうよう》を営《いとな》むなどということは無《な》いに違《ちが》いない。

しかしもしその供養《くよう》の主催者《しゆさいしや》が、その席《せき》でしみじみ故人《こじん》をしのび懐《なつ》かしく思《おも》ってい、心《こころ》のどこかで故人《こじん》に対《たい》しある強《つよ》い繋《つな》がりを持《も》っているなら、このお経《きよう》の意味《いみ》を知《し》ることができたら故人《こじん》への思《おも》いに発《はつ》して、人間全体《にんげんぜんたい》についてもっと大《おお》きな感慨《かんがい》なり確信《かくしん》を抱《いだ》くことが出来《でき》ることだろうにと思《おも》いますが。

だいたい、信仰《しんこう》というものは、それが組織化《そしきか》されいわゆる宗教《しゆうきよう》になった途端《とたん》、布教《ふきよう》のための効率《こうりつ》は発揮《はつき》しますが、本質的《ほんしつてき》には堕落《だらく》してしまいその根源的《こんげんてき》な目的《もくてき》を喪失《そうしつ》してしまいかねない。だからこそ、同《おな》じ信仰《しんこう》に関《かん》しても、一種《いっしゅ》の自己批判《じこひはん》に発《はっ》していろいろな宗派《しゅうは》が派生《はせい》してくるのです。挙句《あげく》は、坊《ぼう》さんに頼《たよ》らずに自分自身《じぶんじしん》で行《おこな》う、在家《ざいけ》の信仰活動《しんこうかつどう》が盛《さか》んにもなる。

しかしまあ宗教宗派《しゅうきょうしゅうは》というものは、個々《ここ》にとってしょせん信仰《しんこう》のための手《て》だての一つでしかないし、それがきっかけで確《たし》かな信仰《しんこう》が得《え》られればそれにこしたこともないが、そうした宗教宗派《しゅうきょうしゅうは》がかぶせてくる、本来《ほんらい》のものよりも狭《せば》まった教義《きょうぎ》や規律《きりつ》に縛《しば》られて信仰《しんこう》に関《かん》して肝心《かんじん》のものを曲《ま》げられぬことです。

「如来寿量品《にょらいじゅりょうほん》」は「従地涌出品《じゅうじゆじゅっぽん》」に続《つづ》いた章《しょう》ですが、前《まえ》にも述《の》べたように「涌出品《ゆじゅっぽん》」にはそれまで釈迦《しゃか》が縷々《るる》述《の》べてきた教《おし》えに感動《かんどう》した弟子《でし》たちが、私《わたし》たちも発奮《はっぷん》してこの教《おし》えを広《ひろ》く世《よ》に伝《つた》えますと申《もう》し出《で》ると、釈迦《しゃか》が、止《や》めておきなさい、お前《まえ》たちに頼《たの》まなくても私《わたし》には今《いま》までですでに教《おし》えを垂《た》れた優《すぐ》れた弟子《でし》たちがたくさんいるのだから、といった途端《とたん》地面《じめん》が割《わ》れて地《ち》の底《そこ》から数《かぞ》えきれぬほどの菩薩《ぼさつ》たちが湧《わ》き出《で》てき、お釈迦《しゃか》さまの前《まえ》に勢揃《せいぞろ》いして礼拝《らいはい》するというくだりがあります。

そして、

「これらの無数《むすう》の菩薩《ぼさつ》たちに自分《じぶん》は久遠《くおん》の昔《むかし》から教《おし》えを与《あた》え覚《さと》りに導《みちび》いてきたのだ、皆《みな》私《わたし》の教《おし》えの子供《こども》たちだ。それを一心《いっしん》に信《しん》じなさい」

という釈迦《しゃか》の言葉《ことば》に驚《おどろ》いた弥勒菩薩《みろくぼさつ》が、皆《みな》を代表《だいひょう》して、前《まえ》にも述《の》べたように、

「これはいったいどういうことなのですか。あなたが出家《しゅつけ》されてからまだそれほど長《なが》い時間《じかん》がたってはいないのに、こんなに数《かぞ》えきれぬほどのお弟子《でし》を教化《きょうか》されたというのはとても理解出来《りかいでき》ません。

まるで二十五歳《さい》の若者《わかもの》が、百歳《さい》の皺《しわ》だらけの老人《ろうじん》を指《さ》して、これは私《わたし》の子供《こども》だといい、相手《あいて》の老人《ろうじん》もこの若者《わかもの》こそが私《わたし》の父《ちち》だというのと同《おな》じではありませんか。父親《ちちおや》が若《わか》いのにその子供《こども》の方《ほう》が年《とし》をとっているなどということを、とても世間《せけん》は信《しん》じられません。いったいどうやってこんなに数《かず》も知《し》れぬほど大勢《おおぜい》の菩薩《ぼさつ》を、わずかの期間《きかん》に教《おし》え導《みちび》くことが出来《でき》たのですか。

ここにいる私《わたし》たち弟子《でし》たちが、その訳《わけ》のわからぬまま迷《まよ》って邪道《じゃどう》に外《はず》れたりしないためにも、どうかその訳《わけ》を教《おし》えていただきたい」

質《ただ》して懇願《こんがん》します。

釈迦《しゃか》はそれに応《こた》えて、

『汝等当《なんだちまさ》に如来《にょらい》の誠諦《じょうたい》の語《ことば》を信解《しんげ》すべし』

と三度《ど》くり返《かえ》していい渡《わた》します。

誠諦《じょうたい》とは、ぎりぎりの、まぎれもない真実《しんじつ》そのものという意味《いみ》です。

それに応《こた》えて弥勒菩薩《みろくぼさつ》たちは合掌《がっしょう》して、

『世尊唯願《せそんただねが》わくは之《これ》を説《と》きたまえ。我等当《われらまさ》に仏《ほとけ》の語《みこと》を信受《しんじゅ》したてまつるべし』

三度誓《どちか》ってなお止《や》めることないのを見確《みたし》かめて、ここで初《はじ》めて、釈迦《しゃか》は仏《ほとけ》である自分《じぶん》という存在《そんざい》が現世《げんせ》の姿《すがた》に関《かか》わりなく、実《じつ》は永遠《えいえん》のものであることを朗々《ろうろう》と説《と》いて聞《き》かすのです。

この章《しょう》の後段《こうだん》の有名《ゆうめい》な、父親《ちちおや》である名医《めいい》が、間違《まちが》って毒《どく》を飲《の》んで苦《くる》しんでいるのでわざわざ薬《くすり》を処方《しょほう》してやったのに中毒《ちゅうどく》のために正気《しょうき》を失《うしな》ってしまって飲《の》もうとしない愚《おろ》かな息子《むすこ》たちに、薬《くすり》を飲《の》ませるべく、

「自分《じぶん》ももう年《とし》をとったので寿命《じゅみょう》もあまり長《なが》くはないが、ここにこの妙薬《みょうやく》を置《お》いておくから、病《やま》いが治《なお》らないなどと心配《しんぱい》せずに、必《かなら》ず手《て》にして飲《の》むのだよ」

といい置《お》いて遠《とお》い国《くに》に旅《たび》だってしまい、そこから使《つか》いを送《おく》って、お前《まえ》たちの父親《ちちおや》は他《た》国《こく》で亡《な》くなってしまったと伝《つた》えさせ、それを聞《き》いて嘆《なげ》き悲《かな》しむ愚《おろ》かな息子《むすこ》たちが、今《いま》は

亡《な》き父《ちち》を恋《こ》い慕《した》うことでようやく正気《しょうき》を取《と》り戻《もど》して、置《お》かれたままの父《ちち》の作《つく》った薬《くすり》の素《す》晴《ば》らしさに気《き》づいてそれを飲《の》むことで病《やま》いが治《なお》されるという、いわゆる「嘘《うそ》も方便《ほうべん》」の出典《しゅってん》である「良医子《りょういし》の喩《たとえ》」にいたるまでの、仏《ほとけ》としての自分《じぶん》とそれが伝《つた》える真理《しんり》の不滅《ふめつ》永遠《えいえん》を説《と》くくだりの雄渾《ゆうこん》な叙述《じょじゅつ》は迫力《はくりょく》に満《み》ち満《み》ちて読《よ》む者《もの》の胸《むね》に迫《せま》ります。

ここは法華経《ほけきょう》の触《さわ》りの中《なか》の触《さわ》りですから、余計《よけい》な解説《かいせつ》は無用《むよう》で、敢《あ》えて全文《ぜんぶん》を引用《いんよう》するのでそのまま読《よ》んでもらいたい。読《よ》めば必《かなら》ずそのまま伝《つた》わってきてよくわかります。

『爾《そ》の時《とき》に世尊《せそん》、諸《もろもろ》の菩薩《ぼさつ》の三《み》たび請《しょう》じて止《や》まざることを知《しろ》しめして、之《これ》に告《つ》げて言《のたま》わく、汝等《なんだち》諦《あきら》かに聴《き》け、如来《にょらい》の秘密神通《ひみつじんずう》の力《ちから》を。一切世間《いっさいせけん》の天《てん》・人《にん》及《およ》び阿修羅《あしゅら》は、皆今《みないま》の釈迦牟尼仏《しゃかむにぶつ》、釈氏《しゃくし》の宮《みや》を出《い》でて伽耶城《がやじょう》を去《さ》ること遠《とお》からず、道場《どうじょう》に坐《ざ》して阿耨多羅三《あのくたらさん》藐三菩提《みゃくさんぼだい》を得《え》たりと謂《おも》えり。然《しか》るに善男子《ぜんなんし》、我実《われじつ》に成仏《じょうぶつ》してより已来《このかた》、無量無辺百千《むりょうむへんひゃくせん》万億那由他劫《まんのくなゆたこう》なり。譬《たと》えば五百千万億那由他阿僧祇《ごひゃくせんまんのくなゆたあそうぎ》の三千大千世界《さんぜんだいせんせかい》を、仮使人《たといひと》あって抹《まっ》して微塵《みじん》と為《な》して、東方五百千万億那由他阿僧祇《とうほうごひゃくせんまんのくなゆたあそうぎ》の国《くに》を過《す》ぎて乃《すなわ》ち一塵《いちじん》を下《くだ》し、是《かく》の如《ごと》く東《ひんがし》に行《ゆ》いて是《こ》の微塵《みじん》を尽《つ》くさんが如《ごと》き、諸《もろもろ》の善男子《ぜんなんし》、意《こころ》に於《おい》て云何《いかん》、是《こ》の諸《もろもろ》の世《せ》界《かい》は思惟《しゆい》し校計《きょうけい》して其《そ》の数《かず》を知《し》ることを得《う》べしや不《いな》や。弥勒菩薩等《みろくぼさつとう》倶《とも》に仏《ほとけ》に白《もう》して言《もう》さく、世尊《せそん》、是《こ》の諸《もろもろ》の世界《せかい》は無量無辺《むりょうむへん》にして、算数《さんじゅ》の知《し》る所《ところ》に非《あら》ず、亦心力《またしんりき》の及《およ》ぶ所《ところ》に非《あら》ず。一切《いっさい》の声聞《しょうもん》・辟支仏《びゃくしぶつ》、無漏智《むろち》を以《もっ》ても思惟《しゆい》して其《そ》の限数《げんじゅ》を知《し》ること能《あた》わじ。我等《われら》阿《あ》惟越致《ゆいおっち》地《じ》に住《じゅう》すれども、是《こ》の事《じ》の中《なか》に於《おい》ては亦達《またたつ》せざる所《ところ》なり。世尊《せそん》、是《かく》の如《ごと》き諸《もろもろ》の世《せ》界《かい》無量無辺《むりょうむへん》なり。爾《そ》の時《とき》に仏《ほとけ》、大菩薩衆《だいぼさっしゅ》に告《つ》げたまわく、諸《もろもろ》の善男子《ぜんなんし》、今当《いままさ》に分明《ふんみょう》に汝《なん》等《だち》に宣語《せんご》すべし。是《こ》の諸《もろもろ》の世界《せかい》の若《も》しは微塵《みじん》を著《お》き及《およ》び著《お》かざる者《もの》を尽《ことごと》く以《もっ》て塵《ちり》と為《な》して、一塵《いちじん》を一劫《いちこう》とせん。我成仏《われじょうぶつ》してより已来《このかた》、復此《またこ》れに過《す》ぎたること百千万億那由他阿《ひゃくせんまんのくなゆたあ》僧祇劫《そうぎこう》なり。是《こ》れより来《このかた》、我常《われつね》に此《こ》の娑婆世界《しゃばせかい》に在《あ》って説法教化《せっぽうきょうけ》す。亦余処《またよしょ》の百千万億《ひゃくせんまんのく》那由他阿僧祇《なゆたあそうぎ》の国《くに》に於《おい》ても衆生《しゅじょう》を導利《どうり》す。諸《もろもろ》の善男子《ぜんなんし》、是《こ》の中間《ちゅうげん》に於《おい》て我然燈仏等《われねんとうぶっとう》と説《と》き、又復其《またまたそ》れ涅槃《ねはん》に入《い》ると言《い》いき。是《かく》の如《ごと》きは皆方便《みなほうべん》を以《もっ》て分別《ふんべつ》せしなり。諸《もろもろ》の善男子《ぜんなんし》、若《も》し衆生《しゅじょう》あって我《わ》が所《もと》に来至《らいし》するには、我仏眼《われぶつげん》を以《もっ》て其《そ》の信等《しんとう》の諸根《しょこん》の利鈍《りどん》を観《かん》じて、度《ど》すべき所《ところ》に随《したが》って、処処《しょしょ》に自《みずか》ら名字《みょうじ》の不同《ふどう》・年紀《ねんき》の大小《だいしょう》を説《と》き、亦復現《またまたげん》じて当《まさ》に涅槃《ねはん》に入《い》るべしと言《い》い、又種種《またしゅじゅ》の方便《ほうべん》を以《もっ》て微妙《みみょう》の法《ほう》を説《と》いて、能《よ》く衆生《しゅじょう》をして歓喜《かんぎ》の心《こころ》を発《おこ》さしめき。諸《もろもろ》の善男子《ぜんなんし》、如来《にょらい》 諸《もろもろ》の衆生《しゅじょう》の小法《しょうぼう》を楽《ねが》える徳薄垢重《とくはっくじゅう》の者《もの》を見《み》ては、是《こ》の人《ひと》の為《ため》に我少《われわか》くして出家《しゅっけ》し阿耨多羅三藐三菩提《あのくたらさんみゃくさんぼだい》を得《え》たりと説《と》く。然《しか》るに我実《われじつ》に成仏《じょうぶつ》してより已来《このかた》、久遠《くおん》なること斯《かく》の若《ごと》し。但方便《ただほうべん》を以《もっ》て衆生《しゅじょう》を教化《きょうけ》して、仏道《ぶつどう》に入《い》らしめんとして是《かく》の如《ごと》き説《せつ》を作《な》す。諸《もろもろ》の善男子《ぜんなんし》、如来《にょらい》の演《の》ぶる所《ところ》の経典《きょうでん》は、皆衆生《みなしゅじょう》を度脱《どだつ》せんが為《ため》なり。或《あるい》は己身《こしん》を説《と》き、或《あるい》は他身《たしん》を説《と》き、或《あるい》は己身《こしん》を示《しめ》し、或《あるい》は他身《たしん》を示《しめ》し、或《あるい》は己事《こじ》を示《しめ》し、或《あるい》は他事《たじ》を示《しめ》す。諸《もろもろ》の言説《ごんぜつ》する所《ところ》は皆実《みなじつ》にして虚《むな》しからず。所以《ゆえ》は何《いか》ん。如来《にょらい》は如実《にょじつ》に三界《さんがい》の相《そう》を知見《ちけん》す。生死《しょうじ》の若《も》しは退《たい》、若《も》しは出《しゅつ》あることなく、亦在世《またざいせ》及《およ》び滅度《めつど》の者《もの》なし。実《じつ》に非《あら》ず、虚《こ》に非《あら》ず、如《にょ》に非《あら》ず、異《い》に非《あら》ず、三界《さんがい》の三界《さんがい》を見《み》るが如《ごと》くならず、斯《かく》の如《ごと》きの事《じ》、如来明《にょらいあきら》かに見《み》て錯謬《しゃくみょう》あることなし。諸《もろもろ》の衆生《しゅじょう》、種々《しゅじゅ》の性《しょう》・種種《しゅじゅ》の欲《よく》・種《しゅ》種《じゅ》の行《ぎょう》・種種《しゅじゅ》の憶想《おくそう》・分別《ふんべつ》あるを以《もっ》ての故《ゆえ》に、諸《もろもろ》の善根《ぜんごん》を生《しょう》ぜしめんと欲《ほっ》して、若干《そこばく》の因縁《いんねん》・譬喩《ひゆ》・言辞《ごんじ》を以《もっ》て種種《しゅじゅ》に法《ほう》を説《と》く。所作《しょさ》の仏事《ぶつじ》未《いま》だ曾《かっ》て暫《しばら》くも廃《はい》せず。是《かく》の如《ごと》く我成仏《われじょうぶつ》してより已来《このかた》甚《はなは》だ大《おおい》に久遠《くおん》なり。寿命無量阿僧祇劫《じゅみょうむりょうあそうぎこう》、常住《じょうじゅう》にして滅《めっ》せず。諸《もろもろ》の善男子《ぜんなんし》、我本菩薩《われもとぼさつ》の道《どう》を行《ぎょう》じて成《じょう》ぜし所《ところ》の寿命《じゅみょう》、今猶《いまな》お未《いま》だ尽《つ》きず。復上《またかみ》の数《かず》に倍《ばい》せり。然《しか》るに今実《いまじつ》の滅度《めつど》に非《あらざ》れども、而《しか》も便《すなわ》ち唱《とな》えて当《まさ》に滅度《めつど》を取《と》るべしと言《い》う。如来是《にょらいこ》の方《ほう》便《べん》を以《もっ》て衆生《しゅじょう》を教化《きょうけ》す。所以《ゆえ》は何《いか》ん、若《も》し仏久《ほとけひさ》しく世《よ》に住《じゅう》せば、薄徳《はくとく》の人《ひと》は善根《ぜんごん》を種《う》えず。貧窮下賤《びんぐげせん》にして五欲《ごよく》に貪著《とんじゃく》し、憶想妄見《おくそうもうけん》の網《あみ》の中《なか》に入《い》りなん。若《も》し如来常《にょらいつね》に在《あ》って滅《めっ》せずと見《み》ば、便《すなわ》ち憍恣《きょうし》を起《おこ》して厭怠《えんだい》を懐《いだ》き、難遭《なんぞう》の想《おもい》・恭敬《くぎょう》の心《こころ》を生《しょう》ずること能《あた》わず。是《こ》の故《ゆえ》に如来《にょらい》、方便《ほうべん》を以《もっ》て説《と》く、比丘当《びくまさ》に知《し》るべし、諸仏《しょぶつ》の出世《しゅっせ》には値遇《ちぐう》すべきこと難《かた》し。所以《ゆえ》は何《いか》ん。諸《もろもろ》の薄徳《はくとく》の人《ひと》は無量百千万億劫《むりょうひゃくせんまんのくこう》を過《す》ぎて、或《あるい》は仏《ほとけ》を見《み》るあり、或《あるい》は見《み》ざる者《もの》あり。此《こ》の事《じ》を以《もっ》ての故《ゆえ》に我是《われこ》の言《ことば》を作《な》す、諸《もろもろ》の比丘《びく》、如来《にょらい》は見《み》ること得《う》べきこと難《かた》しと。斯《こ》の衆生等是《しゅじょうらかく》の如《ごと》き語《ことば》を聞《き》いては、必《かなら》ず当《まさ》に難遭《なんぞう》の想《おもい》を生《しょう》じ、心《こころ》に恋慕《れんぼ》を懐《いだ》き、仏《ほとけ》を渇仰《かつごう》して便《すなわ》ち善根《ぜんごん》を種《う》ゆべし。是《こ》の故《ゆえ》に如来《にょらい》、実《じつ》に滅《めつ》せずと雖《いえど》も而《しか》も滅度《めつど》すと言《い》う』

釈迦《しゃか》はここで仏《ほとけ》の本体《ほんたい》を説《と》き明《あ》かす教《おし》えを通《つう》じて、人間《にんげん》の『存在《そんざい》』の根源的《こんげんてき》な意味《いみ》、その永遠性《えいえんせい》について朗々《ろうろう》と説《と》き教《おし》えている。

それは一種《いっしゅ》の三段論法《さんだんろんぽう》であって、前《まえ》にも述《の》べたように釈迦《しゃか》はあくまで人間《にんげん》から発《はっ》して仏《ほとけ》となったのであり、仏《ほとけ》である自《みずか》らの非凡《ひぼん》さ、その尊《とうと》さを教《おし》えることで、誰《だれ》でも仏《ほとけ》となれるのだ、誰《だれ》しも仏性《ぶっしょう》を備《そな》えているのだ、という前提《ぜんてい》を踏《ふ》まえて、実《じつ》は人間《にんげん》を讃《たた》えているのです。

だからこの章《しょう》の少《すこ》し後《あと》の第《だい》二十番目《ばんめ》の章《しょう》「常不軽菩薩品《じょうふきょうぼさつほん》」では、昔々《むかしむかし》この世《よ》にいたという ある修行者《しゅぎょうしゃ》の物語《ものがたり》をして聞《き》かせている。

その行者《ぎょうじゃ》は余《あま》りお経《きょう》を読《よ》むこともなく、もっぱら他《ほか》の行者《ぎょうじゃ》や在家《ざいけ》の信者《しんじゃ》たちを一方的《いっぽうてき》に礼拝《らいはい》して回《まわ》っていた。曰《いわ》くに、

「私《わたし》はあなたがたを敬《うやま》いたい。決《けっ》して軽《かろ》んじはしませんぞ。なぜなら、あなたがたは皆《みな》それぞれの菩薩《ぼさつ》の道《みち》を行《ぎょう》じて、やがて必《かなら》ず仏《ほとけ》になられるのだから」と。

礼拝《らいはい》される方《ほう》の誰《だれ》もが嫌《いや》がって、

「余計《よけい》なことをするな。俺《おれ》はお前《まえ》なんぞのいい加減《かげん》な請《う》けあいを信《しん》じやしないぞ」

といって棒《ぼう》で叩《たた》いたり石《いし》をぶつけたりすると、その度《たび》走《はし》って逃《に》げはするが、なお離《はな》れた遠《とお》くから同《おな》じことをいって相手《あいて》を拝《おが》んでみせる。

行者《ぎょうじゃ》や信徒《しんと》たちはそんな相手《あいて》を馬鹿《ばか》にして、「いつも決《けっ》してあなたを軽《かろ》しめませんよ」という言葉《ことば》をとって彼《かれ》に「常不軽《じょうふきょう》」という渾名《あだな》をつけた、と。

しかし最後《さいご》に釈迦《しゃか》は、昔々《むかしむかし》、そうやって人々《ひとびと》を礼拝《らいはい》し彼等《かれら》の仏性《ぶっしょう》を讃《たた》えた常不軽《じょうふきょう》なる菩薩《ぼさつ》は実《じつ》は自分自身《じぶんじしん》だったのだと明《あ》かしています。つまり釈迦《しゃか》はその前世《ぜんせ》ではまだ仏《ほとけ》になる前《まえ》の菩薩《ぼさつ》であり、そうやって人々《ひとびと》を導《みちび》く功徳《くどく》を積《つ》んだが故《ゆえ》に仏《ほとけ》になり得《え》たのだといっているのです。こうした前世《ぜんせ》と今世《こんせ》との同《おな》じシテュエイションのくり返《かえ》しは法華経《ほけきょう》の特徴《とくちょう》の一つで、教《おし》える者《もの》、教《おし》えられる者《もの》、そしてそれで覚《さと》りに導《みちび》く者《もの》、覚《さと》らされる者《もの》という関《かか》わりの反復《はんぷく》は、それによって人間《にんげん》の存在《そんざい》の、そうしたパターンをくり返《かえ》すことによっての永続性《えいぞくせい》、さらに永遠性《えいえんせい》を明《あ》かすための効果的《こうかてき》なレトリックとなっています。

同《おな》じ構成《こうせい》は他《ほか》に例《たと》えば二十三番《ばん》の「薬王菩薩本事品《やくおうぼさつほんじほん》」などにもあって、この章《しょう》は仏《ぶつ》教《きょう》におけるいわゆる即身成仏《そくしんじょうぶつ》という、はなはだ誤解《ごかい》されやすい、ベトナム戦争《せんそう》の時世界《ときせかい》的《てき》に評判《ひょうばん》になった焼身自殺《しょうしんじさつ》にも繋《つな》がる供養《くよう》について触《ふ》れていますが、この中《なか》でも、昔《むかし》昔日月浄明徳如来《むかしにちがつじょうみょうとくにょらい》に仕《つか》えたという薬王菩薩《やくおうぼさつ》について質《ただ》した宿王華菩薩《しゅくおうけぼさつ》に釈迦《しゃか》がその解説《かいせつ》をしてやり、その時《とき》の薬王菩薩《やくおうぼさつ》とは実《じつ》はお前自身《まえじしん》なのだ、彼《かれ》が仕《つか》えた日月浄明徳《にちがつじょうみょうとく》如来《にょらい》とはこの私《わたし》なのだと教《おし》えています。

ちなみにこの二十三番目《ばんめ》の章《しょう》でいわれている、薬王菩薩《やくおうぼさつ》の自分《じぶん》の体《からだ》に香油《こうゆ》を塗《ぬ》って火《ひ》をつけその体《からだ》を燃《も》やして世界中《せかいじゅう》を照《て》らすとか、またある時《とき》は両手《りょうて》の肘《ひじ》を松明《たいまつ》のように燃《も》やして教《おし》えの道《みち》を照《て》らして示《しめ》すといった行《ぎょう》の記述《きじゅつ》や、それを見《み》て仏《ほとけ》が、いろいろな宝物《たからもの》を供物《くもつ》として差《さ》し出《だ》したりするよりも、例《たと》えば王《おう》さまが自分《じぶん》の城《しろ》を差《さ》し出《だ》すとか、身分《みぶん》の高《たか》い王妃《おうひ》や子供《こども》たちを仏《ほとけ》の従者《じゅうしゃ》として差《さ》し出《だ》したりするよりも、むしろ自分《じぶん》の手足《てあし》の指一本《ゆびいっぽん》を灯明《とうみょう》として火《ひ》を点《とも》して仏《ほとけ》を供養《くよう》する方《ほう》が貴《とうと》いのだと説《と》くくだりは、断食《だんじき》その他《た》の危険《きけん》で苦《くる》しい行《ぎょう》の延長《えんちょう》として、肉体《にくたい》を傷《きず》つけ刻《きざ》むことが奉仕《ほうし》であり覚《さと》りへの道《みち》だなどと誤解《ごかい》されがちですが、まったく違《ちが》います。

それは、結局自分自身《けつきよくじぶんじしん》でしなければ駄目《だめ》なのだという、覚《さと》ることでの解脱《げだつ》、さらに真《しん》の幸《しあわ》せの獲得《かくとく》は、他力本願《たりきほんがん》では決《けつ》してかないはしないという、見事《みごと》な実践者《じつせんしや》としての釈《しや》迦《か》の言葉《ことば》へのただのレトリックです。どこの誰《だれ》がいったい、幸《しあわ》せになるためには、ヤクザみたいに指《ゆび》をつめろなどといえるものですか。

つまりこうした数多《かずおお》い反復《はんぷく》は、師弟《してい》の関係《かんけい》が同《おな》じパターンでくり返《かえ》されているのだということで、人間《にんげん》の関《かか》わりはいつも何《なん》であれ同《おな》じ範形《はんけい》をとりながらくり返《かえ》しているのだ、だから人間《にんげん》は変《か》わらない、だからしょせん同《おな》じなのだ、ゆえに永遠《えいえん》なのだと教《おし》えている。いい換《か》えれば仏教《ぶつきよう》でいう『輪廻転生《りんねてんしよう》』がここで、仏《ほとけ》とその弟子《でし》たちの関《かか》わりの反復《はんぷく》によって説《と》かれているのです。

ともかくも、この「如来寿量品《にょらいじゅりょうほん》」は法華経《ほけきよう》の哲学《てつがく》のまさしくキイ・ポイントです。

永遠不滅《えいえんふめつ》の生命《せいめい》の本体《ほんたい》

「如来寿量品《にょらいじゅりょうほん》」を踏《ふ》まえてよく二人《ふたり》の釈尊《しやくそん》を説《と》く人《ひと》がいますが、私《わたし》にはさして大切《たいせつ》なことは思《おも》えない。紀元前《きげんぜん》に生《う》まれて仏教《ぶっきょう》の哲学《てつがく》を説《と》いた生身《なまみ》の釈迦《しゃか》と、その教《おし》えが象徴《ちょう》する仏《ほとけ》となった釈迦《しゃか》ということですが、釈迦《しゃか》という一人《ひとり》の人間《にんげん》が存在《そんざい》せずして仏《ほとけ》の教《おし》えは在《あ》りはしなかったのですから。

ともかくも釈迦《しゃか》という生身《なまみ》の天才《てんさい》こそが、人類《じんるい》であるいは初《はじ》めて宇宙《うちゅう》なる『存在《そんざい》』と人間《にんげん》の関《かか》わりについて考《かんが》え、『存在《そんざい》』の影《かげ》ともいうべき『時間《じかん》』について考《かんが》えたのではないのか。

『実相《じっそう》』という不変不滅《ふへんふめつ》の真理《しんり》の発見《はっけん》は、釈迦《しゃか》という生身《なまみ》の人格《じんかく》があって初《はじ》めて人間《にんげん》の代《か》えがたい財産《ざいさん》として在《あ》り得《え》たのであって、その真理《しんり》の不滅《ふめつ》さ、永遠性《えいえんせい》を覚《さと》ったものは釈迦《しゃか》という生身《なまみ》の人間《にんげん》に他《ほか》ならない。つまり永遠《えいえん》などということを思《おも》いついた人間《にんげん》がいなければ、永遠性《えいえんせい》などということはあり得《え》ない。人間《にんげん》の存在《そんざい》が肉体的《にくたいてき》には有限《ゆうげん》であるがゆえにこそ、人間《にんげん》は永遠《えいえん》なるものに心《こころ》が向《む》かうのです。

それは神《かみ》と人間《にんげん》の関《かか》わりと同《おな》じことです。人間《にんげん》を創《つく》ったもの、つまりこの世《よ》に『存《そん》在《ざい》』を与《あた》えたものは神《かみ》かも知《し》れないが、神《かみ》を見出《みいだ》したものは人間《にんげん》なのです。だから人間《にんげん》というのは神《かみ》を映《うつ》す鏡《かがみ》ともいえるし、他《ほか》の動物《どうぶつ》が『存在《そんざい》』について、『時間《じかん》』について、それをかく与《あた》えたものについてどう感《かん》じ考《かんが》えているかは知《し》らないが、多分《たぶん》そういうことはないだろう。人間《にんげん》だけがそう感《かん》じ、考《かんが》える、というところに人間《にんげん》の意味《いみ》と価値《かち》があり、人間《にんげん》の意識《いしき》の世界《せかい》にだけしか神《かみ》や仏《ほとけ》はいないし、時間《じかん》は『時間《じかん》』として流《なが》れてもいない。その人間《にんげん》の素晴《すば》らしい代表《だいひょう》の一人《ひとり》が釈迦《しゃか》という人《ひと》であり、神《かみ》なり仏《ほとけ》はその釈迦《しゃか》をこそこの世《よ》に選《えら》んでその哲学《てつがく》を創《つく》り出《だ》させたのです。

ならば何故《なぜ》に釈迦《しゃか》が選《えら》ばれたかということは、まさに『十如是《じゅうにょぜ》』によるものに違《ちが》いない。

この「如来寿量品《にょらいじゅりょうほん》」の素晴《すば》らしさは、ここで永遠性《えいえんせい》を背景《はいけい》に讃《たた》えられているのが決《けっ》して釈迦《しゃか》一人《ひとり》ではないということです。

一つは前《まえ》の章《しょう》「従地涌出品《じゅうじゆじゅつほん》」で、天空《てんくう》ではなしに足元《あしもと》の地面《じめん》が割《わ》れて無数《むすう》の菩薩《ぼさつ》たちが湧《わ》き溢《あふ》れてくるというのは、前《まえ》にも記《しる》したようにある意味《いみ》で死者《ししゃ》たちの出現《しゅつげん》でしょう。しかしそれは死《し》せるキリストが復活《ふっかつ》したとか、最後《さいご》の審判《しんぱん》のためにもろもろの死者《ししゃ》が再《ふたた》び肉体《にくたい》を付与《ふよ》されて裁《さば》きの庭《にわ》に現《あらわ》れるだろうなどということと違《ちが》って、生《い》きていても死《し》んでしまっても、骨《ほね》が砕《くだ》けていようが、すべて灰《はい》になって海《うみ》に流《なが》されていようが、人間《にんげん》はある永遠性《えいえんせい》の中《なか》に在《あ》るということです。

それにしてもこの第《だい》十六番目《ばんめ》の章《しょう》には人間《にんげん》の存在《そんざい》について、物凄《ものすご》く濃《こ》く厚《あつ》い意味《いみ》が、端的《たんてき》に語《かた》られています。

『諸《もろもろ》の善男子《ぜんなんし》、如来《にょらい》の演《の》ぶる所《ところ》の経典《きょうでん》は、皆衆生《みなしゅじょう》を度脱《どだつ》せんが為《ため》なり。或《あるい》は己身《こしん》を説《と》き、或《あるい》は他身《たしん》を説《と》き、或《あるい》は己身《こしん》を示《しめ》し、或《あるい》は他身《たしん》を示《しめ》し、或《あるい》は己事《こじ》を示《しめ》し、或《あるい》は他事《たじ》を示《しめ》す。諸《もろもろ》の言説《ごんぜつ》する所《ところ》は皆実《みなじつ》にして虚《むな》しからず』

その意味《いみ》は、

「私《わたし》の説《と》く教《おし》えはいろいろ表現《ひょうげん》に違《ちが》いがあろうとも、要《よう》するに人々《ひとびと》を救《すく》い、解脱《げだつ》に向《む》かって導《みちび》くためのものなのだ、だからある時《とき》は仏《ほとけ》の本体《ほんたい》そのものについて話《はな》し、またある時《とき》は他《ほか》の何《なに》かの特定《とくてい》の姿《すがた》、形《かたち》として現《あらわ》れる仏《ほとけ》について話《はな》して聞《き》かすのだ。

またある時《とき》は仏《ほとけ》そのものの本体《ほんたい》、姿《すがた》で現《あらわ》れることもあるし、ある時《とき》には、他《ほか》のよくいわれる何々仏《なになにぶつ》、何々如来《なになににょらい》、例《たと》えば日月灯明仏《にちがっとうみょうぶつ》とか阿弥陀仏《あみだぶつ》、あるいは光明如来《こうみょうにょらい》、天王如来《てんのうにょらい》、普光如来《ふこうにょらい》などといったような姿《すがた》で現《あらわ》れもする。

またある時《とき》には、端的《たんてき》に救《すく》いの手《て》をさしのべ、ある時《とき》には間接的《かんせってき》に事《こと》を示《しめ》して結果《けっか》として救《すく》いを与《あた》えることもある。形《かたち》、姿《すがた》は変《か》わっていてもその説《と》くところは皆真実《みなしんじつ》であって無駄《むだ》なものは決《けっ》してありはしない」と。

いい換《か》えれば仏《ほとけ》の千変万化《せんぺんばんか》の姿《すがた》に於《お》ける一貫性《いっかんせい》、つまり永遠性《えいえんせい》についての叙述《じょじゅつ》です。

十分注意《じゅうぶんちゅうい》して読《よ》んでもらいたいのは、くり返《かえ》しいってきましたが、釈尊《しゃくそん》は仏《ほとけ》としての自分《じぶん》について述《の》べることで、実《じつ》は、仏《ほとけ》たり得《う》る人間一般《にんげんいっぱん》に関《かん》する真理《しんり》の本髄《ほんずい》についていっているのです。

そしてさらに、

『所以《ゆえ》は何《いか》ん、如来《にょらい》は如実《にょじつ》に三界《さんがい》の相《そう》を知見《ちけん》す。生死《しょうじ》の若《も》しは退《たい》、若《も》しは出《しゅつ》あることなく、亦在世《またざいせ》及《およ》び滅度《めつど》の者《もの》なし』と。

「なぜそうかといえば、如来《にょらい》（仏《ほとけ》）は目《め》に見《み》えるもの見《み》えぬもの、肉体《にくたい》と心《こころ》の世界《せかい》、そして霊魂《れいこん》の世界《せかい》の実体《じったい》を見通《みとお》しているのだから、何《なに》ものも生《う》まれかつ必《かなら》ず死《し》んで変《か》わっていくものだが、それはただ現象《げんしょう》としてのことだけであって、仏《ほとけ》の目《め》をもってそれらのものごとの奥《おく》にある真理《しんり》を眺《なが》めれば、何《なに》ものも消滅《しょうめつ》もせずことさら現《あらわ》れてくるということでもない。すべての生命《せいめい》は実《じつ》は本来《ほんらい》、この世《よ》に在《あ》るとか、この世《よ》から無《な》くなるということはないのだ」と。

これは極《きわ》めて難解《なんかい》な言葉《ことば》ですが、前《まえ》の『空《くう》』や『十如是《じゅうにょぜ》』を思《おも》い返《かえ》し、あるいはまた物《もの》を構成《こうせい》している素粒子《そりゅうし》の例《れい》を考《かんが》えれば理解出来《りかいでき》るはずです。

ことを人間《にんげん》の身《み》に於《お》いて考《かんが》えてみれば、人間《にんげん》の生《い》き死《し》にはあっても、『亦在世《またざいせ》及《およ》び滅《めつ》度《ど》の者《もの》なし』というのは、肉体《にくたい》の変化《へんか》やその消滅《しょうめつ》はあっても、その生命本体《せいめいほんたい》はこの世《よ》に在《あ》るとか無《な》いとかとは関《かか》わりない、つまり永久不滅《えいきゅうふめつ》なのだ、ということです。

つまり釈迦《しゃか》は仏《ほとけ》の姿《すがた》を借《か》りて譬《たと》えて、人間《にんげん》は永遠《えいえん》なのだと説《と》いているのです。この世《よ》の水分《すいぶん》なるものが、地上《ちじょう》に落《お》ちた雨《あめ》から蒸発《じょうはつ》して霧《きり》となったり雲《くも》となってまた地上《ちじょう》に降《お》り切《き》りなく循環《じゅんかん》するのに似《に》て、人間《にんげん》もまた終《お》わることなく永遠《えいえん》に循環《じゅんかん》するのだと。

ならば不滅《ふめつ》の生命本体《せいめいほんたい》とはいったい何《なん》のことなのか!?

そしてさらに、

『実《じつ》に非《あら》ず、虚《こ》に非《あら》ず、如《にょ》に非《あら》ず、異《い》に非《あら》ず、三界《さんがい》の三界《さんがい》を見《み》るが如《ごと》くならず』と。

すなわち、

「何《なに》かものごとを眺《なが》めて、それがそこにそうした形《かたち》で実際《じっさい》に在《あ》るのだと思《おも》うのも間違《まちが》いなのだ、実《じつ》は目《め》に見《み》えぬものがそれを構成《こうせい》しているのだから、見《み》えているものは実《じつ》はそのものとして在《あ》りはしないのだとするのも間違《まちが》いだ、ものごとは移《うつ》り変《か》わっていくのだから、何《なに》かのものごとが常《つね》に在《あ》るなどと思《おも》うのは間違《まちが》いだし、しかしまた常《つね》に在《あ》り続《つづ》けるものなど有《あ》りはしないなどと思《おも》うのも間違《まちが》いなのだ」と。

これは究極《きゅうきょく》の真理《しんり》なる『実相《じっそう》』の構造《こうぞう》である『空《くう》』、あるいは『十如是《じゅうにょぜ》』を把握《はあく》するために必要《ひつよう》なものを見《み》つめる視線《しせん》を備《そな》えた者《もの》こそが仏《ほとけ》たり得《う》るのだという教《おし》えと捉《とら》えることが出来《でき》ます。

ものごとの変化《へんか》に囚《とら》われず、一見変《いっけんか》わらずにそのままそこにそうして在《あ》るように見《み》えるものの姿《すがた》にも囚《とら》われず、他《ほか》のものごととの違《ちが》いにも囚《とら》われず、他《ほか》と基本的《きほんてき》に共通《きょうつう》のものがあるのだということにも囚《とら》われず、自由《じゆう》な開《ひら》かれた目《め》で柔軟《じゅうなん》にものを見《み》るということ。つまりものごとが『在《あ》る』ということとは実《じつ》は何《なん》なのか、どんな仕組《しく》みによってもたらされているのかということを確《たし》かに捉《とら》えなくてはということです。

例《たと》えば医者《いしゃ》や患者自身《かんじゃじしん》の病気《びょうき》への診立《みた》てで肝要《かんよう》なことは、なんといっても患者《かんじゃ》の病気《びょうき》を早《はや》く治《なお》すことでしょうが、もし患者《かんじゃ》が厄介《やっかい》な合併症《がっぺいしょう》を起《お》こしている場合《ばあい》には簡単《かんたん》にはいきません。ただ風邪《かぜ》をひいて出《だ》した高熱《こうねつ》なら、解熱剤《げねつざい》を与《あた》え、せいぜい抗生物質《こうせいぶっしつ》を飲《の》ませて安静《あんせい》にさせたらすむだろうが、例《たと》えば病巣感染《フォーカル・インフェクション》のようにどこかにある何《なに》かの病巣《びょうそう》、例《たと》えば蓄膿症《ちくのうしょう》とか、進《すす》み過《す》ぎてもう痛《いた》みの無《な》くなった虫歯《むしば》なんぞが感染症《かんせんしょう》を起《お》こして他《ほか》の部分《ぶぶん》に出《だ》す痛《いた》みや熱《ねつ》は、感染源《かんせんげん》をつき止《と》めないで処方《しょほう》するととんでもないことになる。

私《わたし》のある知人《ちじん》がある日突然指《ひとつぜんゆび》が腫《は》れてリューマチ症状《しょうじょう》になり、医者《いしゃ》に診《み》てもらったらリューマチによく効《き》くステロイドホルモン剤《ざい》を投与《とうよ》された。一時期痛《いちじきいた》みはとまったかに見《み》えたが、ステロイドホルモン剤《ざい》は病菌《びょうきん》への抗体《こうたい》を減《へ》らしてしまうので、実《じつ》は原因《げんいん》だった歯《は》の感染症《かんせんしょう》が急《きゅう》に進《すす》んでしまい骨膜炎《こつまくえん》を起《お》こして口腔《こうこう》の大手術《だいしゅじゅつ》を受《う》ける羽目《はめ》になりました。

これなど『実《じつ》』に囚《とら》われてその陰《かげ》の『虚《こ》』の病巣《びょうそう》が見《み》えず、当人《とうにん》も一時期痛《いちじきいた》かった虫《むし》歯《ば》の進捗状況《しんちょくじょうきょう》を忘《わす》れて気《き》づかず、それが体全体《からだぜんたい》の健康《けんこう》をとんでもなく深《ふか》い所《ところ》で蝕《むしば》んでいたのを知《し》らずにいたということです。

いかなるものごとにもその時々《ときどき》に応《おう》じた一時的《いちじてき》な現象《げんしょう》があり、同時《どうじ》に一貫《いっかん》した持続性《コンテイニユイテイ》があり、眺《なが》めて変《か》わってきたようで実《じつ》は変《か》わっていなかったり、変《か》わっていないようで実《じつ》は目《め》に見《み》えずに変《か》わっていたりするものです。それを包括的《ほうかつてき》にかつ局部的《きょくぶてき》に鋭《するど》く確《たし》かに見届《みとど》けるというのは非凡《ひぼん》な技《わざ》だろうが、誰《だれ》しもそれを心《こころ》がけなくてはならない。ということは誰《だれ》にもわかっているが、なかなか出来《でき》はしません。

『実《じつ》に非《あら》ず、虚《こ》に非《あら》ず』などは、「孝行《こうこう》をしたいと思《おも》う時《とき》には親《おや》は無《な》し」の格言《かくげん》にそのまま当《あ》てはまるが、油断《ゆだん》して孝行《こうこう》を逸《いっ》した親《おや》についていつまでもくよくよ悩《なや》んでいても仕方《しかた》ないし、死《し》んだ親《おや》への孝行《こうこう》の手《て》だては仏教《ぶっきょう》の教《おし》えにはちゃんとあるのですから。

仏《ほとけ》の視線《しせん》なるものを踏《ふ》まえて、人間《にんげん》の人生《じんせい》の一貫性《いっかんせい》、持続性《じぞくせい》が実《じつ》は永遠性《えいえんせい》にも繋《つな》がるというなら、手掛《てが》けている仕事《しごと》、職業《しょくぎょう》での努力《どりょく》の仕方《しかた》、その姿勢《しせい》も違《ちが》ってこなくてはなるまい。

自分《じぶん》の人生《じんせい》、自分《じぶん》の生命《せいめい》が決《けっ》して今日《きょう》は昨日《きのう》ではなく、明日《あした》は今日《きょう》ではないと思《おも》い知《し》ることで、今日《きょう》の過《す》ごし方《かた》も違《ちが》ってくるはずだし、それで初《はじ》めて人生全体《じんせいぜんたい》への自覚《じかく》も出《で》来《き》てくるはずです。

岸辺《きしべ》に立《た》って眺《なが》める川《かわ》が川全体《かわぜんたい》であるはずはなく、目《め》の前《まえ》の水《みず》が次《つぎ》の瞬間《しゅんかん》にはもう目《め》の前《まえ》にはないということが『時間《じかん》』を明《あ》かしている。現在《げんざい》は、今目《いまめ》の前《まえ》に見《み》ている川《かわ》の水《みず》のように、次《つぎ》の瞬間《しゅんかん》に消《き》え去《さ》る呆気《あっけ》ないものに思《おも》えるが、それがはるか遠《とお》い海《うみ》に繋《つな》がるということで実《じつ》は永遠《えいえん》なるものなのです。

そしてそれをさらに演繹《えんえき》すれば、その『時間《じかん》』に裏打《うらう》ちされた私《わたし》たちの人生《じんせい》そのものは、釈迦《しゃか》が、『亦在世及《またざいせおよ》び滅度《めつど》の者《もの》なし』と説《と》いたように、死《し》んだ後《あと》も永遠《えいえん》に何《なに》かに向《む》かって繋《つな》がっているのです。それが血縁《けつえん》、家族《かぞく》というものの計《はか》り難《がた》い意味《いみ》です。

私《わたし》が生《う》まれたばかりの最初《さいしょ》の子供《こども》を初《はじ》めて眺《なが》めて抱《だ》いた時《とき》に、訳《わけ》もなくただ強《つよ》くひしと感《かん》じた、これで自分《じぶん》が目《め》には見《み》えぬ何《なに》か巨《おお》きな鎖《くさり》の輪《わ》に確《たし》かに繋《つな》がったのだなという実感《じっかん》はそれを明《あ》かしていたと思《おも》います。

それを信《しん》じなくして家族《かぞく》や家《いえ》というものなど在《あ》りはしまい。釈迦《しゃか》が説《と》いたものこそそれだったし、だから仏教圏《ぶっきょうけん》に生《い》きる人々《ひとびと》の先祖《せんぞ》に対《たい》する姿勢《しせい》は明《あき》らかに他《ほか》と異《こと》なっている。

前《まえ》にも記《しる》した、私《わたし》が以前仲良《いぜんなかよ》かったアメリカ人《じん》のヨットマンのお墓《はか》にわざわざお参《まい》りして、彼《かれ》が死《し》んだ後家族《あとかぞく》が訪《おとず》れた様子《ようす》もない墓石《はかいし》を眺《なが》めながらいかにも彼《かれ》が哀《あわ》れだったのと、自分《じぶん》は仏教徒《ぶっきょうと》に生《う》まれてつくづく良《よ》かったなあと感《かん》じた感慨《かんがい》もそのゆえにです。

そしてそれは先祖《せんぞ》に対《たい》するだけではなしに、これからこの世《よ》に現《あらわ》れてくるだろう、そのほとんどは相見《あいまみ》えることのない私《わたし》の次《つぎ》の次《つぎ》の世代《せだい》、さらにもっと先《さき》の子孫《しそん》に対《たい》する今《いま》、、、この時点での責任ともなってくるのです。在家仏教《ざいけぶつきょう》の多《おお》くの教団《きょうだん》が共通《きょうつう》して、他人《たにん》まかせではなしに、たとえたどたどしかろうとも自分自身《じぶんじしん》での先祖《せんぞ》への供養《くよう》をしきりに教《おし》える所以《ゆえん》は、釈迦《しゃか》が説《と》いた人間《にんげん》の不滅《ふめつ》さ、その永遠性《えいえんせい》のゆえになのです。

今《いま》この時点《じてん》での顔《かお》も名前《なまえ》もよく知《し》らぬはるか以前《いぜん》の以前《いぜん》にこの世《よ》に在《あ》った先祖《せんぞ》たちへ

の心遣《こころづか》い、つまり先祖《せんぞ》への供養《くよう》が、感謝《かんしゃ》を含《ふく》めた私《わたし》たちの誠意《せいい》として伝《つた》わっていくなら、その先祖《せんぞ》から発《はっ》して今《いま》この私自身《わたしじしん》が生《い》きている時間《じかん》に繋《つな》がり、そしてさらにその私《わたし》の時間《じかん》が間違《まちが》いなく私自身《わたしじしん》のものとして子孫《しそん》たちに繋《つな》がっていき、それゆえにこそ、この私《わたし》が不滅《ふめつ》なのなら、同《おな》じ人間《にんげん》として不滅《ふめつ》な先祖《せんぞ》の喜《よろこ》びなり満足《まんぞく》も私《わたし》を経《へ》て子孫《しそん》たちに及《およ》ばぬ訳《わけ》はないでしょう。

この、人間《にんげん》が生《い》きてこの世《よ》に在《あ》るということの構造《こうぞう》、すなわち『存在《そんざい》』の構造《こうぞう》、その仕組《しく》みこそが釈迦《しゃか》の見出《みいだ》した永遠不滅《えいえんふめつ》なる生命《せいめい》の本体《ほんたい》なのです。

そしてそれをどう理解《りかい》するか、理解《りかい》ではなしにどう体得《たいとく》するかはそれぞれ自分自身《じぶんじしん》の努力《どりょく》といおうか、試《こころ》み次第《しだい》といおうか、ともかく結局《けっきょく》は個人個人《こじんこじん》の問題《もんだい》でしかない。

個々《ここ》の問題《もんだい》ということは、しょせん個々《ここ》の人生《じんせい》の問題《もんだい》であり、それぞれ自分《じぶん》がどう迷《まよ》い、努《つと》めるかという個人個人《こじんこじん》の、あくまで自分自身《じぶんじしん》への責任《せきにん》の問題《もんだい》でしかありはしない。

それはそうでしょう、誰《だれ》でも仏《ほとけ》になる資格《しかく》も能力《のうりょく》ももともと備《そな》えているのだといわれて、それを開発《かいはつ》し体得《たいとく》するための手《て》だてもさんざん教《おし》えられているのに、それが出来《でき》る出来《でき》ないはあくまで個々人《ここじん》の責任《せきにん》以外《いがい》にありはしない。

誰《だれ》にも仏性《ぶっしょう》はあるのだ、だから私自身《わたしじしん》も努力《どりょく》してこうして仏《ほとけ》になったのだ、だからお前《まえ》たちも自分自身《じぶんじしん》のために努《つと》めて仏《ほとけ》となれという釈迦《しゃか》の教《おし》えはいかにも厳《きび》しいし、かつまた慈愛《じあい》に満《み》ち、かつまたいかにも人間的《にんげんてき》だと思《おも》います。

宇宙《うちゅう》の中《なか》に自分《じぶん》がある位置《いち》

松原泰道師《まつばらたいどうし》の本《ほん》に、師《し》が若《わか》い時《とき》ある熱心《ねっしん》なクリスチャンに、仏教《ぶっきょう》では、「人間《にんげん》には誰《だれ》しも仏性《ぶっしょう》という純粋《じゅんすい》な人間性《にんげんせい》があって、誰《だれ》もが仏《ほとけ》（神《かみ》）となる可能性《かのうせい》を持《も》っている」といったら、その相手《あいて》に「神《かみ》が人間《にんげん》を救《すく》うのだ。神《かみ》に救《すく》われる人間《にんげん》が神《かみ》になれるという考《かんが》えは、神《かみ》を冒瀆《ぼうとく》するものだ」と怒《おこ》られ、「お前《まえ》は悪魔《あくま》だ」と罵《ののし》られたというエピソードが載《の》っています。

これは極《きわ》めて大事《だいじ》な挿話《そうわ》で、ここにこそ釈迦《しゃか》の説《と》かれた哲学《てつがく》の人間的特質《にんげんてきとくしつ》が逆《ぎゃく》に如実《にょじつ》に明《あ》かされていると思《おも》います。

つまりキリスト教《きょう》の人間《にんげん》への救《すく》いは、最後《さいご》の最後《さいご》に絶対的《ぜったいてき》な神《かみ》が、多分《たぶん》、有無《うむ》をいわせず行《おこな》ってくれるということなのだろう。それはそれでそう信《しん》じればこんなに便利《べんり》で有《あ》りがたい話《はなし》はない。しかし釈迦《しゃか》の教《おし》えはキリスト教《きょう》のいうように決《けっ》して一方的《いっぽうてき》、絶対的《ぜったいてき》であありはしない。絶対《ぜったい》なんぞが仏教《ぶっきょう》には無《な》い、ということが仏教《ぶっきょう》の比類《ひるい》ない個性《こせい》であり人間性《にんげんせい》なのです。

いい換《か》えれば、救《すく》いは神《かみ》に待《ま》たずに自分自身《じぶんじしん》で試《こころ》み努《つと》め獲《か》ち得《え》る以外《いがい》にない。しょせん自分自身《じぶんじしん》の問題《もんだい》、自分自身《じぶんじしん》の責任《せきにん》、自分自身《じぶんじしん》の人生《じんせい》なのだということです。

だからそのためにも、自分《じぶん》の先祖《せんぞ》、いやそれだけではなしに自分《じぶん》の子孫《しそん》の手《て》まで借《か》りて行《おこな》おうというのです。しかしそうした心《こころ》の作業《さぎょう》の方《ほう》が、何《なん》だか知《し》らぬが絶対《ぜったい》なるものにともかく皆何《みななに》もかも預《あず》けてしまうというより、すがる相手《あいて》が絶対《ぜったい》なるものではなしに、まず自分自身《じぶんじしん》なのだという方《ほう》が、作業《さぎょう》は容易《ようい》ではないがはるかに人間的《にんげんてき》だし、自分《じぶん》の生《い》きている間《あいだ》の結果《けっか》だけにすがらずに、将来《しょうらい》を想《おも》うことで安息《あんそく》も納得《なっとく》も出来《でき》るものではないだろうか。

いやそれ以上《いじょう》に、自分《じぶん》の血《ち》の繋《つな》がる過去《かこ》にも未来《みらい》にも満《み》ち満《み》ちた無数《むすう》の先祖《せんぞ》、子孫《しそん》という仲間《なかま》たちと、無数《むすう》の強《つよ》い連帯《れんたい》の下《もと》に自分《じぶん》の人生《じんせい》を切《き》り開《ひら》き、かつまた彼等《かれら》の過去《かこ》と未来《みらい》の人生《じんせい》を自分《じぶん》も一緒《いっしょ》に切《き》り開《ひら》くという作業《さぎょう》は、いつもはるかにやさしく、楽《たの》しく、雄々《おお》しく、期待《きたい》に満《み》ち満《み》ちたものだと思《おも》います。

私自身《わたしじしん》の体験《たいけん》として、弟《おとうと》と一緒《いっしょ》に世《よ》の中《なか》に出《で》た頃《ころ》私《わたし》は死《し》んだばかりの父親《ちちおや》がいつも近《ちか》くのどこかにいてくれるのを感《かん》じていました。二人《ふたり》のデビュウは今《いま》になればなるほどあの時代《じだい》の恩寵《おんちょう》に与《あずか》ったともいえるが、それに加《くわ》えて当時《とうじ》も今《いま》も私《わたし》は亡《な》くなった後《あと》の父《ちち》の存在《そんざい》を感《かん》じ続《つづ》けています。

だいぶ以前《いぜん》日本《にほん》の新《あたら》しい宗教《しゅうきょう》のルポルタージュを産経新聞《さんけいしんぶん》に連載《れんさい》していたおり、いろいろなつてで多《おお》くの教祖開祖《きょうそかいそ》と呼《よ》ばれる人々《ひとびと》に会《あ》うことが出来《でき》ました。それぞれ世《よ》に霊《れい》感《かん》といわれる不思議《ふしぎ》な力《ちから》を修行《しゅぎょう》で体得《たいとく》している人《ひと》たちでしたが、その内《うち》の何人《なんにん》かから、
「ああ、あなたはお父《とう》さんが守《まも》ってくれているんだねえ」といわれたものでした。そして私《わたし》も素直《すなお》にそれが信《しん》じられました。というよりその実感《じっかん》が強《つよ》くあった。
私《わたし》がこれから記《しる》すことは多分《たぶん》に誤解《ごかい》されやすく、安《やす》っぽくも感《かん》じられそうだが、後《あと》になってああやはりあの時《とき》ああしておいて良《よ》かったんだなあとしみじみ思《おも》いあたることがいろいろあるのです。

それは父《ちち》が死《し》に、家《いえ》の経済《けいざい》が弟《おとうと》の放蕩《ほうとう》のやまぬままあっという間《ま》に左前《ひだりまえ》になっていった頃《ころ》のことですが、そんな中《なか》で私《わたし》は母《はは》にいって父《ちち》のお墓《はか》を無理《むり》して建《た》てました。汽《き》船会《せんがい》

社《しゃ》の重役《じゅうやく》をしていた父《ちち》にはいい友人《ゆうじん》がたくさんいて、体《からだ》に無理《むり》していわば仕事《しごと》に殉職《じゅんしょく》したみたいな父《ちち》のために会社《かいしゃ》からの弔慰金《ちょういきん》だけではなしに、残《のこ》された子供《こども》たちをなんとか大学《だいがく》には進《すす》ませてやろうということで仲間《なかま》からの義援金《ぎえんきん》のようなファンドも作《つく》られていました。弟《おとうと》は勝手《かって》にそれを引《ひ》き出《だ》しては使《つか》いこんでいた訳《わけ》だが、そこから拠出《きょしゅつ》してとにかくお父《とう》さんのお墓《はか》だけは出来《でき》るだけ早《はや》くに建《た》てようということになった。そんなものはもっと後《あと》に、二人《ふたり》の兄弟《きょうだい》が社会人《しゃかいじん》になってからのことでもいいのではないかという父《ちち》の友人《ゆうじん》たちからの忠告《ちゅうこく》もありましたが、弟《おとうと》とてそれには反対《はんたい》せず、ささやかながらともかく父《ちち》のためにお墓《はか》を建《た》てたものです。

私《わたし》がなんで逼迫《ひっぱく》している家計《かけい》の中《なか》で急《きゅう》にそんなことをいい出《だ》したのかは、思《おも》いなおしてみると、前《まえ》にも記《しる》したように亡《な》くなる前《まえ》の数年《すうねん》、父《ちち》が突然新《とつぜんあたら》しく買《か》いこんできた仏壇《ぶつだん》に、毎朝《まいあさ》いつも手《て》を合《あ》わせ短《みじか》いお経《きょう》を上《あ》げていた後《うし》ろ姿《すがた》の思《おも》い出《で》のせいだったかも知《し》れない。

高血圧《こうけつあつ》ながら仕事《しごと》のためなら死《し》んでもいい、などとはいいながらも、父《ちち》も当然《とうぜん》のこと死《し》を恐《おそ》れていたろうし、立場上《たちばじょう》どうにもならぬ自分《じぶん》の運命《うんめい》を、後《あと》はただ仏《ほとけ》と先祖《せんぞ》にあずけてすがっていたのが子供心《こどもごころ》にもよくわかりました。

そして結局《けっきょく》、他社《たしゃ》の社長室《しゃちょうしつ》での会議《かいぎ》の最中《さいちゅう》に脳溢血《のういっけつ》の発作《ほっさ》で倒《たお》れて眠《ねむ》り出《だ》し、周《まわ》りが疲《つか》れているのだろうと気《き》づかって起《お》こさずにいたのが手《て》遅《おく》れでそのまま亡《な》くなりました。業界《ぎょうかい》の新聞《しんぶん》にも一種《いっしゅ》の殉職《じゅんしょく》だと書《か》かれていました。

私《わたし》は受験勉強《じゅけんべんきょう》なるものがなんとも嫌《きら》いで父《ちち》が亡《な》くなるまで学校《がっこう》をさぼって休学《きゅうがく》していたが、周《まわ》りにいわれ一応大学《いちおうだいがく》を出《で》て家族《かぞく》のために働《はたら》くべく復学《ふくがく》しました。それからの灰《はい》色《いろ》の日々《ひび》にも、新《あたら》しい家長《かちょう》としてはなんとはなし父《ちち》の真似《まね》をして、それが家長《かちょう》の務《つと》めとまでは思《おも》わなかったが、毎朝忙《まいあさいそが》しい間《あいだ》の時間《じかん》を割《さ》いて仏壇《ぶつだん》に手《て》を合《あ》わせ、ついでに何《なに》かの頼《たの》みごとをしたり報告《ほうこく》したりするのが習慣《しゅうかん》になってしまったものでした。

大学受験《だいがくじゅけん》の時《とき》も当然神仏頼《とうぜんしんぶつだの》み、御先祖頼《ごせんぞだの》みでいったが、他《ほか》の受験者《じゅけんしゃ》が答案用紙《とうあんようし》をもらった途端机《とたんつくえ》にしがみつくようにして問題《もんだい》に見入《みい》るのに、私《わたし》だけは毎朝仏壇《まいあさぶつだん》に上《あ》げているお経《きょう》を答案用紙《とうあんようし》に向《む》かって密《ひそ》かに上《あ》げてからとりかかったものだった。見回《みまわ》りに来《き》た担《たん》当《とう》の先生《せんせい》が怪訝《けげん》そうに私《わたし》の顔《かお》を眺《なが》めていたのも覚《おぼ》えています。

その結果《けっか》かどうか、一生《いっしょう》の間《あいだ》にいつも苦手《にがて》だった数学《すうがく》の試験《しけん》であんなにすらすら解答《かいとう》出来《でき》たことはなかった。それどころか、午後《ごご》は科学《かがく》の受験《じゅけん》の日《ひ》の昼休《ひるやす》み、芝生《しばふ》に寝《ね》ころがって選択《せんたく》した生物《せいぶつ》のノートを眺《なが》めていたら、仲間《なかま》から、「この今《いま》になってもまだノートを読《よ》んでいるのか」と冷《ひ》やかされたものだが、なんとその後《あと》の出題《しゅつだい》に、さっき読《よ》んだばかりの窒素《ちっそ》の循環《じゅんかん》に関《かん》する問題《もんだい》が出《で》たのにはにんまりした、というよりいささか驚《おどろ》きました。

とにかく受験《じゅけん》勉強《べんきょう》なるものを毛嫌《けぎら》いして、現代《げんだい》ではよくある落《お》ちこぼれのはしりでそれまで一年間《ねんかん》学校《がっこう》をさぼって絵《え》を描《か》いたり芝居《しばい》やオペラを見《み》て回《まわ》ったりしていた私《わたし》が、父《ちち》が死《し》んでの使命感《しめいかん》もあったろうがしょせん付《つ》け焼《や》き刃《ば》の勉強《べんきょう》で、よくまあ合格《ごうかく》できたものだと思《おも》っていたら、高校《こうこう》での私《わたし》の担任《たんにん》の清田《きよた》先生《せんせい》は片瀬《かたせ》の大《おお》きなお寺《てら》の大僧正《だいそうじょう》で、後《のち》には校長《こうちょう》から県《けん》の視学《しがく》にもなった人《ひと》でしたが、彼《かれ》から後《のち》にふとした時《とき》、「お前《まえ》が合格《ごうかく》出来《でき》たのは、亡《な》くなったお父《とう》さんのおかげだぞ。世《よ》の中《なか》はそんなに甘《あま》いものじゃないぞ」と一言《ひとこと》いわれ、こちらも抵抗《ていこう》なしにまったくその通《とお》りだと思《おも》ったものでした。

私《わたし》がいいたいのは、私《わたし》があの時《とき》発奮《はっぷん》して母親《ははおや》に説《と》いて無理《むり》して父《ちち》のお墓《はか》を作《つく》ったから父《ちち》が私《わたし》や弟《おとうと》を守《まも》ってくれた、などという安《やす》っぽい因果《いんが》関係《かんけい》についてではないのです。私《わたし》たちをしてそうせしめるような関《かか》わりの醸成《じょうせい》が私《わたし》の家《いえ》ではすでになされていて、たまたま私《わたし》たちがその関《かか》わりの中《なか》でごく普通《ふつう》に、そして迷《まよ》いも疑《うたが》いもすることなしになけなしのお金《かね》を割《さ》いて墓《はか》を建《た》て、懐《なつ》かしさのあまりかいつも熱心《ねっしん》に父《ちち》の供養《くよう》に出《で》かけていったりしていた、というのは前《まえ》に引《ひ》いた『十如是《じゅうにょぜ》』の組《く》み合《あ》わせのもたらしたものに違《ちが》いない。父《ちち》が高血圧《こうけつあつ》で悩《なや》み、それを横《よこ》ではらはら眺《なが》めていたという家族《かぞく》の状況《じょうきょう》もまた十の如是《にょぜ》のどれかの一つということに違《ちが》いない。

私《わたし》が本格的《ほんかくてき》に法華経《ほけきょう》と行《い》き会《あ》ったのははるか後《あと》のことですが、読《よ》む内《うち》に我《わ》が身《み》にひきつめ、まったくその通《とお》りだ、自分《じぶん》たちもこの通《とお》りだったと何度《なんど》思《おも》わされたことか。そして私《わたし》と父《ちち》の繋《つな》がりは今《いま》は亡《な》い母《はは》とのそれとともまったく等質《とうしつ》のものだし、生《せい》ある内《うち》でもなお私《わたし》と私《わたし》の子供《こども》それぞれと同《おな》じだし、まして私《わたし》がこの世《よ》からは去《さ》った後《あと》ますます関《かか》わり濃《こ》いものになるに違《ちが》いない。いやそうなるということはすでに強《つよ》い実感《じっかん》として私《わたし》の内《うち》に在《あ》ります。

ともかくかけがえのない人間《にんげん》『存在《そんざい》』というものを継承《けいしょう》して永遠《えいえん》なる『時間《じかん》』の内《うち》に伝《つた》えるというのは家族《かぞく》あってのことです。夏《なつ》の夜空《よぞら》の星《ほし》を仰《あお》いでふと感《かん》じる『存在《そんざい》』なるものの神秘《しんぴ》さ、それを包《つつ》む悠遠《ゆうえん》な『時《じ》間《かん》』と自分自身《じぶんじしん》の人生《じんせい》の対比《たいひ》、そしてそんなおりふと我《われ》に返《かえ》り間近《まぢか》に在《あ》る家族《かぞく》を密《ひそ》かに眺《なが》めなおしてこそ、私《わたし》たちはそれぞれこの宇宙《うちゅう》の中《なか》に今在《いまあ》る自分《じぶん》の位置《いち》について感《かん》じとり知《し》りなおすことが出来《でき》るに違《ちが》いない。

最近一番下《さいきんいちばんした》の息子《むすこ》からある結婚式《けっこんしき》での感動的《かんどうてき》な挿話《そうわ》を聞《き》かされました。彼《かれ》の年来《ねんらい》の友人《ゆうじん》のK君《くん》が結婚《けっこん》したのですが、世間《せけん》は狭《せま》いものでその相手《あいて》が私《わたし》の主治医《しゅじい》をしてくれている親《した》しいお医者《いしゃ》さんの娘《むすめ》さんだった。

そして式《しき》の最後《さいご》に花婿《はなむこ》がした挨拶《あいさつ》を聞《き》いてみんなが感動《かんどう》して思《おも》わず涙《なみだ》したそうな。実《じつ》は彼《かれ》の父親《ちちおや》も私《わたし》と同《おな》じビルの中《なか》に事務所《じむしょ》を構《かま》えていた関《かか》わりでの顔見知《かおみし》りで、時々《ときどき》ガレージなどでの行《い》き違《ちが》いに立《た》ち話《ばなし》をしたりしていましたが、学生時代《がくせいじだい》は確《たし》かレスリングの選手《せんしゅ》だったとかでタフな感《かん》じの人《ひと》なつっこい男《おとこ》だった。仕事《しごと》は証券関係《しょうけんかんけい》と仄聞《そくぶん》していたが、その彼《かれ》がある日突然自殺《ひとつぜんじさつ》してしまった。仕事《しごと》にいき詰《づ》まってとのことだった。

ところが、その息子《むすこ》の結婚式《けっこんしき》から帰《かえ》った息子《むすこ》から初《はじ》めて聞《き》いたことですが、その後彼《ごかれ》の母親《ははおや》は夫《おっと》の自殺《じさつ》のショックで急逝《きゅうせい》してしまい、たった一人《ひとり》いた姉《あね》も突然《とつぜん》どこかの癌《がん》で亡《な》くなってしまったそうな。つまり彼《かれ》は天涯孤独《てんがいこどく》の身《み》になった訳《わけ》ですが、その彼《かれ》が、父親《ちちおや》を始《はじ》めとして家族全員《かぞくぜんいん》のいきさつを知《し》っている学校《がっこう》の仲間《なかま》と、それを知《し》らされている

りません」

だろう花嫁《はなよめ》の家族《かぞく》の前《まえ》で、実《じつ》に嬉《うれ》しそうにしみじみと、
「僕《ぼく》にはこれでまた久《ひさ》し振《ぶ》りに家族《かぞく》というものが出来《でき》ました。こんなに嬉《うれ》しいことはありません」

といったそうな。

恐《おそ》らく列席《れっせき》している誰《だれ》もが味《あじ》わうことの出来《でき》ぬ、家族《かぞく》に関《かん》するしみじみと深《ふか》く強《つよ》い実感《じっかん》でしょう。それがそう伝《つた》わるだけに、家族《かぞく》がいるのが当《あた》り前《まえ》のこととしている列席者《れっせきしゃ》たちはあらためて強《つよ》く感動《かんどう》したに違《ちが》いない。

しかしそのK君《くん》にしてなお、家族《かぞく》というものは釈迦《しゃか》が人間《にんげん》の永遠性《えいえんせい》について説《と》いたように「亦在世《またざいせ》及《およ》び滅度《めつど》の者《もの》なし」なのです。それらの血縁親族《けつえんしんぞく》との形《かたち》を越《こ》えた深《ふか》い関《かか》わりを信《しん》じれば、こんなに力強《ちからづよ》く、賑《にぎ》やかなことなどありはしまいに。

法華経《ほけきょう》を読《よ》み、その教《おし》えるところに従《したが》って自分《じぶん》の人生《じんせい》における出来事《できごと》を捉《とら》えなおし、その本当《ほんとう》の意味《いみ》を理解《りかい》し、その解決《かいけつ》や発展《はってん》のために、自分一人《じぶんひとり》ではなし、先祖《せんぞ》や子孫《しそん》という想像《そうぞう》を越《こ》えて数多《かずおお》くの、血《ち》の繋《つな》がった仲間《なかま》たちと、誰《だれ》でもない自分自身《じぶんじしん》の人生《じんせい》を切《き》り開《ひら》いていくということほど、胸《むね》ときめき、優《やさ》しく、安心《あんしん》も出来《でき》、愉快《ゆかい》なことはないと思《おも》います。

あとがき

世《よ》の通念《つうねん》では仏教《ぶっきょう》の経典《きょうてん》、お経《きょう》なるものは何《なに》やら抹香臭《まっこうくさ》く、俗人《ぞくじん》には関《かか》わり薄《うす》いものに感《かん》じられているようです。

それは我々《われわれ》の生活《せいかつ》に関《かか》わりの多《おお》いお葬式《そうしき》とか法事《ほうじ》の折々《おりおり》に、坊《ぼう》さんの読《よ》み上《あ》げるお経《きょう》なるものが聞《き》いている方《ほう》にはさっぱりわからない。日本語《にほんご》に読《よ》み下《くだ》したものもあるがそれとて聞《き》いていてなかなか捉《とら》えにくい。ましてほとんどの坊主《ぼうず》は何《なに》やらお経《きょう》を読《よ》み上《あ》げるとさっさと帰《かえ》ってしまい、そうした心《こころ》の行事《ぎょうじ》に際《さい》して日常《にちじょう》の言葉《ことば》でわかりやすく、仏《ほとけ》の教《おし》えを踏《ふ》まえたメッセイジをとりつぐということもしない。

それに比《くら》べればキリスト教《きょう》の牧師《ぼくし》の方《ほう》がまだ親切《しんせつ》に何《なに》かいってくれるし、彼《かれ》らが読《よ》み上《あ》げる聖書《せいしょ》の一節《いっせつ》にしたって、みんなで歌《うた》う賛美歌《さんびか》にしたって普通《ふつう》の言葉《ことば》で綴《つづ》られているからわかりやすい。

しかし仏教《ぶっきょう》の経典《きょうてん》はその気《き》になって読《よ》みなおせば他《ほか》の宗教《しゅうきょう》にはない、私《わたし》たちの生活《せいかつ》、人生《じんせい》にじかに触《ふ》れてくる哲学《てつがく》を備《そな》えていて、咀嚼《そしゃく》すれば、ああなるほどと、いかにも納《なっ》得《とく》し、そのままこの人《ひと》の世《よ》を生《い》きていくための具体的《ぐたいてき》なよすがにもなるものを驚《おどろ》くほどたくさん含《ふく》んでいるのです。

特《とく》に法華教《ほけきょう》は、人間《にんげん》なら誰《だれ》しも考《かんが》えたり感《かん》じたりする、なぜ自《じ》分《ぶん》はこうしてこんな自《じ》分《ぶん》としてこの世《よ》に生《う》まれ、生《い》きているのだろうかという、人生《じんせい》の最《もっと》も根源的《こんげんてき》な問題《もんだい》について説《と》き明《あ》かしてくれています。

そして仏《ほとけ》の教《おし》えが他《ほか》の宗教《しゅうきょう》と歴然《れきぜん》として違《ちが》う点《てん》は、あくまで自分《じぶん》を救《すく》うものは自分自《じぶんじ》身《しん》でしかないのだという、ある意味《いみ》では実存的《じつぞんてき》な、自分自身《じぶんじしん》の人生《じんせい》から逃《に》げも隠《かく》れも出《で》来《き》はしないのだという、それゆえに力強《ちからづよ》い根本原理《こんぽんげんり》に成《な》り立《た》っているところです。

いい換《か》えれば、悩《なや》みにしろ、悲《かな》しみにしろ、怒《いか》りにしろ、迷《まよ》いにしろ、それに際《さい》しては、自分《じぶん》を自分自身《じぶんじしん》で引《ひ》きとらない限《かぎ》り救《すく》われはしないのだという、自律《じりつ》への教《おし》えです。

そういえば一見《いっけん》、神仏《しんぶつ》への帰依《きえ》とか、すがるとか、信仰《しんこう》の与《あた》えてくれる救済《きゅうさい》とは相矛盾《あいむじゅん》しているようにも聞《き》こえるが決《けっ》してそうではなく、仏《ほとけ》の説《と》く、世《よ》の中《なか》のものごとを作《つく》り出《だ》している究極《きゅうきょく》の原理《げんり》、真理《しんり》について知《し》ることで私《わたし》たちは初《はじ》めていかにも強《つよ》く深《ふか》く納得出来《なっとくでき》、勇気《ゆうき》づけられ、いかに確《たし》かな打開《だかい》の道《みち》を見出《みいだ》すことが出来《でき》るかということなのです。

そしてさらに、人間《にんげん》は決《けっ》して一人《ひとり》ぽつんとこの世《よ》に在《あ》るのではなしに、私《わたし》たちがここにこうして生《い》きて在《あ》るということのために、遠《とお》い祖先《そせん》からずうっと先《さき》の子孫《しそん》までが関《かか》わり合《あ》っているのだということを知《し》ることで、どれだけ勇気《ゆうき》づけられ、自分自身《じぶんじしん》に対《たい》する責任《せきにん》を、ということは自分《じぶん》を与《あた》え自分《じぶん》に繋《つな》がって在《あ》る者《もの》たちへの責任《せきにん》を覚《さと》り、そう覚《さと》ることで見《み》えなくはあっても自分《じぶん》に深《ふか》く強《つよ》く繋《つな》がる先祖《せんぞ》や子孫《しそん》という、血《ち》の繋《つな》がる者《もの》たちからの助力応援《じょりょくおうえん》を得《え》ることが出来《でき》、一人《ひとり》であくせくするよりもどれほど楽《らく》に進《すす》むことが出来《でき》るかということを教《おし》えてくれているのです。

たった一度《ど》のかけがえのない人生《じんせい》を、その充実《じゅうじつ》を願《ねが》いながら生《い》きていくために、これほど確《たし》かな手応《てごた》えを与《あた》えてくれる教《おし》えは他《ほか》に決《けっ》して在《あ》りはしないと私《わたし》は確信《かくしん》しています。

文庫版あとがき

こうして読《よ》み返《かえ》してみると、これはいかにもわかりにくい、しかしまた実にわかりやすい本《ほん》だとあらためて思《おも》う。

それは私《わたし》が法華経《ほけきょう》といういわば絶対《ぜったい》に近《ちか》い「真理《しんり》」を自分《じぶん》の身《み》になぞらえて勝手《かって》に解《かい》釈《しゃく》し、勝手《かって》にのみこんでしまったせいに違《ちが》いない。

しかし、いかなる命題《めいだい》も人間全体《にんげんぜんたい》にとって絶対普遍《ぜったいふへん》の意味《いみ》を持《も》つなどということはあり得《え》まい。それは人間《にんげん》の個性《こせい》、感性《かんせい》が千変万化《せんぺんばんか》であるという人間《にんげん》の公理《こうり》の故《ゆえ》にもだ。つまり絶対《ぜったい》の真理《しんり》にしてなお、その受《う》け取《と》り方《かた》は人《ひと》によって勝手《かって》にそれぞれ違《ちが》ってしかるべきなのだ。

ましてことが人間《にんげん》の存在《そんざい》、つまり人間《にんげん》はなぜ在《あ》るのかという、人間《にんげん》にとっては究極《きゅうきょく》の命題《めいだい》であるが故《ゆえ》に私《わたし》は私自身《わたしじしん》の生《い》き方《かた》に照《て》らし、私独自《わたしどくじ》の解釈《かいしゃく》でそれを捉《とら》え私自身《わたしじしん》の方《ほう》法《ほう》でそれを自《みずか》らに収《しま》いこむ以外《いがい》にありはしない。だからこそ人間《にんげん》は動物《どうぶつ》の中《なか》で唯一哲学《ゆいいつてつがく》する、哲学《てつがく》の出来《でき》る、生《い》き物《もの》なのだ。

それにしても、自分自身《じぶんじしん》をふくめてよろず物《もの》がこの世《よ》に「在《あ》る」ということは、なんと不思議《ふしぎ》で神秘《しんぴ》なことだろうか。

そして我々個々《われわれここ》の存在《そんざい》を洗《あら》いながら証《あか》して過《す》ぎる時間《じかん》、存在《そんざい》の影《かげ》としての「時間《じかん》」の、その総量《そうりょう》に比《くら》べて、我々個々《われわれここ》に与《あた》えられている部分《ぶぶん》のなんと切《せつ》ないほどはかないものだろうか。

しかしまた、人生《じんせい》の光背《こうはい》たる、それぞれがさずかった時間《じかん》がはかなく短《みじか》いものであるが故《ゆえ》に、無限《むげん》の時間《じかん》との対比《たいひ》で私《わたし》たちが人生《じんせい》として保有《ほゆう》する時間《じかん》は絶対《ぜったい》なのである。そこにこそ、強《つよ》く確《たし》かな意識《いしき》によって捉《とら》えられた「実存《じつぞん》」の意味《いみ》があるのだ。

私《わたし》はこの本《ほん》が読者《どくしゃ》に、とくに若《わか》い人《ひと》たちに、自分自身《じぶんじしん》が在《あ》るということについてふてぶてしい自信《じしん》をかもし出《だ》すのに少《すこ》しでも役《やく》だてばと願《ねが》っている。

解説

瀬戸内寂聴

石原慎太郎さんは、大臣になっても、東京都知事になっても、どこかに育ちのいいお坊ちゃんの人の好さと、やんちゃ坊主の俤《おもかげ》を残していて、人に親愛感を抱かせる。

まだ二十《はたち》すぎの頃に「太陽の季節」という衝撃的な作品でたちまち芥川賞をとり、輝かしいデビューをした時は、かつて日本の文壇に見たこともない美青年ぶりと、日本人離れした脚の長いスマートな体型に、女たちは老いも若きも、たちまちチャームされてしまって、慎太郎ブームが一世を風靡《ふうび》した。「太陽の季節」という小説を読んでいなくても、慎ちゃんファンだったという女たちが巷にあふれていたのである。

私は年齢ははるかに上だが、文壇に登場したのは、たまたま慎太郎さんと同時期だったので、特別な親愛感を持ちつづけてきた。圧倒的な慎太郎さんのブームに嫉《や》いたりする気持は全く起らず、日本にもこんな天才があらわれるようになったかと、心の底から拍手を送りつづけていた。

おそらく石原慎太郎の小説はすべて読んでいると思う。それだけに、慎太郎さんが、ペンを折り、政治家になった時は、口惜しくて、地団駄踏む思いであった。政治家の替りはあっても、小説家石原慎太郎の替りはないのにと、惜しくてならなかった。

しかし、石原さんの心に縫いつけられた文学の糸は、決して切れることなく、石原さんの体内で、じっと時をあたためていたのだ。

政治家になってからせっかくの器量が落ちたなど、私は口惜しまぎれの悪口を言っていたが、議員の席からすぱっと降りて在野の人となり、またなつかしい小説家になった石原慎太郎は、たちまち昔の美青年の名残りを取りもどし、中年の実に魅力的な紳士にたちかえっていた。そして、また目を見張るようないい小説を続々と書きはじめた。

やれ嬉しやと思っていたら、突然、今度は東京都知事になってしまった。

しかしもう、私は政治の世界にもどった石原慎太郎を惜しみはしていない。慎太郎さんは、政治という愛人を持って溺れても、小説という本妻を決して捨てることは出来ない男だと見極めたからである。

今度の愛人とは相性がよく、なかなか目ざましい都知事の活躍ぶりを見せてくれて、東京都民ならずとも、思わず拍手を送りたいような快挙で人を愉《たの》しませてくれている。

最近、都庁を訪ねて、知事室で長い対談をしてきたが、これほど都知事室に似合う男はいないと思ったと同時に、これほど都知事室に異質な雰囲気の男もいまいと感じた。

逢《あ》っている二時間余り、石原都知事の話したことは、文学一点張りであった。小説や小説家の話をする時、面上にあらわれるいきいきした若々しい表情を、都民のすべて、国民のすべてに見せてあげたいと思った。

文学者、政治家として一流の男である石原慎太郎が、熱心な仏教徒であることを知っている人は少いのではないか。

「お前の宗派は何だと問われたら石原教とでもしかいいようがないが、俺は俺の教祖だ」

と言っているから、あくまで我流のユニークな仏教徒ということになる。しかし石原さんが「法華経を生きる」というこの本を書く因縁は、不可思議な宇宙の生命ともいうべきパワーの作用が働いていて、ある新興宗教に結びつけられて、彼を真正の仏教徒に仕立てあげていたのである。その新興宗教は霊友会で、石原さんは霊友会の創立者の小《こ》谷喜美《たにきみ》教主の直弟子なのである。

その不思議で小説的ないきさつも、この本に石原さんはあっさりと書き示している。しかも霊友会に票をもらって参院選に最高得票で当選した経緯もそこまで書いていいのかと思うほど、ずばりと書いている。そこが石原慎太郎の真面目《しんめんもく》で、読んでいて爽快である。

自ら在家仏教徒を任じる石原さんは、この本の中で、日本の既成仏教の寺や僧侶をコテンパンにやっつけている。筆誅《ひっちゅう》を加えるという激しさで容赦しない。それを読んでいて、やっつけられる側の天台宗の僧侶である私が、全くその通りだと拍手しているのもおかしなものだ。もちろん、現在の新興宗教にだって、ずいぶんインチキ臭いものもあって、反論すべきこともたくさんあるが、石原さんの怒って罵倒《ばとう》している既成仏教界の堕落ぶりは、私もっともに認め、事あるごとに口にも筆にもしているから、今は石原さんの言うことに、あえて反論しないでおく。

今、石原さんにコテンパンにやっつけられている既成仏教、わが天台宗も、真言宗も、禅宗も、浄土宗も、浄土真宗も、日蓮宗も、基《もと》はすべて新興宗教であった。宗祖たちは既成の仏教のあり方にあきたらず、それぞれ新しい理念をかかげて新興宗教を打ちたてた革命家であった。長い歴史によって、新興宗教が民衆に支えられ、信じられ、確かなものとして認められ生き残ったのが現在の既成仏教となったのである。

石原さんは不思議な因縁で小谷教主とめぐりあい、在家仏教徒となったが、そうなる素地は、すでに石原さんの両親の影響や、父君の五十一歳の死というような背景から、因縁を結んでいたのであった。

この本は、読み出したらやめられない面白さにみちているが、それは、法華経を説く在来のどの本とも違って、石原さん自身の、飾りのない率直で真摯《しんし》な信仰告白とも、懺《ざん》悔《げ》ともとれる真情が、赤裸々に書かれているからである。しかもそれが優秀な小説家としての文章力と表現力によっているのだから、絶好の読み物としても魅力のあるものになっている。

釈迦を宗教家である前に、すぐれた哲学者として捕えるのは、私と全く同じ意見なので、私はこの本に石原さんの説く仏教観に、異論はない。

釈迦が考え尽くしたことは、人の生命を洗って過ぎる『時間』とは何なのかということで、そのことを懸命に考え尽くすことに、「釈迦は自分の命を張った」などと表現するのは、今の若い人々の心をも捕えるだろう。

釈迦はただの思想家ではなく、「あくまで哲学を行動した無類の行為者、探検家だった」という断定も、若い人々の好奇心をかきたてる魅力的な言葉であろう。

お経についても、「それは釈迦が自分の身を磨《す》り減らして体得した人生に関する方法論だから、実に柔軟で、相対的で、いかなる人間にとっても効用のあるものだ」と言われると、それなら読んでみようかと思うだろう。

釈迦が最後に説いた法華経は、人間の生存と、その間にある時間との意味を、一番確かに教えてくれているから、法華経を特に取りあげて、それを有縁《うえん》の人々に説こうとしたのが、石原さんのこの本にかけた意欲である。

「身近な問題の解決に仏教を開いた釈尊のいわれたことが役にたち、それがきっかけで誰かが信仰を持つなり信仰を深められればこれまた結構なことだと思う」

と、石原さんにしては、ずいぶんひかえめな謙遜した言葉が書かれているが、混迷を極めた絶望的なこの世紀末日本に於《おい》て悩んでいるすべての人々は、この本にめぐりあえた縁を必ず喜ぶことだろう。

もし、これまで、仏教に全く触れていない人が読む場合、第二章『十如是』とは何か、から入ると、わけのわからないこの章の題名からは想像もしなかった面白さにひきこまれ、すべての章を読まずにはいられなくなることだろう。
　あらゆる年代の人の心を捕えると思うけれど、私は特に、未来を背負う若い人々にこそ、この本を読んでほしいと願う。

――作家

この作品は一九九八年十二月小社より刊行されたものです。

法華経《ほけきょう》を生《い》きる

石原慎太郎《いしはらしんたろう》

平成12年8月25日　初版発行
令和3年12月10日　8版発行

発行人――石原正康
編集人――菊地朱雅子
発行所――株式会社幻冬舎
〒151-0051東京都渋谷区千駄ヶ谷4-9-7
電話　03(5411)6222(営業)
　　　03(5411)6211(編集)
　　振替00120-8-767643
印刷・製本―図書印刷株式会社
装丁者――高橋雅之

検印廃止

幻冬舎文庫

ISBN4-344-40001-1　C0195　い-2-4

幻冬舎ホームページアドレス　https://www.gentosha.co.jp/
この本に関するご意見・ご感想をメールでお寄せいただく場合は、
comment@gentosha.co.jpまで。